U0096832

茅盾研究八十年書系

錢振綱・鍾桂松◎主編

丁爾綱◎著

45

茅盾評傳（下）

花木蘭文化出版社

國家圖書館出版品預行編目資料

茅盾評傳（下）／丁爾綱 著 — 初版 — 新北市：花木蘭文化出版社，2014〔民103〕

目 2+210 面；19×26 公分

（茅盾研究八十年書系；第45冊）

ISBN：978-986-322-735-9（精裝）

1. 沈德鴻 2. 傳記 3. 文學評論

820.908　　　　103010565

茅盾研究八十年書系

第四五冊　　ISBN：978-986-322-735-9

茅盾評傳（下）

本書據重慶出版社1998年10月版重印

作　　者 丁爾綱

主　　編 錢振綱　鍾桂松

總 編 輯 杜潔祥

副總編輯 楊嘉樂

編　　輯 許郁翎

出　　版 花木蘭文化出版社

社　　長 高小娟

聯絡地址 235 新北市中和區中安街七二號十三樓

電話：02-2923-1455／傳眞：02-2923-1452

網　　址 http://www.huamulan.tw 信箱 hml 810518@gmail.com

印　　刷 普羅文化出版廣告事業

初　　版 2014年7月

定　　價 60冊（精裝）新台幣120,000元

茅盾評傳（下）

丁爾綱 著

目次

上冊

中冊

第九章　迎接黎明（1946～1949）

第一節　重返港滬，高舉民主火炬

離重慶前，茅盾向周恩來辭行。周恩來說：「目前我們把注意力集中在華北、東北和京滬一帶，南方照顧得少了些，你這次路過廣州、香港，方便的話，可以向那邊文藝界的朋友們講講我們在新形勢下的工作方針，讓他們在思想上有個準備。」〔註 1〕

後來的經歷證明：茅盾把黨中央的這個囑託，當作整個解放戰爭時期自覺完成的重要任務之一。

一

1946 年 3 月 16 日茅盾抵廣州後，新老朋友接連來拜望，均請他多留幾天，並要求他講講形勢和文藝運動取向。一方面盛情難卻，一方面正好實現周恩來的囑託，於是茅盾答應講話。他先約了一些朋友如文協粵港分會的周鋼鳴、司馬文森、黃寧嬰、于逢、易鞏等七八位主要成員小範圍地介紹了中共中央對形勢的分析和重慶文藝界的情況。然後於 3 月 24 日在教育路民眾會堂文協港粵分會、文藝作家協會廣東分會和劇協三團體舉行的歡迎會上，作了題爲《和平・民主・建設階段的文藝工作》的報告。由於大家都關心「我國的前途問題，場內人山人海，擠不進去的，就環繞在門外聽。」〔註 2〕

〔註 1〕《我走過的道路》（下），第 400 頁。
〔註 2〕于逢：《高山仰止》，《茅盾和我》，第 136～137 頁。

此例一開，邀者群相效尤。茅盾遂又在嶺南大學和中山大學的文法兩學院，以及廣州青年會，先後作了三次演講。此後又出席了廣州雜誌聯誼會主辦的文化界招待會、香港《華商報》廣州分社的文化新聞界招待會。每逢出席，茅盾或作演講，或即興發言。主題範圍就是形勢、任務和文藝運動方向。

其中，美國新聞處在勝利賓館宴請茅盾，顯然有政治目的。當時美國正在做爭取「民主個人主義者」的工作。日本投降後，他們曾先後請曹禺和老舍到美國講學。(曹禺、老舍是堅定的革命民主主義者。曹禺出訪前，還先後徵求了周恩來和茅盾的意見。）美方這次宴請茅盾，顯然也是一種拉攏與試探。果然此後傳出謠言：一是說茅盾已接受邀請赴美國休養；二是說茅盾已接受了對方送的一棟洋房。茅盾闢謠之餘，一笑置之。

應酬之外，茅盾還發表了幾篇宣傳新時期民主運動與文藝運動的文章：《學習民主作風》、《民主運動與文藝運動》、《從「自由」說起》和《爲詩人們打氣》。〔註 3〕

4 月 13 日，茅盾乘佛山輪，從廣州動身抵達香港，住在銅鑼灣海景酒店。這時香港文壇比較冷落，只有薩空了、章泯、韓北屏、呂劍等幾位名家。劉思慕當時已是文協港粵分會負責人和《華商報》總編輯。他於 15 日設宴招待茅盾。16 日文協港粵分會與青年記者學會、歌詠協會、港九婦女聯誼會在青年聯合會會址舉行歡迎會。會後是香港文藝界的招待會。茅盾在前一個會上作了題爲《人民的文藝》的講話。

由於港滬之間，每週只有兩班船，票已訂到一個月之後。茅盾只好等待。當中他應親戚之邀，在澳門住了半月。「五・四」前夕返港後，應《華商報》之約，作了題爲《「五四」與新民主運動》一文，以茲紀念。這期間他譯了蘇聯卡達耶夫的中篇小說《團的兒子》，還到華僑工商學院和嶺南中學講了兩次寫作修養。

在港期間，茅盾心情十分複雜，從公說，他對政局險惡頗多感慨；從私說，故地重遊，他非常思念女兒。他寫的《再贈陳此生伉儷》一詩，是當時所留文字中唯一傾瀉這種情感之作。詩曰：「畫筆曾描戰士魂，文章直指獨

〔註 3〕這些文章分別刊於廣州《國民》新 3、4 期合刊，1946 年 4 月 25 日、《風下》第 20 期，4 月 20 日、《中國詩壇》光復版第 3 期，4 月 29 日，收入《茅盾全集》第 23 卷。

夫心。風雲五月何凶險，勇者居之渾不禁。」陳此生是茅盾蝸居桂林時相與論史的摯友。在此詩之後，有很長的附言，記那段經歷。附言中錄入以前題贈陳此生的舊詩兩首。其中涉及在廣州與陳此生再次聚首之情形的話爲：「今年三月，余因『復員』，繞道粵港赴滬，在廣州遂晤此生兄。元龍意氣，依然當年，四月至港候船，拜謁廖夫人於其堅尼地道寓樓，復見此君嫂。時則東北內戰方殷，反民主派囂張特甚，而此生兄抱入虎穴之精神，常住廣州，不避艱險，獻身於民主運動，雖居危邦，坦然自若。嗟乎：是即所謂『勇者居之渾不禁』耶？廖夫人既寫貞菊以贈此君，余又承雅命，許以附驥，遂自忘形穢，奉呈四句，聊博一粲，並附記舊事如上。他年民主政治幸告成功，則此數行，蓋亦庶幾乎『善頌善禱』。」（民國 35 年 5 月茅盾於香港）。

1946 年 5 月 26 日，茅盾夫婦終於返回闊別九年的上海，實現了他離滬時所說的「一定會回來」的誓言。他擇寓大陸新村六號，距郭沫若所住狄恩威路很近。雖事先封鎖了消息，但消息不脛而走：一旦回滬，應酬仍多，足足忙了兩個月。這時蔣介石已經撕毀停戰協定，美國也撕下「調停」假面目，6 月 14 日提出「軍事援蔣方案」。蔣介石更加有恃無恐，一邊打內戰，一邊鎮壓民眾。其暴行之極，即暗殺李公樸、聞一多血案。茅盾義憤塡膺，先後發表了二三十篇雜文。他還參與簽名發表了《上海文化界反內戰爭自由宣言》等。

緊張的社會鬥爭，使他無論回鄉憑弔母親，遂由孔德沚代去。孔德沚回來時，帶回一批藏在書房夾層的書籍。也就是這次，發現了茅盾的兩本小學作文，遂使它幾經沉浮，仍能保存至今。

二

這期間茅盾的雜文和文藝論文，多以爭取民主自由，抨擊黑暗政治，總結與指導文藝運動，評介解放區工農兵大眾文學爲中心題旨。

茅盾在粵港時對形勢的估計，持謹愼的樂觀態度。他在最重要的文章《和平・民主・建設階段的文藝工作》〔註 4〕一文中，從分析英、美、蘇及世界人民總體意願出發，斷言：「就大勢看，和平依然是支配一切的主流」，「第三次世界大戰不會發生。」「在六個月以前，我們國內的和平尚屬渺茫，但在

〔註 4〕初刊於《文藝生活》第 4 期，1946 年 4 月 10 日，收入《茅盾全集》第 23 卷。

今天停戰協定已經付諸實施，大體上可以說內戰已經停止了。」他認爲這是合乎「國際需要和平，中國老百姓需要和平」的時代要求的。因此他突出地呼喚民主：「首先必須中國是一個民主的中國。這是一條曲折的路。」「有了和平、民主，才可以談建設。」他認爲：這是「十年、二十年的長時期的工作。」

他激烈地抨擊所謂「老百姓的程度太不夠了，還不能運用民主政治」的謬論。他指出中國「缺少民主的傳統」，「最近則花樣翻新，滿口民主而所作所爲則無一不是反民主。要使這一類的人心口合一，唯一有效的辦法是割掉他們身上的『特權』的肥肉。」而「老百姓學習民主作風之道，就在爭取他們被剝奪了的人身權利保障以及言論出版集會結社的自由。」〔註5〕他針對國民黨特務搗毀兄弟圖書公司的「廣州『五四』暴行」揭露道：「執政黨而竟然冒充『學生』用流氓手段來搗毀他所認爲不利於己的報館和書店」，是「因爲反民主分子現在還抓住政權，盤踞政府要津，如果民主力量不夠強大」，進行堅決的鬥爭，一切都是沒有保障的。〔註6〕有鑑於此，茅盾應《華商報》之約所寫的文章，題目就是《「五四」與新民主運動》。〔註7〕

及至茅盾抵滬，蔣介石撕毀停戰協定，掀起又一次內戰，茅盾就寫了《認識現實》和《美國的對華政策》〔註8〕等文章，更深一步揭露這「打打談談，談談打打」的國際背景：「美國的對華政策是兩面性的：一面希望中國和平，以發展他的貿易；另一方面，又希望中國打下去，於是拿兵艦運軍隊，運武器。」「因爲他怕不能控制中共，他以爲中共背後有蘇聯，而美蘇之間是矛盾的，對立的。」所以，「中國問題是世界問題的一部分」。他還寫了《十五天後能和平嗎》、《下關暴行與人民最後的期望》、《讀報偶感》、《萬一再「拖」呢，只許拖向和》、《國共的前途怎樣》、《請問這就是「反美」麼？》、《一年間的認識》、《美麗的夢如何美化了醜惡的現實》等等一大批文章，來揭露國民黨政府發動內戰，鎮壓民主運動的罪行。李公樸、聞一多遇難後，茅盾又寫了《對死者的安慰和紀念》、《四天之內》兩文。他指出：「民主與反民主的鬥爭已到了白刃相接的階段，民主人士已經被迫得只有在『不

〔註5〕《學習民主作風》，《茅盾全集》第17卷，第13～15頁。
〔註6〕《關於廣州「五四」暴行》，《茅盾全集》第17卷，第20～21頁。
〔註7〕刊於《華商報》，1946年5月4日。
〔註8〕分別刊於《外匯報》，1946年6月10～13日、《民主》第35期，6月15日，收入《茅盾全集》第17卷。

自由毋寧死』這一歷史的眞理面前找出路了。」人民「惟有將悲痛轉化爲憤怒，而由於憤怒，必然要採取行動。」「人民的血將淹死了所有的反動分子。」〔註 9〕他認爲：「李公樸、聞一多兩先生以身殉民主，這告訴了反民主分子：暴力不能摧毀人民之要求。也告訴：不流血而實現民主，在中國是一種幻想！」〔註 10〕

在直接參與政治運動與鬥爭的同時，茅盾的主要力量，還是側重於文藝運動的指導與推動。而且他是在總結抗戰文藝運動經驗教訓的基礎上，推進這一工作的。此前，茅盾已經在著手這項工作，如發表的《現在要開始檢討——八年來文藝工作的成果及傾向》等文即是。由於抗戰勝利，歷史自成段落，所以茅盾這時寫的《抗戰文藝運動概略》〔註 11〕已經是相當全面的總結了。他論述的是兩個大問題：「第一，八年來的抗戰文藝工作是在怎樣的現實環境中進行的？現實環境對於抗戰文藝發生過怎樣的影響？而抗戰文藝對於此現實環境的反作用又怎樣？第二，八年來提出過怎樣的新問題？發生過怎樣的新傾向？這些問題在今天得到了解決沒有？這些傾向在今天還在繼續發展麼？」茅盾論述的方法是作歷史的縱線描繪。他以武漢失守（1938 年 10 月 25 日）和太平洋戰爭爆發（1941 年 12 月 8 日）爲界，把八年抗戰的文藝運動，劃分爲三個時期。他廣泛引證史實，對上述問題一一作了論述。對解放區文藝，茅盾還專題論述。他以 1942 年的整風運動爲界，把解放區文藝運動劃分爲前後兩期，也作了史的描繪。最後茅盾作出結論說：「中國抗戰文藝運動實開始於『七七』以前，可是『七七』以後這『老根』派生了兩支，一在大後方，一在邊區和解放區。」這兩支「所呼吸的空氣」，所處的條件不同，「決定了它們各自的發展也不同。更由於政治上的關係」，「多少年來就連交換經驗的機會也少得很。然而無論如何，它們總是同根生的。它們的立場是一致的。這就是從屬於民族解放的最大目的（抗戰），從屬於當前最高的政治要求——爭取民主」。它們的方向也是一致的：「大眾化」。「而這，邊區和解放區的作家們已經著了先鞭，他們有了初步的成就了。」

以這些歷史經驗爲基礎，茅盾對當前的文藝運動，提出了以下幾點方針：一、「文藝運動和民主運動是不可分的。民主運動有賴於文藝，文藝運動亦有

〔註 9〕《茅盾全集》第 17 卷，第 48～49 頁。
〔註 10〕《茅盾全集》第 17 卷，第 45 頁。
〔註 11〕初刊於《中學生》雜誌社編 1946 年 10 月增刊《戰爭與和平》，後收入《茅盾全集》第 23 卷，以下引文，均見此書。

賴於民主。」「文藝運動，不能脫離民主運動」。二、今天的文藝工作者不能藉口於「『我是用筆來服務於民主』而深居簡出，關門做『民主運動』，他還應當走到群眾中間，參加人民的每一項爭民主爭自由的鬥爭。亦只有如此，他的生活方能充實，他的生活才是鬥爭的」。三、「因爲文藝工作必須和民主運動相配合，但中國的民主運動是困難曲折的，是一個長期的鬥爭，所以我們的文藝工作也是長期的鬥爭」。因此「必須做長期的打算」。四、「在長期的鬥爭中，我們的主觀努力必須加強，要加強認識，認清敵友，實踐『文章下鄉』，眞正地替老百姓服務，改造我們的生活內容與生活方式，創造我們的民族形式的文藝。」五、「凡是贊成民主，擁護民主，推動民主的文藝界的朋友，一定要聯合起來，加強團結。對於文藝上個別問題有什麼不同的意見，應當用友誼的態度，互相批評討論，使各種問題得到正確的結論，換言之，文藝工作者群中應當培養民主之作風。」〔註 12〕

茅盾還就文藝的人民屬性作了充分的論述。他承接著「爲人生的文學」、「爲無產階級的文學」以及「大眾文學」等口號，突出地提出了「人民的文藝」這個口號，並對它作出三個層次的界定：一是「爲人民所作」。即「在人民中間產生，爲人民所共同創造的。」二是「爲了人民」。即此作品的創作目的是爲了廣大人民群眾，「所說的話能夠反映生活，是屬於大眾，屬於這社會的。」三是「爲人民所有」。「即人民應當無條件享受文藝。」明確了人民的文藝的本質屬性，茅盾就進一步指出了它的功能：一、「站在大眾的立場，反映大眾的意見。」「所表現者是人民大眾之好惡而非個人之愛憎。」二、要暴露貪官污吏及其政治的根源，即「不民主的政治」。還「應當歌頌人民的英雄」，「歌頌人民的積極性和創造性」。

爲了實現這偉大目標，茅盾要求「作家要努力作自我改造。」「要克服小資產階級意識」，「要克服文人習氣。」如孤僻，自傲，不切實際，好爭意氣等等。〔註 13〕

和過去的觀點同樣，茅盾仍然特別重視文藝與政治的關係，強調要發揮文藝的政治功能與社會效益。這當然是對的。不過他不適當地加給文藝以過重的負荷。他繼續提倡「文章下鄉」。他承認抗戰以來「因客觀的阻礙與主觀

〔註 12〕《和平・民主・建設階段的文藝工作》，《茅盾全集》第 23 卷，第 257 頁。
〔註 13〕《人民的文藝》，初刊於《新文藝》創刊號，1946 年 6 月 1 日，《茅盾全集》第 23 卷，第 263～266 頁。

力量的不夠，始終也是一句口號而已。現在，抗戰結束了，要實行民主了，『文章下鄉』必須求其實現」。其實這種形勢估計和這個要求，都過分樂觀和過分高了。完成了抗日的大目標，「文章下鄉」更少了推動力和更多了「阻礙」；因此在國統區，是不可能像解放區那樣實現「文章下鄉」的。何況茅盾還把「提高老百姓的文化水準，普及教育」〔註 14〕加諸文學社會功能與「文章下鄉」之身。這更是不切實際的。如果說寫《從牯嶺到東京》時，茅盾對讀者面的估計還比較冷靜，那麼抗戰勝利和內戰暫停的形勢，也許使他過分樂觀了。因而不適當地把解放區也未完全辦到的「文章下鄉」口號再次提出，並使之肩負普及教育水準，提高老百姓文化水平的任務，在國統區，這是很難辦到的。

不過在估量文藝的政治功能與審美功能，論述思想性和藝術性的關係時，茅盾還是比較客觀和辯證的。他指出，既要反對「注重政治性而忽視藝術性」，也要反對「注意藝術性而忽視政治性。」他認爲：「在今日特別見得嚴重的是強調藝術性。」〔註 15〕基於這種理解，儘管這時茅盾仍繼續發表了許多文學技巧和修養的文章，如《關於寫作》、《文學修養》、《中學生怎樣學習文藝》等，但這時的茅盾，仍然更多地向政治傾斜。這固然和他幾十年來一貫重功利、重社會效應一脈相承，但更主要的，這是和 40 年代他所擁護的「文藝爲政治服務」口號密切相關的。

1942 年延安文藝整風運動過程中，毛澤東發表了《在延安文藝座談會上的講話》。1944 年元旦，重慶《新華日報》以《毛澤東同志對文藝問題的意見》爲題，摘要發表了這個《講話》，茅盾及時地讀過了。但讀全文則是 1946 年離開重慶的前夕。這對茅盾影響很大。他說：「眞像是在又疲倦又熱又渴的時候喝了甘冽的泉水一樣，讀完這本書後全身感到愉快，心情舒暢，精神陡然振奮起來。」「有醍醐灌頂之感。」〔註 16〕對《講話》運用馬克思主義解決中國文藝問題的理論闡述，茅盾當時是全盤接受了的。以上提到他的關於「人民的文藝」的觀點，作家要進行思想改造的觀點，普及與提高的觀點，作家要寫熟悉的生活，但也要去深入那些自己不熟悉的生活的觀點，以及文藝與

〔註 14〕《和平·民主·建設階段的文藝工作》，《茅盾全集》第 23 卷，第 252～253 頁。

〔註 15〕《茅盾全集》第 23 卷，第 267 頁。

〔註 16〕《學然後知不足》，《人民文學》1962 年第 5 期，《茅盾全集》第 26 卷，第 406～407 頁。

政治之關係、文藝爲政治服務的觀點等等，都和學習並接受了《講話》有關。總地看，《講話》幫助茅盾拓展了理論視野，使他的美學觀點發展得更加明確。但是《講話》突出了「文藝爲政治服務」的觀點，一定程度上忽視了文藝的審美作用和觀賞性；這對茅盾也有很大的影響。這種影響起了負面作用。上邊提到的茅盾對文藝功能、「文章下鄉」肩負的過重任務的論述，就是一例。對這一切，我們應作全面和辯證的估計。

茅盾還說他在「讀到《講話》以後約一年或二年，又讀到了解放區在《講話》以後的第一批文藝收穫——文學作品，特別是小說和詩歌。這也給我極大的興奮和愉快。當時還寫了短文爲這批新作品鼓吹」。〔註 17〕這些文章是 1946 年到 1948 年寫的。《關於〈呂梁英雄傳〉》（1946 年 9 月 1 日《中華論壇》2 卷 1 期）、《關於〈李有才板話〉》（1946 年 9 月 29 日《群眾》12 卷 10 期）、《論趙樹理的小說》（1946 年 12 月 12 日《文萃》2 卷 10 期）、《民間・民主詩人》（1947 年 10 月《文藝叢刊・腳印》），和 1948 年寫的《贊頌〈白毛女〉》（1948 年 5 月 29 日《華商報》）。此外他在許多文章中，還論述到解放區的文藝運動和文藝創作。這些文章擴大了解放區文學在國統區的影響，使毛澤東的《講話》及實踐《講話》的這批作品，不僅指引了解放區文學發展的方向，而且也指引著國統區文學發展的方向。

抗戰時期與解放戰爭時期，茅盾的外國文學研究不佔主要精力。但在關鍵時刻，他仍有文章推出。如 1946 年 6 月 18 日，是高爾基逝世十週年紀念日。上海文學界組織了紀念活動。茅盾也投入了許多精力。他應戈寶權之請，爲《時代》週刊的《高爾基研究》特刊寫了概論高爾基的作品在中國流傳及影響問題的論文：《高爾基與中國文壇》。18 日當天，他出席了中蘇文化協會上海分會舉行的紀念會，和蘇聯僑民協會俱樂部的紀念晚會。當天，他還在上海「蘇聯呼聲」電台發表了《高爾基與中國文學》的廣播講座。這些文章與講演，把茅盾的高爾基研究又深化了一步。

第二節　出訪蘇聯，尋求政治參照

美國遞過的橄欖枝，茅盾沒有接。但蘇聯發出的邀請，他卻欣然接受了。

〔註 17〕《學然後知不足》，《茅盾全集》第 26 卷，第 408 頁。

一

早在 1945 年底，蘇聯文化協會就曾邀請茅盾訪蘇。茅盾提出攜夫人同去的意願。1946 年 8 月初，蘇聯大使館一等秘書、著名漢學家費德林，專程從南京來上海，給茅盾送來了一份蘇聯對外文化協會邀請茅盾和孔德沚赴蘇聯觀光的正式請帖，並建議他乘每月一班由上海至海參崴的輪船，到海參崴換火車赴莫斯科。茅盾接受了這個方案。經沈鈞儒指點，他親赴南京找外交部長王世杰辦出國護照。王世杰正在廬山避暑。接待者讓茅盾塡了表格後回滬等通知。但直拖到 9 月底仍無消息。沈鈞儒就寫信請邵力子斡旋。王世杰這才給辦了赴蘇聯的護照。

蘇聯的輪船還需一個月才能抵滬。茅盾有從容的時間作出國的準備。他置備了冬裝；給塔斯社遠東分社社長、著名的漢學家羅果夫寫了他要求寫的自傳；開列了一份著譯書目；給蘇聯朋友準備了一些小禮品；準備好一批自己的蘇聯作品譯著：剛出版的《復仇的火焰》、《人民是不朽的》、《團的兒子》、《蘇聯愛國戰爭短篇小說譯叢》；還吃了兩週的餞行宴席。

1946 年 10 月 19 日中華全國文藝協會上海分會等文藝團體舉行紀念魯迅逝世十週年大會。周恩來、郭沫若和茅盾都出席了大會並講了話。茅盾還發表了題爲《魯迅是怎樣領導我們的？》文章，號召學習魯迅辨眞僞、剝落假面具的本領。不久蘇聯的航船來到，並決定 12 月 5 日啓碇。11 月 23 日，中蘇文化協會爲茅盾餞行。因爲茅盾是中國第一位以作家身份訪蘇的名人（此前郭沫若訪蘇是以科學家身份），所以引起文化界的高度重視。11 月 24 日，上海十個民間文化與文藝團體舉行歡送會，郭沫若、馬寅初、潘梓年等二百餘人出席了歡送會。由葉聖陶擔任主席。茅盾致答謝詞中說：「去蘇聯觀光是我二十年來的願望。……我們現在去是冬天，回來應該是春天了。但那時中國是否已經是春天尚不能預料，我相信蘇聯人民會給我們很多熱，幫助我們度過冬天，我就是要去把這『熱』帶回來，讓寒冬早點過去。」〔註 18〕這些雙關語，竟成了預言。

12 月 25 日晚，蘇聯總領事哈林夫婦設宴爲茅盾餞行。戈寶權曾著文記述了宴會盛況。在會上由黎照寰開頭，郭沫若、田漢、沈鈞儒、葉聖陶、顏惠慶、潘梓年等六人一起應和，共寫了七首送別詩。戈寶權還把這些詩匯編成

〔註 18〕《我走過的道路》（下），第 422 頁。

冊，題爲《歡送茅盾先生訪蘇唱和詩輯》，並附「小言」，在茅盾啓程前印妥，分送給諸人。茅盾和孔德沚在戈寶權存本上題字爲「寶權兄：茅盾，孔德沚，於斯摩爾納號，一九四六，十二，五日。」郭沫若、葉聖陶、哈林總領事也簽了名。沈鈞儒題詩曰：「一杯一杯復一杯，賀君萬里旅程開。從知領導歸文化，旋轉乾坤仗眾才。」潘梓年題詩曰：「文化交流酒滿杯，中蘇合作鴻運開。問誰好戰追希墨，舉世人民罵蠢才。」〔註 19〕這些贈別詩，既是寫眞，又有祝願，實際是時代的一抹剪影。

離滬的時間 1946 年 12 月 5 日終於到了。茅盾夫婦乘蘇聯領事館汽車到江海關碼頭時，許多朋友早已在此恭候。郭沫若夫婦還送了一籃康乃馨，並寫送別詩曰：「乘風萬里廓心胸，祖國靈魂待鑄中；明年鴻雁來賓日，預卜九州已大同。」茅盾也題了臨別贈言。〔註 20〕他在日記中還寫了離別情景：「載著朋友們回去的『登陸艇』漸漸去遠了，我站在船舷，心裡很難過。……寶權兄還留著」。他是要等陪伴茅盾夫婦訪蘇的蘇使館隨員讓考夫「來了給我介紹過然後回去」。後來讓考夫終於來了，「介紹見過，匆匆談了幾句，寶權兄說：『現在我也要去了！』我卻說不出話。我們是緊緊地握了一次手。……我忽然感到有點暈眩，是疲倦呢？還是感情太激動。」〔註 21〕不過茅盾在臨別贈言中回答了這個問題：「雖然我是到溫暖自由的天地去，我的心情是難過的，我依依不捨，因爲你們將在祖國度過陰暗的季候。」〔註 22〕

這時他們都盼望，茅盾歸來時，祖國已經眞的是春天！

二

1946 年 12 月 5 日下午 3 時，茅盾夫婦離開上海，次年 4 月 25 日下午 5 時返回上海，訪蘇時間約四個月。這期間的活動與收穫，大都記在《蘇聯見聞錄》、《雜談蘇聯》〔註 23〕和部分散篇文章中。

《蘇聯見聞錄》由日記和記述見聞的一組文章組成。日記按訪問過程紀實；文章則是有關蘇聯的重大材料，和作者感受的專題報導。這是離滬前應

〔註 19〕《新文學史料》1982 年第 3 期，第 175～176 頁。
〔註 20〕《我走過的道路》(下)，第 424 頁。
〔註 21〕《茅盾全集》第 13 卷，第 7～8 頁。
〔註 22〕《我走過的道路》(下)，第 424 頁。
〔註 23〕前者 1948 年 4 月由上海開明書店出版；後者 1949 年 4 月由上海致用書店出版；分別收入《茅盾全集》第 13 卷和第 17 卷。

以群和《時代日報》要求，隨遊隨寫隨寄回國發表，以饗讀者的。

據《蘇聯見聞錄·日記》載，茅盾一行於12月10日抵海參崴；13日換乘火車，一路走走停停，橫貫西伯利亞，於25日晨抵莫斯科。茅盾由蘇聯對外文化協會副會長卡拉介諾夫和該會東方部主任葉洛菲也夫接到薩伏伊旅館下榻，次日拜會了該會會長凱美諾夫。接待是高規格的。12月31日蘇聯對外文協由會長凱美諾夫主持，舉行宴會。在莫斯科的著名作家如吉洪諾夫、列昂諾夫、戈爾巴托夫、蘇爾科夫等均出席了。正在郊外休養的法捷耶夫派代表出席，並邀茅盾夫婦出席元月 2 日蘇聯作家協會的歡迎茶會。茶會由專程從郊外趕來的蘇聯作協秘書長法捷耶夫主持，除正在外地養病的西蒙諾夫外，莫斯科的著名作家如馬爾夏克等都出席茶會表示歡迎。茅盾就蘇聯作家提出的以下三個問題，作了回答：「一、中國文壇現時主要的傾向；二、中國文藝界統一戰線之現狀；三、中國作家生活情況」及「中國文協的組織及工作情形。」他們也答覆了茅盾詢問的蘇聯文壇最近的發展情況，還答應提供日丹諾夫最近所作的報告的文本。〔註24〕

這當中茅盾請葉洛菲也夫幫忙，找到了在莫斯科上學的侄女瑪婭。她剛出世時，沈澤民、張琴秋就因革命需要回國。她一個人留在蘇聯，所以她只會俄文，不懂中文。茅盾用在俄英、英俄兩用字典上找對應字的方式，弄清了彼此簡單的情況。第二次再來，她帶來張太雷和劉少奇的兒子當翻譯，這才能交流詳情。這幾次會面，親人們悲喜交集。茅盾在日記中寫道：「瑪婭來了。這是我第一次看見她，想起澤民，想起母親，又想起亞男，很傷心。」〔註25〕

此後，經凱美諾夫和葉洛菲也夫安排，茅盾開始了四個月的參觀訪問。據《蘇聯見聞錄·日記》載，其日程如下：1946年12月25日至1947年元月16 日參觀莫斯科。16 日至 21 日乘火車走了四天五夜，抵格魯吉亞首都第比利斯。元月 21 日至 28 日參觀第比利斯和斯大林的故鄉戈里。28 日乘火車起程，於 29 日晨抵亞美尼亞首都葉麗方。2 月 2 日下午 2 時乘車，中途改乘飛機，又換火車，於 2 月 6 日又返回莫斯科，並繼續訪問活動。2 月 23 日夜乘火車，於 24 日上午 10 時抵列寧格勒訪問。2 月 28 日晚 7 時許乘火車，於 3 月 1 日 10 時許返抵莫斯科。3 月 6 日 8 時許，乘飛機走走停停，於 8 日上午

〔註24〕《蘇聯見聞錄》，《茅盾全集》第13卷，第35頁。

〔註25〕《蘇聯見聞錄》，《茅盾全集》第13卷，第36頁。

11時抵達烏茲別克首都塔什干。3月12日乘飛機離塔什干，赴撒馬爾罕參觀。3月14日乘飛機，經土庫曼共和國的首都阿什哈巴德，於當日下午6時，抵阿塞拜疆共和國的首都巴庫。3月21日乘飛機離開巴庫，當中在阿斯特拉漢機場過夜，22日11時又起飛，當日下午3時，返莫斯科。至此訪蘇主要日程大體完成了。但停留等班機的十多天又繼續訪問。4月5日分別向文協凱美諾夫等辭行，當晚10時50分，乘火車離開莫斯科，於4月17日晨抵海參崴。4月20日上午，又登上來時所乘的斯摩爾納號船，1947年4月25日下午 5 時，抵上海江海關碼頭。當茅盾重新踏上祖國的土地，重新面臨國內嚴峻的政治形勢時，他分外感到「兩種社會制度，兩重天」的懸殊！

三

茅盾在蘇聯的訪問考察，除聽取報告與介紹，閱讀資料等調查研究活動外，主要是參觀與訪問，和觀摩各種文藝演出。據《蘇聯見聞錄・日記》所載，他參觀了七十多個單位。其中旨在了解蘇聯歷史與革命、建設現狀的有：紅軍戰利品（武器部分）展覽會、列寧博物館、紅軍博物館、《眞理報》編輯部及其印刷所、莫斯科地下鐵道、《兒童眞理報》編輯部、紅十月工廠、革命博物館、莫斯科蘇維埃區第 19 投票處、莫斯科工業博物館、「三八」集體農莊、克里姆林宮（以上莫斯科）、斯大林故鄉和斯大林故居、斯大林博物館、格魯吉亞少年先鋒隊之宮、斯大林親手創建的梯俾利斯地下印刷所、馬恩列斯學院格魯吉亞分院（以上格魯吉亞共和國）、列寧格勒兒童宮、紅旗棉紡廠、冬宮歷史博物館（以上列寧格勒市）、斯大林紡織印染廠、榮膺列寧勳章的乞茄洛夫國家飛機工廠（以上烏茲別克共和國）、巴庫油田、紀念列寧機器製造廠（以上阿塞拜疆共和國）。旨在了解蘇聯社會主義科學文化教育建設成就的有：《小火星》雜誌社、《鱷魚》畫報編輯部、「莫斯科中小學生寒假文化娛樂」活動、列寧圖書館、莫斯科大學及其圖書館、高爾基世界文學研究院、高爾基博物館、忒列杰亞考夫畫館、第76學校、東方文化博物館、托爾斯泰博物館、奧斯托洛夫斯基博物館、國家出版局文學部、國立普希金藝術館（以上莫斯科）、格魯吉亞歷史博物館、格魯吉亞國立大學、格魯吉亞科學院（以上格魯吉亞共和國）、亞美尼亞歷史博物館、民眾圖書館、紀念列寧夫人的十年制學校、亞美尼亞國立藝術館、基洛夫區托兒所、亞美尼亞科學院、亞美尼亞科學院直屬釀酒及葡萄種植研究所、亞美尼亞文學研究所及其所屬文學博物館、原稿珍本保藏庫、亞美尼亞文學展覽室、亞美尼亞國立大學、亞美尼亞國立電影製片廠（以上亞美尼亞共和國首都葉麗方）、蘇聯科學院、東方研究所、列寧格勒藝術館、涅克拉索夫博物館、國立薩爾蒂科夫・謝德林圖書館、普希金博物館（以上列寧格勒）、烏茲別克科學院及其語文研究所原稿珍本收藏所、東方文物保藏所、59 中學（以上烏茲別克共和國塔什干市）、撒馬爾罕古蹟（含帖木耳陵、皇族陵、大教堂、兀魯伯最高學院、兀魯伯的天象室等）、烏茲別克國家藝術館、烏茲別克科學院歷史博物館（以上烏茲別克共和國撒馬爾罕市）、紀念基洛夫自然醫療研究所、阿塞拜疆科學院、阿塞拜疆電影部（以上阿塞拜疆共和國）。

爲了解蘇聯文化藝術事業的蓬勃發展，茅盾看了大量的演出。其中有話劇《小市民》、《勝利者》、《斯大林格勒的人們》、《青年近衛軍》、《俄羅斯問題》（以上莫斯科）、《祝福海上的人們》、《列寧格勒》、《一僕二主》（以上格魯吉亞）、《親愛的祖國》（亞美尼亞）、《奧賽羅》（塔什干）、《紀念阿席司別考貝》（巴庫）；歌劇《塞伐斯托堡保衛者》、《杜布洛夫斯基》、《奧涅金》、《露沙爾卡》（以上莫斯科）、《黃昏》、《阿俾薩隆與葉台麗》（以上格魯吉亞）、《蒲朗》、《蘭綺麗和麥其依》（以上塔什干）、《瞎眼者之子》（巴庫）；舞劇《天鵝湖》（莫斯科與列寧格勒各看一次）、洪都忒（亞美尼亞）。此外還有著名的馬戲傀儡戲等。觀看的民族歌舞晚會有：「少共眞理報・星期四晚會」、斯拉夫五民族歌舞晚會（含俄羅斯、白俄羅斯、波蘭、捷克、斯洛夫等民族）、恰伊科夫斯基廳的古典舞晚會（以上莫斯科）、梯俾利斯音樂學院爵士樂演奏會、薩維扎什維列第一交響樂演奏會（以上格魯吉亞）、榮膺列寧勳章的斯賓甲羅夫亞美尼亞國立劇院歌舞晚會（亞美尼亞）、「三八」節歌舞晚會（塔什干）、菲拉莫陵音樂廳民族歌舞晚會（阿塞拜疆）。此外還看了許多電影，如《25 年之格魯吉亞》（短片三部）、《我們的祖國》（亞美尼亞歷史紀錄片）、《偉大的轉折》、《中亞五民族（吉爾吉斯、土庫曼、哈薩克、塔吉克、烏茲別克）歌舞大會》（烏茲別克藝術紀錄片）、《那夫勒荊在蒲哈拉》、《花布小販》等。

爲了交流經驗，除了所到各處舉行的各種座談會、歡迎會、晤面會外，茅盾還對以下作家和重要人物進行走訪：作家卡達耶夫、馬爾夏克、西蒙諾夫、吉洪諾夫（關於這四位作家，茅盾還寫了訪問記專文）、彌卡瓦（兼格魯吉亞對外文協會長），以及亞美尼亞教育部長、蘇聯婦女反法西斯總會主席寧娜・波波娃夫人等。

這些見聞和閱歷，是茅盾當時幾十年的經歷中前所未有的，因此他大開了眼界。

這樣，茅盾對蘇聯的社會主義制度，及這制度之下的文化藝術、科學、教育，有了較全面的認識。他最突出的感受，是社會主義制度的優越性。關於蘇聯的經濟建設，經過具體數字對比，他在日記中寫道：「二十五年的蘇維埃政權做了百年帝俄政權所沒有做到的事。」關於蘇聯政治民主，他在參觀了選舉活動，參觀了最高蘇維埃開會典禮，並把四百多議員的成分作了剖析後，得出結論說：「從社會經濟的地位說，他們全是勞動的人民。他們中間沒有剝削者。這就是蘇維埃民主政治和英美的所謂民主政治不同的地方。蘇維埃的民主政治是眞正的民主政治」。選民「沒有任何職業、財產、性別等等的歧視與限制。所以這選舉制度是全民的，平等的。選舉票上概不記名，所以是秘密的。人民直接（一次）選舉最高行政機構的委員，所以是直接的。全民，平等，直接，秘密，這是蘇維埃選舉制度的優點。」這就給下一代青年提供了美好的前景：他們「來自蘇聯社會主義大家庭的各民族」，「他們受到政府的愛護，受到社會的尊視。」他們不怕失學、失業，「不怕沒有發展的機會，他們都是社會主義建設的後備軍。」由此茅盾獲得了鼓舞與信心：他看見了「新世紀的主人公，也許是一個吉利的徵兆——預兆著我祖國的年青的一代在不久的將來也就可以從黑暗中衝出而獲得了溫暖與光明，並且與蘇聯這年青的一代攜手共向人類的理想社會邁步而前進。」〔註 26〕這次訪問，把茅盾早在 20 年代末就憧憬的「北歐運命女神」眞正具體化了！

因此，茅盾眞地從蘇聯帶回了「熱」。他在解放戰爭時期的最後兩年，以更大的信心，高舉民主的火炬，持續宣傳蘇聯社會主義制度，爲迎接中國的黎明與新生，不懈地奮鬥。

他寫作並出版的《雜談蘇聯》，實際是系統全面介紹蘇聯社會主義制度的專著。全書共四編，首編先集中介紹蘇聯憲法、政治機構、國家經濟歲入與支出。然後依次分節介紹各加盟共和國的社會制度結構，最後介紹「少數民族的進步與發展。」次編介紹蘇聯的計劃經濟情況及工業、農業、商業、電力、交通、礦物以及莫斯科與斯大林格勒的今昔。三編介紹蘇聯的教育、衛生、體育、出版、文學、藝術、電影、音樂等事業。四編介紹蘇聯的工會、

〔註 26〕《茅盾全集》第 13 卷，第 49～50、143～144、86、34 頁。

農莊、婦女、兒童、青年、少先隊、住房、分配、就學、娛樂、婚姻等，突出介紹了自由與平等的人際關係。介紹蘇聯的作品，除此書以外，還有《蘇聯見聞錄》的後半部分，以及散篇文章。可以說他相當全面地介紹了蘇聯，通過蘇聯，把社會主義具體模式給中國人民作了全景描繪，爲解放以後中國的社會主義建設，提供了一個完整的參照系。

如果說瞿秋白的《餓鄉紀程》與《赤都心史》，是記錄十月革命時期蘇聯的鉅著，那麼茅盾的《蘇聯見聞錄》和《雜談蘇聯》，則是完整地記錄已經建成社會主義的蘇聯的巨著。這四部書都是歷史的見證。中國現代文學史上的這兩位巨人，共同完成了一部史著，可稱之爲：《中國人目睹的社會主義蘇聯》。而今蘇聯解體，種種輿論把這塊國土上曾經存在的社會主義及其不朽的歷史價值，說得一無是處。然而當年茅盾的目睹親歷及其實錄，在今天，其歷史的見證的意義，就更加明顯。這是他當年無法意識到的事。但這又是使歷史老人感到多麼幸運的事啊！

當年茅盾及其同輩人還在孜孜以求的事，在蘇聯早已實現了。而今中國人民正堅持與發展著的，在原蘇聯卻已土崩瓦解了。這些歷史演變，是意味深長的！

第三節　由滬轉港，迎接全國解放

茅盾回國後的第四天，文化界最熟的二三十位朋友，在郭沫若寓所爲茅盾夫婦洗塵。其中有沈鈞儒、鄭振鐸、葉聖陶、洪深、熊佛西、田漢、陽翰笙、廖夢醒、許廣平、陳白塵、史東山、葉以群、戈寶權、傅彬然、丁聰等。大家詢問的，當然是蘇聯情況和觀感。此後，這樣的聚會，及應邀作赴蘇講演等活動接連不斷。記者們也簇擁來訪。這一切體現出人們對蘇聯與中國關係的關切。茅盾也盡一切可能滿足大家的這種要求。他把赴蘇日記交給《時代日報》發表，又發表了後來收入《蘇聯見聞錄》的，以及未入集的文章共二十多篇。總之，在 1947 年，茅盾成了蘇聯問題專家。他發表的文章，除悼念鄒韜奮、謝六逸的兩篇外，均以介紹蘇聯爲中心。當然限於形勢，他的介紹，只能側重在文化藝術，此外，他還譯了西蒙諾夫的劇本《俄羅斯問題》。

一

這時，國內的形勢已經急轉疾下。蔣軍在八個多月損失軍隊 70 餘萬，對解放區的全面進攻，也不得不轉入重點進攻。由於美軍強姦北大學生沈崇事件和「浙大血案」（于子三等浙大學生被捕並在獄中被殺）於 1946 年 12 月 24 日和 1947 年 10 月 26 日相繼發生，反美、反蔣、反迫害、反飢餓的鬥爭，不斷掀起高潮。1947 年 7 月，中國人民解放軍由戰略防禦，轉入戰略進攻。10 月 10 日，《中國人民解放軍宣言》和《中國土地法大綱》同時發表。蔣政權的崩潰，已經指日可待。他們的垂死掙扎，就是加強鎮壓群眾運動。連沈鈞儒為首的民主同盟總部也被迫「解散」，盟員也只好停止活動。

為了保護這些民主人士，中共中央向他們發出經香港「轉移到解放區去」的邀請。郭沫若和沈鈞儒於 11 月中旬和下旬先後離滬。茅盾則於 12 月上旬和葉以群同船赴港。孔德沚留在上海做掩護，放空氣說：茅盾回烏鎮訪舊去了。約兩週後，她和于立群也帶孩子同船赴港。茅盾一家先住在一家公寓，半月後遷入九龍彌敦道所租的住所。

茅盾這是第四次赴港。由於進步文化人繼抗戰初那次之後再度雲集香港，香港文壇也再次活躍起來。但是這次不同於抗戰初的逃亡，人們興奮地談論同一話題：戰局發展與全國何日解放。12 月 25 日，毛澤東的《目前形勢和我們的任務》對此作出令人鼓舞的回答。茅盾的反映，都寫在 1948 年為《華商報》所寫的元旦獻詞《祝福所有站人民這一邊的！》裡。他斷言：「反帝反封建的革命事業，有在本年內完成的希望了，但空前艱苦的鬥爭一定是有的。」鑑於過去的幾次曲折，茅盾希望：「這次必須一氣完成，我們要有決心。革命事業如果為了我們的缺乏決心而不能在我們這一代徹底完成，而使後一代的仍須付出鉅大的代價，那麼，我們將是歷史的罪人。我們是對不起我們的兒孫的！」〔註 27〕不過茅盾這次的斷言和「四・一二」之後的「速勝論」有質的區別：他根據的是解放軍大舉進攻的實力造成的形勢，和目睹蘇聯的社會主義革命勝利的事實。而且，茅盾的這次斷言，也被一年多之後的事實所證實。茅盾的「幻想」再不會破滅了，因為這是切近實現的理想！

這時，香港充滿了民主空氣。除了反對港英當局或干涉香港事務的文章外，包括反美反蔣、宣傳中共政策的文章，均可發表。因此香港文壇日趨活躍。新辦刊物多家。邵荃麟等辦的《大眾文藝叢刊》就是影響較大的一個。

抵港不久，在文協香港分會舉行的三百多人出席的新年團聚大會上，茅

〔註 27〕《茅盾全集》第 17 卷，第 110 頁。

盾提出了糾正主要存在於上海的不批評正面的敵人，卻不負責任地在內部進行「左」的批評的建議。他建議乘香港集中了大批文人之機，承擔起批評與檢討此不良傾向的責任。這個建議引起了重視。〔註 28〕荃麟和馮乃超等創辦的《大眾文藝叢刊》雖是綜合性刊物，但重在文藝理論問題的討論。以此刊爲中心，對胡風的文藝思想和舒蕪的《論主觀》以及民主個人者宣揚的「自由主義文學觀」等展開了批判。

今天看來，茅盾的建議，和《大眾文藝叢刊》對胡風的批判是否妥當，還值得重新考慮。因爲當時全國即將解放，應該團結一切可能團結的力量，求同存異，共商國是。在這時作內部批評，特別是歷史積怨較重的批評，其副作用是顯而易見的。

胡風在《重返上海》之日記中，回憶 1948 年春節拜年獲此消息時的情形道：「在作家書屋，姚蓬子告訴我一個消息，他聽劉百閔（國民黨中國文化服務公司的老板）說香港正在發動批判胡風。這消息很使我感到詫異，懷疑它的眞實性。我想，抗戰八年來我一直跟共產黨走，編刊物得罪了一些人那我是感覺得到的，但怎麼能在這個時候來對我進行批判？當時我猜測是劉百閔造謠中傷。雪峰也說，恐怕是他瞎編，在搞分裂。」〔註 29〕此事由中統特務劉百閔傳播消息，正好反證了這次活動存在副作用！

但是茅盾當時介入了方言文學的討論，沒有參加他建議的檢討文藝批評不良傾向的討論。接著他轉到政治形勢「新動向」的反擊戰中去了。這「新動向」，就是美國鼓動某些中國政客和御用文人，組成「中國社會經濟研究會」，出版《新路》月刊，大肆宣傳「中間路線」，引誘所謂「第三勢力」和「民主個人主義者」對抗「打倒蔣介石，解放全中國」的時代潮流。民主黨派和無黨派民主人士相當一部分人都投入這場鬥爭中去。李濟深、何香凝、柳亞子、蔡廷鍇等於 1948 年元月組成國民黨革命委員會，沈鈞儒、鄧初民等則於 4 月重整民盟，他們都發表了「打倒蔣介石集團，實行土地改革，建立民主聯合政府」的宣言，聯合起來和「第三勢力」旗幟鮮明地展開對抗。茅盾也再次表現出其文學活動服從於政治鬥爭的特點，積極投入這場鬥爭中去。他尖銳地揭露道：「『中國社會經濟研究會』是一套新把戲。和所謂『新第三方面』，所謂『中間路線』，這都是一條線上來的。我看該會的目的不外

〔註 28〕《我走過的道路》（下），第 452～453 頁。
〔註 29〕《新文學史料》1990 年第 3 期，第 91 頁。

乎：一爲軍事潰敗到最後階段而演出的政治陰謀（苦肉計與狸貓換太子等等）預先作思想上的準備；二、亦爲此政治陰謀先招兵買馬。」〔註 30〕茅盾揭露他們散布「和平」幻想以欺世人的陰謀道：「現在又聽到一些『自封』的『第三者』擺著『悲天憫人』的面目在散放什麼『和平』空氣了。這種『鱷魚淚』，在老百姓看來，原來是不値一錢的『雙簧』；一年以前，這些『大樹』上的『猢猻』尙在幻想那『大樹』終將不拔的時候，它們並沒這樣上勁地『呼籲和平』，現在眼見得那『大樹』要連根拔起來了，這才呼天搶地，盡情扮演了丑角。」其實這是爲蔣介石的「和平」騙局——緩兵之計服務的。茅盾斷言：其「幻想終必破滅。」〔註 31〕茅盾還利用紀念「五四」運動之機，回顧了《新青年》派分化的歷史，指出其右翼先是反對談政治，提倡「中間」路線，後卻撕毀其假面，成了反動政治的「幫閒」的歷史，然後指出：「二十多年前的『中間派』的假面目還能戴這麼五六年然後不得不露眞面目，今天的『中間派』卻是假面目剛戴上就藏不住猙獰的本相，這倒不是今天的『中間派』技術不及他們的前輩，而是因爲今天中國已經天亮了，人民的力量空前地壯大了，中國青年們再不受騙了！今天來紀念『五四』，重要的意義，我以爲就在它指出了知識份子的道路不能離開人民的大路」。否則，「反動集團一定還是要去拉你去『殉葬』的！」〔註 32〕茅盾這些文章充分體現了茅盾這時具備的更高的政治素質與高瞻遠矚的目光。

此外茅盾還提出擴大文藝界統一戰線，和文藝工作者要加強自我改造的意見，也起到了同樣的指導作用。

1948 年 5 月 1 日，中共中央提出建議：號召各民主黨派、人民團體、社會賢達共同爲召開新的政治協商會議，召開人民代表大會，成立民主聯合政府作準備。茅盾十分興奮！他盼望的這一天終於來到了。他和在港民主人士熱烈支持，一起投入這個政治熱潮，共同爲解放全中國作最後的努力。

二

茅盾在香港的小說創作，主要是內容與《第一階段的故事》、《清明前

〔註 30〕《我看》，《華商報》，1948 年 3 月 15 日，《茅盾全集》第 17 卷，第 115 頁。

〔註 31〕《幻想終必破滅》，《正報》第 76、77 期合刊，1948 年 2 月 17 日，《茅盾全集》第 17 卷，第 113 頁。

〔註 32〕《知識份子的道路》，1948 年 5 月 4 日中華全國文藝協會香港分會編《慶祝第四屆五四文藝特刊》，《茅盾全集》第 17 卷，第 119 頁。

後》，特別是《走上崗位》密切相關的長篇小說《鍛煉》。〔註 33〕它最早構思於抗戰初期。其一部分題材用於《走上崗位》。這次在香港，他重新溝思，形成一個五部或六部的宏偉的藝術框架，並寫成題爲《鍛煉》的第一部。但因解放戰爭即將結束，茅盾應邀轉道東北解放區赴北平，參與籌備中國人民政治協商會議；故其後各卷，未及動筆。但他留下一份寫作大綱，〔註 34〕其中規定：「第一部：鍛煉。自上海戰爭至大軍西撤略後一個時期。包含工業遷移之第一期，抗戰初期之壓迎民主運動等。」「第二部：名未定。（或擬題《敵乎？友乎？》）自保衛大武漢之前一二日——或更前，自當年之春季開始，至皖南事變發生。……此部之背景爲：上海（國民黨特工人員在上海與敵方勾結）、武漢、重慶、延安、蘭州、西安、寶雞等等。」「第二部內容如上所擬或可分爲自保衛大武漢至汪精衛落水爲前部，以後爲後部，或竟照此而分爲第二部與第三部。」「第三（或四）部：名未定。皖南事變後，太平洋戰爭爆發起，直至中原戰爭、湘桂戰爭。主要背景爲桂林、重慶、昆明、延安等等。」「第四（或五）部：湘桂戰後至『慘勝』。包含政治恐慌之加深，蔣日之勾搭，民主運動之高漲，進攻邊區之嘗試，國際反動派之日漸囂張，等等。」「第五（或六）部：慘勝後至聞李〔註 35〕被殺。」由此看來，這部大書不僅概括了全部抗日戰爭的八年歷史，而且還擬延伸到解放戰爭時期。

大綱的絕大部分篇幅，是人物性格及相應的人物關係及故事情節的簡要規定。在第二部及其後，以下人物都有較大的發展：陳克明〔註 36〕（他的歷史在第二部中才補寫清楚）及其夫人、崔道生、蘇辛佳及其家庭、嚴潔修、嚴季眞、嚴仲平、嚴伯謙、羅任甫、劉連長及其妻、趙克久、趙克芬、趙克勤之妻徐氏等等人物，都有程度不等的曲折的人生歷程，或心靈歷程。大綱對徐少奶奶及其與謝林甫之子謝少甫之愛情糾葛，有極詳盡的設計和文字表述；這一部分約佔大綱總字數的三分之一。有的地方還設計了不同的方案。

〔註 33〕初刊於香港《文匯報》，1948 年 9 月 9 日至 12 月 29 日，長期以來未出版單行本。直到「文革」結束之後，1980 年 12 月才由香港時代圖書有限公司初次出版；旋在大陸由文化藝術出版社出版。現收入《茅盾全集》作爲第七卷。

〔註 34〕我在校勘注釋《茅盾全集》第 7 卷《鍛煉》時，根據茅盾留下的手稿加以整理後，全文刊在《茅盾研究叢刊》第 4 輯。題爲《鍛煉：總綱及第二部以後筆記》。筆記中的「第二部」，有寫成一部或兩部的兩個方案。故文化藝術出版社版《鍛煉》小序中茅盾說「是五部連貫的長篇小說」，是其方案之一。

〔註 35〕指聞一多、李公樸。

〔註 36〕《清明前後》一劇中有此同名人物。但身份性格有同有異。

大綱中還引有海涅、普希金的幾首詩，是供人物描寫用的。上述人物大都貫串全書的始終。其中新增寫的人物不多。從大綱展示的歷史場景、人際關係、人生道路之曲折，人物和人物關係的多層面性看，此書規模之大，遠遠超出了《子夜》與《霜葉紅似二月花》。而其橫向開拓和心理開拓的厚度，與生活豐滿性，足可與此二書比肩。看來，茅盾是把從《第一階段的故事》起所積累的題材，都投入進去了。經過進一步醞釀、提煉、生發過程之後，要寫一部包括第一階段、第二階段、第三階段（相當於《清明前後》）與第四階段（解放戰爭時期）的歷史縱線的恢宏的史詩。

如果把茅盾的全部小說作爲一個整體，或發展著的系統工程看，則這個「六部曲」，當是集大成之作。

三

第一部《鍛煉》仍以《走上崗位》的情節基幹爲基礎，即寫國華機械製造廠在上海抗戰即將爆發時的遷廠事件。不過情節開端的時間，略早於《走上崗位》。它借助拆卸機器設備的過程描寫，把工人和技術人員的愛國熱忱與熱誠合作，作了突出的表現。而其總體格局，因爲採用了縱向開拓、橫向開拓以及心理開拓相結合，而以後兩者爲主的視角，故大大突破和超越了《走上崗位》。特別是政治性描寫，因爲在香港擺脫了重慶那種文禁環境而大大放開，作品的政治傾向性就十分鮮明，給人以一吐爲快之感！

作品把《走上崗位》中那個阮姓家族改姓爲嚴，在對日妥協屈膝的國民黨政客大哥嚴伯謙，政治上時有搖擺，但具一定民族氣節的民族工業資本家、國華廠老板二哥嚴仲平，和參加過「一二九」運動並被捕過，現仍堅持抗日愛國、爭自由、爭民主鬥爭的三弟嚴季眞這三兄弟之間，展開了三條不同的生活道路與政治立場的衝突。通過這三條線，把觸角延伸到當時以民族矛盾爲主，階級矛盾仍極尖銳，並因民族矛盾上升而更複雜化了的整個社會結構，及其各個層面中去。又因這三種道路的衝突，發生在三昆仲之間，遂使這個家庭的內部矛盾，成爲當時整個社會矛盾的縮影。其中所包括的道德、倫理、心理、親情諸方面的內涵，又使這濃縮了的社會矛盾描寫，顯得血肉豐滿，充盈著情感剖析與心理剖析特徵。

但茅盾並未分散筆墨，或作一般化的政治鬥爭描寫。他承接著《霜葉紅似二月花》之寫王伯申、《子夜》之寫吳蓀甫、《第一階段的故事》之寫何耀先與陸伯通等中國民族資產階級歷史命運這條主線，極力使嚴仲平及其態度與性格發展的描寫，成爲全書審美表現的軸心，並使他的性格發展，通向後來的《清明前後》中的林永清，從而使筆下這些「單個人」組成的一個又一個典型群體，呈現出茅盾小說基本主題與人物性格的系統性與系列性特徵。茅盾又把握住上述各個人物所處時代不同，其性格必然有獨特的時代投影的獨特規律，再加上作家自己的意識亦隨著時代不斷發展和深化，這就使這些人物性格，具有強烈的時代獨特性。1948 年 6 月，茅盾在《第一階段的故事》四版序中寫道：「這三年中，變化是太多且太大了，因此，使得這本小書裡所寫的一些人和事，更加顯得不夠味，但因那時總的形勢要求包容，要求『與人爲善』，所以還是那樣寫完了的。」這是指茅盾寫何耀先與陸伯通時著重強調抗日愛國的側面，影響了對其自我意識與社會意識複雜性與階級屬性的描寫。《鍛煉》在這方面作了很大的彌補和拓展，因此嚴仲平作爲民族資本家的形象，其性格內涵，較之何耀先與陸伯通，大大深化與完整化了。作品還從愛國工人與工程技術人員以及家庭成員等三種不同的視角，與相互間的衝突與統一等側面襯托描寫嚴仲平，深化了其民族利益與個人利益不能兩全時他的深刻的內心衝突的複雜態勢。

作品在嚴仲平面前，尖銳地擺出兩條路：遷廠於內地還是租界。這一衝突內涵有三個層面：一、這次戰爭是否會像「一二八」上海抗戰那樣，僅僅是局部的有時限且能妥協的戰爭。在這裡區分了主戰派、主和派，和茅盾敏感把握了的「和戰皆主派」這三種不同的立場。而主和派中就有最大限度地犧牲民族利益以保全階級私利的買辦階級與反動政客如嚴伯謙等人。這種立場，明顯地帶有漢奸賣國賊性質。二、戰爭打起來之後，是敵勝還是我勝，是速決戰還是持久戰？三、如果我敗敵勝，上海陷落，作爲與國防密切相關的民族機械工業家，將何去何從？把握了這些契機，茅盾就成功地描寫出嚴仲平動搖在大哥嚴伯謙（他堅決主張遷往租界）與三弟嚴季眞（他是堅定的抗日愛國的進步派，因此堅決主張遷廠於內地，以服務於抗戰）之間，三個人物展開了激烈的家庭內部矛盾。此外，由於遷廠之爭，也激化了嚴仲平與愛國工人與技術人員之矛盾。因此工廠的技術台柱總工程師周爲新，提出辭職以示抗議。工人們則採取了更激烈的行動。因此，嚴季眞挺身而出，介入並推動遷廠於內地的實際步驟。他還不斷協調勞資雙方的矛盾，幾次居間調停；從而打破了勞資談判的僵局。這一切，終於把被動地站上抗日愛國立場，被動地克服了和平妥協意向的誘惑，被動地克制了私利私慾的嚴仲平，推到被動地作出犧牲，和工人、和愛國技術人員取同一步調，同心協力，著手遷廠的正確立場上去。這種在衝突中作性格發展與內心躁動描寫的審美表現，充分反映出國難當頭，在出路問題上民族資產階級那對立統一的雙重階級屬；終因民族利益的統一性，而使其愛國的進步性佔主導地位的可能性，變成了直接現實性。這樣，就令人信服地引導大革命失敗後從統一戰線中分化出去民族資產階級一分子的嚴仲平這個形象，又因民族矛盾上升、民族利益的同一性，而回歸到統一戰線中來，並把這歷史發展過程準確地表現出來了。

從主題思想的開掘權衡，茅盾圍繞嚴仲平確定自己的態度這一問題，使各種社會力量都被立體地、縱橫結合地得到開掘與揭示。這種構思極具歷史深度。這就把民族資產階級的上述歷史性轉變的各種社會基因，展現得相當清晰。因此，嚴仲平的政治態度的進步性抉擇，充分表現出歷史發展的必然性：在中國特殊的社會條件下，民族資產階級最終必然要加入到愛國統一戰線中來。也只有這條路，才是他們的眞正的光明之路。這一切使作品具有很高的生活眞實性與藝術眞實性。

這就展示出茅盾從外部條件與內心衝突的對立統一與轉化過程中把握與展現典型人物內心世界多層次運動的審美表現力；也展示出他把握與揭示典型環境諸種外部條件的種種起伏消長，從而多層次地制約著人物性格內涵的多維性與複雜性的審美表現力。

以上各點說明：《鍛煉》比《子夜》深化了一步。而吳蓀甫由統一戰線分化出去，和嚴仲平向統一戰線回歸，兩者之間，有互補的審美作用，體現出很強的時代感與深厚的歷史內涵。

四

《鍛煉》的描寫範圍，包括「工業遷移之第一期」和「抗戰初期之壓迫民主運動」兩大側面。後者的體現，藉助於與前者有機聯繫著的知識份子抗日救亡民主運動的描寫。在知識份子群像中，陳克明是個中心人物。從「六部曲」大綱規定中看，第二部《敵乎、友乎？》在寫陳克明的經歷和陳的小兒子懷念父親時，要「從此補出陳克明過去的歷史及青年學生對於他的景仰」，〔註37〕

〔註37〕《茅盾研究》叢刊第4輯，第2頁。

這是一個民主教授出身的地下黨員知識份子形象。他是「五四」時代青年運動之一員，繼承與發揚著「五四」精神，承接著《虹》中梁剛夫的性格發展軌跡。在抗日愛國民主運動中，他已經「人到中年」，故站在更加堅定的立場，以更加成熟與穩健的方式，從事抗日愛國與爭民主、反專制的鬥爭。圍繞在他周圍，有一大批愛國知識份子。如放棄了安定的生活，主動到傷兵醫院服務的愛國醫師蘇子培；如尾隨陳克明，與資產階級家庭處在半決裂狀態，但又利用家庭地位，發揮其抗日愛國民主運動特殊作用的嚴季眞；如無黨無派，但胸懷著愛國的赤誠，能平等對待勞工的總工程師周爲新；如比周爲新年輕，因之也更爲激進的技師唐濟成。他們除嚴季眞、唐濟成外，都是梅女士（《虹》）的同代人，是「五四」以後第二代中國進步知識份子群像。他們發揚了「五四」反帝、反封建、爭民主、爭自由的戰鬥傳統，以熱愛祖國的赤誠，走上反對日本侵略的戰鬥崗位。和陳克明、嚴季眞一起辦刊的崔道生，則是個「同路人」的形象。其典型意義，在於展示出第二代知識份子的複雜性與知識份子隊伍的複雜組成。

作品寫得特別動人的，是尾隨在上述第二代知識份子之後的第三代知識份子形象。其中較爲年長的有嚴季眞和唐濟成，較爲年輕的則是抗戰時代女性蘇辛佳和嚴潔修（仲平之女）這兩個形象。隨著時代的發展和歷史的推移，她們不像《蝕》中那組時代女性群那樣沾染了時代頽唐病；她們既不浪漫頽廢，也不因精神空虛而去尋求什麼刺激；她們本著愛國的民主的正義立場，和對人民群眾的向心力，初生犢兒不怕虎般地向國民黨反動派的特務政治、阻撓抗戰的賣國行徑發起了衝擊。她們依傍著比她們稍長的嚴季眞，尾隨著陳克明，構成抗日反蔣的年輕的民主力量。相比之下，她們的同代人趙克久、羅求知，則複雜得多。他們分別代表中間的與右傾的政治態度。這幾代知識份子形象各自不同的性格內涵，光譜般地反映出知識份子複雜的各色情態，及其在抗日大潮中的蛻變。

在資產階級舊民主主義和新民主主義革命進程中，中國知識份子的人生道路，特別是時代女性的生活道路問題，一直是茅盾小說的主題之一。它和民族資產階級的生活道路一起，構成茅盾小說的兩大母題。和魯迅同樣，茅盾足足寫了三代知識份子的群像。錢俊人和朱行健（《霜葉紅似二月花》）是從維新變法到孫中山領導的舊民主主義革命時代的第一代革命知識份子形象。錢良材（《霜葉紅似二月花》）、梅行素（《虹》）和《蝕》、《路》中的靜女士與慧女士所代表的那兩群，一直到陳克明等，是置身新民主主義革命的第二代革命知識份子形象。而蘇辛佳、嚴潔修等，則是應抗戰之運而生的第三代革命知識份子形象。如果拋開人物時序，而從作品產生的時序考察，茅盾20年代的小說集中描寫了知識份子人生道路的主題。30年代前半，由於突出了民族資產階級，知識份子主題相對淡化，居於第二軸心位置。抗戰爆發後一直到解放戰爭時期，知識份子人生道路的描寫，也上升到主位，與民族資產階級並駕齊驅；形成茅盾人物畫廊中的兩大群體。

茅盾抗戰時期所寫的同一時期的知識份子的人生道路，都體現了嶄新的時代特點。他採用了全景宏觀的考察視角。他緊緊把握著民族矛盾上升之後各種類型的知識份子都有不同程度的振奮與激昂，一掃過去消極頹唐的精神風貌這一時代特徵。他也展開了對左、中、右三種分化著的知識份子情態的考察。但這三種情態，不是過去的三種情態的簡單的延續；而是圍繞著民族意識的消長重新聚合與分化。茅盾還一反20年代寫知識份子時特具的以「自我反省」爲主的特徵，他努力伸張知識份子中愛國主義的、革命民主主義的，以至無產階級的思想正氣，寫他們與勞動人民的相互關係在抗戰大潮中有所改變，甚至開始建立相互結合的新型關係。這是一個重大突破。其標誌就是《鍛煉》。

有人說：「茅盾40年代末寫《鍛煉》，以其構架論，該書應當有可能成爲這位小說家生活及文學經驗的總結。但這部小說已完成的部分，知識份子形象是貧血的。」〔註38〕這話的前半，如去掉「有可能」三字，應該說有一定道理。但其後半句話卻很難成立。「知識份子形象是貧血的」！這「血」，究竟所指爲何？是指他們已經具備了的愛國主義精神？抑或面對民族矛盾和階級矛盾複雜交織的形勢，應有的，實際也已經具有了的自我意識和社會意識？抑或是鮮明的個性與心理素質？「知識份子形象是貧血的！」說這麼一句話，固然十分輕易；但對作品的否定，卻是分量很重的。然而它並不合乎作品的實際，因而很難站得住！

《鍛煉》塑造的知識份子形象在十個以上。茅盾相當眞實，也相當勇敢地拋開了上述論者在文中一再諷刺的「知識者與勞動者」在作品中被「抑此揚彼」這個簡單化對比公式。在小說中著力寫知識者與勞動者有時相濡以沫，有時相互支持，其關係中充滿著「平等感」和「安全感」。在這部書裡，知識

〔註38〕《中國現代文學研究叢刊》1985年第2期，第30頁。

份子消除了「俯看工農」的優越感；也在很大程度上消除了和勞動者之間的「空間距離」與「心理距離。」更不存在什麼「自我渺小感」，如同《一件小事》所寫的那樣。這是因為時代變了，人的關係在民族危難面前，也發生了重大變化。茅盾採用 40 年代通常採用的「透過勞動者（或試圖直接用勞動者的眼光）打量知識者」的視角，打量的結果，不是鄙視、疏遠或自我優越感；而是至今勞動者依然保持著的（即或在十年浩劫中，眞正的勞動者也沒有失掉的）對知識、對知識份子的博學、愛國主義態度與正義感，對其通情達理、嚴謹處事、嚴於律己的正氣與作風的尊重、尊敬與愛護之情。作家從這兩個相反的視角所作的審美表現，難道不正是寫出了知識份子充沛的「血」嗎？如果我們採取的是客觀公正的審美態度，那麼應該承認，《鍛煉》正是在民族資產階級生活道路、階級出路，與知識份子的人生道路，及其與勞動者相互結合之路上，不僅表現出其主題的與人物描寫的一以貫之的系統性與系列性；而且恰恰是在這兩點上，已經「成為這位小說家生活及文學經驗的總結。」從這個意義上講，《鍛煉》不僅是茅盾長篇小說創作的終篇，而且也是其集大成之作。

在茅盾小說創作中，還有 30 年代推出的，以老通寶這個馳名中外的典型人物為標誌的成功的農民形象系列，和《子夜》、《多角關係》中推出的不太成功的工人形象系列。《鍛煉》彌補了後者的不足，塑造了由蕭長林、歪面孔等先進工人與落後工人組成的工人形象系列。其中特別是歪面孔的性格描寫，具有相當的深度和審美力度。當然，這兩個系列不如前兩個系列豐滿，典型性也不那麼強。這主要是生活體驗仍嫌不足帶來的局限。但其發展軌跡與系列性，還是線索鮮明的。

茅盾小說這種主題與人物塑造的系列性與系統性的審美表現經驗，特別值得後人重視。茅盾一度相當推崇的法國美學家丹納在《藝術哲學》一書中寫道：「我的方法的出發點是在於認定一件藝術品不是孤立的，在於找出藝術品所從屬的，並且能解釋藝術品的總體。第一步毫不困難。一件藝術品，無論是一幅畫，一齣悲劇，一座雕像，顯而易見屬於一個總體，就是說屬於作者的全部作品。這一點很簡單。人人知道一個藝術家的許多不同的作品都是親屬，好像一父所生的幾個女兒，彼此有顯著的相像之處。你們也知道每個藝術家都有他的風格，見之於他所有的作品。」「第二個，藝術家本身，連同他所產生的全部作品，也不是孤立的。有一個包括藝術家在內的總體，比藝術家更廣大，就是他所隸屬的同時同地的藝術家宗派或藝術家家族。」第三個，「這個藝術家庭本身還包括在一個更廣大的總體之內，就是在它周圍而趣味和它一致的社會，因爲風俗習慣與時代精神對於群眾和對於藝術家是相同的，藝術家不是孤立的人。」「由此我們可以定下一條規則：要了解一件藝術品，一個藝術家，一群藝術家，必須正確的設想他們所屬的時代的精神和風俗概況。這是藝術品最後的解釋，也是決定一切的基本原因。」〔註 39〕茅盾的理論與創作，顯然受過丹納的影響。即便不是這樣，用丹納的上述理論來考察茅盾及《鍛煉》在其全部作品中的位置，也是適用的。

五

在香港期間，茅盾還創作了三個短篇：《驚蟄》、《一個理想碰了壁》和《春天》。當時他擔任新創刊的《小說》月刊的發起人和編委，曾答應主編周而復，每期交一篇文章。這三篇小說，就是還文債的急就章。不論在題材、主題還是在形式上，作者都想有新的開掘。就思想傾向言，這三個短篇現實性都很強，作家突出強調了冬天即將過去，春天即將到來的向前看的蓬勃朝氣。但可能因爲生活體驗不深，新的題材熟悉程度不夠的原因，這些小說形象化不夠，概念化的痕跡非常明顯，在茅盾小說創作中，是下乘之作，呈現出其小說創作的下滑趨勢。

《驚蟄》〔註 40〕與《列那和吉地》相同，也是以動物爲主角藉以寫人生的。所塑造的豪豬先生的形象，是「中間路線」與民族個人主義者的代表。但《列那和吉地》藉動物以寫人，能夠兩相契合，人性與人生內容不僅與動物特徵契合，而且水乳交融到難以分離的程度。《驚蟄》則明顯地是讓動物說人物的話，行人物的事，形象描寫缺乏內在統一性，動物性描寫也欠形體準確性。《一個理想碰了壁》〔註 41〕寫抗戰初以「空間換取時間」口號掩蓋不抵抗主義、逃跑主義的醜行，給人民，特別是給「女壯丁隊」及其他婦女同胞造成的苦難。其中所寫的背景和穿插的 L 君救一鄉下姑娘，反而背上包袱（她一定要做其妾）的故事，據茅盾《桂林重慶札記》手稿所記材料判斷，這也許是眞實故事的實錄（S 君及其「全家赴遙遠的邊疆」當是指茅盾及其新疆之行）。題材和主題均有暴露意義。但鄉下姑娘一定要做「妾」的觀念剖析，和

〔註 39〕丹納：《藝術哲學》，人民文學出版社，1963 年版，第 4～7 頁。
〔註 40〕1948 年 6 月 13 日作，同年 7 月《小說》第 1 卷第 1 期發表。
〔註 41〕1948 年 8 月作，同年 9 月《小說》第 1 卷第 3 期發表。

揭露抗戰中之醜行的主題，顯然是兩張皮，二者缺乏內在的有機聯繫。《春天》〔註 42〕的情節也是如此。這篇小說的積極意義，引作品的一段話即可概括：「春來了，一切有生機的都在蓬蓬勃勃發展，呈現他們的活力；但陳年的臭水溝卻也卜卜地泛著氣泡。」小說的突出特點是其超前性。它是在解放前的社會裡，寫未來的解放後的事情。這種虛構帶來了獨特性，也帶來了局限性。寫新社會這種尚未發生的生活，作家缺乏體驗。寫舊社會存在的醜惡現象的部分，就很難和寫新社會的部分作有機的結合。結構上的人為焊接痕跡，也明顯地體現出小說情節的「二元性」；但這兩「元」之間缺乏應有的內在有機性。小說所寫的一面是北方的解放區「國營第七農場」和南方的原江南鐵工廠解放後氣象一新的剪影。一面是從張天翼筆下借來的華威先生這個人物，寫他介入汪老板為首的國民黨反動派的「地下」反革命集團的陰謀破壞活動及其暴露過程。兩相對比，固然是新舊社會交替期的寫照，給人以棄舊圖新的激勵。但這兩面之間，以及華威先生與新社會和舊渣滓之間，都是油水關係，都缺乏有機的聯繫。

思想與形象欠統一，結構分體與結構整體欠有機性的缺陷，使三個短篇帶有濃厚的紀實散文或雜文政論色彩。從作者這面說，也許是作小說形式的探索；從作品看，卻很難說是嚴格意義的小說，因此難有較強的審美力度。茅盾短篇小說創作的這種滑坡現象，很難和其長篇小說創作的精神結尾《鍛煉》同日而語。看來如果生活跟不上，觀念再正確，也是寫不出好作品的。

對中國現代文學史上的短篇小說大家茅盾說來，這些終篇之作，是令人遺憾的！

此外，茅盾在香港續寫了《生活之一頁》，後來出版時改題為《脫險雜記》。這倒是一部不可多得的散文精品。

六

1948 年夏秋之間，中共中央向在香港的民主人士發出邀請：希望他們分期分批秘密赴東北解放區，參加新的政治協商會議的籌備工作，為成立中華人民共和國臨時中央人民政府預作準備。第一批沈鈞儒等民主人士，於 9 月底離港。第二批郭沫若等也於 11 月下旬北上。茅盾與李濟深等第三批人，於

〔註 42〕1948 年 12 月 12 日寫，次年 1 月《小說》第 2 卷第 1 期發表。

1948 年 12 月 31 日，秘密登上直開當時已經解放了的大連市的蘇聯輪船，目的是隨著華北的解放，抵北平共商國是。

他們一行包括章乃器、朱蘊山、盧緒章、吳茂蓀、孫起孟、鄧初民以及洪深等 20 餘人。在船上他們一起共慶 1949 年的這個不平凡的元旦，頗有登泰山迎日出之感。李濟深在茅盾的手冊上題詞曰：「同舟共濟，一心一意，爲了一件大事，一件爲著參與共同建立一個獨立、民主、和平、統一、康樂的新中國的大事。……前進前進，努力努力。」元旦同一天，香港《華商報》也刊登了茅盾行前寫妥的最後一篇文章：《迎接新年，迎接新中國！》。〔註 43〕

李濟深的這些話，和茅盾這篇文章的標題，標誌著舊中國的終結；也標誌著茅盾在舊中國奮鬥前進的戰鬥生活的終結。展現在他們面前的，將是一個光輝燦爛的嶄新的世界。

〔註 43〕《茅盾全集》第 17 卷，第 386～387 頁。

第十章　開拓新苑（1949～1957）

第一節　殫精竭慮，開拓人民文苑

1949 年元月 7 日，茅盾一行抵解放了的大連港。他們小住幾日後即於中旬赴瀋陽，寓當時最大的賓館鐵路賓館。中共東北局等單位舉行了盛大的歡迎會。自響應辛亥革命、入黨、置身大革命洪流，到而今身處嶄新的人民社會，茅盾一直追求祖國的新生，此時此刻，他當然思緒聯翩，心情激動。他充滿信心地展望前景，即席發表了《打到海南島》〔註 1〕的熱情洋溢的演講。

一

這期間，正在《東北日報》任記者，發表了許多影響極大的報導的兒子韋韜，時常抽空來看父母。他多次聆聽過父親和來訪的朋友間深刻的談話。韋韜感到這些老人進入新社會後不斷思考新問題，思想感情發生著深刻變化。有一次他聽到李德全和父親議論解放戰爭進程，新中國前景和新文藝形勢等的對話。李德全說：「現在黨提倡寫工農兵，茅公提倡作家寫熟悉的生活，這看法是否和寫工農兵有矛盾？」茅盾說：「這並不矛盾。工農兵是人民的主體，當然要寫。你不熟悉他們，就應該深入生活去熟悉他們；然後再寫。不熟悉卻硬要寫，不會有好結果。還不如寫你更熟悉的生活。」李德全說：「國統區來的作家恐怕都不熟悉工農兵。」茅盾說：「這正是我們面臨的

〔註 1〕刊於《東北日報》，1949 年 1 月 27 日，《茅盾全集》第 17 卷。

大問題。解放區產生了《李有才板話》，因爲趙樹理熟悉農民。在重慶也有作家寫工人，我總覺得其中的工人實在只是穿了工人衣衫的小資產階級。其實重新熟悉工農兵是可以做到的。丁玲不是寫出一部《太陽照在桑乾河上》嗎？」李德全說：「聽茅公的意思，也打算到工廠農村去囉？」茅盾說：「只要有機會我就去。最好去江南，北方的冬天太冷，恐怕身體吃不消。」孔德沚說：「你穿上皮袍去農家，人家會把你當地主！」茅盾說：「年紀大了，下去也只能走馬觀花。其實除了寫工農兵，也不妨寫自己熟悉的知識份子、商人、資本家、地主……題材無禁區，問題在於站在什麼立場、用什麼觀點寫。作家只要有了先進的世界觀和科學地觀察事物的方法，寫什麼都是可以的。」〔註2〕

這場談話所涉及的，其實是建國後頭幾年文壇關注並發生激烈爭論的大話題。當時已經出現了「左」的偏向。而茅盾一直堅持其上述正確的相當辯證的觀點。他也抓緊時間參觀了解新社會新生活，甚至遠征黑龍江省哈爾濱市深入生活。2月9日他致草明的信中就提及「參觀了鐵路工廠」，「這幾天都有參觀和開會。」明天還要「走好幾個地方。」〔註3〕儘管如此之忙，茅盾仍極重視和關切草明深入工廠後寫的中篇《原動力》，並寫信熱情鼓勵，給予較高的評價：認爲這是「描寫工業及工人生活的」「第一部中篇作品」。「寫的是典型環境中的典型人物典型事件」。「在政治上把握得正確。」只是「描寫的技術」還「有不夠」之處。〔註4〕這說明茅盾一踏上新中國的土地就爲自己定了位。評論《原動力》實際上就是他著手文學評論工作的第一次。

這時兒子也面臨著生活道路的抉擇。韋韜始終想投身新中國的工業建設，並已向叔叔的同學、父親的摯友、當時是東北局領導人的張聞天正式提出要求，且已獲准。然而父母不同意。母親說：「不行！不行！你當記者幹得滿好，已經小有名氣了。中途改行怎麼？」父親也說：「幹記者你已經熟悉了。幹工業就得重新學。」兒子並不怕從頭學起，他講了許多理由。然而已經沒有用了。父母已經跟張聞天打了招呼，堵了兒子的路！

1949年1月31日，北平和平解放了。黨中央立即著手安排進入解放區的知名人士赴北平參加籌備政治協商會議。茅盾攜夫人，與李濟深等一行 25

〔註 2〕參看韋韜、陳小曼：《撥亂反正——茅盾的晚年生活之一》，《文藝理論與批評》1996年第4期，第8～9頁。

〔註 3〕《茅盾書信集》，百花文藝出版社版，第26～27頁。

〔註 4〕《茅盾書信集》，百花文藝出版社版，第26～27頁。

人，於 2 月 25 日抵達北平，下榻在現北京飯店的老樓。從此開始了茅盾在人民首都的長達 32 年的生活歷程。

茅盾這時在北平的生活，由開拓新文苑和參與籌備新政協兩條線交叉並行。在 3 月 25 日中國人民解放軍平津前線司令部、北平市軍管會、中共北平市委、北平市人民政府等聯合召開的歡迎大會上，茅盾發言鄭重表示了自己的政治態度：擁護中共中央的正確領導，以實際行動參與將革命進行到底的鬥爭。

他辦的第一件大事是 3 月 22 日參與主持中華全國文藝協會理監事聯席會議。會上一致議決：立即著手籌備召開全國文藝工作者代表大會；會上推選了籌委會。3 月 24 日在籌委會首次會議上郭沫若當選籌委會主任，茅盾和周揚當選爲副主任。圍繞這件大事，茅盾發表了《新的戰線在形成中》、《一些零碎的感想》〔註 5〕等講話的文章。他指出：成立全國性的文藝家組織的條件已經成熟。他介紹了文代會的籌備工作進展的情況，介紹了關於新組織的性質是什麼，其組織形式，有「同業公會」、「文藝運動指揮部」等等不同的構想。對此他談了個人的意見。他還發動大家提出意見或建議。

籌委會著手籌辦文化會和將來的文藝家組織的「喉舌」：《文藝報》，由茅盾主持籌辦工作。他雷厲風行，5 月 4 日開始出《文藝報》的「試刊」。5 月 22 日和 30 日他以《文藝報》名義召開並主持了兩次徵求意見會，就《文藝報》的辦刊方針、新文協的組織形式、方針任務、評選委員會的任務等徵求意見。

6 月 14 日在文代會籌委會上決定：由郭沫若作大會總報告；茅盾和周揚分別作國統區與解放區文藝工作的報告。茅盾立即著手起草此報告。

茅盾參與辦的第二件大事，是擔任新政協籌委會委員。他還是「擬定國旗國徽國歌方案」的第六組的成員。在 6 月 15 日至 19 日的籌委會上，他聽了毛澤東總結解放戰爭的偉大勝利，闡述新政協與即將成立的民主聯合政府的性質、任務的講話。這些問題是茅盾多年來反覆思考過的問題。他在發言中表示：擁護毛澤東的講話，認爲它「完全符合於人民的要求和利益」。他還認爲「在新民主主義政權下，文化事業一定會得到很大的發展，因爲人民政府是扶植進步文化的，而且翻了身的工人農民」「需要文化」，「能夠自由地創

〔註 5〕分別刊於 1949 年 5 月 4 日《華北文藝》第 4 期和同日《文藝報》（試刊）第 1 號。

作和享受文化，他們會是文化界最有希望的新生力量。」〔註6〕

1949年6月3日，文代會舉行預備會議。郭沫若當選爲大會主席團總主席，茅盾和周揚當選爲副總主席。大會於7月2日至19日正式召開。在2日舉行的開幕式上，茅盾以副總主席身份報告大會的籌備經過。4日他又作了題爲《在反動派壓迫下鬥爭和發展的革命文藝》的報告。會議期間他在新華廣播電台播講了《爲工農兵》的講話。會議期間茅盾還擔任文藝作品評選委員會主任和《文藝報》編委會首席委員。7月17日茅盾當選全國文聯委員。他主持了23日召開的全國文聯委員會第一次會議。會上進行選舉。茅盾當選爲全國文聯副主席。

7月23日作爲全國文聯團體會員的中華全國文學工作者協會（中國作家協會的前身）舉行成立大會。茅盾當選爲主席兼顧問委員會主任。從此，茅盾負起領導全國文聯和全國文協（作協）的重任。

這期間茅盾一直關注著解放全中國的進程，密切注視美帝國主義干涉中國內政的動向。1949年9月3日他發表的《憤怒譴責英艦「紫石英號」暴行的談話》〔註7〕就表明了他反帝愛國的正義立場。

9月17日茅盾出席新政協第二次籌委會，參與討論通過了《中國人民政治協商會議共同綱領》(草案)。21日至30日他出席了中國人民政治協商會議第一次會議，並以全國文聯首席代表身份作了發言。〔註8〕他表示：廣大文藝工作者擁護中國共產黨的領導，贊成通過的《中國人民政治協商會議共同綱領》、《人民政協組織法》和《中央人民政府組織法》。他特別表示擁護「共同綱領」第45條關於「提倡文學藝術爲人民服務，啓發人民的政治覺悟，鼓勵人民的勞動熱情」的規定，他說：「我們文藝工作者是充分體會到這一個任務的迫切和重要的。」「在毛主席的文藝方針指導之下，經過了自我教育，和人民結合，努力爲人民服務，首先爲工農兵服務，我們有過若干成就，證明我們的工作對革命有益，爲人民所需要。」但「我們的努力還很不夠。」我們「必須提高自己，教育自己，和文化界人士以及全國人民一起，爲新民主主義國家的文化建設而奮鬥。」

〔註6〕《在新政協籌備會上的發言》，《人民日報》，1949年6月20日，《茅盾全集》第17卷。

〔註7〕刊於《人民日報》，1949年8月3日。

〔註8〕題爲《在中國人民政治協商會議第一屆全體會議上的發言》，刊於《人民日報》，9月24日，《茅盾全集》第17卷。

會上茅盾不僅當選爲政協常委，還被政務院總理周恩來任命爲首任文化部長。對此茅盾既無思想準備；也不願意就任。周總理找他談話時，他婉語辭謝了。孔德沚覺得茅盾半生顛沛流離甚至被通緝，現在該過安定的生活。她打算在西湖邊買所房子，讓茅盾安心寫作。於是毛主席親自出馬，找茅盾談話，話也說得很透：文化部長一職，很多人搶著幹；但並不合適。郭沫若倒可以，但他已身兼數職。中央考慮再三，只有你合適。所以請你一定要出馬。話說至此，茅盾無法再推辭。爲了革命全局的利益，他只好勉爲其難了！茅盾同時還兼任政務院文化教育委員會的副主任。這幾副重擔一挑，茅盾就無法下基層長期深入生活，從事創作了。從此他結束了創作與理論批評「雙線並行」的生活，開始了建國後文化、文學領導工作與理論批評、編輯工作「雙線並行」的新生活。有的論者，特別是美籍華裔學者夏志清，說什麼茅盾建國後「創作力衰竭了」。這純屬不實事求是的主觀臆斷。

商務印書館元老張元濟也是政協委員。會議期間他邀請茅盾主持商務印書館出版委員會，並代編叢書與組稿。茅盾是念舊的人。他牢記當年由表叔斡旋進商務印書館時，張元濟慨允並予重用的舊事。但他實在難以分身，只得婉言辭謝這個任職；答應具體幫忙做實事。會後他擬了商務印書館與新中國叢書社合作出版叢書的合同草稿，請陳叔通帶給先期返滬的張元濟。張元濟又馳書茅盾，堅請他出山。茅盾覆信再次懇切辭謝，並薦鄭振鐸代替。在信中茅盾尊稱張元濟爲「菊老」，自稱爲「晚」，態度十分謙恭。張元濟十分感動！

茅盾上任後抓的頭一項工作，是開闢人民文藝陣地。他在 5 月份曾和宋雲彬編了以青年爲主要對象的刊物《進步青年》。他的大型報告文學《脫險雜記》就在此刊物上發表。文代會後他結束了《文藝報》的籌辦工作，9 月 25 日正式出刊時把它交給丁玲主編。他接著籌辦他任主編的大型文學刊物《人民文學》，並於 10 月 25 日創刊。中國現當代文學史上最大的文學刊物《小說月報》、《文學》、《文藝報》和《人民文學》都是茅盾或主持徹底改革，或一手創辦的。他請毛澤東爲《人民文學》題了詞：「希望有更多更好的作品問世。」茅盾在他寫的發刊詞中爲刊物規定了六條任務。前兩條是：「積極參加人民解放鬥爭和新民主主義國家建設，通過各種文學形式，反映新中國的成長，表現和贊揚人民大眾在革命鬥爭和生產建設中的偉大業績，創造有思想內容和藝術價值，爲人民大眾所喜聞樂見的人民文學，以發揮其教育人民的偉大效能。」「肅清爲帝國主義者、封建階級、官僚資產階級服務的反動的文學及其在新文學中的影響，改革在人民中間流行的舊文學，使之爲新民主主義國家服務。批判地接受中國的文學遺產，特別要繼承和發展中國人民的優良的文學傳統。」其餘四條是：推動群眾文藝活動，特別是少數民族文學活動；培養文學新人；組織研究與討論，推動理論批評；加強國際文學交流。這些方針幾乎可視爲新中國文學工作的基本方針。茅盾重視依靠群眾辦刊，注意培養新人。他把此刊辦成了一個文學的「母雞」。很多 50 年代登上文壇而今成了文壇棟樑的作家，其處女作都由《人民文學》推出。茅盾奠基的《人民文學》與《文藝報》，迄今爲止，一直是指導中國文壇創作與理論批評方向，引導文學主流的最權威的國家大刊物。

1950 年 1 月，茅盾由北京飯店遷往東四頭條 5 號文化部宿舍。這裡原是美國修女華文學校。院內大禮堂西有三個被磚砌矮花牆圍起來的小樓。矮牆覆蓋著爬牆虎。各有兩個通向大院和互通的月洞門。院內按主人愛好植有各種花卉樹木。二號院住著陽翰笙唐棣華夫婦。三號院先後住過周揚、錢俊瑞和蕭望東。茅盾住在一號院：是假三層的小樓。一樓是大廳、小廳和廚房。大廳是「多功能」的：例如吃飯、會客、開部長碰頭會等。廚房旁是寬僅一米，很陡的小樓梯。二樓東邊是會熟朋友的小客廳。陽台是封了的，放一張寫字枱，兼作茅盾的寫字間。另兩間相通，是茅盾夫婦的臥室。茅盾臥室通衛生間，孔德沚臥室通走廊。三樓是假三層，韋韜帶孩子們回來時，就住三樓的兩間，另一間是秘書住。解放後茅盾家生活大大改善，家務十分簡單。孔德沚就向組織上要求出去工作。周總理親自做她的思想工作：「孔大姐，您最大的工作任務就是照顧好茅盾同志。他重任在肩，但身體不好；您要當好後勤部長。這本身就是對黨的貢獻。」孔德沚有時想不通，但也只能跟兒子發發牢騷：「我要不是爲了照顧你爸爸，一直幹下來，也不下於那些革命老大姐。」兒子當然理解媽媽的心情；但也理解黨做出的安排，所以就笑笑不表態。這是兒子每碰到難事或需要深思的事時「慣用」的態度。

韋韜和陳小曼是 1951 年中秋節在南京結婚的。他倆只是領了一張結婚證，並不按俗禮舉行儀式，請客吃飯。老倆口兒也破除舊俗，只用快信寄上一首詩作爲贈兒子兒媳的結婚禮物。這是未收入《茅盾全集》的一首佚詩：

祝韋韜小曼結婚之喜

我們爲你倆祝福：開始共同的快樂的生活，建立新的美滿的家庭；

我們爲你倆祝福：在生活上，學習上，工作上，互相幫助，互相督促，相敬相親；

我們爲你倆祝福：在新中國的建設中，服從祖國的號召，恭恭敬敬，誠誠懇懇，老老實實，努力做一雙有用的螺絲釘；

我們爲你倆祝福：在偉大的毛澤東時代，在偉大的黨的教育下，有無限光明燦爛的前程！

你倆的爸爸和媽媽：

沈雁冰、孔德沚

在當時，茅盾採用的這種祝福方式是很普通、很正常的。正是這種方式，給韋韜夫婦留下了珍貴的紀念和記憶。這種優秀傳統與社會風尙，實在應該永遠珍視和承襲！

這期間茅盾投身抗美援朝、保家衛國的鬥爭，致力推進世界和平運動。自 1950 年 6 月美國發動侵朝戰爭並繼續霸佔我台灣領土起，茅盾陸續發表了許多文章與講話：《侵略者將自食其果》、《擁護周外長對美國的抗議，向美帝國主義討還血債》、《在文化部抗美援朝動員大會上的講話》（未發表），以及影響極大被選入中學語文課本的散文《剝落「蒙面強盜」的面具》〔註 9〕等。他憤怒聲討與揭露美帝的侵略罪行，道出了中國人民的呼聲。他還寫了《響應保衛世界和平簽名運動》、《擁護二屆世界和大的十項建設》、《人民堅決反對戰爭，就一定能制止戰爭》、《文藝工作者發揮力量，保衛世界和平》〔註 10〕等文章。此外他還發表了一批鞏固中蘇友好的文章，參與了一系列保衛世界和平的活動。

這些活動是根據周恩來總理的指示進行的。這指示的大意是：「由於美帝國主義爲首的西方敵對勢力的干擾和封鎖，我國與外國建立正式的政府關係較困難，而文化藝術可先行，可官方民間兩條腿走路，多渠道打開局面。要注意文化是政治的反映，會遇到意識形態的複雜問題，既要堅持原則，警惕滲透，又要掌握分寸，廣交朋友，參照蘇聯經驗，配備政治好、懂外交、有文化的幹部爲骨幹，在總的外交方針政策下，搞出我們自己的一套做法來。

〔註 9〕分別刊於《人民日報》，1950 年 7 月 23 日、8 月 29 日和 12 月 3 日。

〔註 10〕分別刊於 1950 年 7 月 3 日、1951 年 1 月 7 日《人民日報》，1952 年 9 月《文藝報》第 17 號和《人民文學》10 月號。

這是我國外交工作中一條重要的不可缺的戰線。」總理特別強調：茅盾「是內行，很有經驗，要把蘇聯和東歐國家的作法，好好研究、借鑑。」〔註 11〕這是茅盾自覺參與世界和平運動的動因與背景，是他的社會活動一個主要方面和重要的政治貢獻。

從 1951 年 11 月起，茅盾多次當選爲世界和平理事會理事、世界和平理事會執行委員與世界和平大會國際委員會委員；多次率團出席世界和平理事會、執委會及全世界保衛和平大會。1951 年 11 月在世界和平理事會上，茅盾參與作出決定：爲促進世界文化界與廣大人民關於全人類共同財富的文化事業的發展，建議每年在各國舉行世界文化名人與優秀作品的紀念活動。茅盾在次年 1 月發表了《果戈理在中國——紀念果戈理逝世百週年紀念》的文章。〔註 12〕5 月 4 日又在中國紀念世界四大名人阿維森納誕生一千週年、達·芬奇誕生五百週年、雨果誕生一百五十週年、果戈理誕生一百週年紀念大會上，作了《雨果的偉大名字鼓舞了我們》的報告。此前則發表了《爲什麼我們喜愛雨果的作品——爲世界和平理事會的機關刊物〈和平〉而寫》〔註 13〕的文章。

1952 年 12 月茅盾率團出席在維也納召開的世界人民和平大會，參與制定發表了 103 位作家聲討戰爭、呼籲和平的宣言。茅盾在會上發言提出：立即停止現行戰爭。他揭露了美國在朝鮮野蠻屠殺、在台灣野蠻侵略的罪行，批判了個別西方作家的謬論；提出打擊鼓吹戰爭的「筆頭戰爭狂」的口號，他的發言獲得全場熱烈的掌聲。這些觀點被寫進大會決議中。會上根據茅盾的提議與介紹，首先通過了在 1953 年四大世界文化名人中，把誕生兩千二百年的屈原列爲首位。1953 年 9 月 27 日在中國紀念四大世界文化名人大會上，他又作了《紀念我國偉大詩人屈原》〔註 14〕的報告。經茅盾提名，國畫大師齊白石榮獲 1955 年國際和平獎金並排名首位。他還把齊白石等 14 位中國當代著名繪畫大師合作的彩色國畫鉅作《和平頌》帶到在赫爾辛基召開的世界和平大會上展覽，引起了轟動。

他還以文化部長身份多次率團出訪；與友好國家簽署了許多重要的文化

〔註 11〕朱子奇：《我心目中的茅盾》，《茅盾和我》，中國廣播電視出版社版，第 259 頁。

〔註 12〕刊於《文藝報》第 4 號，1952 年 2 月 25 日。

〔註 13〕刊於《文藝報》第 4 號，1952 年 2 月 25 日。

〔註 14〕刊於《人民日報》，1953 年 9 月 28 日。

合作與交流等方面的協定。身為一個大國的文化部長，即便率團出國，茅盾也保持艱苦樸素的生活作風。他住的賓館都很簡陋。1953 年他率團赴捷克；2 月 2 日他在日記中寫道：「鴨絨被甚短，鋪以毛毯，甚不方便。」這時茅盾已年近花甲，身體又病又弱。但他國內國外不斷奔波，十分勞頓。一旦回國，他又立即投入工作與寫作。他在國際上廣交朋友，在國內接待了包括著名作家法捷耶夫在內的許多國際朋友，廣泛開拓了政府與民間外交領域。

作為文化部長，茅盾主持參與制定了出版、發行、文物管理、戲曲改革等文化政策法規，持續指導著戲曲改革、電影創作、文化普及工作。例如 1953 年 3 月他在文化部電影局與全國文聯聯合召開的首屆電影劇本創作會議上所作的報告《體驗生活、思想改造和創作實踐》，〔註 15〕就起了很大的推動引導作用。在建國三週年之際，他發表了題為《三年來文化藝術工作總結》〔註 16〕的長文，系統總結了建國以來文化工作的經驗，對未來的文化發展作出了展望。

二

建國初的幾年，政壇與文壇，運動一個接一個，取得了一些成效；但「左」傾思潮也時起時伏。這就造成了茅盾的奇特處境：既受黨中央毛主席的信任，委以重任，有職有權；但又時時受「左」的衝擊，自己也無可奈何。1950 年 4 月 19 日，中共中央作出《關於在報紙刊物上展開批評和自我批評的決定》；要求報刊吸引人民群眾「經常地有系統地監督我們的工作」，改正缺點錯誤，以「使我們能繼續不斷地向前進步」。茅盾立即表示擁護。6 月 1 日他主編的《人民文學》發表了《改進我們的工作》一文，對工作作出了檢查。1951 年 4 月毛澤東發動了全國範圍的批判電影《武訓傳》與《清宮秘史》的政治運動，並於年底部署了全國範圍的文藝整風運動。同時在上一年全國範圍的鎮壓反革命運動之後，從本年底至次年，又在全國開展了「三反」「五反」運動。這一切都波及到文壇。茅盾站在政府文化部門和文藝界最高領導崗位上，一方面要積極參與領導，推動這些運動，借以改進領導工作與改造文化界、文藝界隊伍；另一方面他自己又不斷地承受著強大的衝擊波。

首當其衝的是他的《腐蝕》被改編成的同名電影。1950 年柯靈改編、黃

〔註 15〕刊於《光明日報》，1953 年 9 月 28 日。
〔註 16〕刊於《人民日報》，1952 年 9 月 27 日。

佐臨導演的電影《腐蝕》，被列入抗美援朝保家衛國電影宣傳月的佳片上映後，產生了很好的社會效果。不料卻突然被停演！沒有人公開說明原因。但內部的「說法」卻相當嚇人：「同情特務，不利於鎮壓反革命運動。」這是一個因果關係的政治性判斷。但「同情」之說實難成立。其實在小說問世時即有此類責難。電影不僅忠實於原作，且已產生了明顯的教育意義與現實作用。對此，柯靈與黃佐臨在題爲《從小說到電影》的文學劇本「代序」中概括說：影片「銘刻了中國對日抗戰中的眞實情況。」「控訴了特務政治的罪惡。」這當然有利於而不致「不利於鎮壓反革命運動。」「關於主角趙惠明的處理問題。她是失足者，在一定意義上也是被損害者。但她是萬惡的特務，因此對她的同情不能不有嚴格而恰當的分寸。中央人民政府對特務的政策是鎮壓與寬大相結合的政策，逾越分寸，就要蹈入『寬大無邊』的錯誤。以革命者的胸襟，加以悲憫與鞭撻，同時強調特務組織的凶殘，指出主要的罪惡在於制度，這是我們處理趙惠明這一人物的基本態度。」〔註 17〕這與茅盾的態度完全一致。從影本的編導實際與映後效果看，這意圖得到很好的體現，也收到良好的效果。但此片竟被一禁幾十年。茅盾是文化部長，對此竟無可奈何。他只好保持沉默！

接著是 1949 年就開始了，一直延續下來的「可不可以寫小資產階級」的討論，竟也衝擊到茅盾。其實韋韜在瀋陽看父親時聽到的李德全批評茅盾「反對工農兵方向」的話，就與此有關。這場討論本意在貫徹文藝的工農兵方向：工農兵既是國家的主人，理應成爲文學描寫與服務的主要對象。由此導致不准作品把小資產階級人物寫成主要人物；把對小資產階級的心理描寫等等都當成「小資產階級創作傾向」批判，就是極「左」思潮泛濫的結果了。於是方紀的《讓生活變得更美好吧》、陳學昭的《工作著是美麗的》、秦兆陽的《改造》、朱定的《關連長》都受到批判。特別是作家蕭也牧，竟被當作這一「小資產階級創作傾向」的代表人物來批判。接著茅盾爲之寫序，1950 年 11 月出版且獲好評的白刃的長篇《戰鬥到明天》，在 1952 年受到嚴厲批判。茅盾的序言，是從小說的題材與主題和文學史上同類作品相比較這個角度肯定此書的：「自五四以來，以知識份子作主角的文藝作品，爲數很多，可是，像這部小說那樣描寫抗日戰爭時期敵後游擊戰爭環境中的知識份子，卻實在很少」；這是「整個知識份子改造的歷史中頗爲重要的一頁，因而是值得歡迎的。」

〔註 17〕《腐蝕與海誓》，上海出版公司，1950 年版，第 1～3 頁。

小說寫了工農出身的軍事幹部，但「幾個主要角色卻是知識份子。作者有計劃地寫他們如何通過各種考驗，在戰鬥中改造了自己，其中有一個是如何落伍了，甚至成爲叛徒；知識份子的小資產階級意識、優越感、自由主義，都是前進路上絆腳石，作者是以這一點作爲主眼來寫這部小說的，他獲得了成功。我說這部小說對於知識份子有一定教育意義，其理由即在於此。」茅盾也提出了批評：「這幾個正面人物的思想改造過程都還表現得不夠」，其思想包袱「交待得不夠清楚，後來怎樣克服了，也寫得很少。」因此「形象性似嫌不足」，但茅盾並沒說這是思想傾向問題。今天看來，這些評價是公允中肯的，並沒有什麼錯！然而在批判《武訓傳》後火藥味很濃的政治背景中，《解放軍文藝》1952 年 4 月號發表了張立雲、陳亞丁、馮健男等人的三篇批判文章。其中張立雲的調子最「左」、最嚴厲。他說：「本書的癥結所在」是「歪曲了黨的領導和黨的政策，歪曲了人民軍隊和敵後抗日人民；歌頌、鼓吹原封不動的小資產階級的自由主義、個人主義、個人英雄主義、動搖性、落後性和反動性，歌頌投降主義，甚至也歌頌了敵人；把資產階級、小資產階級思想擺在對工人階級思想的領導地位。」《解放軍文藝》還根據上述調子加了編者按。如果說批判《人民文學》上發表的方紀、朱定、蕭也牧等上述挨批判的作品，是間接針對其主編茅盾的，那麼這些批判《戰鬥到明天》的文章，卻直接針對著茅盾的序言。《人民日報》又把批判茅盾所寫序言的讀者來信轉給茅盾。茅盾這時實在不能不表態了。

茅盾在致編輯的信中仍然肯定此書的題材與主題，並希望作者修改。這實際是與把寫小資產階級和以小資資產階級爲主角的寫法當作「小資產階級創作傾向」的極「左」態度唱對台戲；也和張立雲等一棍子打死的批判態度形成鮮明對照。茅盾雖在信中說接受張學洞等四同志所寫的三封信的意見，實際他肯接受的他們所扣的帽子只有一頂：即他早在 1928 年就被反覆批判過的所謂「小資產階級意識」。他說這是自己「沒有看出」此書「嚴重的錯誤」的原因。但他又強調此書經部隊的領導審閱過：因此自己「就有『那一定沒有問題』的想法」。他說自己這態度「是不嚴肅的」。這實際上是一種「反諷」。序言細緻的「一分爲二」的分析證明：茅盾的態度很嚴肅。而且著文嚴謹嚴肅，是茅盾的一貫作風與態度。這說明茅盾寫此信時心情很複雜。那些違心之言也意味深長。不料《人民日報》在未徵求茅盾同意的情況下，把此內部通信加上《茅盾關於爲〈戰鬥到明天〉一書作序的檢討》的標題，竟然公開發表了！茅盾對此，仍然無可奈何！

迫於政治環境壓力作違心之言，甚至受到「左」傾思潮影響，寫下對自己說來也算是「左」的言詞的最具代表性的例子，是1952年他爲人民文學出版社出版的《茅盾選集》所寫的自序。和《從牯嶺到東京》、《我的回顧》、《幾句舊話》、《〈子夜〉是怎樣寫成的》等文同樣，這篇自序也是反思自己的創作道路與經驗教訓的。但它與上述那些文章有明顯區別：那些文章既有自省，也肯定了自己的成就。便即自我批評色彩很重的《從牯嶺到東京》之批評《蝕》，也同時從生活眞實與藝術眞實角度作了應有的肯定。然而「自序」不僅通篇是自我批評，簡直可以說是自我批判了！特別引人注目的是，他違背了自己在小說中對民族資本家進步性與反動性及其辯證統一的描寫實際，簡單化地稱之爲「反動的工業資本家」。這顯然是帶有「左」的色彩的並不實事求是的判斷。此後茅盾多次謝絕了改編《子夜》爲電影的好意，亦與「左」的環境和此看法有關。這種現象，如果不是觀點的「後退」，就當屬違心之論。考慮到批判《武訓傳》與文藝界整風時，文藝工作者改造思想的口號叫得極響，「三反」「五反」運動中又把民族資本家作爲社會主義改造的對象等等大政治環境，我們對此「後退」或「違心」之論，就不難理解了。值得注意的是「自序」中還說：「一個人有機會來檢查自己的失敗的經驗，心情是又沉重而又痛快的。」「爲的是搔著了自己的創傷」，也爲的是雖「逐漸認識了自己的毛病及其如何醫治的方法」，但並「沒有把自己改造好。」我們沒有根據懷疑50年代步入新社會的絕大多數老知識份子在當時政治環境下嚴於律己、自我改造的眞誠；對知識份子整體而言，即便放到全世界的大環境中看，這也是彌足珍貴的。我們不能懷疑茅盾寫這篇「自序」時的眞誠態度。且不說當時的政治環境，即便聯繫到他在三十四年代就不斷提出過作家要進行自我改造的號召，我們也應該相信這篇「自序」的自省態度的眞誠。問題在於客觀地作歷史評價時，我們又不能不承認，他這些自我批評與政治判斷顯然過了頭！1957年毛澤東說過：「肯定一切或者否定一切，都是片面性的」。「要加以分析。」〔註18〕這顯然是有針對性的講話，但在「左」傾思潮與政治運動形成壓力的條件下，眞正能做到這一點的又能有幾人？就是在毛澤東說這番話的當年，很多愛國的進步的知識份子被錯打成右派。可見，茅盾的自我「上綱」明顯地打上了時代的烙印。

〔註18〕《在中國共產黨宣傳工作會議上的講話》。

三

根據毛澤東的提議，從 1952 年起就在醞釀，1953 年 6 月中共中央政治局會上討論並形成了黨在過渡時期的總路線。此年 12 月中共中央批發了中宣部制定的總路線宣傳提綱。毛澤東在審定提綱時對這條總路線概括地作出文字表述：「從中華人民共和國成立，到社會主義改造基本完成，這是一個過渡時期。黨在這個過渡時期的總路線和總任務，是要在一個相當長時期內，逐步實現國家的社會主義工業化，並逐步實現國家對農業，對手工業和對資本主義工商業社會主義改造。這條總路線是照耀我們各項工作的燈塔。」這就是後來從根本上影響中國社會體制結構的「一化三改」運動。爲適應新形勢與新任務，1953 年 9 月 23 日至 10 月 6 日，全國第二次文代會與各協會代表大會交叉召開。9 月 25 日，茅盾在全國文協代表大會上作了題爲《新的現實和新的任務》的報告。這次會議決定：文協改名爲中國作家協會。茅盾再次當選爲主席。他在 10 月 6 日在文化會閉幕式上以再次當選的全國文聯副主席身份，致了閉幕詞。他擔任這兩個職務，一直到 1981 年他逝世爲止。

1953 年 8 月，茅盾辭去《人民文學》主編職務，集中力量創辦了英文刊物《中國文學》和向全國介紹外國文學的中文刊物《譯文》，並任兩刊的主編。早在 1952 年 12 月率團出席世界和平大會時，茅盾就和隨團的陳冰夷醞釀創辦《譯文》。1953 年初他又調陳冰夷任副主編。陳冰夷回憶茅盾的主編工作情況說：他的職務與社會活動那麼多，卻「對《譯文》的工作抓得那麼認眞，那麼具體。」從編委會到編輯部的工作，他都「經常出主意，提意見，想辦法。」重要公事則「親自動手」。「他竭力主張《譯文》要以各種方式反映國外文藝界的近況」。要特別注意反映其他藝術，又特別注意反映其他藝術，又特別是與文學「關係密切的藝術如戲劇、電影等方面的消息」。他要求編輯部組織力量「閱讀各國的報刊圖書資料」，以保證選題有「紮實的基礎」。他還常常爲《譯文》「寫文章」。〔註 19〕1953 年 7 月 1 日《譯文》創刊號發表了茅盾寫的《發刊詞》。他任主編直到 1958 年底；才因過分繁忙而辭職。茅盾對英文刊物《中國文學》的主編工作也同樣抓得很緊。副主編葉君健回憶道：茅盾「是一個精通中外古今文學和政治修養很深的人，執行政策總是恰到好處，再加之他爲人謙虛和藹，因而也能廣泛地團結來自各國的作家。」〔註 20〕

〔註 19〕《懷念茅盾同志》，《世界文學》1981 年第 3 期，《憶茅公》，第 180～182 頁。
〔註 20〕《我的心向著你們》，《人民文學》1981 年第 5 期，《憶茅公》，第 264～265

他領導刊物編輯部參與了許多外事活動，藉以擴大聯絡面。

這年 8 月，茅盾還主持召開了全國翻譯工作會議，並作了《爲發展文學翻譯事業和提高翻譯質量而奮鬥》的報告。這一切推動了外國文學事業的發展。

1954 年 6 月 8 日，茅盾分別出席了在斯德哥爾摩和柏林召開的緩和國際局勢大會及世界和平理事會特別會議。在後一個會上作了《和平、友好、文化》〔註 21〕的發言。兩會期間他於 7 月主持了中國作協等五團體舉行的契訶夫逝世 50 週年紀念大會，並作了《偉大的現實主義作家契訶夫》〔註 22〕的報告。1955 年 5 月 5 日他在世界名人席勒、密茨凱維奇、孟德斯鳩、安徒生紀念大會上作了《爲了和平、民主和人類進步事業》〔註 23〕的報告。這年 7 月，他又當選世界和平理事會常務委員，並出席了赫爾辛基世界和平大會。回國後他作了《向持久和平和友好合作的道路邁進》〔註 24〕的報告。1956 年 2 月，他當選中國亞洲團結委員會副主席。5 月在世界文化名人迦梨陀娑、海涅、陀思妥也夫斯基紀念大會上作了《不朽的藝術都是爲了和平和人類幸福》〔註 25〕的報告。這年 12 月，他又出席了在新德里召開的亞洲作家會議。這一切活動體現了茅盾堅持和平，反對戰爭，堅持開放，反對封閉的一貫態度，也說明他已經成了偉大的有重大世界影響的世界和平與文化交流的使者與橋樑。

1954 年 9 月，茅盾當選爲全國首屆人民代表大會代表。在這次人代會上他繼續被任命爲文化部長。10 月 16 日毛澤東寫的《關於〈紅樓夢〉研究問題》的信，於 18 日傳達到作協黨組。從此在全國開展了對《紅樓夢》研究中資產階級思想和胡適思想的批判運動。10 月底至 12 月初，全國文聯與作協主席團先後聯席召開了八次批判大會。茅盾僅在最後一次會上作了題爲《良好的開端》的總結發言。

1955 年底和次年 1 月，茅盾領導籌備中國作協第二次理事（擴大）會議和全國首次青年文學創作者會議。爲動員力量，他在 1956 年《文藝學習》第 1 期發表了《沸騰的生活和詩——迎接第一次全國青年文學創作者會議》的文

頁。

〔註 21〕刊於《文藝報》第 11 號，1954 年 6 月 15 日。

〔註 22〕刊於《契訶夫紀念專刊》，人民文學出版社，1954 年。

〔註 23〕刊於《人民日報》，1955 年 5 月 7 日。

〔註 24〕刊於《人民日報》，1955 年 7 月 28 日。

〔註 25〕刊於《人民日報》，1956 年 5 月 28 日。

章。2 月 27 日至 3 月 6 日，茅盾主持了作協第二次理事（擴大）會議，並致了開幕詞。他還作了《培養新生力量，擴大文學隊伍》的報告。會上通過了作協《1956～1967 年工作綱要》；成立了書記處；茅盾當選爲第一書記。3 月 18 日他又在中國作協與團中央聯合召開的全國青年文學創作者會議上作了《關於藝術技巧》的報告。茅盾通過這兩次會和所作的報告引導著文壇取向。4 月 11 日他代表文化部在紀念梅蘭芳周信芳舞台生涯 50 週年大會上，授予兩位藝術家榮譽獎狀。6 月 1 日他在中國科學院學部成立大會上，受任國務院批准的哲學社會科學學部委員會委員。

上述一切，是與批判胡風與肅反運動交叉進行的。1954 年 4 月至 7 月，胡風向中共中央提交了《關於解放以來的文藝實踐情況的報告》。1955 年 1 月 17 日經毛澤東決定，把該報告的二、四兩部分以《胡風對文藝問題的意見》爲題印成單行本，隨《文藝報》1955 年第 1、2 期合刊公開下發。其一、三部分另印成冊內部下發。1949 年以來，陸陸續續的批判阿壠、路翎及胡風的活動，至此形成批判胡風文藝思想的運動。2 月 5 日至 7 日作協主席團第 13 次擴大會議決定：正式對胡風進行批判。3 月 8 日，茅盾在《人民日報》上發表了《必須徹底地全面地展開對胡風文藝思想的批判》一文。5 月 3 日至 6 月 10 日《人民日報》發表了由毛澤東撰寫序言與許多按語的三批《關於胡風反革命集團的材料》。至此思想批判升級爲全國性的肅清反革命的政治運動。茅盾也於第三批材料發表後的 6 月 15 日在《人民日報》發表文章表態：《提高警惕，挖盡一切潛藏的敵人》。同年《人民文學》9 月號又發表了他的文章《把鬥爭進行到底並在鬥爭中得到鍛煉》。但這些文章的發表，大都滯後於運動的進程。

四

緊張的政治空氣在 1956 年暫時緩和了。1 月 14 日至 20 日中共中央召開了知識份子問題工作會議。周恩來在《關於知識份子問題的報告》中首次提出我國的知識份子絕大多數已經是勞動人民知識份子的觀點。5 月 2 日毛澤東在最高國務會議上的講話中，提出發展科學與文化的「百花齊放，百家爭鳴」方針。26 日中宣部長陸定一向科學界文化界作了《百花齊放，百家爭鳴》的報告，傳達並闡述了這一方針。8 月 24 日毛澤東在懷仁堂與音樂工作者談話時，進一步提出「古爲今用，洋爲中用，推陳出新」的方針。茅盾及時聽取了這些報告，了解了這些精神。他在首屆人大三次會議上作的題爲《文學藝術工作中的關鍵問題》的報告，在 9 月 22 日《人民日報》上發表。他在這份報告中表示擁護上述方針。他明確指出：文藝創作中與此方針不合的題材狹窄、公式化概念化傾向必須克服。1956 年 10 月 19 日在紀念魯迅逝世 20 週年大會上，茅盾作了《研究魯迅，學習魯迅》的開幕詞和《魯迅——從革命民主主義到共產主義》的主報告。他還赴上海主持了魯迅遷葬儀式並講了話。這些報告講話連同《如何更好地向魯迅學習》〔註 26〕的文章，代表了茅盾解放後研究魯迅的新階段與新水平。

12 月上旬作協主席團會議改選了書記處。茅盾繼續擔任第一書記。當月 23 日至 28 日他率團出席了在新德里召開的亞洲作家會議。回國後就此會議對《光明日報》記者發表談話，〔註 27〕宣傳了會議精神。

1957 年 2 月 27 日毛澤東在最高國務會議第 11 次（擴大）會議上作了《關於正確處理人民內部矛盾的問題》的報告。3 月 12 日毛澤東又作了《在中國共產黨全國宣傳工作會議上的講話》。兩個報告都進一步闡述了「雙百」方針，也針對建國後，特別是歷次政治運動中出現的兩類矛盾混淆的現象，作出理論分析與政策界限規定。茅盾及時聽取並了解了兩個報告的精神，認識到它對梳理矛盾、理順關係意義十分重大，因此非常擁護。但是陳其通等四同志 1 月 7 日在《人民日報》發表的文章《我們對目前文藝工作的幾點意見》，仍然堅持「左」傾觀點。茅盾立即發表《貫徹「百花齊放，百家爭鳴」，反對教條主義和小資產階級思想》〔註 28〕的文章予以批評。此外他發表了《在 1949～1955 年優秀影片授獎大會上的講話》、《關於「創作規劃及其它」——在中國作家協會創作規劃會議上的結束語》，以及在作協所屬各刊物討論毛澤東兩個報告的會上的發言〔註 29〕等，都強調了擁護與貫徹兩個報告的精神，排除「左」的干擾等基本觀點與態度。

1957 年 4 月 27 日，中共中央發出《關於整風運動的指示》，要求在全黨進行反對官僚主義、宗派主義、主觀主義的運動。中國作協黨組連續召開了

〔註 26〕這四篇文章分別刊於 9 月 22 日《人民日報》、10 月號《文藝報》、10 月 15 日的《解放日報》和 10 月號的《文藝月報》。

〔註 27〕刊於《光明日報》，1957 年 1 月 27 日。

〔註 28〕刊於《人民日報》，1957 年 3 月 18 日。

〔註 29〕分別刊於《人民日報》，1957 年 4 月 12 日，同年 4 月 14 日《文藝報》（週刊）第 1 期，當年《作家通訊》第 1 期。

五次黨外作家徵求意見會。作協所屬各刊編輯部也召開了整風會。茅盾的《在4 月 30 日、5 月 6 日中國作家協會書記處召開的北京文學期刊編輯部座談會上的發言》、《在中國作家協會書記處召開的北京文學期刊編輯座談會上的結束語》〔註 30〕都表示了擁護黨的整風運動，響應幫助黨整風號召的積極態度。正是基於這個出發點，他在 5、6 月間中共中央統戰部召開的座談會上，坦誠眞摯地發了言。〔註 31〕他還在作協黨組召開的徵求意見會上，作了《作協的衙門化和行政命令的領導方法》〔註 32〕的發言。他當時並未意識到這些坦誠而正確的發言會給他帶來麻煩！

但是，這時毛澤東 5 月 15 日給黨內閱讀的文章《事情正在起變化》下發了。6 月 8 日毛澤東還爲中共中央起草了《組織力量反擊右派份子的猖狂進攻》的黨內指示。同日《人民日報》又發表了《這是爲什麼？》的社論。這就把黨內整風運動轉成全國範圍的反右派的政治運動。茅盾雖然響應中央的號召，投入到這場運動中去，但開始時他並未意識到這場運動會嚴重「擴大化」；會把許許多多眞誠地擁護黨擁護社會主義的共產黨員和黨外人士打成右派份子，以致使他們沉冤受壓連續許多年！而且他自己的講話文章，一定程度上也有此失誤。

6、7 月間茅盾在首屆人大四次會議上以文化部長身份作了《關於文化工作的幾個問題》〔註 33〕的發言，以個人名義發表了《「放」，「鳴」和批判》、《百花齊放，百家爭鳴和知識份子的思想改造》、《必須加強文藝工作中的共產黨的領導》、《從「眼高手低」談起》〔註 34〕等文章。特別是 8 月 3 日他在作協黨組擴大會議上題爲《洗心革面，過社會主義關！》的發言，他的評論《關於寫眞實和獨立思考》、《公式化、概念化如何避免？——駁右派的一些謬論》、《劉紹棠的經歷給我們的教育意義》、《我們要把劉紹棠當作一面鏡子》，以及 6 月 17 日在作協黨組擴大會議上《明辨大是大非，繼續思想改造》的發言，〔註 35〕眞實地記錄了政治運動動蕩時期茅盾思想認識的轉折、變化與心

〔註 30〕均刊於《文藝報》第 11 號，6 月 16 日。

〔註 31〕此發言未能發表，我們根據其手稿（以《我的看法》爲題），收入《茅盾全集》第 17 卷。

〔註 32〕刊於《文藝報》第 11 號，6 月 16 日。

〔註 33〕刊於《人民日報》，7 月 15 日。

〔註 34〕分別刊於 6 月 17 日《人民日報》，6 月 26 日《文匯報》，7 月 28 日《文藝報》第 17 號和《詩刊》7 月號。

〔註 35〕分別刊於 8 月 18 日《文藝報》第 20 號，8 月 16 日《中國青年報》，《文藝學

靈歷程的鮮明的軌迹。

爲紀念十月革命40週年，茅盾發表了《社會主義現實主義永遠勝利》〔註36〕的文章。11月2日至25日茅盾作爲毛澤東率領的中國代表團的成員，赴蘇聯出席在莫斯科舉行的十月革命40週年慶祝大會。會後他列席了社會主義國家共產黨和工人黨代表會議。這期間茅盾下榻於克里姆林宮，不僅親歷了這兩次重要會議，而且親聆了毛澤東在各種場合的報告與談話。如11月4日中午茅盾等隨毛主席「拜會赫魯曉夫（在蘇共中央黨部），毛主席談了半小時多（關於××辯證法），旋又拜會伏羅希洛夫，毛主席也談了半小時，那是關於貧苦的辯證法（貧苦有好處，即要求革命）。」5日「拜會布爾加寧，〔註37〕毛主席講了戰爭的辯證法」。〔註38〕會議期間茅盾以文化部長身份率團和蘇聯文化部長米哈依洛夫所率文化代表團舉行了談判並達成協議。在11月21日中蘇文化協定的簽字儀式上，茅盾代表中國在協定上簽了字。他於當晚還應邀在電視台上作了一次演講。

和40年代那次訪蘇同樣，茅盾看了許多精彩演出。如據A·托爾斯泰的長篇改編的電影《姊妹們》，電影《月宮寶盒》、《冰上之春》，全景電影《我們的祖國》，歌劇《羅米歐與朱麗葉》，以及據L·托爾斯泰同名小說改編的3幕13場話劇《戰爭與和平》等。對《戰爭與和平》，茅盾在13日的日記中記下了四個字的觀感：「甚爲滿意。」此外他還看了電影《城市之光》、《大華爾茲》；看了著名芭蕾舞表演藝術家烏蘭諾娃主演的芭蕾舞劇《紅花》，李別辛斯卡婭主演的芭蕾舞等。他再次直接地多方面地觀摩了蘇聯的文學藝術，而且有機會對40年代、50年代蘇聯文學藝術的發展歷史作對比研究。

這些國際活動十分豐富，但恰值茅盾身體不適。儘管如此，他在這期間仍堅持閱讀。其重點是西方的戲劇精品特別是拉辛的劇本，包括《昂朵馬格》、《愛美麗雅·迦洛蒂》以及《浮士德博士的悲劇》等。

兩次會議之後，參加文化談判的文化代表團成員留在蘇聯繼續考察訪問。茅盾則於1957年11月25日先行回國。回國後，他面對的是總路線、大

習》第9期、9月16日《中國青年》第18期，10月17日《人民日報》，9月29日《人民日報》。

〔註36〕刊於《文藝報》第30期，10月3日。

〔註37〕赫魯曉夫、伏羅希洛夫、布爾加寧分別任蘇共中央總書記、蘇聯最高蘇維埃主席和部長會議主席。

〔註38〕引文據茅盾1957年11月4日、5日的日記手稿。

躍進、人民公社的「三面紅旗」政治運動的新高潮。

第二節　謹言慎行，面對「左」的思潮

整個 50 年代，茅盾面對的是全新的但又相當複雜的環境。一方面幾十年夢寐以求爲之奮鬥已經實現了的社會主義新社會，處在革命與建設並舉的歷史階段；他滿腔熱情地投身其中盡心盡力。另一方面「左」傾思潮隨著一個接一個的政治運動日益抬頭，把茅盾置於尷尬的境地：有些他很難苟同卻無法公開抵制；有些他耳濡目染，也難免有所認同，甚至見諸行動。這個時期茅盾的思想情感與心態，是十分複雜的。

一

在大張旗鼓公開批判《武訓傳》，內部批判《清宮秘史》運動中，儘管茅盾知道這是毛澤東所發動，並且上綱還很高，作爲文化部長的茅盾，卻未著一文公開表態。沉默的背後是有保留；但以茅盾所處的領導崗位言，這很難持久。在批判俞平伯和批判胡適的 1954 年，茅盾就不能不表態。運動始自毛澤東 10 月 16 日給中共中央政治局的《關於〈紅樓夢〉研究問題的一封信》。毛澤東把問題提到「同資產階級作家在唯心論方面講統一戰線，甘心做資產階級俘虜」的高度，於是以批判俞平伯的《〈紅樓夢〉研究》爲突破口，發展到批判以胡適爲代表的資產階級反動思想。接著批判到開始時不肯發表李希凡、藍翎批判俞平伯的文章的《文藝報》，及其主編馮雪峰。這把火就燒到茅盾跟前了。從 10 月 31 日到 12 月 8 日，文聯與作協的聯合批判會共開了 8 次。茅盾只在最後一次會上以文聯副主席、作協主席的身份作了題爲《良好的開端》的總結發言。中國科學院和作協自 12 月 2 日到 1955 年 3 月聯合舉行了 21 次批判胡適的會。茅盾是領導會議的九人委員會成員；但他既沒發言，也沒公開發表批判俞平伯或胡適的文章。這使我們聯想到茅盾晚年的名言：「自從離開家庭進入社會以來，我逐漸養成了這樣的一種習慣，遇事好尋根究底，好獨立思考，不願隨聲附和。」這有「它的好處」，但「也有副作用」，「就是當形勢突變時，我往往停下來思考，而不像有些人那樣緊緊跟上。」〔註 39〕也許這些話可以幫助我們理解茅盾歷次政治運動中表態的特

〔註 39〕《我走過的道路》（中），第 1 頁。

徵：「滯後性」。

1954 年文聯作協那八次會議期間，茅盾曾到上海搜集材料，爲他計劃中要寫的工商業社會主義改造的長篇小說作準備。11 月 9 日他《致葉以群》的信中說：「從上海回京後，每日忙碌，當時也還不覺得什麼，可是忙勁一過，便感到十分疲倦。本月初起，失眠、便秘、頭暈等症，一齊都發作了，現在最以爲苦的，便是不能用腦，思索至半小時，腦筋即失作用，陷於痲木狀態，記憶力突然大壞，成了過目即忘。」〔註 40〕1955 年 1 月 6 日他在《致周恩來》的信中提出不出席本月 15 日舉行的世界和平理事會常委會的要求。其頭兩條理由是：「一、爲了全面批判胡適思想，中國科學院和作家協會布置了一系列的討論會」，「參加這些討論會，對於提高我思想水平是有極大的好處的，如果出國，就不能完全參加。再者，在批判胡適和《紅樓夢》研究這一鬥爭中，我還沒寫文章。現正在研究材料，準備寫；如果出國，這又要擱起來，至少是要推遲了。二、公開討論、批判胡風的文藝理論，即將在本月內展開，領導上要我寫文章，——在討論展開時發表。要批判胡風，大約要看 50 多萬字的材料。（胡風的文章又是很難看的。）這件事又是不便拖的。」〔註 41〕

這都是實情。但在這重壓與被動情態背後，是否還有更爲複雜的心態？茅盾說他準備寫文章。但在整個批判俞平伯、胡適運動中，除了那篇《良好的開端》總結發言外，仍然沒寫一個字。這是值得玩味的。即使這唯一的一篇以會議領導人身份所作的總結發言，卻採取了令人奇怪的「個人視角」：除了寥寥幾句肯定會議收穫的話外，他首先表示：「我個人受益很多。」「五年來，從電影『武訓傳』的批判，直到此次的『紅樓夢研究』的批判，黨這樣地鞭策、督促，都爲的是「關心教育提高我們。」茅盾聯繫自己青年時代受莊子的影響，「五四」時代受胡適的影響，以致在《紅樓夢》潔本導言中「完全抄引了胡適的謬論。」那時「做了胡適思想的俘虜」，今天也不敢說「我的思想中就完全沒有胡適思想的殘餘了！」話說到此，茅盾轉而肯定郭沫若的下述這些話：「我們的大腦皮質，就像一個世界旅行家的手提篋一樣，全面都巴滿了各個碼頭上的旅館商標。」茅盾希望多學習馬列主義，不要再簡單化地貼上馬列主義的「若干標語」。他反對對馬列主義持「掛羊頭，賣狗肉」、「欺

〔註 40〕《茅盾書信集》，百花文藝出版社版，第 320 頁。
〔註 41〕《茅盾書信集》，百花文藝出版社版，第 400 頁。

世盜名」態度；他提倡「老老實實好好學習。」他突出強調郭沫若講話中的以下兩條：一是「提倡建設性的批評」的 16 個字：「明辨是非，分清敵友，與人爲善，言之有物。」二是扶植新生力量要持正確態度。他批評了所謂「對於青年批評那就是壓制新生力量」的片面觀點。

這個講話既高屋建瓴，又十分得體，充滿了自我批評精神。對這場批判的評價，只寥寥幾句。對批判過程中那些「左」的教條主義與片面性的批評，卻所論甚詳。他強調的那個「16 字原則」，無疑是糾偏導正的一副清醒劑，反映出茅盾這時的態度相當清醒和辯證。特別可貴的是，面對當時毛澤東批判《文藝報》時所扣的「壓制新生力量的資產階級老爺態度」的大帽子，茅盾卻敢於提倡對青年中不良傾向要敢於批評，認爲這並非「壓制新生力量」。在當時堅持這種實事求是的態度，反映出茅盾的膽識與勇氣。當然，茅盾在講話的最後，也就《文藝報》的「錯誤」引咎自責說：「作爲作家協會主席的我，應當負很大的責任。」其實《文藝報》並沒有非刊登李希凡、藍翎對俞平伯批判過火，「左」傾情調很濃的文章不可的義務。後來轉載此文時所加的按語，也極有分寸。歷史證明：它並沒有什麼錯。錯的倒是後來的那場批判運動中的極「左」傾向。茅盾的引咎自責，當時也是不得已而爲之。

茅盾關於壓制新生力量的自我批評與引咎自責，也與事實背謬。在這個問題上，茅盾不僅沒有過錯，而且屢建大功。著名的劇作家陳白塵回憶道：「他作爲作家協會主席，是名副其實的。」「在那 17 年間」，他「始終如一地在做著發現、扶植和培育作家的工作。」〔註 42〕在培養已成名的青年作家外，茅盾還輔導了許多不著名的文學青年。僅《茅盾書簡》所收 1954 至 1957 年茅盾寫的輔導創作的信，收信人就有聶繼三、金江、高南等「無名小卒」共 60 餘人。所寫的信其中 1954 年 7 封，1955 年 6 封，1956 年 25 封，1957 年 22 封，顯然是與年俱增。這裡面有許多動人的例子。茅盾用信輔導的文學新人，有工人、農民、學生、幹部、教師和其他文學愛好者。在信中他或談自己的作品與創作經驗；或論對方的創作；或答質詢；或授文學知識。在工作繁忙、動輒寫數千字文章的文化部長、「五四」先驅作家茅盾說來，他要犧牲許多寶貴時間從中發現和培養新生力量。即便如此，有時甚至還無端蒙受指責與羞辱。這使人聯想到魯迅「俯首甘爲孺子牛」的遺風。在茅盾的支持下，作協還於 1954 年 4 月辦了普及性文學刊物：《文藝學習》。儘管如此，他還是就《文

〔註 42〕《憶茅公》，第 115 頁。

藝報》的「錯誤」引咎自責。也就是在這次自我批評之後，他不僅加強了回信輔導文學青年的工作，還參與主持召開了全國青年文學創作者大會並作了前面提到的大會主題報告。從「五四」時代辦《小說月報》到他逝世，茅盾爲中國培養了整整三代文學新人。

二

從批判胡風開始，茅盾更加謹慎地對待政治運動。前面提到，在「兩個口號」論爭與魯迅、周揚之間關係問題上，茅盾曾認爲胡風起了不好的作用。胡風也曾冒犯過茅盾。但茅盾一向大度，以團結爲重，並未耿耿於懷。周揚、夏衍據穆木天的一面之詞，相信並認定了胡風是「內奸」。茅盾也從別的渠道聽到類似說法。但他謹慎處之。40 年代茅盾抵重慶後，胡風及其周圍的人和文藝界部分人的矛盾日漸激化了。1942 年胡風提出「主觀戰鬥精神」的理論；1945 年舒蕪在《論主觀》中對它作了論證與發揮。對此茅盾並不苟同。他認爲胡風的「主觀戰鬥精神」「並非通向現實主義之道。」舒蕪的《論主觀》只不過是「從哲學史上拾了許多廢料」，卻不看「是否互相衝突，就生扭硬湊，弄成非驢非馬。」〔註 43〕茅盾還認爲胡風「對廣大進步作家精神狀態的估計是偏激的，不公正的，結論也是錯誤的。」他從胡風對待不同意見的態度中「嗅到一股相當強烈的宗派氣味」。有好幾個朋友告訴茅盾：「胡風罵的『客觀主義』就是指茅盾與沙汀。茅盾想：「如此說來，我和沙汀竟是造成那『墮落的和反動的文藝傾向』〔註 44〕的罪魁禍首了。」但茅盾一向光明磊落，所以對這「不見諸文字」的流言「置之不理」。直到 1945 年 1 月 25 日在據周恩來指示召開的座談會上，茅盾才當著胡風等人的面，批評了《論主觀》與所謂「主觀戰鬥精神」。到 1948 年，他才在黃藥眠的《論約瑟夫的外套》一文讀後感中公開發表了上邊引的那些話。

在 1949 年首屆全國文代會主報告《在反動派壓迫下鬥爭和發展的革命文藝》中，由於是作全面總結，茅盾在肯定文學主流之同時，也批評了創作與理論批評中的消極傾向。在第三項題爲「關於文藝中的『主觀』問題，實際上就是關於作家的立場、觀點與態度的問題」中，這才系統地但不點名地批評了胡風等的「主觀戰鬥精神」論。這部分文字不過千把字。茅盾首先肯定，

〔註 43〕《〈論約瑟夫的外套〉》讀後感》，1948 年 9 月 30 日香港《文匯報》副刊，《文藝週刊》第 4 期，《茅盾文藝雜論集》（下），第 1226 頁。

〔註 44〕這是胡風在下邊散布的話。

作家不能採取純客觀態度而排除主觀精神。問題在於這「主觀精神」「太多地站在小資產階級的主觀立場」：表現爲「以爲革命理論的學習是足以使作家『說謊』，以爲發揚作家的『主觀』才會有藝術的眞實表現，以爲既然是革命的作家，天然就有革命的立場」；反之「怎樣努力去學習和改造都是空的。他們以爲，作家過著怎樣的生活就可以怎樣的『鬥爭』」，「完全抹煞了作家去和人民大眾的現實鬥爭相結合的必要。」他們「崇拜個人主義的自發性的鬥爭」並視之爲「歷史的原動力」，不承認「集體主義的自覺的鬥爭」。茅盾指出：這「正是游離於群眾生活以外的小資產階級幻想」。茅盾要求作家擺脫這幻想，「眞正擺脫小資產階級立場而走向工農兵的立場，人民大眾的立場」，藉以解決文藝大眾化、政治性與藝術性之關係等問題。今天看來，茅盾這些觀點仍然是正確的；其態度是人民內部學術探討性質的。

文藝界部分同志和胡風爲核心的《七月》派的分歧和論爭由來已久。朱寨主編的《中國當代文學思潮史》一書，林默涵的《胡風事件的前前後後》一文，〔註 45〕都試圖對此作出歷史描述。作歷史描述，或甄別許多史著描述此事的眞僞，不是本書的任務。但對事關茅盾者，我就不得不加辨析了。

林默涵的文章把茅盾在首屆文代會報告中上述那千把字的不點名的總結，當作單獨的對胡風的一次批判，且說成是解放後對胡風的「第一次批判」，並與 1945 年、1948 年及 1952 年至 1953 年這幾次規模很大的批判並列，顯然與歷史眞實情況不合。〔註 46〕

根據林默涵引用的 1953 年 2 月 15 日中宣部報周總理與黨中央的《關於批判胡風文藝思想經過情況的報告》，1952 年 9 月起對胡風的四次批判會，茅盾一次都沒參加。但中宣部「曾召集文藝界負責幹部報告批評胡風文藝思想的經過。」想來茅盾是了解基本情況的。這次批判的醞釀準備工作十分充分，諸如上上下下請示報告批示，林默涵在文章中披露了個大概輪廓。1955 年 1 月 21 日中宣部把批判胡風的請示報告送到中央。1 月 26 日中共中央以〔55〕018 號文件批轉下發。當中僅僅五天時間。批文給胡風定了性：「胡風的文藝思想，是資產階級唯心論的錯誤思想，他披著『馬克思主義』的外衣，在長時期內進行著反黨反人民的鬥爭，對一部分作家和讀者發生欺騙作用，因此

〔註 45〕刊於《新文學史料》1989 年第 3 期。

〔註 46〕茅盾的報告有 7 人參與起草，多人參與討論，由茅盾最後定稿，而且批評胡風的文字僅是報告的一部分。

必須加以徹底批判。」〔註 47〕林文說：上報前郭沫若、茅盾、老舍等看過此報告，「他們也同意這麼做」。接著 2 月 5 日至 7 日作協主席團第 13 次擴大會議決定：「展開對胡風資產階級唯心主義文藝思想的批判。」

但茅盾發表的題爲《必須徹底地全面地展開對胡風文藝思想的批判》〔註 48〕這篇批判胡風的主要文章，其調子卻比中央定的調子要低。他謹慎地把握住人民內部思想批判的分寸，把胡風的問題概括爲三點：「胡風的『理論』是披了馬克思主義外衣的資產階級唯心論的思想；他的文藝路線是反對毛主席文藝方向的路線；而他的活動則是宗派主義的小集團活動。」茅盾著重批判的仍是其「主觀精神」論，認爲這是「抹煞作家的立場」的「超階級的主觀精神理論」。要害是「反對作家應該取得共產主義世界觀」和「進行思想的改造」。茅盾認爲，胡風主張的「通過創作的實踐」改造思想，是與通過生活實踐改造思想的正確途徑相背離的「本末倒置」。茅盾也批判了胡風「到處有生活」及「題材無差別」論。茅盾說：「題材無所謂大小」，但「卻有重要和不重要」之分。茅盾還批判了胡風對文學遺產的虛無主義態度。

今天客觀地看來，茅盾此文對馬克思主義哲學觀與美學觀的正面闡述是正確的。他對胡風的批判既注意說理，避免簡單化；又在不違背中央文件前提下盡可能地把握住分寸。他的定性分析限在思想批判範圍，沒有上中宣部的請示報告和中央批示所定的「反黨反人民反革命」的綱。比較一下當時批判中反革命帽子滿天飛的無限上綱的文章，應該承認，茅盾的態度在當時看已經很有分寸了。他對胡風文藝思想中某些唯心論的小資產階級的成分的批評，是有根據的。

但在那樣的政治運動中，茅盾無法避免時代與環境的局限，主要表現是：一、基本性質判斷有失誤：今天看來，胡風文藝思想的主體，是馬克思主義的而非反馬克思主義的。二、整體判斷有失誤：胡風文藝思想中有錯誤，但這是局部性的而非全局性的。胡風並不反對毛澤東文藝路線，只是對毛澤東的某些論點特別是曲解毛澤東文藝思想者的觀點持異議。作爲學術問題，這應該允許。結束「文革」進入新時期，黨中央對毛澤東的某些觀點也作了糾正。其中就包括胡風持異議的部分觀點。對此，我們只能承認胡風有膽識。三、茅盾的批判也有攻其一點不及其餘的表現。如他說胡風的長詩《時間開

〔註 47〕轉引自林默涵的上述文章，見《新文學史料》1989 年第 3 期，第 22 頁。
〔註 48〕刊於 1955 年 3 月 8 日《人民日報》與 3 月 15 日《文藝報》第 5 期。

始了》「除了若干標語口號式的『詩句』外」，「只能看到資產階級個人主義的思想情緒，也就是作家的『主觀精神』的『昂揚』。」這顯然不合乎長詩的實際。此詩起碼是愛國主義的和擁護社會主義的，不能劃到「資產階級個人主義」中去。

今天究竟該如何看待茅盾的這些失誤？毛澤東有句總結我黨基本立場的名言：「我們應當相信群眾，我們應當相信黨，這是兩條根本的原理。」茅盾也始終信奉這兩條。當中共中央和毛主席把胡風定性爲反革命且下達了正式文件時，不信奉不遵循的人極少極少。茅盾當然不在其內。他只能與黨中央毛主席保持一致。這從在此過程他的態度與文章中分寸的變化裡看得很清楚。而建國以來跟中央跟毛主席跟政治運動跟錯了的，又何止茅盾一個人！連歷史也是在曲折中發展和前進的，我們又怎能對茅盾過分求全責備！

茅盾正式把胡風作爲反革命著文聲討，是在三批村料一一公布，茅盾認眞讀了毛澤東親自爲這三批村料寫的那些按語之後。《人民日報》公布這些材料的時間是 5 月 13 日、24 日和 6 月 10 日。茅盾給胡風上綱爲反革命的文章《提高警惕，挖盡一切潛藏的敵人》是 6 月 15 日，即第三批材料發表五天之後刊於《人民日報》的。毛澤東在第三批材料的按語中說：「胡風和胡風集團中的許多骨幹份子很早以來就是帝國主義和蔣介石的忠實走狗，他們和帝國主義國民黨特務機關有密切聯繫」，卻長期僞裝革命藏在人民內部「幹著反革命勾當」。所公布的證據就是：胡風的「反共歷史」；阿壠是受過特殊訓練的國民黨軍官；綠原在中美合作所工作過；等等。面對中央認定的這樣一個反革命集團，茅盾怎能不表態？惟其爲人謹愼，他才遲遲未上綱；也惟其爲人謹愼，第三批材料發表後，他就不得不急急忙忙上綱，表態劃清界限。茅盾此文與其說是聲討，不如說是講自己的認識過程；並推己及人，幫別人提高警惕。他說：「對於胡風集團，在黨報揭露以前，我們想不到它是這樣的陰險狠毒。我很早就認識胡風」，〔註 49〕當時「我只覺得這個人驕傲尖刻，自命不凡，處處想稱霸」，直到馮雪峰「把胡風在魯迅先生那裡所進行的挑撥離間的罪惡告訴我的時候，我亦僅只覺得這個人品質十分惡劣」；「還沒有懷疑到他別有來歷。」〔註 50〕到抗戰後期，「我也還以爲這只是文藝上的小集團。」「自從第

〔註 49〕茅盾此文說那是「在胡風從日本回來」，混進左聯的時候。晚年回憶錄中說：那是在他赴日本避難時經秦德君（胡風是秦的丈夫穆濟波的學生）介紹認識的。

〔註 50〕此說和晚年茅盾文章《需要澄清一些事實》所說不一。茅盾說當時他聽到陳

一、二批材料公布後，胡風集團份子的『策略』之一，就是要用各種各樣的方法」把自己「說成只是一個思想問題而不是政治問題，我們在此時如果不從革命同反革命的鬥爭上來看胡風集團問題，那就是又一次上了胡風集團的當。」茅盾又說：第三批材料「揭露了胡風集團的政治背景」。「挖了胡風反革命集團的根！」「現在，鐵一般的事實擺在眼前，我們不能再麻痺了。」我們必須「追究到底」，並從中「吸取教訓，提高我們的政治覺悟和政治敏感，不使敵人鑽空子，挖盡一切潛藏的敵人」。這幾乎就是茅盾此文的全部內容的複述，它眞實、清楚、完整地道出茅盾的全部認識過程。茅盾思想認識的轉折點，始自看到一、二兩批材料；斷定這是反革命集團性質，則在看到第三批材料之後。他相信了中央的定性，及據以定性的那些材料與政治背景。

要判定茅盾的歷史責任，必須依據這些事實與背景；要弄清茅盾誤斷的性質，必須依據中央平反胡風冤假錯案時三次下發的文件。1980 年 9 月中央下發的第一個平反文件說，此案「是在當時的歷史條件下，混淆了兩類不同性質的矛盾，將有錯誤言論、宗派活動的一些同志定爲反革命分子、反革命集團的一件錯案，中央決定予以平反。」〔註 51〕這文件推翻了「反革命」帽子，留下「錯誤言論」、「宗派活動」和「胡風歷史」問題共「三個尾巴」。

胡風逝世後，1985 年中央又批發了公安部向中央報送的《關於處理胡風申訴問題的請示》。這是第二份平反文件。它指出：過去給胡風歷史作的結論，「現在看來有的證據不夠充分，而胡風是在當時壓力下被迫承認的；有的早已成爲不實之詞。」〔註 52〕文件指出：「胡風在國民黨湖北省黨部宣傳科任幹事和在江西 31 軍政治部任宣傳科長這段歷史已是近 60 年前的事了，根據現有材料，對於當時湖北省黨部和江西 31 軍的性質，都難以判明，也沒有必要再作調查了，因此考慮將原復查報告中的『剿共軍』、『反動職務』、『反共文章』、『進行反革命宣傳鼓動』等詞刪去。」並於寫《反共宣傳大綱》一事，《請示》認爲：這篇文章「沒有署名，也沒有查到『大綱』原稿。只有朱企霞一人揭發是胡風起草的；但胡風一直否認。僅憑一人揭發，不能成立，應將寫『反共宣傳大綱』的問題，從原報告中撤銷。」〔註 53〕而阿壠雖在國民黨軍隊任職，但他是從事地下鬥爭，多次爲黨送出重要軍事情報。綠原根本沒進

望道、鄭振鐸從南京獲悉，說胡風與國民黨有聯繫，「形跡可疑」。

〔註 51〕轉引自林默涵：《胡風事件的前前後後》，《新文學史料》1983 年第 3 期。

〔註 52〕轉引自梅志：《歷史的眞實》，《新文學史料》1990 年第 1 期。

〔註 53〕轉引自《林默涵訪談錄》，1990 年 10 月 13 日《文藝報》。

過中美合作所，特務之說純屬子虛烏有。於是，30 年代周揚等根據穆木天「提供」的「情況」判定胡風是「內奸」的結論，就這麼冰化雪消了。歷史倒證明了魯迅的明斷，〔註 54〕也證明了歷史最公正，但也最無情！它終於還胡風、阿壠、綠原等人及所謂「胡風反革命集團」以一個清白！

1988 年 6 月，中共中央辦公廳又發了進一步為「胡風集團」平反的通知：對 1980 年平反文件中「胡風等少數同志的結合帶有小集團性質，進行過抵制黨對文藝工作的領導，損害文藝界團結的宗派活動」一語，也予以推翻：「經復查認為，在我國革命文學的發展史上，的確存在過宗派問題，因而妨礙了革命文藝界的團結。形成這種情況的原因很複雜，時間長，涉及的人員也較多，不同歷史階段的矛盾還有不同的狀況和變化，從胡風同志參加革命文藝活動以後的全部歷史看，總的說來，他在政治上是擁護黨中央的。因此，本著歷史問題宜粗不宜細和團結起來向前看的精神，可不在中央文件中對這類問題作出政治性的結論。這個問題應從《通知》中撤銷。」〔註 55〕人為布下的種種迷霧被廓清了！歷史的眞實面貌終於顯現出來了！

茅盾的後一篇上綱上線的批判文章是在中央所據材料失實、決策判斷錯誤的客觀條件下，因不明眞相又非表態不可的情況下所寫的錯誤文章。他述及歷史時所用的激烈措詞因而失當；其追述的認識發展過程，則是被假相所迷，導致認識失誤的過程。作為文化部長、文聯副主席、作協主席，在當時形勢下，茅盾不得不上綱上線公開表態。對此茅盾本人當然有責任，但是客觀地看，在當時除了被打擊的當事人如「胡風分子」等心中明白外，能對這一切了然於心，不錯跟、不誤認者，究竟有幾人？至於茅盾的頭一篇文章對胡風文藝思想所作的批評，雖然也有失當處，但屬於見仁見智的思想批判性質，雖在當時對對方造成了政治壓力，故也失當有誤，但未超出思想認識錯誤之範圍，今天自應歷史主義地看待此失誤；也不必諱言，茅盾主觀認識與態度方面也的確負有責任。

三

前邊提到，1957 年在幫黨整風過程中，茅盾只有兩次發言。在作協黨組召集的座談會上的發言，意見並不尖銳。相比之下 1957 年 5、6 月間的發言：

〔註 54〕參看《魯迅全集》第 6 卷，第 529～530 頁。
〔註 55〕轉引自梅志：《歷史的眞實》，《新文學史料》1990 年第 1 期。

《我的看法——在中共中央統戰部召開的民主黨派負責人和無黨派人士座談會上的發言》要尖銳得多。茅盾說：「宗派主義、教條主義和官僚主義」是「互相關聯，互為因果的。」宗派主義能造成兩種官僚主義：「包辦一切，任何事都不跟他商量，或只教他畫諾，那他就被造成為官僚主義。」「宗派主義者常常又是嚴重的教條主義者，結果就必然使他自己成為辛辛苦苦的官僚主義者，而且還要強迫別人不得不成為這樣的官僚主義者。」茅盾指出：「其根源又是由於缺乏民主。開展民主是消除這三個壞東西的對症藥！」此外茅盾指出：統戰工作是好事，處理不當地也容易造成官僚主義。如給統戰對象安排的兼職過多，忙於「長會、宴會、晚會」，「不務正業，不得不做個忙忙碌碌的官僚主義者。」他舉自己為例：「又是人民團體的掛名負責人，又是官」，「我自己也不知道究竟算什麼。在作家協會看來，我是掛名的，成天忙於別事，不務正業（寫作）；在文化部看來，我也掛個名，成天忙於別事，不務正業。」於是茅盾發了點牢騷：「如果我是個壯丁，還可力求『上進』，左手執筆，右手掌印；無奈我又不是，而且底子又差，三四小時連續的會議，到後來我就視而不見，聽而不聞了。」茅盾表示：「像我這樣不務正業的人，大概不少；統戰部最好再安排一下。」茅盾還談了宗派主義「多種多樣」的表現方式。他舉例說：如某一專家提個建議，其「主管的領導黨員」不懂業務，把握不準，就不置可否。若隨後上級黨的領導提了同樣的意見，他會立即「雙手高舉」了。若某專家「不識相」，說我早就提過；則該同志必定「會強詞奪理」，說二者根本不同；甚至會給該專家扣個「誹謗領導，誹謗黨」的帽子。茅盾認為，「不懂裝懂，念念不忘於什麼威信」，是這種宗派主義的原因。茅盾還指出：「官僚主義的表現也是多種多樣的。」他例舉了許多辛辛苦苦的官僚主義類型，並指出其「產生的根源是主觀主義，教條主義的思想方法」和「對於業務的生疏乃至外行。」〔註 56〕

茅盾敢提這些尖銳意見，倒不是忘記了反胡風的教訓，而是被黨發出號召幫助黨整風、實行黨的自我完善的決心誠意所感動，出於對黨的愛護與責任心，和與人為善、知無不言的態度，這才說出肺腑之言。不論當時或今天，這些意見既有根據也很正確。但是反右派鬥爭開始後不久即嚴重擴大化。也有人企圖據這次發言給茅盾上綱上線。一時間形成很大壓力。這時韋韜回京探親。孔德沚告訴兒子：「最近你爸爸犯了錯誤。他又在會上亂講！」韋韜問

〔註 56〕《茅盾全集》第 17 卷，第 538～540 頁。

清爸爸談話的內容後說：「爸爸講的並不錯。」孔德沚說：「現在是一點事就上綱上線，批得厲害。結果如何很難說。」兒子是搞新聞的，分析能力強。他安慰母親說：「這個發言不像那些人說的那麼厲害。我看不要緊。而且爸爸和他們也不一樣。」果然不出兒子所料，不久組織上委婉地對茅盾講：「這次發言報上不發表，也不批判。以後希望吸取教訓，說話注點意。」其實茅盾心無鬼胎，倒也處之泰然。中央對茅盾也比較注意政策。所以茅盾並未受到衝擊。但是反右擴大化隨著運動的開展愈演愈烈了。許多善意助黨整風且提了很好的意見者，被錯打成右派。批判也愈來愈嚴厲。這時茅盾處在兩難的境地。他「不贊成所謂『引蛇出洞』的作法」，但因《我的看法》招來極大壓力。既然「有關方面指出」其錯誤而又「『網開一面』，給予「『提高認識』，『輕裝上陣』」的機會」，「作爲文化部長和作家協會主席，在這樣激烈的政治運動中是必須表態的。」這時「報刊的約稿『標準』也隨之提高，要求指名道姓地批判文藝界的『右派分子』，而且不停地來電話催稿。」這使茅盾「十分痛苦。爲了躲避這種『糾纏』，茅盾「給作協黨組書記邵荃麟寫了一封『訴苦』信」：「最近幾次的丁陳問題擴大會我都沒有參加，原因是『腦子病』。病情是：用腦（開會、看書、寫作——包括寫信）過了半小時，就頭暈目眩。」「我今天向你訴苦，就是要請你轉告《人民日報》八版和《中國青年》編輯部，我現在不能爲他們寫文章。他們幾乎天天來電話催。我告以病了，他們好像不相信。」〔註 57〕

然而腦子不能永遠「病」下去。後來茅盾還是參加了幾次批判會，發了言，而且也寫了文章。這就難免說違心的話。其發言與文章也難免受「左」傾思想的影響，眞心話中也有「左」的錯誤。

他在反右鬥爭中所寫文章可分爲三類。一類是在正面闡述議論之同時對右派言論綜合批判：如《「放」、「鳴」和批判》、《百花齊放、百家爭鳴和知識份子的思想改造》、《必須加強文藝工作中的共產黨的領導！》、《關於寫眞實和獨立思考》、《公式化、概念化如何避免——駁右派的一些謬論》〔註 58〕等。第二類綜合性與特指性兼而有之：如《洗心革面，過社會主義關——1957 年 8 月 3 日在中國作家協會黨組擴大會議上的發言》、《明辨大是大非，繼續思想

〔註 57〕韋韜、陳小曼：《茅盾的晚年生活》（二），《新文學史料》1995 年第 2 期，第 28～29 頁。

〔註 58〕分別刊於 1957 年 6 月 17 日《人民日報》，6 月 26 日《文匯報》，7 月 28 日《文藝報》第 17 號，8 月 16 日《中國青年報》和《文藝學習》9 月號。

改造——1957 年 9 月 17 日在中國作家協會黨組擴大會議上的發言》〔註 59〕等。第三類是特指性的：如《劉紹棠的經歷給我們的教育意義》、《我們要把劉紹棠當作一面鏡子——1957 年 10 月 11 日在批判劉紹棠大會上的發言》〔註 60〕等。今天看來，這些文章中正面論述堅持黨的領導與社會主義道路，肯定社會主義革命與建設的基本成就，堅持毛澤東文藝思想與「雙百」方針等問題，其意見基本上是正確的。但在反右擴大化影響下，他對鬥爭形勢的估計存在錯誤。對右派分子及右派言論的批判，也存在「左」傾擴大化。其突出表現是：把丁玲、馮雪峰（當時已被定性爲「丁陳馮右派反黨集團」）、劉紹棠等同志當成反黨反社會主義的右派分子進行批判；這當然是完全錯誤的。

批判丁玲、馮雪峰時，茅盾處在兩難境地。許多話是違心之言。對丁玲、馮雪峰，茅盾心裡有數。這些老朋友老黨員，幾十年來對黨忠心耿耿，作出重大貢獻。他們決不會反黨！但茅盾迫於政治壓力，不能不表態。茅盾目睹親歷了這段令人觸目驚心的歷史：1954 年批判《文藝報》時，文聯主席團與作協主席團聯席擴大會議曾作出《關於〈文藝報〉的決議》，認定其錯誤是：「一、對資產階級思想的容忍和投降；二、對新生力量的輕視與壓制；三、在文學批評上的粗暴、武斷和壓制自由討論的惡劣作風。」當時的正副主編馮雪峰、陳企霞（其時丁玲已於 1952 年辭去主編職務，調任《人民文學》主編）都對此決議不服。在公開的會議上，茅盾贊成了這個決議，但內心卻有保留。1955 年 4 月陳企霞致信黨中央，要求改變此結論，反倒進一步受批判：作協黨組在八、九月間先後主持召開了 16 次擴大會議，把《文藝報》兩任正主編丁玲、馮雪峰和副主編陳企霞打成反黨集團。所定罪狀：「一、拒絕黨的領導和監督，違抗黨的方針、政策和指示；二、違反黨的原則，進行感情拉攏，以擴大反黨小集團的勢力；三、玩弄兩面派手法，挑撥離間，破壞黨的團結；四、提倡個人崇拜，散播資產階級個人主義思想。」〔註 61〕茅盾心裡清楚：這些「罪狀」有的毫無根據，有的則是歪曲了堅持正確意見據理力爭的正當行爲。何況，丁玲、馮雪峰、陳企霞提意見，是針對作協黨組具體負責人的所作所爲，並非針對整個黨組織。因此他們更加不服。1957 年黨內整風時，丁玲、陳企霞和《文藝報》部分編輯如唐因、唐達成等，又紛紛提出

〔註 59〕分別刊於《文藝報》第 18 號，1957 年 8 月 18 日、《人民日報》，9 月 19 日。
〔註 60〕分別刊於《中國青年》第 18 期，9 月 16 日、《人民日報》，10 月 17 日。
〔註 61〕轉引自《文藝界反右派鬥爭的重大進步》一文，《人民日報》，1957 年 8 月 7 日。

異議。作協黨組於 6 月 6 日至 9 月 17 日連續召開 27 次擴大會議討論此事。「前三次會議本是爲 1955 年作協黨組所定『丁陳反黨小集團』平反的，說明丁陳並不反黨。但在 7 月 29 日第 4 次會議上，周揚忽然重申過去對『丁陳』的批判沒有錯，丁陳忽又『反黨』了，要繼續批判。」〔註 62〕從這次會起，與會者的範圍擴大到作協各省分會及省市委宣傳部等負責人，達 200 餘人。從《文藝報》問題擴大到「新賬老賬一起算」，並且重點算老賬：加給丁玲的罪名是：一、1933 年被捕後「叛黨變節」。二、1942 年發表「反黨文章《三八節有感》」，並在她主編的副刊上發表「托匪王實味的《野百合花》，對黨、對革命、對當時的革命根據地進行了露骨的、惡毒的誹謗。」1955 年《文藝報》那四條罪狀，這時也被拉來加在丁玲身上。〔註 63〕一向鎮靜的茅盾，面對這嚴峻的形勢，也感到莫大的震驚！他不能不考慮：我該怎麼辦？

茅盾這時一面承受著《我的看法》招致的壓力，一面受到不能不對丁陳馮問題表態的壓力。8 月 3 日他在作協黨組召開的擴大會上題爲《洗心革面，過社會主義關》的發言中說：我原本「有些話要講」，但會上聽了丁玲的「交代」後，覺得「有些話是不合適了」。因爲丁玲的「態度依然如故，……我實在很失望。」可能茅盾事前估計丁玲會做些檢討，而不是據理爲自己辯護。那他多半要說些歡迎鼓勵的話。現在不好這麼辦了。但是作爲 30 年代參與營救丁玲的當事人之一，茅盾對她的清白歷史是清楚的。《文藝報》問題及其後來的「演變」，茅盾也是親歷目睹、了然於心的。面對鐵的歷史事實和這些不公正的結論，茅盾又能說些什麼？所以他避開這些都不談，單單「打態度」。其要點是：一、我「向來很看重」丁玲，對其作品及在左聯的工作評價也很好。現在以「三十年的老朋友的資格懇切忠告丁玲，趕快從思想上解決」「忍痛……過社會主義關」問題。二、初讀《莎菲女士日記》時以爲「這是否就是丁玲自己的性格？」在左聯相處「覺得她很進步」，「和莎菲完全不同。」但痛心的是：在新中國「丁玲的靈魂深處還有一個莎菲女士在！」三、認爲丁玲態度「不老實」是因爲「面子問題。」勸她「決心改邪歸正，徹底交待，那就從沒有面子回到又有面子了。」茅盾這些話，顯然是明打暗保、小罵大幫忙。即便是過頭話，也是基於把「揭發」的「材料」信以爲眞所致。所以

〔註 62〕《在政治大批判漩渦中的馮雪峰》，《新文學史料》1992 年第 2 期，第 182 頁。

〔註 63〕《文藝界反右派鬥爭深入開展，丁玲陳企霞反黨集團陰謀暴露》，《文藝報》第 19 期，1957 年 8 月 11 日。

這個發言有錯卻不大；丁玲對此始終持諒解態度。

從 7 月 30 日的會把馮雪峰扯到丁陳反黨集團中去以後，8 月 4 日會上雪峰被迫檢討說：「我過去認爲我只是反對周揚而不是反黨，這在認識上是錯誤的，反對周揚其實就是反黨」，「今後要接受周揚在文藝工作上的領導，團結在周揚的周圍把文藝工作搞好。」〔註 64〕周揚聽了很滿意。會後他對雪峰表示：「你的檢討發言我倒認爲還是好的。」然而 8 月 7 日《人民日報》還是公開點名批判馮雪峰。同一天人民文學出版社整風領導小組受命宣布：撤銷馮雪峰整風領導小組長職務，並召開大會揭發其「反黨罪行」。周揚定調子說：揭發馮雪峰的「主要關鍵在 1936 年上海那一段，要有個有力的發言。」他提議由夏衍講。

在討論夏衍的發言內容時，周揚說：魯迅《答徐懋庸並關於抗日統一戰線問題》的「原稿是馮雪峰的筆跡，魯迅只改了四個字。」〔註 65〕夏衍在批判大會上作了「爆炸性的發言」，說馮雪峰自 1936 年就反黨。從此「勾結胡風，蒙蔽魯迅，打擊周揚、夏衍，分裂左翼文藝界。」這成了以後批判馮雪峰「反黨罪行」的基調。

就是在 8 月 17 日夏衍發表「爆炸性發言」，把許多不明眞相的多數與會者「鎭住」之際，許廣平卻拍案而起，澄清事實，申張正義。她表面上申斥馮雪峰欺騙魯迅，特別是批駁馮雪峰違心地承認魯迅那篇《答徐懋庸》的長文不是魯迅而是馮雪峰自己所寫的說法。許廣平以當事人身份證明事實說：「有一天魯迅寫了一封信給胡風，我就說：周起應和胡風不對，是他們的事，與你有什麼相干？魯迅跳起來說：『你知道什麼，他們是對我！』」許廣平質問馮雪峰：關於《答徐懋庸》的文章，「你說是你寫的，這篇文章（指底稿），我已送到魯迅博物館，同志們可以找來看看……是魯迅親筆改的，原稿上有魯迅改的字。你眞是了不起！這要是魯迅不革命、魯迅不同意——魯迅不同意怎麼發表了？！發表以後魯迅有沒有明說這篇文章是馮雪峰寫的，不是我寫的？」〔註 66〕許廣平這大義凜然的發言，實際上推翻了周揚定的上述的調子，迫使周揚 8 月 21 日從魯迅博物館借回《答徐懋庸並關於抗日統一戰線問題》的原稿看。其實原稿不像他說的，魯迅只寫了四個字。長達 15 頁的原稿

〔註 64〕轉引自《在政治大批判漩渦中的馮雪峰》，此文所引是 1968 年 8 月 6 日馮雪峰的交待材料；見《新文學史料》1992 年第 2 期。

〔註 65〕轉引自《在政治大批判漩渦中的馮雪峰》所引「文革」中邵荃麟的交代材料。

〔註 66〕《新文學史料》1992 年第 2 期，第 188～189 頁。

中，魯迅寫了整 4 頁，約 1700 多字。別處還有許多魯迅改動添加的文字。而稱周揚、夏衍等爲「四條漢子」，以及駁斥他們稱胡風是「內奸」的那一整段話，恰恰在這 4 頁中，是魯迅親筆所寫。這證明了許廣平說此文是魯迅病中授意、請雪峰代筆，魯迅帶病認眞修改，並大段添寫審定稿後才發表的這些話，毫無虛假，完全眞實。何況，當時周揚等早和黨中央失去了組織聯繫，馮雪峰卻是黨中央由陝北派往上海的特派員。當時在上海代表黨的，恰恰是馮雪峰，而不是周揚。馮雪峰反對和糾正周揚等人不遵重魯迅等錯誤，不僅體現了黨中央的意圖，還及時得到中央領導人張聞天、周恩來在信中充分的肯定。這有信爲物證。怎麼倒構成了「反周揚就是反黨」的罪行？

茅盾的《明辨大是大非，繼續思想改造——1957 年 9 月 17 日在中國作家協會黨組擴大會議上的講話》發表於 9 月 29 日《人民日報》。講話和發表，離他當場聽許廣平上述發言的時間，分別是一個月和一個月又 12 天。茅盾發言的大部分是批判右派分子們的四個基本點：「反抗共產黨的領導」，「否定八年來國家建設的成就」，「反對工農兵方向」，「反對思想改造」。其正面的論述是正確的。駁論中舉例與點名批判的部分則多失誤。特別是文章開頭五段聲討丁陳反黨集團的話，是完全錯誤的。他點名批判馮雪峰的是兩條：一是批他「躲在反教條主義的幌子下的修正主義思想」。說「雪峰的文藝思想跟胡風的文藝思想基本相同」，是「資產階級唯心主義」的。這顯然是個誤斷。事實上馮雪峰的文藝思想不僅是馬克思主義的而且還頗多創見。其許多觀點與胡風並不相同。而其相同之處，恰恰是正確的部分。當時的這些誤斷，「文革」後茅盾論及馮雪峰時，自己也徹底推翻了。二是說「丁陳反黨集團的主要成員們，思想品質上的另一個共同點就是嚴重的資產階級個人主義。」茅盾還說：「我在會上聽了許多同志所揭發的事實以後，過去的一些歷史問題，這才完全弄清。原來抗戰前夕，上海文藝界不團結的現象是雪峰的野心與胡風的野心互相勾結而且互相利用的結果！」按說對 30 年代文藝界的情況，作爲當事人，處在領導核心位置，並與雙方都有密切關係的茅盾，對情況是了解的。如果他能像許廣平那樣，站出來以當事人身份澄清問題，局面將發生很大的變化。而且當年論爭雙方都肯向他透露情況，當時他幾乎是能兼與雙方對話、兼聽雙方情況的唯一的人。當然，從他介入時周揚的論爭之後，這種情況有了改變。但他這時仍了解魯迅、雪峰、胡風這方的情況。這從晚年茅盾寫在《我走過的道路》中的內容也可得到證實。特別是魯迅的《答徐懋庸》一文的寫作情況，茅盾不僅當時就了解，許廣平反右時的上述發言，也能引發與補充他的記憶。以茅盾的身份，當時調閱魯迅博物館藏魯迅的手稿，也並非難事。茅盾一生謹愼，完全應該這樣做。總之，當時茅盾不難發現丁玲、馮雪峰、陳企霞以至胡風的遭遇是個冤案。但茅盾不僅沒站出來澄清事實，而且經過一個月的思考，卻作這樣的發言！這個發言與前一階段對丁玲問題發言時的謹愼、較有分寸的態度完全不同：竟說出「丁玲的個人主義尤其嚴重，她的行爲，處處以『自我爲中心』，甚至到了不擇手段，向黨進攻」這樣的話來，可見這時茅盾的心態與表態都十分複雜，而且具有私心。然而既邁出了這一步，他就很難刹車了！

這究竟是什麼原因？是受蒙蔽和受極「左」思潮影響，眞誠地倒向周揚一邊，參與製造「擴大化」的冤案？還是屈服於政治壓力，爲了明哲保身而說違心話做違心事？是有更複雜的動因或功利目的？擬或有難以言表的其他苦衷？目前我還沒有更充分的根據作出判斷。但有兩點可以肯定：客觀上茅盾承受的政治壓力很大；主觀上人無完人。在那樣特定的政治環境中，以茅盾所處的地位，再保持其謹愼而不介入的態度，已經不存在任何可能了。茅盾明顯地向「左」轉了。

這種表現之一，就是批判劉紹棠的上述兩篇文章。這當然是「奉命作文」。而且茅盾也手下留情，僅限於思想批判。《劉紹棠的經歷給我們的教育意義》發表在《明辨大是大非》一文之前，《我們要把劉紹棠當作一面鏡子》則在其後。這都是不能不寫不能不作的文章與講話。但《關於寫眞實和獨立思考》、《公式化、概念化如何避免？》也不指名地批判了劉紹棠，這不是非寫不可非說不可的。這說這時茅盾確有「左」的思想存在。當然他也有一定的分寸。如一面批判劉紹棠的錯誤觀點，另一面也肯定其早期的思想與作品。重點則是總結他因個人主義、驕傲自滿、放鬆思想改造而墮落成右派的教訓。今天看來，這些觀點有的並不全錯；有些還有一定的理道；有些則是錯誤的。關鍵在於對政治性質的判斷從根本上是搞錯了！不過總地說，茅盾的用心是好的。他想藉劉紹棠的教訓使青年人照鏡子，避免走錯路。這反映了反右鬥爭中茅盾心態極重要的一面。對此應該給予客觀的分析與公正的評價。

茅盾一生，1927 年前後和 1957 年前後，其經歷的處境與心境最複雜，態度搖擺也極大！這兩段相距 30 年，都處在大動蕩的時代。但其時代內涵迥異；其心態當然也就不相同。這是應該具體問題具體分析的。

第三節　緊跟形勢，艱難地探求政治與藝術的統一關係

建國以後，如果說茅盾對待「左」的文學思潮態度的特點是滯後性；那麼他的理論批評的特點則是導向性，與在環境寬鬆時具有的一定程度上的超前性。

首次文代會後，《在延安文藝座談會上的講話》被正式確認爲全國文藝戰線上唯一正確的指導思想。其首要的原則，是文藝從屬於政治，文藝必須爲政治服務，首先爲工農兵服務。這使國統區與解放區各種不同類型的作家及其作品，有了統一的標尺。這對作家的政治思想與美學思想確有啓迪作用。但對部分作家說來，也是很大的衝擊。加之，作家的態度有右的，也有極「左」的。兩極相撞，是必然的。因此團結和引導工作就顯得格外重要。

身爲文化部長、文聯副主席與作協主席的茅盾，自身的認識與肩負的責任，都使他不得不超前考慮這些問題，並發表導向性意見。自主持《小說月報》與文學研究會以來，他的文學與人生的主張中，很大程度上包括著文學爲政治服務的功利目的。因而接受這個原則，對他來說並不困難。困難在於，他深知文學還有政治教化作用之外的審美功能，與獨立於政治之外的自身規律。這些都是人類文學發展史上一再被證實了的客觀存在；而規律又是不可抗拒的。如何能把它納入文藝從屬於政治、並爲政治服務的框架中去，這是茅盾必須回答的艱難課題。因此，建國後，他一直在探求在這狹窄框架中，政治與藝術及其自身規律如何統一；因而常常處在兩難的境地。

一

在建國初期，爲了鞏固新的人民政權和推行政治改革與經濟建設，必須調動一切力量。文學的力量是不容忽視的，因而突出地調動其政治功能，就成了時代的要求與歷史的必然。革命的作家也把它視爲時代賦予的使命。這是應該的。但是好走極端，是許多中國人的通病。於是，不僅把政治功能當成文學的唯一的功能，而且把它簡單化，使之爲具體政治運動和政策宣傳服務的傾向，很快就形成了。當時有流行的權威說法，如「文藝服從於政治，……政治的具體表現就是政策，作家不能在創作上善於掌握政策觀點，

也就不能很好地去爲政治服務。」「文藝創作除了結合政策的問題以外，還有和政治任務相配合的問題。」這「叫做『趕任務』」。〔註 67〕任務趕不好，不僅挨批評，還要作檢討。1950 年 5 月 10 日《文藝報編輯工作初步檢討》中說：「第一，最主要的缺點，是沒有通過文學藝術的各種形式與政治更密切地結合，廣泛地接觸目前政治上的各方面的運動。」這是一個非常典型的例子。

既然這些是當時的基本出發點，就也不能不是茅盾當時的出發點。例如他在 1951 年曾說：「文藝服從於政治，文藝創作必須與當時當地的政治運動結合起來。我們當前的政治任務是三個：第一，抗美援朝、保衛世界和平。第二，生產建設。第三，鎮壓反革命份子。」〔註 68〕他就拿這個標尺評價當時的創作。在許多工作報告中，他還據以評價整個文藝工作。

儘管如此，茅盾仍想爲文藝開拓一個較爲廣闊的天地。爲此，他必須抵制兩個潮流。一是把工農兵當成唯一的描寫對象；二是把寫小資產階級當作小資產階級創作傾向。茅盾立論的基本前提，是確認文藝必須爲人民服務，而且首先要爲工農兵服務；充分肯定解放區創造的工農兵文藝，確認它在城市仍應同樣佔有正統地位。他也突出地提倡工人文藝運動和培養工人階級出身的作家，寫了《談談工人文藝》和《略談工人文藝運動》〔註 69〕等文章。對寫工人的好作品，他在《從話劇〈紅旗歌〉說起》和《關於反映工人生活的作品》〔註 70〕等文章中大加鼓勵。但是，他在理論上把爲誰務的社會功能問題，和「作品描寫誰」的題材問題，寫給誰看的讀者對象問題，明確地區分開來。他指出：「描寫了工農兵，寫給工農兵看或聽，並不一定能爲工農兵服務，封建文藝也寫工農兵」，也寫給他們看，但旨在「對於工農兵起了欺騙麻醉的作用」，把「信天知命，安分守己的愚民政權灌輸給工農兵」，使之「服服貼貼做牛馬」，這「絕對不是爲工農兵服務，它是爲封建階級服務的」。反之，即便寫市民，寫知識份子，寫小資產階級以至地主資產階級，如果作

〔註 67〕邵荃麟：《論文藝創作與政策和任務相結合》，《邵荃麟評論選集》，第 285、290 頁。

〔註 68〕茅盾：《目前文藝創作上的幾個問題——1951 年 4 月 25 日在上海文藝工作者歡迎大會上的講話》，《解放日報》，1951 年 4 月 30 日，《茅盾全集》第 24 卷，第 179 頁。

〔註 69〕分別刊於《華商報》，1949 年 6 月 12 日、《中國青年》1949 年 11 月號。

〔註 70〕分別刊於《中國青年》1949 年 11 月號、《人民文學》1951 年第 1 期。

家是「站在人民大眾，或更明確地說，是工農兵的立場」，照樣能為工農兵服務。何況從生活整體性言，我們在階級社會中，階級對立現象無處不在，「寫工農兵的時候，勢所必然也要寫到工商資產階級」或地主。〔註71〕

這樣，茅盾在人民立場與為工農兵服務的大前提下，為文學創作的題材與描寫對象，開拓了相對廣闊的路。此後，上述兩種「左」的思潮中，甚至在它衝擊到自己時，如因為《戰鬥到明天》所寫序言作「檢討」時，茅盾始終堅持小資產階級、知識份子既可以寫，也可以寫成作品主角的觀點。他從不放棄創作題材廣闊性與服務對象廣泛性這兩個基本原則。其實堅持作品主人公必須和只能以工農兵為主角的極「左」思潮和庸俗社會學觀點，在 50 年代初是個國際性現象。蘇聯當時批判長篇小說《大學生》，就因為它把知識份子，特別是大學生中的否定形象作為主角來寫。對此書的批評也波及到中國文壇。所以茅盾堅持自己的正確意見，是承受著不小的壓力的。

不過茅盾也有妥協和讓步。例如他無法反對「趕任務」問題，他堅持的前提條件是：「完成政治任務而又有高度的藝術性。」但他又說：「如果兩者不能得兼，那麼，與其犧牲了政治任務，毋寧在藝術上差一些。」他承認「這句話是不太科學的」，但他又不得不認為：「為了『趕任務』，作者不得不寫他自己認為不成熟的東西……也是值得的。……應當不以『趕任務』為苦，而且要引以為光榮。」〔註 72〕可見，無條件地確立了文藝從屬於政治並為政治服務的前提後，即便洞察如茅盾，欲求兩全之計，其探索又是多麼艱難！建國以後茅盾的理論批評文章中，這種自相矛盾的兩難處境與情態的存在，幾乎形成了一個規律性現象。

二

建國以後社會主義的生活，對國統區作家和解放區的作家都是嶄新的。因為這時的工農兵，已經不是抗戰或解放戰爭時期的工農兵。嶄新的時代賦予其生活以嶄新的內容。茅盾及時把握住這一時代特點。他指出：「我們國家

〔註71〕《為工農兵》（1949 年 7 月 1 日在新華廣播電台的播講稿），《茅盾全集》第 24 卷，第 385～40 頁。參看《關於目前文藝寫作的幾個問題》，同年 5 月 4 日《文藝報》試刊創刊號。

〔註72〕《目前創作上的一些問題》，《群眾日報》，1956 年 3 月 24 日，《茅盾全集》第 24 卷，第 130 頁。

的偉大生活中，每天都在出現著像黃繼光、張明山、李順達、郝建秀一類的英雄人物。他們以他們的高貴品質和英勇行爲激勵鼓舞了全國人民，而在我們文學篇幅中，還很少出現這樣英雄的藝術形象。」因此茅盾號召，爲了「使我們的創作能夠勝任地擔負起我們時代的使命，應該要求我們的作家把創造人物性格的問題，特別是創造正面人物的藝術形象問題，提到我們創作的首要地位上來。」不過茅盾和「左」的庸俗社會學的理論家不同，即便在提這一要求時，他也兼顧到「深刻地來描寫那些反面的、敵對的人物形象，引起人民對於他們的仇恨和警惕。」〔註 73〕在這總的命題下，茅盾引導作家廣泛展開完成時代課題的思路，妥善處理各種關係。

首先是眞人眞事與典型化問題。茅盾這一時期特別突出地強調了恩格斯的寫「典型環境中的典型人物」的理論。由於新的英雄人物具有強大時代導向力，作家對他們又不太熟悉；而工農兵自身的作家尚未成長起來；茅盾認爲，這時寫眞人眞事借以謳歌英雄人物，幾乎是必經的階段。但他決不因此降低了要求。他認爲：眞人眞事和典型化決非不能兩全的事。茅盾提出了兩個原則。其一是概括；其二是表現。「人物的典型性之構成，在於概括。」這就不能「取材狹窄而呆板，完全要符合於那眞人的一切生活。」而應「善於找出他生活上最典型的特徵，加以靈活的處理。」他的例證是蘇聯小說《鐵流》、《夏伯陽》、《青年近衛軍》等。所謂表現，「即是比現實提高一步」，達到「理想化」。但這又不是憑空虛構，而是如《青年近衛軍》那樣，把「最優秀的品質都集中表現在那幾個人身上。」〔註 74〕這比照實寫的方法要高明得多。

第二是寫人物性格發展問題。他認爲在社會主義開始階段，「人的改造」是不可避免的。所以寫人的改造，也是勢所必然的。這是藉人物性格發展體現時代發展的重要一環。他指出：有兩種不同的改造。一種是「改掉它固有的階級意識」，如小資產階級以至資產階級及其知識份子。一種是「發揚它在舊社會被壓迫境遇中所抑制了的階級意識」，如工人階級。不論寫哪種改造，又都有兩面，即主觀因素與客觀因素，以及二者之間的關係。這就涉及到英雄人物的缺點問題，及正面人物由落後到轉變的問題。茅盾反對回避態度，

〔註 73〕《新的現實和新的任務》，《文藝報》1953 年第 19 期，《茅盾全集》第 24 卷，第 274～275 頁。

〔註 74〕《目前創作上的一些問題》，《群眾日報》，1950 年 3 月 24 日，《茅盾全集》第 24 卷，第 128 頁。

而主張既寫出「各人的轉變有先後，有不同的過程」，又寫出其「同中之異」與「異中之同」。他反對「千篇一律」〔註 75〕式描寫，認爲這是創作之大忌。這就切入個性與共性相統一的典型美學理論問題了。

第三是典型性格與典型環境及其相統一問題。他在恩格斯的觀點基礎上展開了三點。一是反對當時普遍存在的無衝突論，他認爲「英雄人物的性格總是從鬥爭中間發展的，沒有鬥爭，也就不會產生英雄。」他主張「把英雄人物放在鬥爭的中心去描寫，……創造出鮮明、生動，使群眾激動鼓舞的形象」，從而展示出「時代鬥爭的深刻內容」，及人物的「階級本質的特徵。」〔註 76〕二是把握住新的人物與新的環境的時代特徵，「他們不像過去的作品所寫的那樣，以被壓迫、被剝削的形象出現，他們是以生活的主人翁、新中國的創造者的形象出現」，因而「不同程度上顯示出新的社會的本質力量，……中國人民的高貴革命品質和崇高的道德觀念，也反映出社會生活的變化，對於人民精神生活所產生的巨大影響和力量。」三是要求作家「善於覺察出生活發展的方向和新事物的萌芽，善於從革命發展中去表現生活，……必須要把在今天看來還不是普遍存在，然而明天必將普遍存在的事物，加以表現。」〔註 77〕

爲使作家適應這一時代要求，茅盾反覆強調：作家要深入生活，熟悉自己陌生的生活領域；改造思想感情，以適應新的現實與新的任務。他還寫了《讀〈新事新辦〉等三篇小說》等評論文章，促進寫新人新事的創作勢頭。其目的是齊頭並進地起推動作用。

三

這一時期，茅盾還從正反兩方面關注創作方法問題。他認爲「作品的公式化和概念化傾向」是創作上，特別是創作方法上最突出的問題。「這種創作方法是違反現實主義的根本原則的，因爲它忘記了『革命的文藝則是人民生活在革命作家頭腦中的反映的產物』，忘記了現實的人民的生活是文學藝術的唯一源泉。它不是從客觀的現實出發，而是從作者主觀的概念出發，它把複雜而豐富的現實生活簡單化爲幾個概念所構成的公式，其結構是所謂

〔註 75〕《關於反映工人生活的作品》，《人民文學》1951 年第 1 期，《茅盾全集》第 24 卷，第 195～196 頁。

〔註 76〕《茅盾全集》第 24 卷，第 268 頁。

〔註 77〕《茅盾全集》第 24 卷，第 257、264 頁。

落後、對比、轉變三段法，人物形象則有一定的幾張『臉譜』，不論所寫的是工廠，或是農村，不論主題是增加生產，或是爭取婚姻自由，都可套用這樣的公式。這樣的作品當然就不可能有眞實性和具體性。當然也不會被群眾所喜歡。」

茅盾指出：「公式化和概念化都是主觀主義思想的產物。它們是一對雙生的兄弟。」「根本原因是作家脫離了人民群眾的生活，用閉門造車的方法去寫作。」而有一定生活經驗的作家之所以仍寫出公式化、概念化作品，則是因爲忽略了塑造「典型環境中的典型性格是現實主義創作方法的根本問題」，他們往往「抓住一些表面現象」和「沒有經過頭腦消化的材料」，「也沒醞釀成熟就性急地預先爲自己規定了主題，然後按照需要去尋求人物，或者按照一種公式去塡寫人物」。這樣不僅不能「從內在生活中」去理解或表現人物，其總體特徵也「往往是缺乏個性，缺乏感情，缺乏思想的光輝」，「以說教者或演講者的姿態出場，高高地孤立於群眾之上」，「失卻了一切描寫的眞實性。」〔註 78〕

針對上述情況，茅盾開了兩劑藥方。首先是作家必須眞正意義地深入生活和認識生活。不僅要獲得充分的感受和體驗，而且要作充分的分析和研究。「要克服創作上的概念化和公式化，提高我們作品的現實主義水平，這是首先的關鍵。」他指出：不少作家「著重於生活的觀察和體驗，而比較忽略了對於社會生活的研究和分析。」所以下去後最初的新鮮感，很快被茫然所代替，不能透過表象看本質。這就「必須有歷史唯物主義的觀點」和歷史的胸襟，高瞻遠矚的視力，工人階級的英雄氣概以及實事求是的精神。眞正做一個實踐者而不是旁觀者。

另一劑藥方則是：「嚴格地要求自己遵照社會主義現實主義的創作方法。」茅盾指出：「社會主義現實主義……並不是一個新的問題，『五四』以來中國革命的文學運動，就是在工人階級思想領導下沿著社會主義現實主義的方向發展過來的。」《講話》更明確地奠定了其理論其基礎，如「立場與觀點，服務的對象，作家與群眾的關係，作家對於生活與學習的態度，對於接受文化傳統的態度，以及關於典型的創造，關於批評的方法等等」，這些都是社會主義現實主義的原則。〔註 79〕茅盾這時對社會主義現實主義的理解，基

〔註 78〕《茅盾全集》第 24 卷，第 265～266 頁。
〔註 79〕《茅盾全集》第 24 卷，第 262 頁。

本上是高爾基的論述和 1934 年通過的蘇聯作家協會章程所作的界定。他根據這一界定加以發展，這樣地表述其任務：作家是社會主義者或「把自己改造成爲社會主義者。」所寫的「是以社會主義思想爲內容的文學。」使作品「眞實地具體地反映現實，不但表現出人民的今天，並且要展望出人民的明天，要照亮他們前進的路」，從而「教育人民正確地認識現實，使他們向前看而不是向後看」，「要通過文學作品給人民以社會主義的思想教育。」他還認爲，只要體現出這種原則精神，即便寫歷史題材，也可以成爲社會主義現實主義的作品。〔註 80〕

四

這一時期茅盾不僅論述了文學創造的基本理論與原則，也廣泛涉論了藝術修養與藝術技巧問題。他發表了一大批文章，如：《文藝創作問題》、《欣賞與創作》、《談〈水滸〉的人物和結構》、《關於文藝修養》、《魯迅談寫作》、《體驗生活、思想改造和創作實踐》、《關於人物描寫問題》、《關於文藝創作中一些問題的解答》和《關於藝術的技巧——在全國青年文學創作者會議上的講演》。

這些文章的共同特點，是把生活、思想、藝術三位一體地作統一觀。把從生活中提煉技巧看作與借鑑前人同樣重要。兩者歸一，才能創造出自己獨特的技巧。他反對把技巧孤立起來，看成可以歸納出來的若干具體規則，熟記在心即可得到創作的不二法門。他的基本出發點是創新。他提出了許基本原則，大體上是：一、藝術技巧問題「要依賴作者人生觀的深度，和他包羅生活現象的廣度。」二、「技巧不同於技術。」它「是形象思維的構成部分而不是作家在構思成熟以後外加上去的手術。」因此作家「塑捏現實（虛構故事）、創造人物」的屬於技巧的本領，「從屬於他的挖掘現實的本領。」「挖掘得愈深」，人物及其環境「就愈富於典型性」，作品的藝術感染力也愈強。〔註 81〕三、典型性格的刻畫的技巧，是藝術技巧的主要一環。要遵遁以「人物的行動（作品的情節）」「表現人物性格」的原則，來「盡量剔除那些雖然有趣，生動，但並不能表現典型性格的情節」，盡量提煉能充分表現典型性格的典型情節，並圍繞人物把作品組織成完整的有機體。因此不但要善於運用

〔註 80〕《茅盾全集》第 24 卷，第 262 頁。
〔註 81〕《茅盾全集》第 24 卷，第 405～406、408 頁。

大事件，「而且不放鬆任何細節的描寫。」〔註 82〕要處理好人物描寫的外觀（「人物的舉動和聲音笑貌」）與內心世界的關係。內心世界的表現渠道有二，一是通過腦子想並藉助語言描寫來表達。二是通過「舉動聲音笑貌」來表達。其要害是寫出人物的「神氣」。這「神氣」既要和人物身份相配，也要和所處環境相配。特定時間、特定環境中人物的情緒是特定的，時空變化會使其特定情緒發生變化。這一切的綜合，就是性格發展的描寫。四、處理好典型性格與典型環境的有機統一關係。「不論是社會環境或自然環境，都不是可有可無的裝飾品，而是密切聯繫著人物的思想和行動。」環境描寫不論「如何動人，如果只是作家站在他自己的角度來欣賞，而不是通過人物的眼睛，從人物當時的思想情緒」寫出人物的感受，「就會變成沒有意義的點綴。」而且不單要寫人物的小環境，還「要布置作品的大環境」，即時代的、歷史的宏觀環境。這「需要高度的思想和組織力」。五、所以環境描寫又要藉助結構藝術。「『結構』不光是把整個故事的細微情節處理得條理井然就算完事；『結構』還須表現出主人公的性格發展過程。」〔註 83〕

這些原則有的茅盾以前曾談過。但統一到馬克思主義美學觀與社會主義現實主義創作方法整體中闡述，還很少這麼系統論述過。有些則是新的闡發和論述。兩者都標誌著茅盾的美學觀有新的發展。考慮到建國初期馬克思主義美學還處在剛剛起步的階段；大學中文系的文藝理論課還處在照搬蘇聯教材，沒有自己的理論體系的階段；特別是在「文藝從屬於政治」使文藝迷失了獨立品格與自身規律的「左」的環境中，茅盾這些文藝觀、美學觀的理論闡述，就具有特殊的理論意義與現實導向的作用了。

五

「百花齊放，百家爭鳴」方針的提出，開闊了茅盾的思路。茅盾除在全國人大一屆三次會議發表《文學藝術工作中的關鍵性問題》講話外，還發表了《對於「鳴」和「爭」的一點小意見》、《貫徹「百花齊放、百家爭鳴」，反對教條主義和小資產階級思想》、《百花齊放、百家爭鳴和知識份子的思想改造》等文章以表示擁護。他批評了「左」的阻力，認眞維護並進一步闡述這一方針。

〔註 82〕《茅盾全集》第 24 卷，第 411～413 頁。
〔註 83〕《茅盾全集》第 24 卷，第 339～343、414～415 頁。

首先，他把「雙百」方針與文藝的工農兵方向作統一觀，認爲它回答了「拿什麼」東西與「如何最好地」爲人民、爲工農兵服務的問題。他又把「雙百」方針作統一觀，認爲理論研究的「百家爭鳴」對「百花齊放」起「積極作用」。他還把「雙百」和文藝工作群眾路線作統一觀，認爲它不僅調動了文藝工作者的積極性，鼓勵了其「創造性勞動」，「發揮獨立思考，以宏大的氣魄，努力於民族風格的文學、藝術學術之建立」；而且還能「發掘、培養人民中間的文藝潛力」，「大力開展業餘文藝活動」，「影響到新生力量的發育和成長。」

第二，他闡述了「雙百」方針的內涵。他說：「自古以來，人民所創造的文藝就不是單調、生硬，而是包羅萬象，多姿多彩的。」「在現實生活中」，人民的需要與口味也更多、更廣泛。因此。「只要是『花』，就要讓它放，鼓勵它放。品種和風格，應當是愈多愈好。」同時，「應當容許文藝上有不同的派別，而且通過自由討論、互相競爭，來考驗它們的存在的價值。」在選擇創作方法上，「作家應當有完全的自由。」在題材上「只要不是有毒的，對於人民事業發生危害作用的」，不論重大社會事件還是其他的，「都可以作爲文藝的題材。」〔註 84〕

在 1957 年 5 月的一份當時未發表的手稿〔註 85〕中茅盾還這樣寫道：「對人民無害，不是反人民的東西，都可以存在，——爲人民服務的範圍不能看得太小。爲政治服務——配合政治，教育意義等等，有直接，有間接，不能要求藝術的每一作品都直接配合。」「畫了花鳥、山水，不能因此就批評它脫離了政治。」「教育意義有多方面，政治的教育意義，此外，還有培養優美感情的教育意義，使人得到美麗享受的教育意義，如荷花舞。」這和 1950 年茅盾突出強調爲政治服務、緊密配合政治、甚至主張「趕任務」相較，和 1950 年他在《欣賞與創作》一文中非常強調美和審美都「有明顯的階級性」〔註 86〕相較，在「雙百」方針提出之後，茅盾的思想顯然大大解放了：這時他基本上從文學政治功利觀拓展到文藝的全方位功能觀上去了。因此應該說，1956

〔註 84〕《茅盾全集》第 24 卷，第 453～458 頁。

〔註 85〕此文刊於《文藝理論與批評》1992 年第 4 期，文末注明此文寫於「1957 年 5、6 月間」，題爲《漫談國畫及其他》，但茅盾的《中國畫院成立祝辭》刊於該年 5 月 15 日《人民日報》，從内容看，前者是準備後者時所寫的筆記，故應寫於 5 月 14 日之前。

〔註 86〕《茅盾全集》第 24 卷，第 97～99 頁。

年到 1957 年是建國後茅盾美學思想視野最開闊的時期。

第三，他認爲「雙百」方針決非自由化的方針，而是堅定的社主義科學文化政策。貫徹「雙百」方針，既要「反對教條主義，同時要反對右傾思想：這是兩條戰線的鬥爭。」當時陳其通、陳亞丁等四位同志於 1957 年 1 月 7 日在《人民日報》上發表文章對「雙百」方針從「左」的方面提出異議。茅盾經過兩個月的思考，發表了《貫徹「百花齊放、百家爭鳴」，反對教條主義和小資產階級思想》〔註 87〕一文，在肯定其「保衛工農兵方向」的「耿耿赤忱」之同時，茅盾尖銳指出：他們的「批評方法是教條主義的」，其結果是給歡欣鼓舞擁護『雙百』方針的作者和讀者「撥冷水」。他說：「雙百」方針提出僅八個月；「已經出現了萬象競新的局面」，「有害於學術研究和文藝創作的教條主義和宗派主義得到進一步的克服。」茅盾舉了大量例子，嚴肅指出該文的錯誤和危害性。

當有人從右的立場藉助鳴放，「不加分析地抹煞過去的成就」，「懈怠乃至厭惡馬列主義學習」，以文藝的特殊性爲藉口削弱文藝的思想性，「乃至懷疑工農兵方向，懷疑馬克思主義世界觀對於創作的指導作用」，甚至把產生公式化概念化之根源說成是工農兵方向時，茅盾在前邊提到的那批文章中也予以駁斥。茅盾以實際行動維護「雙百」方針的貫徹。這一切體現出他既反「左」，也反右，「進行兩條戰線的鬥爭」的鮮明立場和態度。

六

建國初期，茅盾沒有發表文學創作。然而當中有兩個未完成的創作計劃。1951 年他應公安部長羅瑞卿的要求，寫一個公安戰線肅反鬥爭題材的電影劇本。羅瑞卿表示他可以提供一切方便，包括可以查閱大案要案的全部檔案。他指定茅盾在新疆教過的學生、現已成爲電影劇作家的趙明，專門負責幫茅盾搜集材料。建國初趙明在哈爾濱工作。茅盾費了很大力氣把他調到北京準備安排到文化部當自己的秘書，不料到國家人事部報到時被公安部「截」去。這時趙明在公安部宣傳室管鎮壓反革命的宣傳工作。他給茅盾提供了許多素材。羅瑞卿還說：上海破獲了許多重大反革命案件。茅盾遂兩赴上海，在當時正參與鎮反工作的作家周而復的幫助下，與上海公安局上上下下廣泛聯繫，收集到許多素材，終於 1953 年寫出了初稿。這個劇本最早的讀者是參

〔註 87〕刊於《人民日報》，1957 年 3 月 18 日。

與討論的電影界老前輩蔡楚生、袁文殊等。但還有一個年輕的讀者：就是茅盾的長孫女小鋼（沈邁衡）。〔註88〕她因肝功不正常在家休養；由茅盾輔導她在家自學。她在茅公書房書櫃的抽屜裡，發現了這部電影劇本手稿，用約兩天時間讀了一遍。1996 年 7 月 6 日在紀念茅盾誕生百週年國際學術討論會期間，我訪問了她和她母親陳小曼（茅盾生前多次跟她談過這個劇本）。下面根據她們的共同回憶，介紹這個劇本的情況。

劇本有標題，但沒署名，不是用稿紙，而是豎寫在稿紙大小的白紙上。故事發生在南方一個大城市（陳小曼認爲實際是指上海）。開端寫此城市臨近解放時，國民黨特務頭子把許多特務安插在市裡與近郊。在人民群眾敲鑼打鼓歡慶解放的簡短鏡頭之後，徑直寫一批貫串劇作始終的公安人員的破案過程。但劇作不是寫破案的驚險經歷；而是寫 1950 年這場鎮壓反革命的人民戰爭與政治運動。劇作用頗類似《水滸》一個一個寫人物的錯綜推進的筆法，寫公安人員由城市到郊區，對敵人布下的三四個特務據點同時進行偵破，以期把潛伏的特務組織一網打盡。但都沒有充分展開。劇作開頭對話少而短，比較注意電影的視覺藝術特點，很著重外部描寫，但情節性不強，沒有明顯的連貫性故事。後半部就離視覺藝術特點漸遠，而基本上是小說筆法，對話又多又長。茅盾生前對陳小曼說：自己善寫小說不善寫劇本，因此寫著寫著就像小說了。劇作沒有明顯的高潮，但結局是以這些特務一一落於法網作結束。通過這些較爲宏觀的描寫，大體反映了鎮反運動的全貌。

羅瑞卿對劇本倒很滿意，但在連續召開的兩次座談會上，蔡楚生、袁文殊等「卻認爲太小說化了，拍電影有困難。而且太長」，非拍上中下三集不能容納。故需「大大壓縮」。但因茅盾是大作家，沒有人肯提出找人改編的建議，茅盾的「習慣是自己的作品自己來完成，結果就拖延下來了。」〔註89〕

茅盾讓小鋼讀過此手稿後，約於 1970 年四五月間撕了這手稿「當作廢紙用」，如墊了痰盂等等。她對兒子作了淡淡的解釋：「這兩部作品寫得都不成功，留之無用。」韋韜卻認爲「這只能從媽媽的去世給爸爸精神上的打擊來解釋。」「爸爸好像有點看破了一切，他大概不相信自己再有機會來圓創作夢

〔註88〕1970 年 1 月 29 日孔德沚逝世後，韋韜夫婦搬來和茅盾同住，但陳小曼在幹校；韋韜在「支左」。家裡只有十多歲的長孫女小鋼和小孫女丹丹。小鋼現在美國費城賓夕法尼亞大學執教。

〔註89〕《茅盾的晚年生活》（三），《新文學史料》1995 年第 3 期，第 84 頁。

了。」〔註 90〕遂給文學史留下了無法彌補的一大遺憾。

作爲一個作家，茅盾始終以解放後過重的行政工作與社會活動使自己不能深入生活從事創作爲憾。這個劇本不成功，也與此有關。他決心改變這種狀況。1955 年 6 月 1 日，他在致周總理的信中，懷著不安與自責的心情說：「五年來，我不曾寫作。」固由於「文思遲鈍」，思想政策「水平低，不敢妄動」。但也「由於事雜」。「總理號召加強藝術實踐，文藝界同志積極響應，我則既不做研究工作，也不寫作，而每當開會，我這個自己沒有藝術實踐的人卻又不得不鼓勵人家去實踐，精神上實在既慚愧且又痛苦。」「年來工作餘暇，也常常以此爲念，亦稍稍有點計劃，陸續記下了些。」「我打算最近將來請一個短時期的寫作假，先把過去陸續記下來的整理出來，寫成大綱，先拿出來請領導上審查。如果大綱可用，那時再請給假（這就需要較多的日子），以便專心寫作。」〔註 91〕信寫得十分謙恭，但也流露出壓抑多年的感情。總理閱後批道：「擬給沈部長一個假期專心寫作。」〔註 92〕

假期是三個月。茅盾決定用以寫他已觀察研究了兩年的私營工商業社會主義改造的題材。對民族資產階級的歷史道路，他有跟蹤研究的優勢。這次他又兩次赴上海搜集材料，補充生活；得到在滬擔任領導工作的作家周而復的支持。周而復向他介紹了情況；並安排他下去了解情況。「三個月的創作假一眨眼就過去了。」茅盾只「寫出了小說的大綱和部分初稿。」〔註 93〕此後他又忙於文山會海與繁重的行政工作。時間被切割得零零碎碎，他無法安心寫作。

1956 年 3 月，作協創作委員會來函，催問茅盾創作計劃完成情況，並問若未完成，有什麼困難。這引發了茅盾的許多感觸。他在這封打印的公函上寫了回信。他說：1955 年 4 月制定的寫長篇和短文等「大小兩計劃」「都未貫徹」。原因不是「我懶」，「而是臨時雜差」「打亂了我的計劃」。我從不「遊山觀水」「逛公園」，「每天伏案在 10 小時以上」，但這些雜差「少則三五天可畢，多則須半個月一個月。」茅盾說：「這是我的困難所在，我自己無法克服，不知你們有無辦法幫助我克服它？如能幫助，不勝感激。」〔註 94〕這些話近乎

〔註 90〕《新文學史料》1995 年第 3 期，第 87 頁。
〔註 91〕《茅盾書信集》，百花文藝出版社版，第 401～402 頁。
〔註 92〕韋韜、陳小曼：《茅盾的晚年生活》（三），《新文學史料》1995 年第 3 期，第 85 頁。
〔註 93〕《新文學史料》1995 年第 3 期，第 85 頁。
〔註 94〕引文據茅盾此信的手跡。

牢騷。但從不發牢騷的「上級領導」茅盾，居然向下屬單位發起牢騷來：顯然是心情壓抑導致這「絕無僅有」的失態；足見其壓抑心情如何嚴重！1958年制定創作計劃時，茅盾索性說：「不寫小說了，只寫論文。」實際他仍「在切割得零零碎碎的時間中」「斷斷續續地寫著這部小說。」1958年秋在與《中國青年報》的同志談話時，無意中透露了這件事。經該社懇請，茅盾答應寫成後交該報連載。1959年3月覆該社信中所說的「擱在那裡」，既未續寫，也未修改，指的就是這部長篇小說。〔註95〕

這部小說沒有讀者。據陳小曼同志估計，可能孔德沚生前也沒有讀過。其手稿是和那部電影劇本一起毀掉的。這又是一個歷史性遺憾！

國內外總有個別人說茅盾解放後「創作力衰竭」。〔註96〕這實屬妄斷！茅盾擔任文化部長、中國文聯副主席、中國作協主席等實職，此外還有多得數不清的兼職。他先後擔任《人民文學》、《譯文》（後改名《世界文學》）、《中國文學》等大型刊物的主編；親自主持、籌劃、操作許多編務，審閱許多稿子。他長期擔任世界和平理事會理事、執委等多種國際上的職務。除出國開會外，在國內也不斷地參加繁忙的外事活動。因全國人大等會議之需，他寫了許多報告、講話稿；他跟蹤研究文壇，發表了許多理論文章。他還要輔導文學青年，爲出版社審稿，提審讀意見。他爲青年業餘作家看稿，提意見，覆信。這個工作量從前邊那個不完全的統計數字中可窺見一斑。他身患多種疾病。這位年邁多病、如此繁忙的老人，在如此沉重的擔子重壓下，還先後寫了上述劇本和長篇小說的大綱與部分初稿。若不是沒有時間深入生活從容寫作，何以能造成中國現代文學史上這樣的憾事？

這又怎能說茅盾「創作力衰竭？」何況面對20年後草擬的《霜葉紅似二月花》續書大綱與片斷中呈現出的《紅樓夢》般的大手筆與風采，人們又該怎麼說？

〔註95〕《茅盾書信集》，百花文藝出版社版，第402頁。
〔註96〕美籍華裔學者夏志清的《中國現代小說史》就有此妄斷。

第十一章　沉著把舵（1958～1965）

第一節　山雨欲來，沉著把舵揚帆

進入 1958 年，反右鬥爭尚待收尾，大躍進狂潮又席捲文壇。經濟領域的「拔白旗插紅旗」延伸到意識形態領域，形成大批判局勢；與反右鬥爭擴大化一起匯成巨大壓力。但茅盾沉著把舵揚帆，力爭最大限度地挽回損失，推動文化事業繼續發展。

一

《文藝報》從 1958 年第 1 期起，連載茅盾的《夜讀偶記》。1956 年 9 月《人民文學》發表的秦兆陽（何直）的《現實主義——廣闊的道路》引起激烈論爭。1957 年茅盾將跟蹤研究所得，寫成《夜讀偶記》初稿；邊修改邊交《文藝報》連載，到 1958 年 4 月 21 日改定。這年，茅盾親自編定的十卷本《茅盾文集》也開始出版。但他本年的主要精力，卻用在面對大躍進狂瀾衝擊文藝戰線後引發的複雜局面上。

1957 年茅盾隨團參加莫斯科會議時，就聆聽過毛澤東提出「要在 15 年內或更多一點時間內，在鋼鐵和其它工業的產品總產量方面趕上或超過英國」的口號。1958 年 1 月毛澤東在主持起草的《工作方法 60 條》草案中，突出強調「不斷革命」思想。在 3 月的成都會議上，他又提出「鼓足幹勁，力爭上游，多快好省地建設社會主義」口號，並被 5 月召開中共八大二次會議確認爲建設社會主義總路線。1958 年 2 月 1 日至 11 日，茅盾出席全國人大一屆五次會議時，就全面了解了這些精神。3 月 8 日，他參與討論通過了中國作協書記制定的《文藝工作大躍進32條》。當月《文藝報》第6期作了《揚帆鼓浪，力爭上游》的報導，要求「掀起創作高潮。」茅盾也發表了短文《如何保證躍進——從訂指標到生產成品？》，正式表示擁護大躍進。這時他還不可能看出這是在刮「浮誇風」。但他放棄了他1957年堅持過的「不能要求作品直接配合政治任務」的主張，回到1950年他一度同意過的「趕任務」上來。他要求作家「隨時響應號召趕任務。」但又強調訂計劃必須「踏踏實實，精打細算」，具體可行：一、每年「走馬看花或下馬看花」三四次，但必須寫「內容和形式都不會叫人看了打瞌睡」的「看花記」。二、「必須讀幾本書，經常讀一二種刊物，隨時寫讀後記」；三、「臨時趕任務」。茅盾說：「我就打算這樣來訂我的短期計劃。」〔註1〕

他的「走馬觀花」，就是一個月的東北之行。他先後訪問了瀋陽（6月8～13日）、哈爾濱（14～19日）、牡丹江（20～23日）、圖們江（23日）、延吉（23～29日）、長春（30日～7月7日）。他參觀了工廠、農村、街道、無人售貨商店、養豬場，聽了許多匯報，參加了許多座談會，考察了許多文化單位，也應邀作了多次報告與演講。他特別注意考察群眾文化活動，注意發現文學新人。如6月12日考察瀋陽鐵西區群眾文化活動，看專業與業餘文化工作者合演的京劇《蓋友義忘本前後》時，他在日記中記下觀感：「此劇採用話劇甚至電影的手法。」他一一記敘其長處後評價道：「這些都是大膽革新。」6月9日參觀瀋陽重型機械廠時，他特別訪問了因獲獎話劇《劉蓮英》嶄露頭角的工人作者崔德志，並在日記中詳細記下他的身世與文學活動情況。

茅盾的東北之行，給我們留下了一冊日記（與筆記混在一起，寫在小32開的普通筆記本上），一部散文集《躍進的東北》，一批評論作家作品的論文，及一批報告演講稿。《躍進的東北》含《長春南關行》、《延邊——塞外江南》、《北地牡丹越開越艷》、《哈爾濱雜記》、《群眾文藝運動在瀋陽》等五篇特寫。〔註2〕在集外還有篇《牡丹江畔蒸蒸日上》。〔註3〕這些散文著重描寫了人民群眾大躍進潮中意氣風發的時代風采，當然也包括浮誇的「左」的時代烙印；藝術上仍保持茅盾的社會剖析風格特徵。因爲是報告文學，手

〔註1〕《茅盾全集》第25卷，第264～266頁。

〔註2〕當時先刊於1958年8月20日、26日、27日、9月1日至2日、3日至6日的《人民日報》，同年10月作家出版社出版了單行本。

〔註3〕日文版《人民中國》1958年12月號。

法上突出了讓事實說話的特徵。文章夾敘夾議，犀利老辣，引詩用典，文情並茂，足見寶刀不老，文采不減當年！今天我們評價這些散文，必須像評價大躍進那樣持「兩點論」：一方面，的確存在違背經濟規律與科學精神、「左」傾蠻幹、浮誇以至刮「共產風」的內容；另一方面，它對人民群眾的革命熱情、衝天幹勁、爲改變「一窮二白」面貌忘我奮鬥的精神的謳歌，則應該肯定。這裡也體現出茅盾與黨中央保持一致的革命自覺性與眞誠態度。

茅盾是中國共產黨的早期黨員。雖然赴日本時失掉組織關係，但他一直以共產黨員標準要求自己。解放前他曾兩度要求恢復黨籍，但未能如願。大躍進潮中，許多高級知識份子，包括郭沫若在內，都入了黨。1959 年楊之華、張琴秋都建議他利用這機會提出恢復黨籍的要求。茅盾對家人說：「在共產黨打天下的時候我不是黨員，不過我一直是以一個共產主義者的標準要求自己的。現在共產黨得了天下，我不想再來分享共產黨的榮譽。入黨不是爲了做官，思想上入黨比組織上入黨更重要。」〔註 4〕他這時正是以這種態度與黨中央保持一致，擁護「三面紅旗」的。1958 年時「共產風」「浮誇風」的本質尚未暴露充分。身在其中的茅盾也未能先知先覺。他被群眾的革命激情所感染。《躍進的東北》反映的是茅盾的眞情與眞誠。

對茅盾這期間寫的評論文章與詩詞，也應作如是觀。一方面他謳歌了新時代的人民群眾的新貌：如「百萬民歌會，歌雄心亦雄。草原今非昔，衝天一片紅。」〔註 5〕另一方面也有浮誇的政治口號詩：如「千年合畝公社化，三級分勞幹勁高。」〔註 6〕這時最好的一首詩是悼念一起創辦文學研究會時的摯友的《挽鄭振鐸》。〔註 7〕詩中傾注了他對「滬瀆論交四十年」的老友那「凍雨飄風未解愁」的不盡哀思！他對鄭振鐸作出「爲有直腸愛臧否，豈無白眼看沉浮。買書貪得常傾篋，下筆渾如不繫舟」的切中肯綮的評價。這是一首情眞意切、力透紙背的好詩！

1958 年下半年和 1959 年，作爲和平戰士、友誼使者，茅盾多次出國。

〔註 4〕《茅盾的晚年生活》（九），《新文學史料》1997 年第 1 期。

〔註 5〕這首詩是 1958 年 12 月參觀內蒙百萬民歌展覽後的即興詩，爲《茅盾全集》所佚。

〔註 6〕《海南之行》組詩之六，《茅盾全集》第 10 卷，第 418 頁。

〔註 7〕1958 年 10 月 18 日鄭出國訪問時飛機失事遇難。此詩見《茅盾全集》第 10 卷，第 397～398 頁。

1958年10月他率團出席在蘇聯塔什干舉行的亞非作家代表會議，在會上作了《爲民族獨立和人類進步事業而奮鬥的中國文學》的發言。出國前他曾發表《祝亞非作家會議》的短文。歸國後他又在首都慶祝亞非作家會議勝利閉幕的群眾大會上講了話。1959年4月11日他當選爲剛成立的中國亞非作家常設事務局聯絡委員會主席。14日他出席了紀念世界文化名人德國作曲家喬·亨德爾逝世200週年紀念大會，並致開幕詞。5月2日茅盾出席了中蘇友好協會第三次代表大會，並當選爲副會長。他旋即率中國作家代表團赴蘇聯，出席蘇聯作家第三次代表大會，並致祝詞。這時中蘇關係已經惡化。蘇聯文學界又對毛澤東提出的革命現實主義與革命浪漫主義相結合的創作方法公開發表批評文章。出國前茅盾曾請示陳毅副總理。陳毅說：「你們告訴蘇聯作家，毛澤東同志是一個偉大的馬克思主義者，他在中國新的歷史條件下根據中國革命實踐和中國文學藝術發展的具體情況」提出此創作方法，我們「正在通過自己的創作進行探索和實踐。」果然會議期間蘇聯作協總書記蘇爾科夫向茅盾提出質疑。儘管茅盾個人對此創作方法有所保留，但他「組織觀念很強」，他「堅定地站在維護中國利益的立場上，以豐富的政治鬥爭經驗，淵博的文學知識，冷靜敏銳的頭腦和從容自如的神態」，「向蘇爾科夫作了堅持說理的回答。」他還先後接受柯切托夫和波列沃依的宴請；通過溝通，加深了與蘇聯作家的友誼。〔註8〕回國後他於11月20日和24日爲首都文藝界紀念世界文化名人席勒誕生二百週年、蕭洛姆·阿萊漢姆誕一百週年的大會分別致了開幕詞。

不過由於中美對抗之同時，中蘇之間又發生國際共運與意識形態衝突，茅盾這期間完成和平使命與文化外交的任務，比 50 年代初期中期要困難得多。他的政治鬥爭經驗與智慧，使他面對複雜局面，屢次度過了難關。

二

1958年是茅盾緊跟中央鼓吹大躍進、頭腦發熱的一年。1959年他開始冷靜下來，進行總結與反思：「他充分肯定大躍進中人民群眾衝天的革命熱情，但也明白，黨的指導思想的失誤，使得這種熱情是建築在虛幻的基礎上，一旦幻想破滅，國家和人民將爲之付出高昂的代價！」從自幼養成的以天下爲己任的使命感和參加革命時起確立的責任心出發，他很想挽回損失；但出於

〔註 8〕于黑丁：《茅盾同志永遠活在我心裡》，《茅盾和我》，第 70～71 頁。

多年的政治鬥爭經驗和謹慎的態度，他又不得不「投鼠忌器」，〔註 9〕格外注意把握分寸。

茅盾在總結與反思過程中，始終密切注視著政治領域出現的較反右鬥爭遠為複雜的黨內鬥爭形勢：一方面，最早倡導總路線、大躍進、人民公社的毛澤東，通過調查，也較早地發現了 1958 年底已經嚴重存在的「共產風」浮誇風及其危害。通過 1958 年 11 月和 1959 年 2、3 月間在鄭州召開的兩次中共中央政治局擴大會議和 1959 年 7 月在廬山召開的政治局擴大會議，都在著力糾「左」。但由於毛澤東始終認定「三面紅旗」是絕對正確的，在此框架下，糾「左」的收效當然微乎其微。另一方面，廬山會議本來是反「左」的。但與會者中阻力很大。為此彭德懷致信毛澤東，陳述「左」的嚴重性和糾「左」與掃清糾「左」阻力的必要性；意在取得毛澤東的理解與支持。然而一片丹心與赤誠，卻被原就彭德懷心存成見的毛澤東，當作右傾機會主義和反黨集團的活動，予以批判鬥爭，並將彭德懷撤職查辦，遂使微乎其微的糾「左」成果也付之東流！在反右傾鼓幹勁口號煽動下，舉國上下「左」傾思潮日甚一日。茅盾的上述憂患意識「不幸而言中」，「投鼠忌器」的謹慎態度，倒被證明在這種特殊的政治氣氛與條件下，不僅必不可少，客觀上也於黨於國於民均有實際利益！

但是，在 1959 年到 1960 年國內國外黨內黨外的複雜鬥爭中，依然存在著努力避免與糾正「左」的錯誤，因勢利導使工作盡可能向健康方面發展的積極因素與領導取向。政治領域、文藝領域都是如此。1959 年 5 月，周總理兩次約請出席人大、政協的文藝界人士，參加總結經驗教訓，研究糾偏對策的座談會。5 月 3 日的會上，周總理發表了著名的講話：《關於文化藝術工作兩條腿走路的問題》。他用「兩條腿走路」作比，闡述他的對立統一規律的哲學觀；他以一條腿走路「難免跌交」作比，批評文藝上存在「左」的偏向。以此哲學思想為指導，周總理提出理順文藝工作中「十大關係」的充滿辯證法的指導思想。包括：「既要鼓足幹勁，又要心情抒暢。」「鼓足幹勁是主導的方面，但不要過分的緊張。」「既要敢想、敢說、敢做，又要有科學的分析和根據。客觀的可能性要與主觀的能動性結合起來。」「既要有思想性，又要有藝術性。主導方面是思想性。」「思想性是要通過藝術形式表現出來。」「既要浪漫主義又要現實主義。即革命的現實主義與革命的浪漫主義的結合。」

〔註 9〕《茅盾的晚年生活》（二），《新文學史料》1995 年第 2 期，第 29 頁。

「主導方面是理想，是浪漫主義。」〔註 10〕這些觀點與茅盾獨立思考所得，大都不謀而合；因此堅定了茅盾盡可能正確引導文壇向健康方向發展的信心與勇氣。

1959 年是國慶十週年與「五四」運動 40 週年。茅盾參加了這些慶祝活動。他還出席了 1959 年 4 月和 1960 年 3、4 月間召開的人大二屆一次會議與二次會議。在這些會上他都講了話。此外他還發表了許多文章。這些講話與文章主要是：《創作問題漫談——在中國作家協會創作工作座談會上的發言》、《在第二屆全國人民代表大會第一次會議上的發言》、《堅決完成社會主義文化革命》、《從已經取得的鉅大成就上繼續躍進！》、《新中國社會主義文化藝術的輝煌成就》、《文化戰線上取得的勝利——應〈蘇維埃俄羅斯報〉之請而作》〔註 11〕、《爲實現文化藝術工作的更大更好的躍進而奮鬥——在第二屆全國人民代表大會第二次會議上的發言》、《不斷革命，爭取文化藝術工作的持續躍進——在文教群英會開幕式上的講話》、《反映社會主義躍進的時代，推動社會主義時代的躍進！——1960 年 7 月 24 日在中國文學藝術工作者第三次代表大會上的報告》。〔註 12〕這些文章多數是在人代會等重大場合，以文化部長或文聯、作協主要領導人身份所作的講話，因此多側重宏觀視角。但由於存在上述複雜政治背景，茅盾的認識與反思，又處在不斷發展深化的過程中；因此其中難免有「左」的成分。但其主導思想與對具體問題的論述，卻是以反冒進、反浮誇等反「左」糾偏，調整、鞏固與提高質量爲基調，努力引導文藝工作走上正確的合乎客觀規律的軌道。

茅盾對建國以來的文化藝術成就作出了宏觀總結，從以下幾方面給予充分的肯定：第一，接受了舊中國的文化藝術事業加以改造，創建成嶄新的社會主義文化藝術事業，取得了赫赫戰果。第二，形成了指導社會主義文化藝術事業的方向、方針與道路，積累了成套的經驗。第三，形成了一支專業與業餘相結合的宏大隊伍。

茅盾針對存在的問題，提出了導向性極強的意見。首先，他固然承認「在階級社會裡」文藝「總是與階級鬥爭有密切的聯繫」，文藝工作者的世界觀與文化藝術產品，必然打上了階級烙印，因此存在著爲什麼階級服務的問題。

〔註 10〕《黨和國家領導人論文藝》，文化藝術出版社版，第 26～29 頁。
〔註 11〕以上收入《茅盾全集》第 25 卷。
〔註 12〕以上收入《茅盾全集》第 26 卷。

故文藝工作者必須改造世界觀，解決站在什麼立場的問題。但茅盾著重強調的是：要區別立場問題與思想認識問題的界限；反對把思想認識問題當成政治立場問題的「左」的方針與做法。〔註13〕

第二，他在強調黨的領導、「政治掛帥」前提之同時，響亮地提出必須重視文化藝術工作的特點，「凡是文化藝術固有的內部聯繫」，「各項規律」，我們都必須去認識和掌握，使之更加有效地爲人民服務和爲社會主義服務。〔註14〕因此，在強調「以社會主義、共產主義的精神鼓舞群眾、教育群眾」之同時，他要求文藝工作者注意「群眾的精神需要是多方面的」；在「給他們以教育和鼓舞以外，也要使他們享受到有益的娛樂，並且能夠提高他們的欣賞趣味」，藉以「多方面」地滿足其「各種不同的需要。」〔註15〕

第三，茅盾反對「題材無所謂主要與次要之分」的謬論；但他認爲，主次的區別「在於題材的有沒有社會意義，能不能反映時代精神，而不在於題材的內容是社會的重大事件呢或者是日常生活。」他反對「排斥那些於政治無害、於生活有益的」粗暴地對待題材的態度。〔註16〕他還反對「把尖端題材和歷史題材對稱」的提法，認爲歷史題材是與現代題材對稱的，二者「都有尖端與非尖端」之分。他認爲「現代題材應該寫，歷史題材也應該寫。」只要「質量好」，就「值得歡迎」。當然「現代題材應當多於歷史題材」。他還說：「從事物的本質來看，確有『尖端』和『非尖端』之分」，然而只要「寫得好」，「尖端也罷，非尖端也罷」，「同樣有教育意義，同樣是人民所喜愛的。」因此，「題材範圍愈廣闊，作品愈多樣化，我們的文藝就愈繁榮發展。」〔註17〕

第四，茅盾對文學典型作了廣泛的解釋。他反對把典型人物與英雄人混同的誤解。他認爲：「我們日常生活中的典型，有正面的典型，也有反面的典型，還可能有一種中間狀態的典型。」〔註18〕而英雄人物只能是正面的典型。混淆了這些界限，必將歪曲了英雄人物。但他也承認有的英雄人物也會有缺點，其性格會有從後進到先進的發展過程。因此寫英雄人物不必一定寫其缺

〔註13〕《茅盾全集》第25卷，第542頁。
〔註14〕《茅盾全集》第25卷，第508頁。
〔註15〕《茅盾全集》第25卷，第485～486頁。
〔註16〕《茅盾全集》第26卷，第97、99～100頁。
〔註17〕《茅盾全集》第25卷，第454～455頁。
〔註18〕《茅盾全集》第25卷，第457頁。寫作時間是1959年3月。

點；但也可以寫其缺點與轉變。只要不搞成公式就行。〔註 19〕他不反對而且主張寫生活中實際存在的「中間狀態的典型」。這是他最早（1959 年 3 月）涉及到「中間人物」論。他認爲，可以寫其由落後到轉變的性格發展。但他認爲必須和「五四」以來作品中寫的「小人物」及西方文學中所謂的「多餘人」加以區別。他指出：後兩者已經「大部分」被「帶進歷史的洪流，絕小部分自暴自棄者將跌進歷史的垃圾箱。」「作爲社會風氣大革新的一端，在文學上」可以「適當地反映」；而不能「大寫特寫，而且造成一個流派。」〔註 20〕總之，他主張按照生活的複雜性塑造多種多樣的文學典型。

第五，茅盾視野廣闊地論述了「普及與提高」的關係。「一方面要大力開展群眾文化工作，一方面要加強重點建設，提高文化藝術工作的質量。」〔註 21〕茅盾認爲：「普及與提高不是能夠分階段來進行的」，「而是時時普及，時時提高，邊普及，邊提高。」要處理好「普及與提高的辯證關係。」〔註 22〕針對大躍進中存在的問題，這時茅盾特別側重於強調文藝工作的「思想提高」與「藝術提高」。爲此，他還提倡同時注意建立、培養專業文藝工作者與廣大工農兵業餘文藝工作者兩支隊伍，並不斷提高其素質，達到「專業與業餘的正確結合。」〔註 23〕一方面是堅持文藝工作的「群眾路線」，一方面是「信任專家，充分發揮專家的積極性」，使之「向群眾學習」，「與群眾結合。」〔註 24〕就文藝產品言，又要正確處理數量與質量的關係。他指出：大躍進中文藝作品數目大得驚人，即使「比較好的」「只是小部分」，也「是很大一個數目了」。因此關鍵在於提高作品的質量。〔註 25〕茅盾認爲，處理好專業與業餘、數量與質量的關係，是正確處理普及與提高之關係的兩大重點。他一再強調：對上述這三組關係，都要辯證地處理。

第六，茅盾強調要正確處理民族化、群眾化與個人風格的關係。他指出：當今文壇主流表現出的一個突出特點，是「民族化、群眾化」方向下「傾向一致，風格多樣。」他認爲「民族化、群眾化的作品不一定都有個人

〔註 19〕《茅盾全集》第 25 卷，第 457～458 頁。
〔註 20〕《茅盾全集》第 26 卷，第 92～94 頁。
〔註 21〕《茅盾全集》第 26 卷，第 20 頁。
〔註 22〕《茅盾全集》第 25 卷，第 446～499 頁。
〔註 23〕《茅盾全集》第 26 卷，第 20 頁。
〔註 24〕《茅盾全集》第 25 卷，第 510 頁。
〔註 25〕《茅盾全集》第 25 卷，第 447～448 頁。

風格。」但「個人風格必站在民族化、群眾化的基礎上。」因此「民族化、群眾化和個人風格不是對立的。」〔註 26〕他又指出：個人風格與時代文風也不是對立的。「一時代有一時代的文風」，「在共同的文風之中又有各自不同的風格。」有兩個因素常對風格形成起作用：「一、這一時代的社會風氣（尤其是作家自己的生活方式）和文藝風尚；二、作家的世界觀和這些社會風氣、文藝風尚有沒有矛盾。」風格是標新立異的產物。但違反時代精神的標新立異，「人民一定會唾棄它。」茅盾提倡「打上時代精神的烙印」的個人風格。他對我們的時代精神作出概括：「這就是鬥志昂揚、意氣風發，多快好省地建設社會主義的和平勞動的快樂的創造精神；這就是高瞻遠矚、向著共產主義的明天大步邁進的革命樂觀主義和革命英雄主義的浪漫精神；這就是滲透在我們生活各方面的千千萬萬先進工作者的敢想敢說敢做，個人利益服從集體利益，和一切不合理的事物作不調和鬥爭的共產主義的崇高品質。」〔註 27〕

其實茅盾在論述時代精神與個人風格時，無意中也論述了他自己，以及他以上六個方面的思想觀點中體現的時代精神與意義。這些無異體現了大躍進時代確實存在的健康的取向與主流。同時也意在反「左」糾偏。不管理論探討與評論具體作品，茅盾都貫串著這意向。例如當時郭開從「左」的觀念出發，對公認的優秀長篇《青春之歌》無端指責，說作者站在小資產階級立場，作小資產階級情調與自我的「表現」。〔註 28〕茅盾當即發表了《怎樣評價〈青春之歌〉》，〔註 29〕把小說放在它反映的時代背景「一二九」運動時代作歷史分析，充分肯定了小說正確地描寫「林道靜從個人主義的反封建家庭走到獻身於黨」道路上的思想改造過程，認為作品對此作了生動的批判性描寫，而不是宣揚。茅盾批評郭開不熟悉歷史情況，只認主觀出發，用今天的標準衡量 20 年前的事物，遂「陷於反歷史主義的錯誤」。茅盾這導向性的文章，對反「左」糾偏無異是強有力的重錘。但是人無完人，茅盾亦然。他有時也有「左」的偏向。如他批評吳雁的文章《從創作和才能的關係說起》，他的看法雖然有道理，但不適當地扣上「非科學」的「唯心主義的」「資產階級的濫調」、「資產階級的文藝觀點」等等，這顯然是過激的，欠妥的。

〔註 26〕《茅盾全集》第 26 卷，第 53～55 頁。
〔註 27〕《茅盾全集》第 26 卷，第 71～72 頁。
〔註 28〕《中國青年》1959 年第 2 期。
〔註 29〕刊於《中國青年》1959 年第 4 期。

〔註 30〕這說明：雖然主觀上他意在反「左」糾偏，但也難免打上某些「左」的時代烙印。包括茅盾在內，人畢竟是無法超越時代的。

從 1958 年到 1960 年，茅盾肩上的擔子有加無已。1959 年 4 月 28 日在全國人大二屆一次會議上當選爲國家主席的劉少奇，任命茅盾繼續擔任文化部長。5 月 2 日在中蘇友協第三次全國代表大會上，茅盾被選爲副會長。8 月 13 日在第三次文代會與同時召開的中國作協代表大會上，茅盾繼續當選爲全國文聯副主席與中國作家協會主席。但在這個時期挑這幾副重擔，比建國初期要沉重而艱難得多了！

三

不論大躍進時期，還是三年困難時期，茅盾良好的心境與艱難的環境都形成鉅大的反差與對比。古體詩《1959 年春節》眞切地寫出他振奮的心情與讀來令人振奮的幹勁：「兩條腿走路，一股勁創作。白髮顯風流，紅顏爭跳躍。萬般欣向榮，衝破舊規格。惟有衰病人，空望回春藥。忽見座右銘，拍案何矍矍。萬應有靈方，東風起百瘼。」〔註 31〕這奮發猛進的心情，體現在與其病弱之軀極不相合的幹勁中，體現在其社會活動與書齋生活及私生活的每時每刻。例如爲撰寫在第三次文代會上的報告，他下的工夫令人吃驚。茅盾爲寫此報告，1 至 5 月日記載其所讀的書就有，長篇：《山鄉巨變》及續篇、《上海的早晨》、《東風化雨》、《金沙洲》、《風雨黎明》、《東進序曲》、《我們播種愛情》、《在敵人的心臟裡》等；短篇集：馬烽、杜鵬程、胡萬春、唐克新等人的結集；長詩：《趕車傳》（上、下，新著）、《長詩三首》（上下冊、田間）、《楊高傳》（三部）、《白雪的贊歌》、《深深的山谷》、《康巴人》、《大江東去》以及韓笑的長詩、賀敬之的長詩與短詩；短詩集：阮章競、臧克家、聞捷、郭小川、張永枚等的詩集；多幕劇作：《武則天》、《金鷹》、《星火燎原》等；電影：《楊門女將》、《太陽剛剛出山》等。爲寫「個人風格」這一部分，茅盾還讀了《個性心理學》等參考書。這個報告自 4 月 8 日動筆，5 月 21 日完成初稿。他在日記中有個粗略統計：「計約一百十餘小時，平均每日只寫三百字而已，至於閱讀之作品、論文共約千萬字，閱時二月餘。」因白天開會雜事多，「主要在晚上讀」。他決定：「寫法是從分析作品入手，不取空談。」但下

〔註30〕茅盾的文章刊於《人民文學》1959 年第 12 期，收入《茅盾全集》第 25 卷。
〔註31〕《茅盾全集》第 10 卷，第 401 頁。

筆仍碰到許多困難。如「評論作家照直說還是客氣些」使他頗「躊躇，寫作進度不快。」「最費時者，仍是舉例，往往兩例相權，籌思推敲至再至三，始能概括成十數三五十字，而耗時則將近半小時。」〔註 32〕由於年邁，記憶力差，「兩個前所閱作品，迄今印象已淡。」「邊寫還得邊查作品。」有些問題不能直抒己見，還得請示。7 月 21 日日記說：「遵中央指示，仍在報告中提社會主義現實主義而不與『兩結合』作比較。」初稿打印後，又經過集體反覆討論，修改經月！其難言之隱，日記中也未盡吐露。

茅盾的生活節奏，就像打仗一般。如 1959 年 1 月 24 日本是星期日，其日記說：「下午 3 時赴北京飯店理髮」，等者甚眾，需待一小時後，但「4 時 45 分必須到機場歡迎緬甸總理奈溫。」只好到機場理髮。事畢，迎賓時間已到。但專機遲到，約 6 點半才來。就和「預訂的招待蘇、捷、德專家」將於 7 時開始的聯歡會衝突。「乃離機場返城。聯歡會直至 12 時散場。十分疲勞。」又如 1961 年 2 月 13 日日記：「8 時批閱公文數件，9 時接見波蘭客人（來簽文化合作計劃者），10 時返家休息，閱報與參資。〔註 33〕12 時赴波蘭大使館之慶祝宴會，直到 3 時半返家。此時文化部各位副部長早來到而且談了好半天了，於是即開會。6 時散，我即赴大會堂——慶祝中蘇友好互助同盟條約簽訂 10 週年大會在此開招待會也。至 12 時未完。」據說將於「翌晨二時完。我實在支持不下去了。只好中途逃走。但是歸家後躺下卻又睡不著了。頭痛腰痛，於是服安眠藥兩粒，大概半小時後入睡。時為翌晨 1 時 30 分左右。」

建國以來，特別大躍進以來，茅盾的生活節奏始終如此。儘管這樣，他仍閱讀大量報刊書籍，對文藝形勢作跟蹤研究。1958 年以來年年著文對小說作跟蹤宏觀綜合論述。1960 年起又加上兒童文學。《鼓吹集》與《鼓吹續集》〔註 34〕兩部論文集中 56 篇文章，《夜讀偶記》、《關於歷史和歷史劇》、《讀書雜記》〔註 35〕三本專著，就是在這工作忙碌的夾縫中擠出來的。此外，他還保持著「五四」以來的老習慣，繼續跟蹤研究外國文學與西方文藝思潮。如 1960 年 4 月 6 日的日記中記：「看了波蘭攝製的超現實主義的短片三部。

〔註 32〕引自 4 月 9 日、12 日、5 月 5 日、4 月 15 日的日記手稿。

〔註 33〕指《參考資料》，俗稱「大參考」。茅盾每日必讀，藉以了解國際形勢。他幾十年如一日，把讀《參考》作為「休息」內容之一。

〔註 34〕分別於 1959 年和 1962 年由作家出版社出版。

〔註 35〕分別於 1958 年、1962 年、1963 年由百花文藝出版社、作家出版社出版。

該片一無對白，二無解說。憑觀眾愛怎樣猜就怎樣猜罷。我覺得這種『超現實』並無新意，只是賣野人頭而已。」他也繼續從事翻譯工作；1961 年 4 月出版了與人合譯的《比昂遜戲劇集》。不過他解放後較之解放前增加了新內容：配合世界和平運動寫了大量紀念世界文化名人的文章。就 1960 年言，2 月 9 日在契訶夫誕生一百週年紀念大會上作了長篇報告：《偉大的現實主義者契訶夫》。〔註 36〕2 月 22 日與 6 月 8 日分別主持了念蕭邦、舒曼誕生 150 週年大會並致開幕詞。8 月 1 日應蘇聯方面邀約寫了紀念托爾斯泰逝世 50 週年的文章。11 月 25 日又在北京的紀念大會上作了《激烈的抗議者、憤怒的揭發者、偉大的批判者》專題報告。茅盾精通英文，對外關係廣泛而密切。儘管當時處在閉關鎖國環境中，他卻對外聯繫廣泛，視野開闊，始終保持著全世界的全方位的文學參照系。頻繁的出國訪問與外事活動也給他提供了了解外界的機會，當然也加重了負荷。1960 年 8 月他剛出席過第三次文代會，在作協理事（擴大）會上作完報告，24 日至 9 月 23 日就率文化代表團赴波蘭作文化考察近月。對 65 歲的病弱老人來說，實難承受這過分的勞累。果然，9 月 30 日日記載：「此後既忙且病（三天兩頭腹瀉），委頓不堪。日記遂輟，至次年復記。」

出國訪問在詩詞中偶然也記下了感受。訪波詩七首就有代表性。如《聽波蘭少女彈奏蕭邦曲》：「銅琶鐵鈸譜興替，一曲蕭邦氣如虹。未許朱弦成絕響，爭教翠黛失奇功。丹心應喜歸樂土，黑手安能抗大同。細雨如膏潤幼草，東風正勁壓西風。」〔註 37〕茅盾畢竟是茅盾，記聽音樂的詩，也昂揚著時代強音，充盈著社會內涵。茅盾自 1958 年起恢復了解放前曾從事過的古體詩詞創作，據《茅盾全集》統計，到 1963 年共得 43 首。以《海南之行》七首與《題〈紅樓夢〉十二釵畫冊（2 首）》最佳。但也有敗筆。如 1960 年 3 月 9 日日記所錄未編入《茅盾全集》的兩首即是。其一是「爲張家口賓館寫一幅字，臨時湊句曰：「總路線光芒衝天，大躍進震撼世界。人民公社優越性，共產主義見萌芽。三面紅旗迎風飄，萬眾一心氣焰高。三呼萬歲再猛進，不斷革命是吾曹。個人主義萬惡源，集體大道何坦蕩。十年改變舊山河，榮譽歸於共產黨。」「爲文聯的小杜（繼琨）寫字一幅，句云：佳節逢三八，紅旗鳴札札。人民大會堂，群英相頏頡。比學復趕幫，紅勤更巧儉。偉大共產黨，偉大毛

〔註 36〕刊於《戲劇報》1960 年第 3 期。
〔註 37〕《茅盾全集》第 10 卷，第 406 頁。

主席，領導億萬婦女，徹底解放在今日。」〔註 38〕若非見諸茅盾日記手稿，很難讓人相信這標語口號化、格律亦多不合的「詩」，是出自茅盾的大手筆。這裡留有時代烙印與茅盾心態痕跡，說明即便偉大如茅盾，其內心世界也是複雜的，多層面的。

四

大躍進的失誤、中蘇關係破裂與嚴重自然災害，使我國自 1960 年開始經歷了三年困難時期。這時中央已經對「左」傾冒進有所警覺。1960 年 10 月開始部署肅清「共產風」、浮誇風、強迫命令風、瞎指揮風與幹部特殊化風的整風整社運動。1960 年 8 月，由周恩來、李富春提出，經 1961 年 1 月八屆九中全會正式通過的「調整、鞏固、充實、提高」的「八字方針」在全黨全國貫徹執行。在 1962 年 1 月 11 日至 2 月 7 日的擴大的中央工作會議上，認眞批評與總結了「左」的經驗教訓，毛澤東也作了自我批評。這一切使「左」傾冒進得到控制。但由於「沒有改變從原則上肯定『三面紅旗』這個前提，對於『反右傾』鬥爭」只給下面「甄別平反」；而以「反黨集團，且有國際背景」爲由，未給彭德懷平反。這就使「反『左』糾偏」未能徹底，留下「左」傾抬頭的後患。

在三年困難時期，年逾花甲的茅盾的生活，和全國老百姓一樣艱難。他能以老邁多病之軀，繼續上述那種打仗般的緊張生活節奏，全憑精神力量來支撐。他嚴重失眠且用腦過度，導致雙目嚴重昏眊。加之腹瀉與便秘交替折磨，他只能靠藥勉強維持。1960 年 3 月 17 日記：「服藥適重」，但「僅只睡了 4 個小時，而又醒了兩次。今晨 4 時後無論如何不能再睡，乃依枕閱書，脊痛如刺，頭暈，胸口作惡。」長達 30 餘年的眼疾，此時亦加劇了。3 月 27 日記：「兩眼忽又昏眊起來了，午後寫日記，幾乎是摸著寫的。」

茅盾也沒有一個安靜的環境。因爲寓所周圍是大冒進留下的嘈雜工地：「欲蓋龐大之各省市駐京代表聯合辦公處。大概十幾二十幾萬平方米，七、八層」，爲此「拆民房數百間，計拆去整整兩條胡同又店面一排。」因體現大躍進精神，歷年來均是 24 小時施工。喧囂聲夜以繼日，吵得茅盾白天難以工作，晚上難以安眠；使上述疾病惡性循環，日益加劇。無奈只得不斷赴醫院就醫。「結果醫生勸我暫住旅館」以求緩解，免生意外。茅盾遵囑暫避，但這

〔註 38〕這兩首詩均未發表，據日記手稿引錄。

並非久計。稍事休整返寓，吵鬧喧囂如故。〔註39〕1960 年 6 月 19 日記：「服藥一枚，十時入睡，其時窗外工地之聲，梆梆盈耳。又時時有怪聲」「如裂帛」。8 月 3 日記：「昨夜三時忽聞吼聲如雷，從北面來。」起身關上北、西、南三面窗，「都不能阻止聲浪。」「以棉塞耳，亦無效果，只好坐以達旦。」工地場的塵土與附近之煤廠揚塵相交雜。6 月 20 日和 7 月 10 日正值大風：「紙封之窗櫺積土盈寸。」「案上十分鐘即積土一層，鼻孔內熱辣辣的如聞胡椒末。」此時正值盛夏燥熱，開窗則吵，關窗則悶熱難當。

堂堂國家文化部長，世界著名大作家，若非生前留下親筆日記，誰能相信他竟生活得如此狼狽？日記中鮮見茅盾發牢騷。但 1961 年 5 月 30 日記：「晨清潔工作一小時，計家中無女僕已將一月矣。每日早起灑掃原亦不壞，至少可醫便秘（恐怕這些勞動對於改造思想未必有助，不但這些勞動，我曾見下放勞動一年者，臉曬黑了，手粗糙了，農業生產懂一點、會一點了，嘴巴上講一套比過去更能幹了。然而思想深處如何？恐怕——不，不光是恐怕，而是仍然和從前一樣），矛盾之處在於清晨精神較好之時少讀一小時的書了。」

生活中偶爾也有打破常規的樂趣。那就是 1961 年 9 月 24 日中秋節兒子韋韜與兒媳陳小曼結婚十週年紀念日，全家暢遊頤和園。當時陳小曼下放勞動（河北豐潤縣農村），一年下來，渾身浮腫。茅盾按一般市民待遇：糧食定量，肉每月憑票供應 5 兩。孔德沚患糖尿病，每月有十斤特供肉，勻出來給同住的孫女小鋼吃。韋韜有時帶回點部隊分配的黃羊肉，茅盾總是讓他帶回家給三歲的孫子小寧補充營養。好在 1961 年起飯店對外供應高價菜，週末兒子帶小寧回來，全家到飯店「打一次牙祭」。1961 年的中秋節正是星期日，茅盾記得正是韋韜結婚十週年紀念日，就決定帶兒子兒媳孫子孫女遊頤和園。那天天氣晴朗，小鋼、小寧又是第一次和爺爺奶奶遊園，故此格外高興。老倆口也遊興勃勃。他們同遊了諧趣園、長廊、石舫，又在排雲殿拍了照。中午在聽鸝館吃了一頓豐盛的午餐。又在門前拍了頭一張「全家福」。〔註40〕回家後茅盾送給韋韜夫婦一個禮物：1955 年茅盾率中國作家代表團訪印度時主人用英文題字「贈文化部長沈雁冰」的一個銀色小盒。蓋上塑兩隻大象。象

〔註39〕見 1960 年 3 月 17 日及 1961 年 7 月 4 日日記手稿。

〔註40〕茅盾一生只拍了兩張全家福。第二張是 80 壽辰時攝，但那時孔德沚已經逝世六年了。

背上各有一悠閒自得的牧人。小盒四周是九名神態各異正在耕作的農夫。韋韜結婚時茅盾只贈一首詩。這次的工藝品，是贈兒子兒媳的唯一的一件禮物。〔註 41〕晚上茅盾還出席了文化部等爲歡迎古巴總統訪華舉行的京劇晚會。這算是三年困難時期茅盾最輕鬆愉快的一個星期日了！

三年困難時期，日子雖然艱難，茅盾仍筆耕不輟。1960 年至 1961 年他在百忙中，寫成三篇長文。一是《1960 年短篇小說漫評》。〔註 42〕準備資料、讀作品、寫札記大綱之後，茅盾於 3 月 23 日動筆，5 月 11 日夜寫迄，得兩萬字。二是《六〇年少年兒童文學漫談》。〔註 43〕準備工作依舊。6 月 19 日寫起，28 日改定，得一萬五千字。三是《關於歷史和歷史劇》，〔註 44〕共十萬餘字。此作準備時間最長。除搜集閱讀歷史資料與背景資料外，自 1960 年起閱讀各劇種歷史劇本與觀看話劇、京劇、地方戲、舞劇、電影等演出，僅日記所記，就有《孫安動本》、《林則徐》、《薛剛反唐》、《文成公主》、《紅葉題詩》、《武則天》、《小刀會》、《楊門女將》、《甲午海戰》、《膽劍篇》、《竇娥冤》、《武松打店》、《寶蓮燈》、《綉襦記》、《梵王宮》、《荊釵記》、《二桃殺三士》、《紅梅記》、《大義滅親》及當時禁演內部觀摩的戲《胭脂虎》、《四郎探母》等。外國歷史劇或歷史題材劇尚未統計在內。其中不少戲是連文本帶演出一起看的。有的則要精讀。如《膽劍篇》是分五天看完的。閱讀與看演出時他常作筆記。如 1960 年 5 月 13 日記：「昨夜閱劇本《武則天》，覺得跟《蔡文姬》相似。武身上乃至上官婉兒身上有郭〔註 45〕自己的氣質。而且，人物用詞沒有個性。今人的詞彙用的太多。有些實易避免。如『問題』。但郭劇均有一長，即富於戲劇性。《武則天》也是很富於戲劇性的。至於捧武則天是否太高，貶駱賓王是否過當，則是可供討論的問題了。劇中強調武則天出身微寒，頗有劃階級成分之味，大可不必。」

茅盾研究的直接對象，是該書副題所定：「從《臥薪嘗膽》的許多不同劇本談起。」除《膽劍篇》外，僅 1961 年 1～2 月日記所記，起碼看了以下 14 種。依次爲：梧州實驗粵劇團國慶獻禮本〔註 46〕、重慶京劇團改編本、上海

〔註 41〕《茅盾的晚年生活》（四），《新文學史料》1995 年第 4 期，第 39～40 頁。
〔註 42〕刊於《文藝報》1961 年第 4～6 期。
〔註 43〕刊於《上海文學》1961 年 6 月號。
〔註 44〕刊於《文學評論》1961 年第 5～6 期，同年 11 月作家出版社出版單行本。
〔註 45〕指劇作者郭沫若。
〔註 46〕據日記記載，這是茅盾看的第二本，第一本漏記。

合作越劇團本〔註 47〕、晉江專區越劇團本、馬少波等編的京劇本、上海戲曲學校京劇本、廣州京劇團本、山東京劇院本。此外，2 月 7 日日記所記的一種漏記其名。

這部十萬餘字的大作自 1961 年 6 月 4 日寫起，12 月 2 日寫完初稿。此後再三修改，到 1962 年 9 月 1 日出版單行本寫完後記止，歷時一年有餘。

這期間他穿插撰寫了許多論文。其中包括紀念魯迅誕生 80 週年的長篇報告：《聯繫實際，學習魯迅》。此文由王士菁起草，茅盾自 6 月 7 日到 11 日用了五天時間修改補充，足見其嚴謹態度。

由於在惡劣環境中工作緊張、社會活動繁重，病弱的茅盾難以支撐。1961 年 7 月 23 日到 8 月底他曾到大連避暑療養。療養時他也帶上資料繼續寫《關於歷史和歷史劇》。路經天津等地，還應邀作報告寫文章。這年 12 月 13 日至 1962 年 1 月 6 日，茅盾又到海南島避寒療養，沿途仍免不了應邀寫文章作報告。兩次療養都是自費。1962 年 1 月 11 日記：「下午結算粵行用費，計來往返路費（皆我自己負擔）、飯費、其他雜支共一千三百餘元。」茅盾是正部級高級幹部和世界著名作家。比他級別地位低得多的幹部、作家，多係公費旅遊。茅盾卻廉潔自律。他對工作人員十分關懷。1962 年 1 月 3 日在海口記：「大風呼嘯甚冷。是夜守衛人員露立終宵。雖有棉大衣，但未不瑟縮也。思之甚爲不安。」1962 年 1 月 8 日記：離廣州時「作協廣州分會之容希英照料行李過磅，甚爲殷勤（赴佛山時即他陪往），不勝感激！」

1 月中旬回京後，坐席未暖，茅盾又於 2 月 3 日率中國作家代表團經廣州、香港、九龍及仰光、新德里、科威特，多次換車、船、飛機，赴開羅出席亞非作家會議。這時中蘇論戰激烈，在此會上也有反映。事前周總理明確交待：既要進行必要的鬥爭，又要堅持「有理、有利、有節」的原則。茅盾不僅要自己做到，而且要指導全團代表。如代表團成員朱子奇有一次發言不慎，與土耳其詩人希克梅特發生爭論。蘇聯代表乘機煽動並歪曲事實。與會者不明原委，朱子奇十分孤立。茅盾當即寫字條示以對策，才使朱子奇擺脫了困境。茅盾在會下，對蘇聯代表團既要禮尚往來，又難免舌劍唇槍，但他沉著冷靜，從容應對。貫徹了「有理、有利、有節」的原則，又不失大國風度。

〔註 47〕茅盾日記自注：「此爲上海各越劇所編各本中最壞者。」可見除此本外茅盾還看過上海的其他各種版本。

五

1961年至1962年，周總理邀約曾參加過文學研究會並以詩著名的陳毅副總理一起，著手在文藝界落實政策，反「左」糾偏。1961年3月21日和6月19日茅盾先後聽了陳毅《在戲曲編導工作座談會上的講話》〔註48〕和周總理《在文藝工作座談會和故事片創作會議上的講話》。〔註49〕茅盾1962年2月24日率代表團出國回到廣州後，一邊總結工作，一邊聽了1962年2月17日周總理《對在京的話劇、歌劇、兒童劇作家的講話》的傳達。3月2日在廣州聽了周總理《論知識份子問題》的報告。3月3日茅盾出席了在廣州正式召開的全國話劇、歌劇、兒童劇創作座談會並致祝詞。3月6日又聽了陳毅《在全國話劇、歌劇、兒童劇創作座談會上的講話》。

在這些報告中，首先正確地估計了形勢。周總理肯定了破除迷信、解放思想、批判厚古薄今取得的成績，同時指出：現在「打破了舊的迷信，但又產生了新的迷信」。他批評了認爲「今的、中國的」「一切皆好」，古的、外國的一切皆壞者的片面性。指出「後之視今，亦猶今之視昔」；「任何時代都有它的局限性。」陳毅說：「無產階級也有局限性。」「就是毛主席也不能超過今天的時代去解決問題，否則就要犯錯誤。」第二，正確區分了兩類不同性質的矛盾。周總理批判了「有框子、抓辮子、戴帽子、打棍子、查根子」所謂「五子登科」的極「左」錯誤；向受衝擊受委屈的同志公開道歉，系統論述了今天的新老知識份子絕大多數與工人、農民同樣，是勞動人民的組成部分。陳毅宣布：你們「是革命知識份子，應該取消資產階級知識份子的帽子。今天，我給你們行『脫帽禮』」。第三，重申要尊重文藝規律，尊重知識，尊重內行，嚴厲批評了領導幹部擺架子、不懂裝懂、瞎指揮的壞作風。陳毅指出：創作是作家的個體勞動。他嘲笑當時風行的「三結合」是股「歪風」！第四，重新擺正了繼承中外文學遺產與創新的關係，重申了黨的批判繼承、古爲今用、推陳出新的方針。

陳毅在報告中三次談到茅盾。一次是熱情肯定茅盾扶植新生力量：「茅盾先生做了很多工作，看了近幾年來主要的小說，我就相信他。他說有很多有

〔註48〕即紫光閣會議上的講話。茅盾1961年3月21日日記：「九時赴紫光閣的關於戲曲的會議，會上陳副總理和康生講話。」

〔註49〕此兩會均在北京新僑飯店召開。故稱新僑會議。文藝座談會是中宣部召開的討論與制定《關於當前文藝工作的意見》（草案）即「文藝十條」的會議。

才華的青年作者，很有希望。他講這個話：『比我們年輕的時候寫得好。』這句話是很有分量的。」另一次說：「我們一些作家，郭老、沈雁冰同志」，「這是我們國家之寶，我們任何人都應該加以尊敬。怎麼隨便講我要『領導』你？這太狂妄了！」還有一次講到：1955 年中央決定請沈雁冰部長出席世界和平理事會。有人主張「打電話請沈雁冰到這兒來。」「我說：『不能夠，我們幾個人到他公館公。飛到瑞典是個苦差事。你這個就是命令主義，不好。』大家同意了，就去了。大概看到我親自去了，他只好接受了。我說謝天謝地，他不去你也沒有辦法！呃，就這麼拜門，就解決了問題。」「這些問題不要看得很輕，人與人之間，要平等相待，要有一定的禮貌，不要擺領導者的架子。」

聽了這些講話，茅盾感到心裡很溫暖。他發現總理和陳老總關於文藝上的有些意見和自己不謀而合；有些則初次與聞，頓開茅塞。但他隱約感到中央領導層內部也存在分歧。他明顯感到康生在紫光閣會議的講話就與總理、陳毅副總理的調子很不和諧。他也注意到周總理說到，他 1959 年的報告《關於文化藝術工作兩條腿走路的問題》受到冷落，有些省甚至拒不傳達。後來他又獲悉，上海不僅不傳達這次廣州會議及總理、陳毅講話的精神，甚至也不派代表出席。這一切使茅盾非常憂慮。

3 月 5 日茅盾返京，7 日動手寫關於開羅會議的報告講稿。時值孔德沚生病。茅盾也從 12 日起咳嗽得不能安枕。每天早上六時許，他不得不起床爲小鋼準備早點，自己卻沒有時間去醫院。「因爲一去要二個小時」，而「報告今天非交不可。」〔註 50〕3 月 14 日寫完報告他才去就診。大夫囑他好好休息，「謹防轉爲肺炎」。但 17 日起，他卻又帶病交叉出席人大二屆三次會議、劉少奇召集的最高國務會議和全國政協常委會。

因爲孔德沚患病，茅盾家務活更重了，連爲孫女到東四人民商場購鉛筆的瑣事也得他辦。這時他的病久久不愈。4 月 30 日記：「頭暈甚，脈搏極慢，大概血壓較低於百度矣。」5 月 25 日記：咳嗽得「發聲嘶啞，咽唾沫時喉頭微痛。昏昏欲睡，實不能眠。」屋漏偏遭連夜雨，這時家裡又連連出事。6 月 10 日記：夜被頑鼠吵醒，幾經奮鬥捕獲，發現紗窗竟被咬去一層。6 月 20 日又記其全家食物中毒住院事。這些簡要的日記，讀來令人悲愴！就是這樣，茅盾仍料理著老友鄭振鐸的遺事，參與鄭振鐸遺著出版委員會的工作。他還

〔註 50〕3 月 13 日日記。

爲孩子們寫了《孩子們學會拼音文字又回生的問題》的文章。特別是掙扎著閱了大量作品，寫了許多眉批與讀書筆記。

因爲 1961 年 11 月 17 日，茅盾曾答應來訪的人民文學出版社負責人韋君宜之請求，爲該社編一部「三年小說選」。此事後來的日記中屢有所記。1963 年出版的《讀書雜記》，就是從大量的讀書札記中選編而成。1991 年中國青年出版社出版的茅盾眉批本《浪濤滾滾》（韶華著）、1996 年現代文學館推出的第一批茅盾眉批本作品，以及該館所藏數十種未出版的茅盾眉批本，就是在上述公務繁忙、病魔纏身、家務沉重、環境惡劣等條件下完成的。也就是在這種情況下，茅盾扶植著茹志鵑等青年作家，瑪拉沁夫、敖德斯爾等少數民族作家，使他們或闖出困境，或走出低谷，邁上坦蕩的文學大路。茅盾的這種精神，讓人想起了魯迅和他那著名的詩句：「橫眉冷對千夫指，俯首甘爲孺子牛。」兩位大師的遺風，何其相似乃爾！

六

1962 年 7 月 6 日至 19 日，茅盾受中央委託，率中國代表團出席在莫斯科召開的爭取普遍裁軍與世界和平大會，並代表我國在大會作了報告。〔註 51〕這是根據周總理指示的精神由王力起草報中央審定的。但回國後卻受到批評。微妙的是：這批評卻是在代表團總結工作的會議上，由某代表據「中央首長」指示，以發言的形式提出的，他說是批判蘇修與赫魯曉夫調子太軟云云。從此就不再讓茅盾出國了。所以這次莫斯科之行，是茅盾畢生最後一次出國。茅盾從未想到，建國初中央交下的文化外交任務，會有這樣的結局！

茅盾心情不好，加上旅途勞頓。又正值中國作協在大連召開農村題材的座談會，讓茅盾參加，茅盾決定索性去大連休整幾天。正巧韋韜和兩個孩子都放了假，茅盾夫婦遂攜兒孫一起於 7 月 31 日乘船赴大連，住在楓林街的市委招待所。8 月 1 日他參加了建軍節慶祝活動。8 月 2 日起到 16 日止，茅盾天天參加農村題材座談會。他說是來休養，實際比平時還忙。

這次會議由作協黨組書記邵荃麟主持，與會者趙樹理、周立波、康濯、李准、西戎、束爲、李滿天、劉樹德等，都是長期從事農村題材創作的著名作家。這次會著重解決如何眞實地寫大躍進以來農村生活而又不違背政策的

〔註 51〕刊於《人民日報》，1962 年 7 月 12 日。

難題。在 8 月 2 日開幕式上邵荃麟簡要地講話，宣布中心議題是討論農村題材小說如何反映人民內部矛盾；也談人物創作，題材的廣闊性、戰鬥性，深入生活，藝術形式等問題。由於這些年農村刮「共產風」、割指揮風問題嚴重，發言中當然暴露出許多問題。有的人還很激動。但整個會議氣氛是健康向上的，旨在總結經驗教訓，以利今後，並不像後來批判此會時扣的帽子所說，是什麼「黑會」。我查閱了作協檔案庫保存的由唐達成、涂光群所作的兩份記錄。後來被批判爲在會上兜售什麼「中間人物」論與「現實主義深化」論的邵荃麟共有三次發言。前兩次作爲主持人只談了會議程序安排。14 日閉幕式上他作總結發言，才涉及到被列爲「黑八論」中的上述兩論。因此不是先爲會議定什麼調子。其發言十分平和謹愼，今天看來，是完全正確的。他涉及這「兩論」的地方，都是先引用茅盾的講話，先表示贊同，並加以發揮。因此他並非此「兩論」的提出者，而是贊同者。此總結發言當時並未發表。〔註 52〕會後謝永旺以沫陽的筆名發表的《從邵順寶、梁三老漢所想起的》〔註 53〕文章中，吸收了邵荃麟講話的一些觀點。著名的「中間人物」定義「不好不壞、亦好亦壞，中不溜兒的芸芸眾生」這 17 個字，是沫陽文章的責任編輯黃秋耘所加。〔註 54〕所以與茅盾、邵荃麟無關。

茅盾白天聽會，並多次作或長或短的插話。8 月 6 日上午後半因爲無人發言，他的補白性插話較長。他從文學反映人民內部矛盾與黨內鬥爭說起，談到蘇聯從反「斯大林主義」起文學界衝突嚴重。柯切托夫及其反映這些問題的作品成爲攻擊對象。柯切托夫因此被取消了訪華計劃。茅盾說，他在莫斯科會議期間與蘇聯作家談及此事，他們都諱莫如深。接著茅盾談到中國寫農村、寫人民內部矛盾問題，他說：「農村情況不大了解。聽大家發言，得了不少知識。束爲同志說到，近年來我們有個誤會，以爲農民覺悟很高。農民反封建是很積極熱情的，但也爲了自己的利益。大躍進時，他們也是按自己的認識……以爲一年以後，就會改變生活，後來就有些失望。要把農民小有產者的思想改變過來是很不容易的。存在決定意識。」茅盾又引述蘇聯的這類情況爲佐證，然後談及教育農民的嚴重性。他說：「中國過去有性惡性善說。荀子說：人是沒有好德性的，後來變好，是環境影響、教育的。孟子說人性

〔註 52〕此發言最早收入「文革」後出版的《邵荃麟評論選集》上冊，人民文學出版社出版。

〔註 53〕刊於《文藝報》1962 年 9 月號。

〔註 54〕據《文史哲》1985 年第 4 期黃秋耘的《「中間人物」事件始末》一文的自述。

善，壞的是後來學的。我們現在看，人是要受教育的。」茅盾仍舉大量蘇聯材料加以論證。他得出結論：「教育農民還是重要的。」接著他談到通過創作教育農民的難度與解決辦法：「現在我們有個很大的毛病，我們寫小說，廣大的農民是不看的。只有少部分青年看。……但農民是要看戲的。」因此茅盾主張加強戲劇創作。然後他從宏觀角度談創作思想：「我們是一個新時代，有新任務。如果寫『五風』用暴露手段，那就反而成了時代的罪人了。所以我們的任務更其微妙。我們不能像批判現實主義那樣去寫。一個新時代，新任務，寫起來是困難些。因爲困難，所以也是光榮的。不要性急，有些東西現在不能寫，將來可以寫，有些現在也可以寫。要寫出本質的東西。而且是給人以勇氣和樂觀主義的東西。自留地也可以寫，看怎麼寫。爲什麼對自留地還有興趣？蘇聯也還有興趣。這改變是長期的。小有產者的意識是頑強的。但反帝反封建是勇敢的。蔣介石要來，他會勇敢地打的。大躍進時也是熱烈響應號召的。如果我們寫的很恰當，經過綜合，對幹部的教育是可以達到的。一方面是教育農民、幹部加強對集體的信心，一方面是教育性急的幹部。改變兩頭小中間大的狀況。」〔註 55〕茅盾這番話講清楚了寫「中間人物」的目的是教育農民；也講清了怎麼寫的問題。這些講話高屋建瓴，頗具啓發性。

茅盾每天晚上一直都在準備大會發言，看有關作品，餘時也看《林則徐日記》。這時他的痔瘡發作了。他是帶病堅持開會，堅持準備大會發言的。

12 日上午茅盾作了兩個多小時的大會發言。〔註 56〕講話前三點是概論，第四點談屬於寫「中間人物」的三個短篇《老堅決外傳》、《賴大嫂》和《四年不改》。這個講話的第一點「關於題材的問題」，觀點與前邊提到的插話大體相同。第二點「人物創作的問題」。先肯定了近些年小說寫典型人物的成績，如此較個性化，寫工人農民形象較從前多等等。然後指出存在問題：「工人農民也是寫兩頭的多，但中間狀態的少。寫中間狀態的也有，但不是作爲典型。即不是作爲學習榜樣，又不能作爲批判對象的就不寫。其實還是可以作爲典型的。」「事實上」中間狀態的人物「精神狀態還要複雜些。」他從人物複雜

〔註 55〕據作協檔案存大連會議唐達成、涂光群所作的會議記錄引述。

〔註 56〕此發言當時未發表。作協曾據上述兩份記錄整理出打印稿上報過。我在作協上述檔案中發現了此打印件，據以編入《茅盾全集》第 26 卷，題爲《在大連創作座談會上的講話》。1981 年茅盾把講話的第四點加以擴充，題爲《讀〈老堅決外傳〉等三篇作品的筆記》，發表於《文藝研究》第 2 期。

性問題扯開，舉了崇禎皇帝、林則徐等歷史人物，非常開闊地談了他們的複雜性。然後話題收攏回來說：「我們現在寫農民，我們相信他覺悟確實是提高的，但究竟是小生產者，有些尾巴是不能硬割的。我們寫農民有時是簡單化些。農民思想是進步的。但由於文化水平，思想修養的關係，是不是對社會主義看得那麼清楚？人是不同的，多樣的，農民也是複雜的。」我們寫「典型人物還不夠多樣化，還有點簡單化。」〔註 57〕這就是後來挨批判的所謂茅盾的「中間人物」論。顯然這些觀點是 1959 年在作協那篇講話《創作問題漫談》中提出的「我們日常生活中的典型，有正面的典型，也有反面的典型，還可能有一種中間狀態的典型」觀點的發展。其理論根據，則是毛澤東 1957 年所寫的《事情正在起變化》一文中所說的話：「除了沙漠，凡有人群的地方，都有左、中、右，一萬年以後還會是這樣。」這麼「劃分了，使群眾有一個觀察人們的方向，便於爭取中間，孤立右派。」〔註 58〕然而在某些人看來，毛澤東說得；也完全正確。茅盾、邵荃麟卻說不得；說了就是錯的，就要挨批判。這算什麼邏輯？

第三點「談談形式方面」。茅盾從人稱、結構等角度，談技巧水平高低「與作家生活的廣度、深度有密切關係。」茅盾說，作家的「所見、所感、所信」「是與作家的廣度深度有關，如果廣度有，深度不夠，看人不會很透徹。」「我們要區別人物的提高與拔高」：「我們所謂提高是指概括。」「這種概括是我們生活中出現的，不過把它概括在一起，使之典型化。」「拔高是把人物沒有達到的，你把它搞在身上，就不那麼眞實。」〔註 59〕茅盾這裡所說的是：要求廣度、深度、高度的辯證的統一。這就是後來被批判的所謂「現實主義深化」論。

其實大連會議是在前面提到的中央召開的紫光閣會議、新僑飯店會議、廣州會議周總理、陳毅副總理多次講話的精神指導下加以貫徹的，是屬於文藝界貫徹「調整、鞏固、充實、提高」八字方針的具體行動。整個會議不論全局或個別發言，都無可挑剔。茅盾當時並不可能意識到，他在裁軍會議和大連會議的講話，已經埋下了他一生中最後一個危機的源頭和隱患。

〔註 57〕《茅盾全集》第 26 卷，第 411～414 頁。
〔註 58〕《毛澤東選集》第 5 卷，第 428 頁。
〔註 59〕《茅盾全集》第 26 卷，第 414～415 頁。

七

1962年至1964年，茅盾仍舊十分忙碌。其活動主要是兩個方面：一是迎送國賓，陪會見，陪看演出，接見大使、外賓，出席有關宴請與簽字儀式，以部長身份搞對外文化往來，答外國記者採訪，參加各種對外聲援支持活動等等。茅盾極厭煩這些俗事，出於維護國家形象，又不得不然。不過其中他格外關注的，是朝鮮文藝事業。1962年8月9日初，他讀了韓雪野的長篇《塔》、《歷史》；李箕永的《故鄉》、《土地》等，並寫了札記，此外還看了朝鮮演出的話劇《紅色宣傳員》，並接見了演出人員。茅盾第二方面的活動是作爲文化部長，這一階段他著重關注戲劇舞蹈事業。他先後看了《最後一幕》、《費加洛的婚禮》（「青藝」的話劇），《烏蘭保》（內蒙歌舞團舞劇）、《雁翎隊》（戰友文工團舞劇）、《鍾馗嫁妹》、《玉簪記》、《單刀會》（北崑劇院崑曲）、《湘江北去》（舞劇）等等。他在日記中常寫下評語。如1962年10月16日記：「至此已看了三個新編舞劇。三個的內容都是現代革命戰爭。《烏蘭保》比較樸素，《雁翎隊》已趨綺麗。《湘江北去》夾入京劇鑼鼓似未融化。第二、三、四幕大部分爲武打，此爲一大缺點。三劇之中，能多以舞蹈表現情態者，首推烏劇，雁劇次之。湘劇第四幕楊開慧在獄中一段舞蹈亦未能完全表現她的情態。湘劇表現情緒多以啞劇手法出之。此爲老大毛病。但三劇有其共同點，即擺脫了西方舞劇的影響，三劇的舞蹈皆爲民族的。」這段文字迄今未面世。這些話反映出茅盾對舞劇的見解，也鮮見於其論文，因此彌足珍貴。其重樸實、重民族化、重審美表現及其內在有機統一性，是茅盾一向堅持的審美原則，是對當時文藝中存在著的「左」的審美傾向的反駁。

由於中央召開的上述幾個關於文藝工作的會議的推動，當時戲劇電影日趨活躍。思想也比較解放。但國際國內的反修鬥爭正在開展。茅盾參與審閱張光年執筆的《現代修正主義的藝術標本——評格・丘赫萊依的影片及其言論》一文，故看了一批蘇聯電影。但他並不苟同當時「左」的偏向。當時已判定蘇聯影片《伊凡的童年》是「蘇聯宣傳和平主義的影片之一。」說它把戰爭場面與和平場面對照，以寫革命戰爭之慘，「手法巧妙，欺騙性很大云云。」茅盾「看後覺得此片戰爭場面只寫側面，並不太慘。最大毒素在於未有一語點出這在蘇聯是衛國戰爭，是反法西斯，拯救人類的正義戰爭，而給人以戰爭總是殘酷，不要任何戰爭的『教育』。又此片只寫到個人在戰爭中的苦難，無一言及民族、國家、人類，此亦修正主義除個人家庭外，別無其他崇高理想也。」〔註 60〕茅盾一向堅持獨立思考，作自己的結論，在此亦見一斑。

這時「反修」鬥爭已經深入，甚至也滲透到茅盾的家庭。他這段生活相對平和，就多分出些精力盡祖父之責。日記中多次記爲孫女小鋼治眼，拳拳之態可掬。他還堅持爲小鋼講古詩，自編適用兒童的古詩課本。祖孫之間還討論政治。10 月 30 日記：「今日小鋼放學回來，問我：赫魯曉夫是好人壞人？我說：他做錯了許多事，自己不革命，又不許人家革命。小鋼又問：既如此，爲什麼他還能做蘇聯人民的領袖？此時小寧（今年 5 歲，尚在幼兒園）忽插言：他不好，但也不算太壞罷？其實小寧不知赫魯曉夫爲誰何。但他知有蘇聯，也知何爲領袖。我說：他用不正當的方法欺騙了人民，把他的錯誤說成是正確的。小鋼又說：事情總會讓人家知道的。我說：但是現在大多數蘇聯人民還不知道。此時小寧又插言：蘇聯是好的，爲什麼他又不好？我說：蘇聯人民是好的，但赫魯曉夫不好。小鋼又問：你見過他嗎？我說：見過。問：同他握手麼？答：握手。問：不同他吵架麼？我說：我不同他討論問題，只是外交場合應酬而已，自然不會吵架。」這番話在融融天倫之樂中充滿了政治味道，典型地反映了茅盾所處 1962 年和 1963 年之交獨特的生活氛圍與社會環境。

茅盾對當時已經形成的反常的社會風氣與生活情態很不滿。他認爲：「今年紀念梅蘭芳逝世一週年其規模之大，遠遠超過紀念魯迅逝世 20 週年。」「而且許多文章把梅蘭芳的表演藝術捧上天」，甚至「說梅是理論家、是畫家、是詩人云云。讀之頗覺肉麻。」茅盾看到文化部辦公廳 71 號簡報刊登的翻譯家羅稷南的意見：說「對京劇不能捧上天。紀念梅蘭芳逝世一週年做過了頭。」批評名劇作家熱衷歷史題材，忽視現實題材。茅盾 9 月 22 日在日記中記下此情況後評論道：「羅論甚是。但彼不知，舉辦此事者，有大力者作後台，因非可以口舌爭也。輾轉思維，良多感概，戲成一絕以記之：知人論世談何易？底事舖張做道場！藝術果能爲政治，萬家枵腹看梅郎。」次日的日記又記茅盾挽歐陽予倩聯曰：「春柳發軔，桃扇翻新，舞史草創，大匠但開風氣；行園志方，恭良儉讓，終紅且專，後生常仰楷模。」結合當時背景，把這二事對照，可窺見與觸摸面對複雜的社會與文壇形勢的文化部長與「五四」先驅的茅盾此時此境的心態與脈搏。

〔註 60〕1962 年 11 月 27 日日記手稿。

這時茅盾對正在醞釀的國內外反修防修鬥爭漸趨複雜的形勢已有洞察。他在《1963 年新年獻詞》（調寄滿江紅）下闋中這樣概括國際形勢與中國的作用：「西風緊，險霾密；反侵略，迎頭擊。觀兵復躍德，史無其匹。加海風雲震宇寰，狐狸狐猾計何拙。拙流中砥柱擎東方，矢忠烈！」這時，茅盾以平靜的態度迎接未來的風暴。

年初他接受了爲紀念曹雪芹逝世二百週年大會作主題報告的任務。2 月 2 日日記說他「痰中帶血」。他帶病工作，不料卻被夾在「紅學」界派系紛爭與意氣用事中。應付這些，比寫文章更難。「報告不過四、五千字」，但參閱材料數「總字數當在百萬以上」。爲協調學者們的紛爭，茅盾寫了大量信件。爲此還在文後寫附注兩萬餘字，五倍於正文。他從 2 月忙到 7 月才完。會議卻因上述原因一推再推，終於流產。茅盾即以《關於曹雪芹》爲題，將此文在《文藝報》1963 年 12 月號發表，總算了結了這場公案。在茅盾一生，一篇文章寫來如此艱難、再三斟酌者，無第二篇。學術界的人事糾葛，反映了世風日下；使茅盾感慨萬分。

八

1963 年頃，茅盾已強烈感到國內政局已呈山雨欲來風滿樓之勢。一方面，周總理、鄧小平總書記、陳毅副總理仍繼續致力解決極「左」思潮在文藝界造成的種種問題。他們始終肯定：十三年來文藝界的主流是好的。他們努力調動文藝界的積極性，創造和諧寬鬆氣氛，促使文藝事業健康發展。另一方面，江青、康生在北京，柯慶施、張春橋、姚文元在上海，京滬兩地遙相呼應，「左」的大棒愈揮愈厲。他們給周總理施加種種壓力，出種種難題。廣州會議後，柯慶施、張春橋公然召集黨員會議說：「廣州開了個黑會，大家要警惕……要經得起資產階級猖狂進攻。」〔註 61〕1963 年 1 月柯慶施公開提出「大寫十三年」的極「左」口號，與全面發展文藝創作的中央方針唱對台戲。面對這種種阻力，周總理對文藝界一再採取保護措施。1963 年 2 月 8 日，他在元宵節文藝界聯歡會上打招呼，要大家過好「五關」：一、思想關：加強思想改造。二、政治關：站穩立場跟黨走。三、生活關：提出「革命是第一位的問題，改善生活才是第二位的問題。」四、家庭關：他以自己家庭出身不好、社會關係複雜爲例，說明「劃清界限」的必要性，這話顯然有「弦外之音」。

〔註 61〕參看《中國當代文學思潮史》，第 382 頁，註 1、2。

五、社會關：指出階級與舊的習慣勢力的存在，「經常影響我們的思想。」希望文藝不要給人以這種壞影響。

4 月 19 日周總理在中宣部召開的文藝工作會議及文聯三屆二次全委擴大會議上又作了《要做一個革命的文藝工作者》的報告。他希望大家「積極參加革命的階級鬥爭」，「要經得住驚濤駭浪，不要怕運動。要隨時把自己放在運動中考驗自己」。這是帶預言性質的又一次「打招呼」。茅盾在會上發了言。會上張春橋爲「大寫 13 年」極「左」口號塗脂抹粉，拼湊了「十大好處」。爲此他公然和周揚、林默涵、邵荃麟激烈辯論。5 月 6 日上海《文匯報》發表了江青策劃的批判「鬼戲」《李慧娘》的長文：《「有鬼無害」論》，拉開了向文藝界公開「開刀」的序幕。此前康生曾拉同鄉關係，宴請孟超，稱讚其《李慧娘》寫得好。這時他卻把臉一變，批判得比江青還嚴厲。繼把《劉志丹》打成反黨小說之後，康生又在 9 月份把《紅河激浪》打成反黨電影，說它是「《劉志丹》小說的變種」。

這時茅盾儘管比較警覺，但仍明顯地跟不上這種急轉直下的「形勢」！1958 年 4 月當夏衍根據他的小說改編的電影《林家舖子》試片時，茅盾感到滿意，曾予以稱讚，還曾提出「小茶館裡的茶碗陳列得太整齊了，橘子糖果也太豐富、太劃一了些」〔註 62〕等具體意見。1963 年 11 月 1 日，茅盾見了夏衍據柔石的小說《二月》改編的電影《早春二月》後，曾在座談會上「予以充分肯定」。次日他又致信夏衍，就「如何看待蕭澗秋、陶嵐兩個人物」、如何修改影片，「作出補充說明。」〔註 63〕恰在本月，毛澤東有段內部講話：「《戲劇報》盡是牛鬼蛇神，聽說最近有些改進。文化方面特別是戲劇，大量是封建落後的東西。社會主義的東西很少，在舞台上無非是帝王將相。文化部是管文化的，應當注意這方面的問題，爲之檢查，認眞改正。如果不改變，就改名爲帝王將相，才子佳人部，或外國死人部。如果改了，可以不改名字。」12 月 12 日，他又在中宣部編印的柯慶施大抓故事會和評彈改革的材料上，作了基本上否定建國以來文藝工作主流的所謂「第一個文藝批示」。他說：「此件可以一看。各種藝術形式——戲劇、電影、音樂、美術、舞蹈、詩和文學等等，問題不少，人數很多，社會主義改造在許多部門中，至今收效甚微。

〔註 62〕《電影創作》1958 年 3 月號：《夏衍給謝添同志的一封信》。
〔註 63〕《電影創作》1980 年 6 月號刊茅盾《致夏衍的一封信》，《茅盾書信集》，文化藝術出版社版，第 213 頁。

許多部門至今還是『死人』統治著。不能低估電影、新詩、民歌、美術、小說的成績，但其中的問題也不少。至於戲劇等部門，問題就更大了。社會經濟基礎已經改變了，為這個基礎服務的上層建築之一的藝術部門，至今還是大問題。這需要從調查研究著手，認眞抓起來。」

12 月 23 日，茅盾在文聯所屬各協會負責人聯席會上聽中宣部副部長林默涵傳達了毛澤東的這個批示，他感到十分震驚，也感到問題十分嚴重：因為不論文化部還是文聯作協，自己都是主要領導人，因此自己首當其衝，很可能成為主要批判打擊的對象！

1964 年 1 月 1 日至 3 日，劉少奇主席、鄧小平總書記以中共中央名義召集文藝座談會，聽取周揚的匯報。2 月中旬茅盾參加了文聯及下屬各協會的第一次整風會。在 6 月至 7 日由文化部副部長齊燕銘主持、茅盾致開幕詞的京劇現代戲觀摩大會期間，江青不僅直接插手，還「槍斃」了戲曲研究院實驗京劇團創作演出的《紅旗譜》與改編的《朝陽溝》。此外，她和康生一唱一和，又把電影《早春二月》、《舞台姐妹》、《北國江南》、《逆風千里》和京劇《謝瑤環》統統打成大毒草，在全國發動批判運動。6 月 27 日毛澤東在《中宣部關於全國文聯和所屬各協會整風情況報告》上，寫下「第二個文藝批示」:「這些協會和他們所掌握的刊物大多數（據說有少數幾個好的），十五年來，基本上不執行黨的政策，做官當老爺，不去接觸工農兵，不去反映社會主義的革命和建設。最近幾年，竟然跌到修正主義的邊緣。如不認眞改造，勢必在將來的某一天，要變成匈牙利裴多菲俱樂部那樣的團體。」這又徹底否定了這些文藝團體及其建國後的歷史。於是文聯及其下屬各協會，在剛整過一次風後，被迫進行第二次整風。這年 8 月《紅旗》第 15 期發表的柯慶施在華東話劇會演時的講話，也公開攻擊茅盾任部長的文化部：「他們熱衷於資產階級、封建階級的戲劇，熱衷於提倡洋的東西，古的東西，大演『死人』,『鬼戲』」。「對於反映社會主義的現實生活和鬥爭，15 年來成績寥寥」。他還上綱說：「文藝界存在著兩條道路，兩種方向的鬥爭。」

9 月 30 日《文藝報》第 8、9 期合刊點名批判所謂邵荃麟在大連會議上提出的「中間人物」論與「現實主義深化」論。《文藝報》所整理發表的「文摘」中，許多是茅盾大連會議講話的原文。何況前面說過，邵荃麟是引證茅盾的講話加以發揮者，而不是這「兩論」的提出者。這一切所採取的是同樣方法：「項莊舞劍，意在沛公。」茅盾心裡當然明白！

正在這時，茅盾和江青發生了一次衝突。他在「文革」中曾對韋韜夫婦說：「江青的底細我當然知道，不過她現在是毛主席的夫人，對她就敬而遠之。」以前和她輕易見不到面。她「在京劇改革中」指手畫腳。茅盾也很少與她接觸。但 1964 年國慶十五週年前夕，文化部調集京、滬、解放軍 70 多個文藝單位三千多人組團排練大型音樂舞蹈史詩《東方紅》，多次請周總理審查提意見並作了反覆修改。這時江青卻插了進來，「儼然以『總導演』架勢出現，頤指氣使。」9 月中旬總理看了彩排，給予充分肯定，並建議在抗美援朝那場舞中，加一段與朝鮮人民軍的合舞。周揚向江青傳達了總理的意見，江青卻拒不執行。「總理認爲強調中朝友誼是個原則問題」，建議茅盾「出面找江青再談一次」。於是茅盾對江青說：「周總理那天看彩排時我也在場，聽到了總理的指示。我想總理的意見是正確的，在當前的國勢形勢下，強調中朝友誼有特殊意義，加一些合舞不會有很大困難罷？」江青一邊表功，一邊訴苦，並且以「破壞了和諧」和「時間也來不及」爲由，拒不接受。茅盾態度也硬了起來，說：「看來您和總理的意見不一致，但這個劇是由文化部負責的，我是文化部長，應該執行總理的指示。現在我只好去報告毛主席，請主席來作最後決定罷。」江青這才轉彎，自搭台階，勉強增加了一段合舞。茅盾把結果匯報給總理。總理說：「江青同志這兩年在貫徹黨的文藝方針方面是做了一些工作，不過，她的藝術觀點是她自己的，不能代表毛主席。」茅盾事後評價說：「其實她又懂得多少藝術」，她修改樣板戲的那些談話，「只不過提了些雞毛蒜皮的意見。她還自稱是半個紅學家，眞是笑話，她懂什麼紅學！她插手《東方紅》，同她插手八個樣板戲的手法一樣，——把別人的成果攫爲己有。」〔註 64〕敢頂撞江青，反映了茅盾的骨氣。但從後果言，這只能加重茅盾的厄運！

1964 年底，江青把《林家舖子》和《不夜城》、《紅日》、《革命家庭》、《球迷》、《兩家人》、《兵臨城下》、《聶耳》等統統打成毒草。與此同時批判吳晗的歷史論文與歷史劇理論，也波及到茅盾的《關於歷史和歷史劇》。這些批判，矛頭直接間接地指向了茅盾、周揚、夏衍、田漢、陽翰笙、孟超、邵荃麟、趙丹；也指向吳晗、齊燕銘和周谷城。這就爲「文革」中批判「三家村」、文化部，並且追溯歷史，批判「三十年代」文學，把茅盾等打成「三十年代文學祖師爺」作了鋪墊。

〔註 64〕《茅盾的晚年生活》（五），《新文學史料》1996 年第 1 期，第 74～76 頁。

茅盾逐漸認清了形勢，看透了底細。這時他反而冷靜下來，開始爲自己安排退路。這年6月之前，他還發表了《讀了〈火神〉以後的點滴感想》、《讀陸文夫的作品》、《讀〈兒童文學〉》和《讀〈冰消春暖〉》等四篇評論，和《爲發展社會主義新戲劇而奮鬥——在1963年以來優秀話劇創作及演出授獎大會上的講話》、《在全國京劇現代戲觀摩演出大會上的開幕詞》兩篇講話。但從1964年6月下旬起，他就封了筆，再沒就文藝問題公開發表意見。12月18日，他最後一次以文化部長身份參與外事活動，與緬甸大使談話，此後不再以政府官員身份從事外事活動了。隨後他向周總理正式提出：要求辭去文化部長職務。

1964年12月20日至1965年1月5日，茅盾作爲山東選出的代表，出席全國人大第三屆第一次代表大會與同時舉行的全國政協四屆一次會議。就在這兩會期間，他被解除文化部長職務，並當選爲全國政協副主席。1976年12月茅盾在回憶錄《敬愛的周總理給予我的教誨》中寫道：第三次人大一次會議中間，「總理在人民大會堂某廳召我談話。總理先說，准予免職，另安排我在政協工作。又說，文化部工作有原則性的嚴重錯誤，我的責任比較小，而文化部黨組兩個主要成員的責任大。這番話眞使我十分惶愧。我常聽說『黨內從嚴，黨外從寬』，我作爲黨外人，既然居於負責的地位，不應該以此寬慰自己，而且副部長們在工作上確也經常徵求我的意見，只是我的思想水平低，看不出工作中的問題的嚴重性，不能提出意見，倒不是我提了他們不予考慮。我把這樣的意思簡短對總理說，並且又說，江青說文化部黨組裡，一個是封建主義的魁首，一個是資本主義的急先鋒，〔註65〕我在舊社會大半世，先受封建主義的教育，後受資本主義的教育，我想我思想上當然也有封建主義和資本主義，請總理痛下針砭。我當繼續改造思想，或者將來在工作中可以少犯錯誤。總理說：思想改造是終身的事，你碰到什麼問題看不清大是大非的時候，可以隨時找我。我當即感謝。總理又說：所謂資本主義急先鋒，抗戰時期，我對他的思想教育狠抓過一陣，知道他容易犯原則性的錯誤，近來我忙於外交工作，無暇幫助他，遂至於此，乃意中事；至於封建主義的魁首呢，解放後一向在我身邊工作，沒有出過漏子，到文化部才幾年，成爲封建主義，這是很意外的。我說，他對於中國古代文化很有研究，主張翻印一些古書是有的，此外，我沒聽說有什麼嚴重的事。總理不作可否。一會兒後，他說：

〔註65〕這裡分別指齊燕銘和夏衍。

江青的言論並不總是符合主席的文藝思想。主席的文藝思想，是馬列主義文藝思想的總結和發展，精深博大，誰敢說自己完全精通，一言一行都符合主席的文藝思想，那就是狂妄自大，表明他實在不懂主席的文藝思想。」「這次談話，給我以終身難忘的銘感。總理是多麼誨人不倦，多麼謙虛！現在回憶他論江青的一段話，還是含蓄的，因為那時江青還偽裝得很好，『偶爾露崢嶸』而已。但總理已經把她本質看透了。」〔註 66〕這其實是茅盾第二次聽周總理談江青的問題了。兩位偉人，話雖沒能談透，但意思到了。他們彼此心照不宣，心靈卻是相通的。

在這次談話中，茅盾還提出辭去文聯副主席、作協主席職務。總理沒有同意。他說：「你不當還有誰能當？」此後周揚來寓所向茅盾介紹文藝界學習貫徹毛主席批示的情況，也談及夏衍、田漢、陽翰笙的問題。他撫慰茅盾說：主席的批評主要是針對有關黨員領導幹部的。他還希望茅盾不必介意文化部長去職的事，說這樣正好集中精力領導作協和文聯的工作。茅盾對此未置可否。其實這時周揚的處境也很艱難了。

從 1965 年 5 月起，批判《林家舖子》的文章日漸增多，不久即形成鋪天蓋地之勢。據不完全統計，僅 5 月至 9 月期間，中央和地方報刊批判文章竟近 140 篇。甚至還到杭嘉湖地區作社會調查，搜集茅盾美化資本家、調和階級矛盾的根據。但茅盾卻冷靜地面對形勢的發展變化。

從 1964 年到「文革」十年，是茅盾一生中公開場合不著一字的唯一的一段最沉默的時期。歷史的曲折，造成了無法估量的損失！茅盾的公開活動，只是有限的以政協副主席身份出席政協會議與少量外事活動。開始幾年他還能出席「五一」、「十一」天安門觀禮。後來這項活動也被取消：茅盾徹底「靠邊站」了！

出於對黨和毛主席的擁護與信任，對建國後歷次政治運動，茅盾都是擁護與緊跟的。有時雖有不同看法，他或沉默，或被迫滯後表態。在實際行動中和具體問題上，他努力採用巧妙辦法，或彌補，或糾偏，但從未站在對立面公開反對。在執行政策上，他認為自己是文化部長，總是力求與中央保持一致。但是自 1964 年起，特別是「文革」十年，這種態度與方法，也難應付複雜的局面了。繼大革命失敗和反右鬥爭之後，他第三次，也是最嚴重的一

〔註 66〕以上據茅盾的手稿引錄。此文收入《茅盾全集》第 27 卷時略有刪改，見第 207～208 頁。

次，遇到嚴峻的複雜形勢。依照自幼秉承的慈訓，他只能更謹言慎行。依照他多年養成的習慣，他再一次停下來思考。

這次沉默，誰料到竟長達11年半之久！

第二節　苦讀勤記，梳理文學思潮

50年代中到60年代初，我國文壇圍繞現實主義與歷史、歷史劇問題，先後展開了兩次規模宏大、分別與反右派鬥爭和「文革」序幕密切相關的論爭。茅盾關注並跟蹤研究了這兩場論爭，但未立即介入；而是苦讀勤記，思考經年，先後推出《夜讀偶記》和《關於歷史和歷史劇》兩部著作。兩書都不是就事論事地介入論爭，而是採取宏觀視角，高度概括綜合，史論結合，據史立論，重在理論規律之提煉昇華。兩書具極高的學術性，一旦發表，就引發了激烈的討論或廣泛的認同。

一

《夜讀偶記》從1957年9月寫起，1958年4月21日寫迄，初刊於《文藝報》1958年第1、2、8、9、10期，同年8月由百花文藝出版社出版。此書約7萬字，是參加那場論爭的最長的論文。它也涉及當時受到圍攻的何直（秦兆陽）著《現實主義——廣闊的道路》、周勃著《論現實主義及其社會主義時代的發展》的部分論點，及別人對其所持的相反意見，但茅盾的側重點是立論。

茅盾從「對於一個公式的初步探討」開始，對中外文藝理論界所持的「歐洲即世界」的觀點提出根本性的懷疑。這不僅在當時，就是在今天，也是極具挑戰性的正確的立點。他對自己「五四」時期也曾堅信不疑的「古典主義——浪漫主義——現實主義（自然主義）——新浪漫主義」這一公式，及其內在涵義：後者是對前者的「反撥」，提出根本性的質疑。茅盾說：「所謂反撥」，「含有『物極必反』、『發展』、『前進』等等意義的。」含後者是對前者的否定之意；是以「後浪推前浪，步步進展」的「美麗的屍衣掩蓋了還魂的僵屍」。〔註67〕這是到寫此書爲止，茅盾對此公式所反映的文藝進化論美學觀與相應的文藝思潮所作的最徹底的否定，也是對茅盾自己20年代的論文，包

〔註67〕《夜讀偶記》，《茅盾全集》第25卷，第123～124頁。

括其《西洋文學通論》一書中一定程度上貫串著的文藝進化論美學觀的最徹底的自我否定。

茅盾有破有立。他破了這個公式；主張用「現實主義與反現實主義的鬥爭」及對此鬥爭全過程的描繪取而代之；作為文學發展史與文藝思潮鬥爭史的貫串線。他以中國文學發展史與世界文學特別是西歐文學發展史作為兩個對比參照系，以高度概括的縱線描繪為依據，否定了包括自己在內的通常理解：現實主義是在浪漫主義落潮期產生並取而代之的特定歷史階段的文學思潮形態。他提出並充分論證了下述新觀點：現實主義是貫串著人類文學藝術歷史發展的全過程；並與反現實主義思潮相鬥爭、與非現實主義思潮相競爭的全過程中產生、發展，臻於批判現實主義與社會主義現實主義（即革命現實主義）兩大高潮的。因此，茅盾認為：現實主義始終是文學發展的主潮和基本貫串線。

茅盾承認：一、西歐美學家與文學史家運用的現實主義、浪漫主義等術語，是一種「史識」；與這些文學思潮興起當時的「時識」〔註68〕不盡相同。茅盾的這一看法是對的。因為實踐在先，理論後有，「史識」更後。拉開距離的理論概括，可能更具科學性。二、馬克思、恩格斯對這些「主義」所作的馬克思主義的論述，較之前人更具科學性。三、從「歐洲即世界」的前提出發形成的文學思潮觀，沒有包括中國源遠流長的文學發展歷史及其規律，因此具有片面性。其實，在我看來，這種局限，馬克思、恩格斯也在所難免。因此，我們必須像茅盾這樣，把中國及東方文學史納入世界文學史總格局中，根據這全方位的視野，重新作理論概括與科學的「史識」性界定。這是茅盾超越前人更為科學的歷史眼光，也反映了他的偉大氣魄。有了這個視野，才有《夜讀偶記》理論上的重大突破。

茅盾作現實主義探源時，追溯到中外的遠古神話，稱之為「神話的現實主義」。〔註69〕此後，在中國，是《詩經》的「變風」、「變雅」、《史記》、《樂府》、建安三曹、韓愈及其古文運動、白居易及其「新樂府」運動，一直到前、後七子和明、清小說。在西歐，則是「17 世紀的以描寫人情世態為主的小說和戲劇」、「18 世紀的啓蒙主義的現實主義」、到 19 世紀批判現實主義的高峰；

〔註68〕茅盾並沒用「史識」、「時識」這兩個範疇；但運用了它們的涵義來說明問題。

〔註69〕《茅盾全集》第 25 卷，第 153 頁。

社會主義現實主義則開闢了新現實主義階段。茅盾根據這兩大現實主義參照系得出結論：現實主義「古已有之」，但並非一成不變；它經歷了由不完備到完備逐漸發展而成的許多階段。〔註 70〕因此它是廣義的、而非狹義的；到了發達階段，才具備了狹義的現實主義特徵。有人攻擊茅盾的現實主義是「一個超時空的中心的主能指」，「是一個含混的缺乏明確界定的概括。」〔註 71〕如果他確實讀了《夜讀偶記》，及上述茅盾對兩個參照系及其發展脈絡的歷史內涵的描述，只能認爲他這是有意作出的歪曲。

茅盾對各個不同階段的現實主義的共同特徵及其基本內涵，作出以下六點概括：一、「現實主義的創作方法是階級社會中處於被壓迫地位、要求解放、推動社會前進的勞動人民所創造的。」它被出身統治階級但同情人民、其創作也具人民性的作家接受與發展，二者合一，逐步充實、形成發展起來的。因此它是一個歷史發展過程很長的創作方法與美學範疇。二、其「哲學基礎是唯物主義」，「社會基礎是生產鬥爭和階級鬥爭以及在這兩種鬥爭中推動社會前進的革命力量。」三、其「核心就是在現實世界是可以認識的信念上，根據反映論來從事藝術創作的。」即「通過形象化的藝術概括的方法，忠實地描繪人類怎樣進行生產鬥爭和階級鬥爭以及這兩種鬥爭在人的內心世界所引起的各種反應。」因此典型人物的塑造「是創作方法的一個中心問題。」茅盾指出：馬克思主義以前的歷代民間文學作者和文人作家不知道「反映論」這術語及有關理論，但在「生活實踐」中，卻「懂得了這個道理」。故能在藝術實踐中運用。「誰要無視這個事實，而以爲只有馬克思主義的反映論得到傳播以後，作家方能」運用它，那「就要犯教條主義的錯誤」。四、基於上述特質，茅盾把恩格斯的現實主義定義〔註 72〕作了精彩的發揮：「現實主義把人物放在社會環境中」考察其「感受以及環境對人物的思想意識的影響」，它著重揭示：「人的性格是由環境以及人的社會關係來決定的。」它不像古典主義、浪漫主義那樣，根據「倫理觀點或者政治觀點來安排」人物的性格；而是「用事實來表現」人物「何以一定是這樣而不是那樣。」不僅寫出這人物是特定時代的「某種人的典型」，且要寫出他是怎樣在其特定環境中形成特定時代特定社會的典型。這典型人物既是特定環境的產物，則這「作家筆下

〔註 70〕見《茅盾全集》第 25 卷，第 150～153 頁。
〔註 71〕張頤武：《茅盾的矛盾》，《文藝報》3 版，1989 年 5 月 6 日。
〔註 72〕即「現實主義的意思是，除細節的眞實外，還要眞實地再現典型環境中的典型人物。」

的環境，也非典型不可。」這典型環境要「能夠表現特定時代的基本精神和主要面貌。」五、「作家必須在要生活實踐中『發現』他的人物而不是從理性出發或憑空想或熱情來『捏造』他的人物。」因此他「最能反映特定時代的社會意識。」六、因此，「當哲學家還只能以唯心主義解釋社會現象」時，其「同時代的偉大的現實主義作家卻不自覺地在他們的作品中表現了唯物主義的歷史觀。」〔註 73〕

茅盾結合著典型人物描寫，特別是典型人物個性化描寫在現實主義不同發展階段的特定情態的概括與對比，把現實主義不同階段的特徵，作了精彩的描述。同時又根據中國文學以「詩」與「文」爲主的特點，對中國文學史上不同階段的現實主義，作出具體精闢的描繪。

這一切論述，不僅在 1956 年至 1958 年對現實主義眾說紛紜、莫衷一是的情況下，有撥亂反正、正本清源的作用；就是在新時期文學思潮幾起幾落的今天，這些論述依然有撥亂反正、正本清源的現實指導意義與理論啓迪意義。

二

茅盾在《夜讀偶記》中不僅擺脫了以文藝進化論和「歐洲即世界」的觀念概括文藝思潮史的傳統模式，也擺脫了中國以朝代界標文學思潮史的傳統模式。他採用「現實主義與反現實主義」鬥爭發展史的新模式，對全世界文學思潮史作出一體化的宏觀概括。姑且不論這具體模式的成敗得失，僅就這宏觀概括全世界各國、各民族文學思潮史總體規律的立意與努力言，就極有意義，極有氣魄；起碼在中國，這是前無古人的。儘管這理論概括借鑑了蘇聯，但茅盾自有其創新、開拓與發展。

茅盾這模式並非如那些反對者所說，是非此即彼地套用階級鬥爭歷史形成的「僵化模式」；因而把複雜的文學史簡單化了。茅盾認爲：文學思潮史並非簡單的「一分爲二」。他根據文學史情態，發現了「文革」後我國哲學界才形成的看法：運動的基本形式除「一分爲二」外，還有「一分爲三」的形態。從而把文學思潮的取向，概括爲三種形態：現實主義、非現實主義、反現實主義這三種相互依存、相互碰撞的思潮與取向。他承認積極浪漫主義與現實主義有重大差異和矛盾。但他不把二者看成相互對抗關係，而視爲並立互補，

〔註 73〕《茅盾全集》第 25 卷，第 203～206 頁。

常常異曲同工〔註 74〕的關係。他指出：現實主義常常汲取積極浪漫主義來充實自己。特別是社會主義現實主義，很大程度上汲取了革命浪漫主義。

茅盾認爲：「反現實主義」並非一種創作方法，而「應理解爲各種各樣、程度不同的反人民和反現實的各不相同的若干創作方法。」但其共同點「是脫離現實，逃避現實，歪曲現實，模糊了人們對於現實的認識」；故在政治上起「剝削階級的幫閒的作用。」〔註 75〕茅盾指出：在中國文學史上，自《詩經》中的「大雅」和「頌」到漢賦、六朝駢文、遊仙詩、山林逸隱派詩文，再到明代「臺閣體」，都是反現實主義的。在西方，反現實主義的文學主要是以形式主義、頹廢消極爲特徵的部分古典主義、消極浪漫主義和現代主義文學。

茅盾區分現實主義與反現實主義的原則是：一、哲學標準：不論自發抑或自覺，凡堅持唯物論立場，按反映論進行創作者是現實主義；凡堅持唯心論形而上學立場，創作中按不受生活實踐檢驗的主觀唯心主義意願去表現自我、歪曲生活者是反現實主義。二、政治標準：凡人民大眾、或站在人民一邊出身剝削階級的作家，以創作反映人民意願、保障人民利益者是現實主義；站在剝削階級與反人民立場，以創作維護剝削階級利益並危害人民者是反現實主義。三、思想標準：作品的思想內容具人民性、眞實性者是現實主義；思想內容「是虛僞、粉飾、歪曲現實、對被剝削階級起麻醉和欺騙的作用」者是反現實主義。四、藝術標準：「就形式來說是群眾性的（爲人民大眾所喜聞樂見的）」，對人民群眾起娛悅作用者是現實主義；那些形式主義的，即「以迎合剝削階級的趣味爲基本特徵的」、「追求雕琢、崇拜綺麗，乃至刻意造作一種怪誕的使人看不懂的所謂內在美」，「對剝削者自己則滿足了娛樂的要求」者是反現實主義。〔註 76〕

茅盾指出：「現實主義與反現實主義」的鬥爭，「不是以運動形式來表現」，而是以遠比運動方式「激烈」的，「你死我活的鬥爭」：人民創造的現實主義文學步步發展，擴大影響；統治階級則用大興文字獄以至殺戮作家的方式給以鎮壓。〔註 77〕可見茅盾所理解的現實主義與反現實主義的鬥爭公式及其鬥爭方式，已經超出了創作方法與文藝思潮鬥爭的範圍。儘管他一再聲明此公

〔註 74〕《茅盾全集》第 25 卷，第 125～126 頁。
〔註 75〕《茅盾全集》第 25 卷，第 156 頁。
〔註 76〕《茅盾全集》第 25 卷，第 153～156 頁。
〔註 77〕《茅盾全集》第 25 卷，第 147 頁。

式並非根據階級鬥爭、哲學鬥爭套出來的；然而由於他把兩種創作方法與文藝思潮的對立的理解，擴大到階級鬥爭、哲學鬥爭的範圍中去，於是就不可能不把對創作方法與文藝思潮的對立與鬥爭的理解，擴大到不同歷史階段的兩個階級、兩種哲學觀的對立與鬥爭中去。

這種事與願違的後果與影響，就是 1958 年各高等學校在學術領域「拔白旗、插紅旗」，批判所謂「反動學術權威」之後所編的形形色色文學教材，大都具有與《夜讀偶記》有聯繫的兩個特徵：一、把「現實主義與反現實主義」的鬥爭當作貫串線，用以概括文學史上的階級對立與鬥爭，或階級鬥爭在文學史上的反映。二、突出民間文學的作用並加以誇大，甚至臻於很不適當的程度。這一切一度形成「一邊倒」的傾向。後來才逐漸有人提出不同意見。1959 年通過修改這些教材，又出現往另一邊倒的「否定」的傾向。如北京大學中文系五五級學生編的兩卷本紅皮《中國文學史》被改寫成游國恩等主編、北大中文系五五級學生參加改寫的四卷本的黃皮《中國文學史》，就從一個極端走向另一極端。

在論爭過程中，也存在同樣的或相應的簡單化傾向。茅盾 1959 年 8 月 4 日在致邵荃麟的信〔註 78〕中就表示不滿：他認爲報刊上批評「現實主義與反現實主義」的文章和批評「大學生們所編的幾部書」的批評「有點不公平」。茅盾承認這些書有缺點，但反對「說文藝反映階級鬥爭就勢必忽略並歪曲文藝發展的特殊規律」，「說世界觀指導創作方法的論點勢必把作家作品的複雜性和藝術性簡單化。」茅盾怕「這樣下去要把青年人弄糊塗了」。茅盾指出：「劉大杰的《中國文學發展史》是郎宋、泰納、佛里契、胡適等人觀點的混血兒，而書名『發展』，其規律是胡適的文學史觀。去年他自己〔註 79〕批評了自己（也承認『現實主義與反現實主義的鬥爭』這個公式是對的），可是今年他完全翻案了，老觀點是一點兒也沒有動。並且由於專找適合自己觀點的方法去讀蘇聯的討論那個公式的文章，恐怕他那個混血兒式的老觀點更加變成頑固不化了。可是他和何其芳在反對那個公式〔註 80〕的問題上唱著相同的調子。最近《光明日報》發表了何其芳的總結性的文章，看來這個討論就將在全國結束。我深恐將產生新的簡單化。因爲對那幾本文學史的批評是簡單化

〔註 78〕此信係未發表的手稿，共 4 頁，其中第 3 頁不幸丟失。以下引文據尚存的 1、2、4 頁信的手稿，係茅盾的兒子韋韜同志提供。

〔註 79〕茅盾這裡是說劉大杰本人。

〔註 80〕指「現實主義與反現實主義」公式。

的。我眞不敢相信寫批評文章的人曾經仔細地沒有成見地研究（至少是閱讀）那幾本書。」「報刊上屢次報導：討論雙方發言熱烈，可是《文學遺產》發表的只是一方的文章，我不解其故。〔註 81〕本來，我對那個公式和它涉及的一些問題的看法，並不和蘇聯的涅多希文的完全一樣，我雖然贊成那個『公式』，但在許多問題上和涅氏論點不一樣，《夜讀偶記》雖很膚淺，在這些問題上還是說明了我的意思的。上山時本想寫篇《偶記》之《後記》，再談談這個問題，現在看來，大可不必，因爲何其芳的文章（結論）已說：『堅持這個公式的人也可以保留他們的意見』。這句話通常是這樣解釋的：你可以不公開承認已經放棄原來的意思，但是請不要再開口了。」

三

但 1959 年 10 月茅盾還是寫了《夜讀偶記》的《後記》。不過當時並未發表，「文革」後才收入 1981 年出版的《茅盾文藝評論集》所收的《夜讀偶記》之後；這個《後記》足足壓了 22 年！也許因爲時過境遷，人們一向忽略了《後記》中以下重要的意見：一、茅盾首次披露了他對「現實主義與反現實主義的鬥爭」這公式的認識過程：在蘇聯討論此問題時，茅盾站在反對立場關注它。開始寫《夜讀偶記》時，也是如此。「在寫完現在的第四段的初稿以後」，才「改變了主意」。「於是擱起已寫的《古典主義和現代派》初稿，加上現在的第一到第三節。」改變觀點的原因，首先是「我重新研究了我國文學史上的重大事件的歷史意義，認爲現實主義和反現實主義的鬥爭這個事實是存在的，而且反覆出現，故不容抹煞。」其次是讀蘇聯論爭此問題之雙方的議論後，認爲此公式「在一定的歷史條件下是對的，但不能走得太遠，把它看作永恆的規律，而在用這公式來編文學史或給古代作家『劃成分』的時候，更不能簡單化。」茅盾解釋說：這「一定的歷史條件」是指「在階級社會中」。這「鬥爭是事實，不但過去時代有之，現代資本主義國家中仍然有之。今天在法國、美國文藝界都有現實主義與反現實主義的鬥爭。甚至在波蘭也還有抽象派在被鬥著。」〔註 82〕二、茅盾在《後記》中對此公式的新解釋，已經把創作方法與階級鬥爭、思想鬥爭作了區別。不過他強調的還是其聯繫性與不可分割性。他認爲「探討文學發展的規律，不能離開社會和

〔註 81〕《文學遺產》當時是《光明日報》的文學副刊，由何其芳任所長的中央文學研究所主編。

〔註 82〕《茅盾全集》第 25 卷，第 242～243 頁。

社會思想鬥爭的規律。任何歷史時期都有兩種文學的基本傾向在鬥爭，這就是爲人民和反人民，正確反映現實和歪曲粉飾現實。現實主義和反現實主義的鬥爭就是文學上這兩種基本傾向鬥爭的概括。」二者的鬥爭「是貫串在中國文學發展史中的事實。在這裡，現實主義的創作方法與作品的人民性、進步性是不能分割的。因爲唯有現實主義植根於現實，忠於現實。」茅盾指出：「不能把這個鬥爭看作只是創作方法的鬥爭」，因爲其中寓有「範圍要大得多的思想鬥爭」；也不能「只把這鬥爭理解爲與創作無關的進步與反動的鬥爭」，因爲「這種鬥爭正是主要地通過創作方法上的現實主義與反現實主義的鬥爭來體現的。」「這就是中國文學歷史發展的特殊規律。」〔註 83〕三、茅盾指出：「反現實主義這個術語，和反動文藝不是同義語。反現實主義文學的其作者「在政治上不一定是『奴隸總管』」，有時倒是「很超然的」。〔註 84〕四、茅盾界定了創作方法的內涵：認爲「把創作方法僅僅看作是藝術表現方法的觀點是錯誤的，它應該包括這樣三個方面：作家對生活的認識和看法，作家對生活的態度和立場，作家的藝術表現方法。因此，現實主義與反現實主義的鬥爭，不只是藝術表現方法上的鬥爭，而是社會上遠爲廣闊和深刻的鬥爭在文學上的反映。」而且「作家對人民對現實的態度，表現於他的世界觀和創作方法的關係上，在研究創作方法時如果和作家的世界觀分離開來，顯然是錯誤的。」〔註 85〕五、茅盾進一步明確了論爭的正確目的：「我們的目的是探討中國文學發展的規律，可惜討論中的反對論者只反對了『現實主義與反現實主義鬥爭』這個公式，而沒有提出新的規律來。我希望討論將更多些建設性。」〔註 86〕

這篇近兩萬字的《後記》反駁了何其芳、劉大杰的批評文章中若干不妥的論點，也把《夜讀偶記》中表述得不夠嚴謹透徹的論點進一步明確化、理論化了。它使我們明確了以下幾點：一、茅盾不把「現實主義與反現實主義的鬥爭」看作「普遍規律」，而是看作階級社會中文學鬥爭的特定歷史規律。二、他強調思想鬥爭與創作方法鬥爭、世界觀與創作方法之間具不可分割的聯繫。這當然是對的。但在講「不可分割」的有機聯繫性時，沒有同時強調指出二者存在著質的差異性。這是不妥的。三、茅盾探討文學發展規律的努

〔註 83〕《茅盾全集》第 25 卷，第 234 頁。
〔註 84〕《茅盾全集》第 25 卷，第 235 頁。
〔註 85〕《茅盾全集》第 25 卷，第 256 頁。
〔註 86〕《茅盾全集》第 25 卷，第 244 頁。

力是可貴的。如果他能把思想鬥爭與文學鬥爭、世界觀與創作方法之間既有聯繫、又有區別的對立統一關係講得更清楚，把自己理解的融階級鬥爭、思想鬥爭、文學鬥爭於一爐的「現實主義與非現實主義的鬥爭」這個單一的規律的「線性概括，分解爲階級鬥爭在文學思潮中的反映，思想鬥爭（包括政治的與哲學的諸多層面）在文藝思潮中的反映，與文學上現實主義、非現實主義、反現實主義的對立與鬥爭這樣三條貫串線；在分別描述的基礎上就三條貫串線之間的複雜聯繫加以整合性論述，這就可能更辯證，因而更具科學性。這就能避免把「現實主義與反現實主義的鬥爭」擴大化；當然也就避免了簡單化傾向。

學術界圍繞這公式的討論，同樣存在著簡單化與片面性，包括何其芳、劉大杰在內，他們忽視了茅盾的意見的合理內核，對其確有文學史根據，具科學性、基本上可以肯定的意見，不夠重視與尊重，未能給予應有的肯定。對其不夠科學處的挑剔，顯然有些過分。而且確如茅盾所說，他們多是只破不立的搖頭派。

四

《夜讀偶記》論述的另一重點，是世界觀與創作方法的關係。它針對的是以下觀點：一、「強調了創作方法的絕對性」；導出「正確的創作方法（指現實主義）可以克服世界觀的落後性。」「世界觀對於他的創作方法則不起作用。」二、「強調文藝的特殊性。……不承認不同的創作方法本源於不同的思想方法。」「不承認歷史上文藝流派的興衰起伏，根源於社會經濟的變革和階級鬥爭的發展情況。」〔註87〕

茅盾針鋒相對的觀點是：「創作方法不但和世界觀有密切的關係，而且是受世界觀的指導的。怎樣的世界觀，就產生了怎樣的思想方法，而怎樣的思想方法，又產生了怎樣的創作方法」；「這是分析了不同創作方法的理論與實踐以後所得的結論。」茅盾舉出大量史實：唯理論的思想方法決定了古典主義詩學；唯物主義的自然觀和熱衷空想社會主義與幻想的未來社會制度等等決定了浪漫主義；逃避現實決定了把「光」當繪畫主角的印象派；崇拜「力」與「速」的工業社會精神決定了未來主義；確信感覺的復合（這是他們獨特的思想方法）是全面表現對象的首要條件決定了「三度空間表現手法」的立

〔註87〕《茅盾全集》第25卷，第153～154、172頁。

體主義……茅盾由此作出結論：這證明「任何表現手法（包括純技術的技法，如格律、結構、章法、句法等等）都是服從於思想方法的。」〔註88〕

茅盾論證世界觀決定並指導創作方法時，正視了二者關係間的全部複雜性。這是《夜讀偶記》的精華所在。茅盾指出：一、作家不是「自由地」選擇其創作方法，「而是在他的世界觀的『作用』下進行了不自覺的『選擇』的。」二、同一作家的世界觀並非「完全清一色的，有進步的方面，也有保守落後、甚至反動的方面；而且也不是一成不變的，常常因時因地因事而異：有時進步的成分很突出而掩蓋了保守、落後的成分；而另一時卻保守、落後乃至反動的成分佔主導，因而失去了進步性。這一些世界觀的複雜和變化，一定也要反映在作家的作品中；但也是錯綜而複雜的，不但會表現在作家的前後期作品中，也會表現在同一作品中。」〔註89〕

茅盾以《矛盾論》、《實踐論》所論證的馬克思主義認識論、反映論原理爲據，對世界觀與創作方法之間種種複雜、矛盾情況，作了精闢的分析。他首先承認生活第一性、實踐第一性；認識則是第二性；指出其制約被制約的關係。「生活實踐是作家認識現實的唯一不二的途徑；離開了這途徑，作家不能正確認識現實，也無法忠實地典型地反映現實。」同樣，「作家之所以不用這個創作方法而用那個，和他長期生活實踐有關。」據此茅盾把世界觀與創作方法產生矛盾的種種複雜情況概括爲以下幾種：一、儘管作家具備進步立場，但其藝術功力不足，還是不能藉此對社會現實進行藝術概括。二、作家「對現實有怎樣的認識和他們對於現實抱怎樣的態度，也不是常常一致的」。他以英國作家高爾斯華綏爲例：他的一個作品從現實主義出發寫一資產階級家庭時，曾得出其「所屬的階級是沒有前途的」結論。但這並未改變其「仇視工人階級，仇視社會主義的政治立場。」據此茅盾說：作家的「進步的創作方法並不一定帶來了進步的政治立場，反過來說，反動的政治立場不一定阻礙了作家或藝術家採用進步的創作方法。」但茅盾否定有些人把巴爾扎克的「創作方法克服了他的政治偏見」普遍化，認爲這種把個別當一般的做法是講不通的。〔註90〕

茅盾對這些現象作出了多種解釋。首先他承認以下兩種通常的解釋：一、

〔註88〕《茅盾全集》第25卷，第188～189頁。
〔註89〕《茅盾全集》第25卷，第154頁。
〔註90〕《茅盾全集》第25卷，第211～213頁。

「作家的世界觀本身就很複雜而有矛盾，有進步的方面，也有落後的甚至反動的方面，進步的因素使作家接受進步的創作方法（作爲認識現實的方法），而落後乃至反動的方面使作家對於某些實際政治問題採取了反動的立場。」二、「當作家世界觀中的主導思想和人民的要求相符合的時候，他的世界觀和創作方法（指現實主義）是一致的，否則，就發生了矛盾。」但茅盾提出了第三種解釋：「一種久遠的創作方法（如現實主義）在其發展過程中，……形成了一套完整的藝術規律，具有相當的獨立性，這……當然是這一創作方法的一面——即關於形式的一面，而且是內容決定的，可是，資產階級作家卻往往把它看作創作方法的整體，而且從這樣的觀點接受了這個創作方法。」「而完全沒有意識到，這是接受了一種認識現實的方法。但是藝術規律中確也包含著認識現實的方法，因此，只從藝術規律方面接受現實主義的作家，也會在他自己不自覺的情況下學會了認識現實，從而產生了現實主義的作品。這樣產生的作品當然會受到作家世界觀中矛盾因素的牽制，因而就只能反映了現實的半面，或小半面，甚至會歪曲了現實。這些情況，常常在同一作家身上發生。我們看到某些作家，先後的作品頗不一致（例如海明威、潑列斯脫萊），這就說明了他們世界觀中矛盾的性質以及他們對現實的態度，也是時時在變化的。可是他們的創作方法基本上還是那一個，並沒有換過。」〔註 91〕茅盾還指出，存在第四種情況：「還有些傑出的世界知名的作家，在政治上，創作方法上都堅定地站在進步的立場，可是文藝思想上卻還不能脫離唯心主義的影響。」「可見，現實主義作家世界觀中的矛盾，異常複雜。」據此茅盾論證了改造思想的重要性，以及由舊現實主義過渡到不存在世界觀與創作方法之矛盾的社會主義現實主義創作方法的重要性。

至此，茅盾已經論述了世界觀與創作方法之關係及二者間存在種種矛盾的全部形態與複雜性。這些論述充分、全面、精闢、深刻，充滿了新意與創見，起碼在中國，臻於超越前人的境界。

五

在《夜讀偶記》中茅盾批駁了把社會主義現實主義作爲產生公式化概念化根源的謬論，揭露了以現代主義取代現實主義的妄想。

茅盾指出：公式化、概念化由來已久。作家在認識生活過程中回答「我

〔註 91〕《茅盾全集》第 25 卷，第 213～215 頁。

所感覺到的是怎樣的？應該是怎樣的？實際是怎樣的？」三個問題時，或由於「脫離生活，脫離鬥爭」，或由於思想方法有問題，使用不同創作方法的作家及其作品，都產生過公式化、概念化問題。〔註 92〕「古典主義者和浪漫主義者就其思想方法而言，一個主要是寫了『我認爲應該如此』，另一個主要寫了『我感覺到是如此』」，因此在其二、三流作家作品中，常常產生公式化概念化傾向。〔註 93〕現代派從非理性主義出發，用扭曲生活的抽象、變形、怪誕的形式主義方法表現自我感覺，表面看不像是寫抽象的概念，它實際上表現的悲觀、失望、困惑、迷惘、消極、頹廢、自暴自棄，大都是公式化、概念化的東西。以爲現代派就不產生公式化、概念化，是一種誤解。何況其形式主義表現方法又往往和公式化相通。〔註 94〕

茅盾認爲：通常把公式化、概念化產生的原因歸結於脫離生活，這是對的。但他又指出：思想方法不對頭，也是其產生的原因。本不應如此的現實主義、特別是社會主義現實主義作家，產生公式化、概念化，其原因往往在思想方法不對頭。〔註 95〕對此茅盾作了令人信服的分析。他指出：公式化概念化通常有兩種。一是常見的模式：「思想貧乏，結構簡單，人物沒有血肉，文字呆板，故事的發展有一套公式，看了頭就會猜到結尾。」另一種是「高級的」模式：其結構「頗有些曲折，人物也生旦淨丑齊全，而且還描寫了他們的精神境界」，文字也「花俏」。總之「該做的都做了」，「從各方面看，都合規格。」但就是使人「未能『激動心弦』或者『靈魂深處受到震憾』」，缺乏「大家意識中模模糊糊存在著而卻被作者一口喝破的事理和思想。」原因是作者思想方法有問題：他「缺乏觀察力，不能透過表象，深入本質」，作者缺乏分析、提煉這些生活現象的辯證唯物主義和歷史唯物主義的「特殊裝置」，故不能「取精去蕪」、「分別主次」，「搔著癢處」。這是作者靠書本知識把「積累的素材（生活經驗）加以『科學方法』的處理」的產物。其思想方法中有主觀主義、經驗主義、教條主義成分所致。〔註 96〕因此茅盾提出的克服此症的「有效的辦法，還是在生活實踐中加強鍛煉，使得自己的思想方法完全擺脫經驗主義與教條主義。」而且「也只有通過生活

〔註 92〕《茅盾全集》第 25 卷，第 218 頁。
〔註 93〕參見《茅盾全集》第 25 卷，第 223 頁。
〔註 94〕參見《茅盾全集》第 25 卷，第 176～186 頁。
〔註 95〕參見《茅盾全集》第 25 卷，第 223 頁。
〔註 96〕參見《茅盾全集》第 25 卷，第 220～223 頁。

實踐，才可以幫助作家們擺脫唯心的歷史觀，進而掌握唯物主義的歷史觀。」〔註 97〕

茅盾一向強調遵循藝術規律。他之所以要求把思想方法搞對頭，旨在使作家正確處理認識生活與運用現實主義創作方法二者之間的關係。他說：「現實主義者的思想方法是注重認識的感覺階段而亦不忽視理性階段的重要性」；「邏輯的概括能達到的客觀眞理雖然和藝術的概括所能達到的相一致，可是藝術的概括畢竟有它的特殊性」；這就是「形象思維」。「就因爲有這特殊性，作家從認識的第一階段進入第二階段時，常常是不自覺的；換言之，很少作家就其豐富的生活經驗（感性知識）先寫一篇社會科學理論性的『總結』……然後又依據這『總結』布置人物與情節。」因此現實主義作家在運用這個認識現實的方法時，「常常不是他們自己意識到的」。這是他們和「完全意識到自己是唯理論者」的古典主義者，及「就感性知識作了理論的概括，然後又加以理想化」的浪漫主義者的不同之處。〔註 98〕

從 20 年代末到 1958 年，茅盾多次論述過公式化、概念化（「標語口號」化）問題。《夜讀偶記》對此問題的論述，不僅集茅盾這方面理論之大成，而且有重大的發展。就是放到中國現代美學史上考察，能像茅盾這樣就其各個複雜層面如此透徹的理論分析，且能結合創作實踐作規律性的總結與昇華、整合與理論突破者，除茅盾外，沒有第二人。

六

茅盾對現代派的剖析，不論深度廣度，在當時的我國，也都是超越前人，超越自己的。

富戲劇意味的是，現代派一再以其公開的宣言與創作實踐證明：茅盾的「現實主義與反現實主義的鬥爭」公式，的確有充分的根據。所以它成了確立這一公式的主要支柱與基石。茅盾指出：現代派的反現實主義的本質，在於其「思想根源是主觀唯心主義」。現代派「反對任何一成不變的表現方法，高叫獨創，不拘成規，反對描畫事物的外形，而自詡他們是能夠揭露事物的精神而『翹然不群』的；但是實質上……只是在歪曲（極端歪曲）事物外形的方式下發泄了作者個人的幻想或幻覺，只是在反對陳舊的表現方法的幌子

〔註 97〕《茅盾全集》第 25 卷，第 223、220 頁。
〔註 98〕《茅盾全集》第 25 卷，第 219 頁。

下，摒棄了藝術創作的優秀傳統，只是在反對『形式的貌似』的掩飾下，造作了另一種形式主義。」茅盾稱之爲「抽象的形式主義」，用以標明它和假古典主義的形式主義的區別。〔註 99〕

茅盾一一描述了現代派的各種形態，並和古典主義作了比較研究，從而得出以下結論：一、現代派「產生於資產階級沒落期，自稱是極端憎恨資產階級社會秩序」與相應的現代文明，拋棄一切文藝傳統，「要以絕對的精神自由來創造適合於新時代的新文藝。」二、其作家大都是既憎恨資產階級，又「看不起人民大眾」的「小資產階級知識份子。」他們自以爲起了破壞資產階級腐朽生活方式的作用，實際「卻起了消解人民的革命意志的作用，因此莫索里尼的法西斯政權把未來主義作爲它的官方文藝，希特勒的納粹政權也保護表現主義，都不是偶然的。」三、現代派共同的哲學思想基礎是「非理性」。這「是 19 世紀後半以來，主觀唯心主義中間一些最反動的流派（叔本華、尼采、柏格森、詹姆士等）的共同特徵。這是一種神秘主義。它否定理性與理性思維的能力，否定科學有認識眞理的能力，否認有認識周圍世界的可能性，而把直覺、本能、意志，無意識的盲目力量，抬到首要的地位。」其某些流派「還加了一味作料，這就是荒謬的弗洛伊德心理學說。」四、「現代派諸家是徹頭徹尾的形式主義，是抽象的藝術。」它「堅決不要思想內容而全力追求形式。」「只問怎樣表現，不管表現什麼」是其基本特點。從「它對現實的看法和對生活的態度」說，「它是頹廢文藝」；從「它的創作方法」說，它「是抽象的形式主義的文藝。」〔註 100〕

茅盾對現代派諸形態如象徵主義、未來主義、表現主義、印象主義、達達主義、超現實主義和動力派等等，一一作出精闢的論述。特別是對新浪漫主義的論述，糾正了他「五四」時期的誤認。他指出：「『新浪漫主義』這個術語，20 年後不見再有人用它了，但實質上，它的陰魂是不散的。現在我們總稱爲『現代派』的半打多的『主義』，就是這個東西。這半打多的主義中間，有一個名爲『超現實主義』。『超』現實，事實上是逃避現實，歪曲現實，亦即是反現實。因此我以爲『超現實主義』這個術語，倒可以大體上概括了『現代派』的精神實質的。也是在這個意義上，『現代派』和 50 多年前人們曾一度使用過的『新浪漫主義』，稍稍有點區別；當時使用『新浪漫主義』這個術

〔註 99〕《茅盾全集》第 25 卷，第 124 頁。
〔註 100〕《茅盾全集》第 25 卷，第 175～177 頁。

語的人們把初期象徵派和羅曼・羅蘭的早期作品都作爲『新浪漫主義』一律看待的。」〔註101〕其實茅盾是這「人們」中最主要者。後來他多次糾正過這個「誤認」，而以《夜讀偶記》爲最徹底。他藉此了結了中國現代文學思潮史上一直懸而未決的一樁歷史公案，其間經歷了38年！

茅盾指出：50多年來現代派發生了裂變與分化。有些仍相信自己「眞正是文化上的革命，新時代的燕子」；堅持寫「脫離群眾，孤芳自賞」，不僅群眾看不懂，其同派人、甚至連他自己也看不懂的東西。另一些「眞正有才華」、「嚴肅地工作著，抱著打開一條新路的熱忱」者，「終於悟到」「他們所用的這個創作方法和他們所抱的目標是背道而馳的，於是改變道路。」「這個悟與不悟的關鍵，就在於他們對人民的革命運動的態度。」茅盾舉出一大串悟者的光輝的名字：馬雅可夫斯基、艾呂雅、阿拉貢等等。其實在中國現代文壇上，艾青、田間、何其芳等文學家，也是走過此彎路的悟者。

不過茅盾一面預言了現代派「必然要走到絕境」，一面也承認「象徵主義、印象主義、乃至未來主義在技巧上的新成就可以爲現實主義」所吸收，用來豐富自己的技巧。這是《夜讀偶記》的一條基本貫串線。從茅盾的創作實踐與上述的理論立場可見，茅盾既是一位現實主義主流論者；又是一位「開放」的現實主義的倡導者與實踐者。

茅盾當時無法預料，結束「文革」進入新時期，在他溘然長逝之後不久，現代派竟然能又打出反現實主義旗幟，夢想取現實主義文壇主流地位而代之。茅盾當然也沒想到，他這部《夜讀偶記》，30年後竟成了這次現實主義對現代派進行生存競爭的理論依據與理論武器。但他那現代派必然會「走到絕境」的預言，卻再次被現代派一度崛起，不到五年就又偃旗息鼓，悄然退出中國文壇的歷史事實所證明。

從科學性、眞理性考察茅盾的《夜讀偶記》，它的確瑕瑜互見。但又瑕不掩瑜。那些佔主導方面的精闢論述，至今仍放射著大作家、大理論家那種超越常人的洞察、膽識與智慧的光芒。

七

在《夜讀偶記》寫作與定稿時，周揚和郭沫若先後以介紹毛澤東的意見的名義，倡導「革命的現實主義與革命的浪漫主義相結合」（以下簡稱「雙革」）

〔註101〕《茅盾全集》第25卷，第123頁。

的文章尚發表。〔註 102〕因此書中並未論及「雙革」問題。但茅盾對此問題的認識與論述，和《夜讀偶記》密切相關。因此我想在這裡一併論及。

現實主義與浪漫主義相結合的問題，最早是高爾基 1912 年 11 月 4 日在《致華・伊・阿努欽》的信中提出來的。他說：「關於社會主義的藝術——尤其是文學……這既不是現實主義，也不是浪漫主義，而是兩者的一種綜合。」〔註 103〕1928 年他又說：「現實主義和浪漫主義精神必須結合起來。不是現實主義者，不是浪漫主義者，同時卻又是現實主義者，又是浪漫主義者，好像同一物的兩面。」〔註 104〕後來高爾基與斯大林合作，把這些理解傾注在 1934 年全蘇作家第一次代表大會通過的《蘇聯作家協會章程》所作的「社會主義現實主義」定義中。所以高爾基說：「革命浪漫主義實質上是社會主義現實主義的化名。」〔註 105〕這些說法本身，就證明所謂「相結合」的不明確性與不穩定性。

在中國，自毛澤東《在延安文藝座談會上的講話》宣布：「我們是主張社會主義的現實主義的」之後，特別在建國以後，它被公認是社會主義文學唯一正確的最佳的創作方法。1956 年秦兆陽、周勃在文章中指出《蘇聯作家協會章程》中對社會主義現實主義所下的定義存在弊端後，於是引發了一場大論爭。茅盾的《夜讀偶記》的目的之一，就是維護此定義的正確性與權威性。此後，1958 年周揚、郭沫若宣布了毛澤東提倡「雙革」；1959 年蘇聯又修改了上述章程中的定義，並作出新寫的定義。兩者都使茅盾處在尷尬境地。

迄今爲止，從未公布過所謂毛澤東提倡「雙革」的直接的文字依據。我們所能看到的最直接的話，是毛澤東 1958 年 3 月 23 日在成都會議上講的以下這段話：「中國詩的出路，第一條是民歌，第二條是古典，在這個基礎上產生出新詩來。形式是民歌的，內容應當是現實主義和浪漫主義的對立統一。太實了就不能寫詩了。」毛澤東在這裡所說的「現實主義和浪漫主義的對立統一」，是指新詩的內容；並非指新詩的創作方法，更沒像後來郭沫若

〔註 102〕周揚談這問題最早的文章是 1958 年 6 月 1 日刊於《紅旗》創刊號的《新民歌開拓了詩歌的新道路》。

〔註 103〕《文學書簡》上冊，第 448 頁。

〔註 104〕《蘇聯作家論社會主義現實主義》，人民文學出版社，1960 年版，第 16～17 頁。

〔註 105〕《蘇聯作家論社會主義現實主義》，第 18 頁。

〔註 106〕、周揚那樣，把它「普泛化」；並將「內容」當作「創作原則」與「創作方法」。更不像周揚所說：這「應當成爲我們全體文藝工作者共同奮鬥的方向。」但毛澤東也未公開或在內部，對此加以否認或否定。因此又可以理解爲：他對提倡「雙革」是默認了的。

茅盾對「雙革」，有個從持異議到不得不接受的「思想轉變」過程。他最早涉及此問題的文章，是 1958 年 6 月 10 日《關於革命的浪漫主義》〔註 107〕的講話：「社會主義現實主義包括革命浪漫主義，這一點我們深信不疑。」「在一個具有馬列主義世界觀的作家或藝術家的藝術實踐中，現實主義和革命浪漫主義的結合，是到達社會主義現實主義的道路。」在周揚文章發表之後，茅盾顯然仍固守著當年高爾基的論述。他承認大躍進時代的「現實生活」是「有史以來從沒有過的壯麗的革命浪漫主義的時代。」「如果沒有革命浪漫主義的精神」，就不能反映這時代。但這時他並沒下決心從社會主義現實主義跨到「雙革」提法上去。

因爲茅盾堅決反對當時存在的兩種傾向：一是在理論上有人說，在歷史上「越是偉大的作家越難劃定他是浪漫主義或是現實主義，並由此推論，在大作家身上，這兩個主義向來就是結合的。」此論也始於高爾基。在中國就有其信徒。他們認爲：「歷史上偉大作家的作品幾乎沒有清一色的，前期作品和後期作品常常不同，有時多些浪漫主義，有時多些現實主義，並由此推論，這兩種主義在大作家身上向來是並存的。」茅盾稱它爲「一體兩態論」。「因爲它把兩個主義看作本質上是一樣的。」茅盾認爲這「不是從思想基礎上看兩個主義的區別」，故「往往顧此失彼」，「不能圓滿」地解釋文學現象與作家傾向。茅盾認爲：「如果從一個作家的全部作品來看他的主要傾向，那麼，對現實的冷靜分析多於對理想的熱情追求者，通常應當劃他爲現實主義者，反之，即爲浪漫主義者。」「在高爾基以前，我們只看見有基本上是浪漫主義或現實主義但個別作品也顯現不同色彩的作家，卻還沒有看見體現了兩個主義的結合的作家。……因爲兩個主義的結合不是技術問題而是思想方法問題。」若看成技術問題，「勢必要把焊接代替結合，弄得一無是處」，「謬以千里」。茅盾指出：「舊時代的大作家由於時代的限制，不能以辯證唯物主義和歷史唯

〔註 106〕郭沫若最早透出此信息，是 1958 年 4 月《文藝報》第 7 期上的「答編者問。」

〔註 107〕刊於《處女地》1958 年第 8 期，《茅盾全集》第 25 卷，第 289～290 頁。

物主義」世界觀指導認識與反映生活，故「常常提出了空想的脫離實際的方案。因此，他們經常感到理想與現實的矛盾。古典文學中有些被認爲難以確定爲浪漫主義或現實主義的作品，其實是反映了作家思想上的這種矛盾。」這說明：「就其主要傾向看來是浪漫主義者或現實主義者，但他的個別作品卻兩者都不是。……當然不能視爲『結合』。」因此茅盾得出結論：在樹立馬克思主義世界觀之前，不可能達到「雙革」的「結合」。因此歷史上根本不存在「雙革」的作家或作品。〔註 108〕

茅盾反對的另一種傾向，是表現在創作上的兩種情況：一是他一直批評的大躍進以來把冒進、浮誇、空想誤認爲革命浪漫主義的作品。另一種是把「誇張」、「比喻」當作浪漫主義的「專利品」。茅盾指出：前者是認識錯誤；後者則是藝術上的誤解。事實上古典主義、現實主義、浪漫主義與現代派，都常用誇張與比喻；它決非浪漫主義的專利品。

茅盾對理論上與創作上這兩種傾向的批評，是正確、及時的。和當時頭腦發熱，一窩蜂鼓吹「雙革」的文藝界大量的趨時者比，茅盾不僅是謹慎、冷靜的，而且也是較有分寸的。連周總理都在特定環境下提出「既要是浪漫主義，又要是現實主義。即革命的現實主義與革命的浪漫主義的結合。」「主導方面是理想，是浪漫主義」〔註 109〕的看法。茅盾卻指出：創作實際中「革命浪漫主義固然很充分，革命現實主義，也就是對現實的科學分析，還嫌不足。」他說：1958 年的作品「的確是夠轟轟烈烈了，不過就大部分作品而言，還不夠踏踏實實」，總覺得「欠缺細緻的科學的分析。」〔註 110〕這證明，不論在政治上、美學上，茅盾都目光敏銳，具有把「時識」昇華爲「史識」的過人膽識。

但是任何遠見卓識，都難以超越時代與歷史環境的限制。由於 1958 年以來舉國上下大刮「共產風」，1959 年廬山會議又由反「左」急轉直下掀起「反右傾機會主義」鬥爭的政治運動。國內外，包括當時的蘇聯，都認爲向共產主義社會過渡已迫在眉睫，生活中普遍存在著「共產主義的萌芽」。加之推行「雙革」是打著毛澤東的旗號，其凌厲的形勢不難想見。茅盾很難在理論和

〔註 108〕參見《短篇小說的豐收和創作上的幾個問題》，《人民文學》1959 年第 2 期，《茅盾全集》第 25 卷，第 415～416 頁。

〔註 109〕1959 年 5 月 3 日《關於文化藝術工作兩條腿走路的問題》，《黨和國家領導人論文藝》，第 25 頁。

〔註 110〕《創作問題漫談》，1959 年 3 月 8 日，《茅盾全集》第 25 卷，第 447 頁。

實踐上長期堅持自己的見解，而不屈從於種種政治上的壓力。因此1959年春夏之交，茅盾的觀點發生了微妙的變化。他保持了美學理論的一貫性，從他在《夜讀偶記》及其《後記》中論述的創作方法的內涵（包括對生活的認識和看法、對生活的態度和立場、藝術手法三個因素）這一立足點出發，從認識生活（審美感受）與反映生活（審美表現）及其相互關係的角度，從世界觀、思想方法、表現方法三個層面及其相互關係的視角，對「雙革」作了與別人不盡相同的論述與闡述。

他開始承認：樹立了馬克思主義世界觀的無產階級作家的作品，有可能運用「雙革」創作方法。他認爲「雙革」的哲學思想基礎，是辯證唯物主義和歷史唯物主義的哲學觀。〔註111〕其政治思想基礎，一面「是高超遠大的理想和昂揚奮發的鬥志，亦即共產主義風格；另一面是踏踏實實的求實的精神與態度。」所以「雙革」的「結合」，是「理想和現實」的結合。從作家認識生活講，是「對理想的熱情追求」和「對現實的冷靜分析」的結合。沒有前者就不會有革命浪漫主義，沒有後者就不會有革命現實主義。從作品的審美表現講，則是要「塑造出精神振奮，鬥志昂揚，意氣風發，敢想、敢說、敢幹，而又踏踏實實從實際出發，從群眾出發，善於保持冷靜的科學分析的英雄人物」，藉以體現「衝天的幹勁和科學分析相結合」。「如果不這樣去理解結合問題，那就不可避免地要發生從形式上看問題的偏差。」「也就不會看見我們社會現實的本質的革命浪漫主義和革命現實主義的結合體。」〔註112〕因此茅盾認爲：「學會兩個主義的結合問題，也就是加深馬列主義修養、培養共產主義風格的問題，也就是善於把衝天幹勁和科學分析相結合的問題。」他認爲「毛主席的詩詞是革命的現實主義和革命的浪漫主義相結合的典範。」〔註113〕

由此可見，茅盾妥協一步承認了「雙革」，實際上他是從「雙革」創作方法轉移到「雙革」的指導思想即世界觀與思想方法上去了。因此，他的「妥協」實際上是非常有限的。我大膽地猜想：他這「妥協」也許是策略性的。

茅盾的上述理論，總體地看，其精華集中於一點：他指出包括從高爾基到中國大躍進以來的文學在內，存在一條普遍的文藝規律：全世界有史以來

〔註111〕參見《茅盾全集》第25卷，第416頁。
〔註112〕《茅盾全集》第25卷，第410、414～415、417頁。
〔註113〕《茅盾全集》第25卷，第417頁。

所有的作家作品，包括偉大的作家作品在內，從未出現過現實主義和浪漫主義達到眞正意義上的有機結合的境地。倒是非近乎甲，即近乎乙；有時以甲爲主，包含乙的成分；有時以乙爲主，包含甲的成分。這只是主導因素佔支配地位前提下又存在非主導因素而已。這已經被無數的迄今爲止的全部文學史現象一再證實過，今後還會一再被證實。即便毛主席詩詞也不例外。茅盾在理論上妥協後，承認了毛主席詩詞作爲作家作品支柱，以支撐其妥協後的「理論」，用實際來檢驗，這是站不住的。

結束「文革」進入新時期，文壇已經放棄了「雙革」的「理論」與「創作方法」，重新起用了「革命現實主義」（實際上它與社會主義現實主義沒有本質的區別）這一範疇。這是勢所必然的歷史取向。這本身就證明了茅盾總結的上述文藝規律是客觀存在的。

八

茅盾的《關於歷史和歷史劇》〔註 114〕從 1961 年 6 月 4 日寫起，於 1961 年 12 月 2 日完稿。此著面世，具一定的政治背景。

在中國現代文學史上，掀起過兩次歷史劇創作高潮：一次是 40 年代抗戰最困難時期；一次就是建國後的 60 年代初。1960 年 4 月，文化部副部長，當年在延安被毛澤東充分肯定的京劇《逼上梁山》的作者之一的齊燕銘，根據國家主席劉少奇的指示，提出「現代戲、傳統戲、新編歷史劇三者並舉」的方針。這和柯慶施提出的「大寫十三年」的「方針」，顯然是對立的。1960 年 4 月文化部在北京舉辦了現代題材戲曲觀摩演出。全國各地在上演現代題材戲之同時，也演出了許多傳統戲和新編歷史劇。當年 9 月，文化部副部長周揚在一次座談會上傳達了中共中央總書記鄧小平的指示：「編一點歷史劇，使群眾多長一些智慧。」1960 年 11 月，周揚在他召開的歷史劇座談會上的講話〔註 115〕中講了新編歷史劇的意義、寫什麼樣的歷史劇、如何寫歷史劇等問題。他指出：寫歷史劇「不是藉歷史反對現實」，而是「用新的觀點去解釋歷史事實，去教育人民，教育青年，鼓舞他們的愛國主義精神、革命精神、鬥爭精神、國際主義精神，培養歷史唯物主義觀點」，普及歷史知識。會上文化

〔註 114〕初刊於《文學評論》1961 年第 5、6 期，1962 年經茅盾修訂後由作家出版社出版。現收入《茅盾全集》第 26 卷。以下引文只注此書及頁數者，均引自《關於歷史和歷史劇》。

〔註 115〕此文當時沒有發表，現收入《周揚文集》第 3 卷。

部請著名歷史家吳晗負責編「中國歷史劇擬目」。這期間中國劇協也組織戲劇界、歷史界座談歷史劇問題。這和 1961 年至 1962 年周總理、陳毅副總理先後在紫光閣會議、新僑會議、廣州戲劇問題會議上的講話精神都是一致的。

事實上既然要貫徹「古爲今用」的方針，就不可能不借古鑑今或借古諷今。任何時代、任何國家歷史題材的創作，大都表現出這個規律。這期間中國劇壇的新編歷史劇，集中在海瑞戲與臥薪嘗膽戲兩大焦點，也說明了這個問題：在當時，這反映了時代的要求和人民的意願。當時天災人患使民怨沸騰；很需要像海瑞那樣敢於仗義執言、犯顏苦諫的人站出來爲民請命。所以不僅吳晗先後寫了論文《論海瑞》與劇作《海瑞罷官》，全國還有《海瑞上疏》、《海瑞背縴》相繼推出。後來把海瑞與彭德懷及廬山會議彭老總仗義執言一事掛上鉤，認爲其有具體政治寓意，也不能說沒有一點道理。因爲這雖不一定是其創作動機；但其社會效果，卻是勢所必然的。作品思想大於作家思想，本來就是文藝規律之一。

以臥薪嘗膽爲題材的戲就更多了。「全國數以百計的劇院和劇團（代表了一打以上的劇種）」在 1960 年秋冬至次年春「都以此同一題材編了劇本」。據文化部不完全的統計是 71 個，茅盾估計約「百來種」。〔註 116〕茅盾搜集到的計「50 來種」。這同樣說明這確實有鮮明的社會需求。一方面是中蘇衝突、大躍進帶來的惡果和嚴重自然災害這人患與天災導致的嚴重的「三年困難」時期；一方面是黨領導全國人民自力更生、艱苦奮鬥，表現出臥薪嘗膽般的奮進精神。這和越王句踐臥薪嘗膽，以及「十年生聚十年教訓」的奮發精神，實際上存在著歷史的契合。新編歷史劇集中在這熱點題材上所反映的時代取向，當然使茅盾格外關注。當時劇壇圍繞歷史劇創作展開了激烈的爭論。李希凡連發表三篇文章扭住吳晗；以另兩篇文章扭住朱寨；三代學者的激戰，分歧點即在此。

茅盾的《關於歷史和歷史劇》，也是參與論爭的。但他仍採用寫《夜讀偶記》的方法，持比較宏觀、比較超脫、更爲概括的態度；與具體論爭保持著距離。他力爭在史實上與論理上求眞務實。因此採用考證考釋爲主、立論駁論爲輔的有別於《夜讀偶記》的寫法。

全文六節：一、怎樣甄別史料。二、先秦諸子兩漢學者對吳越關係的記載和看法。三、先秦諸子、兩漢學者對於吳夫差、越句踐的評價。四、先秦

〔註 116〕《茅盾全集》第 26 卷，第 239 頁。

諸子、兩漢學者對吳、越兩方的大臣武將的評價。五、從歷史到歷史劇：我國的悠久傳統和豐富經驗。六、對傳統的繼承和發展。外加一個很長的《後記》。大體統計其篇幅分布：談古佔四，論今佔一。考釋甄別佔四，論述佔一。這反映出茅盾步步為營、紮紮實實的治學態度。至於甄別史料之嚴謹，考釋之精當，涉獵之廣泛，則充分顯示出茅盾學識之淵博與治學之功力。

所據「臥薪嘗膽」史料，以《左傳》、《國語》、《史記》、《吳越春秋》、《越絕書》為主。茅盾甄別所得的結論是：「今天我們要探索吳越當時的歷史眞實，與其重視後二書，毋寧重視前三書。」〔註 117〕考察先秦諸子、兩漢學者的看法，涉獵更廣，除上述五書外，還有《管子》、《墨子》、《莊子》、《韓非子》、《荀子》、《孟子》、《戰國策》、《晏子春秋》、《呂氏春秋》、《漢書》、《尹文子》、《淮南子》、以至《方言》、《說文》、《鹽鐵論》、《論衡》、《新語》、《新書》、《潛夫論》……等等。旁及的單篇論文則難計其數。其視野已臻驚人的程度！

在總結歷史劇傳統經驗時茅盾聲明：他論及的作家作品，僅是舉例性質。但亦達 13 部之多。元朝：宮天挺的《死生交范張雞黍》、秦簡夫的《趙禮讓肥》、紀君祥的《趙氏孤兒》、馬致遠的《漢宮秋》。明朝：徐元的《八義記》、張鳳翼的《竊符記》、葉憲祖的《易水寒》、王恆的《合璧記》、吳玉虹的《如是觀》、湯子垂的《小英雄》、無名氏的《和戎記》、無名氏的《鳴鳳記》。清朝：孔尚任的《桃花扇》。值得注意的是：茅盾所舉的例，大都不是常見的名篇。足見他總結歷史劇創作經驗時，立足於十分廣闊的視野，也反映了其超人的學識。

九

茅盾研究前人取歷史題材作劇的經驗，得出兩條結論。一、「古為今用」：先輩取材歷史，多抱「『借古諷今』或『借古喻今』」目的。「為古（歷史）而古（歷史）」者「絕無僅有」。既「要古為今用」，就會對史實有取捨更改。特別從其立場觀點「看古人的行為而覺得不可解時，就要大改而特改。」他們「做過多種不同的修改歷史的方法」，眞正達到「古為今用」者，是「能夠反映歷史矛盾的本領」，「眞實地還歷史以本來面目。」二、「歷史眞實與藝術眞實如何統一」：茅盾認為「歷史劇不等於歷史書」，其「一切人和事不一定都

〔註 117〕《茅盾全集》第 26 卷，第 257 頁。

要有牢靠的歷史根據。」〔註 118〕在主要人物主要事件有歷史的眞實依據基礎上，是允許藝術虛構的。否則就不成其爲文學創作了。但是茅盾對藝術虛構提出三點要求：「首先不要主觀主義，其次不要強加於古人，最後是眞正掌握充分史料，眞正進行科學的分析。」〔註 119〕「可以有眞人假（想像）事，假人眞事」，「乃至假人假事」「其所以需要這些虛構的人和事，目的在於增強作品的藝術性。」但虛構應以「不損害作品的歷史眞實性」爲原則：「假人假事固然應當是那個特定時代的歷史條件下所可能產生的人和事，而眞人假事也應當是符合這個歷史人物的性格發展的邏輯而不是強加於他的思想或行動。」但主要的人和事應該是歷史上實有的而非虛構的。如果能合乎上述原則，即是「歷史眞實與藝術眞實的統一。」但茅盾考察古人所作上述 10 多個歷史劇所得是：「當作家對某一歷史事件發生思想矛盾的時候，他就很難做到歷史眞實與藝術眞實的統一。」而往往出於「古爲今用」的需要而「犧牲了歷史的眞實」。其態度是「又嚴肅」（「意在借古諷今，絕不爲古而古」），「又不嚴肅」（「對於歷史事實任意斬割裝配，乃至改頭換面」）。「至於心存影射」、張冠李戴、「意圖熱鬧、唐宋人歡聚一堂」等「不顧史實，錯亂時代的毛病，在古典戲劇中早已視爲逢場作戲、理所當然。」因爲作者「心目所注，雖在譏刺，而服務對象，實非廣大群眾而只是他那一小圈子的人們。」據此茅盾斷定：我們的歷史劇傳統既有精華也有糟粕。「我國近年來歷史劇正是在發揚優秀傳統的基礎上，棄其糟粕，取其精華，以歷史唯物主義與辯證唯物主義武裝著我們的頭腦，因而獲得了超過前人的成就的。」〔註 120〕

於是茅盾分四個方面展開論述「對傳統的繼承和發展」這個大題目：一、「古爲今用」：他肯定了歷史劇討論與創作中進行愛國主義教育，階級鬥爭、生產鬥爭教育，棄其消極面、存其積極面，作鼓舞人心與鬥志的助力，通過認識歷史進行馬列主義思想教育等五條原則。他認爲：說來容易做來難。不論選材還是把握藝術處理分寸，都應避免兩點：首先是古人借歷史劇「以古諷今或以古論今」，在彼雖然可取，在今天卻是「不可取」、「不必要的」。他據「臥薪嘗膽」戲展開論證：如以越國這「奴隸社會的統治集團的所作所爲」

〔註 118〕《茅盾全集》第 26 卷，第 342、344～345 頁。

〔註 119〕《關於歷史劇的筆記》，這是茅盾 1963 年 3 月所寫的一篇遺稿。可能是寫《關於歷史和歷史劇》一書時所寫。茅盾生前從未發表過。他逝世後初刊於《文學理論與批評》1995 年第 2 期，《茅盾全集》中未收此文。

〔註 120〕《茅盾全集》第 26 卷，第 345～346 頁。

影射「共產黨領導下的建設社會主義的現實」，實際上構成「誣衊」。但茅盾又主張不要一概否定「借古諷今和借古喻今」的宏觀作用。這顯然是對。魯迅就曾說過：「歷史往往有驚人的相似之處。」因此作爲一種精神、優秀傳統或歷史教訓，總有可資借鑑處。茅盾對「借鑑」的理解是：「劇作家的任務是通過藝術形象對此歷史事件還它個本來面目。而在此本來面目中，既有正面教訓，也有反面教訓。」〔註 121〕茅盾這意見固然是對的，但卻是不夠的和不全面的。因爲這很可能限制了作家主體作用的發揮和強化作品健康的思想傾向的藝術感染力。事實上寫歷史題材，即便完全依據史料，也不可能完全再現歷史。因爲古人留下的史料本身，那記述對史實就有主觀傾向的取捨。即便不存主見，其記述也不可能保存完整的全部的史實。何況任何史家都無一例外地存在傾向性。茅盾這意見一旦「普泛化」，必然有片面性。但茅盾的意見也有眞理性。他以所讀 50 多個「臥薪嘗膽」劇爲據，指出了大量事實：如在古今「表面相似之下硬塞進一個我們今天的思想意識」或做法（如寫句踐也大搞「三反」運動、「勞武結合」等等），就相當普遍。〔註 122〕茅盾認爲，這是違背歷史唯物主義的，因而失去了分寸！

二、「歷史上人民作用的問題」：茅盾卓有見地地指出，由於古代歷史家多是統治階級中人，大都無視以至抹煞人民的作用。這方面可資借鑑的史料和經驗極少。今天的作家在這個方面，幾乎是「赤手空拳，開闢新天地。」因此茅盾以下的立論，建築在百多個「臥薪嘗膽」新編歷史劇的得失上。他肯定了「比較空靈的寫法」：「將人民的要求復仇雪恥，推倒外國統治，自力更生，發展生產等等的堅強意志，作爲人民力量的表現，推動了句踐的十年生聚，十年教訓的事業。」茅盾否定了那些「現代化」做法，如「人民創議，提『全理化』建議」，句踐「走群眾路線」，〔註 123〕等等。茅盾此論，顯然是妥當的和合乎歷史唯物主義的。

三、「歷史眞實和藝術眞實問題」：茅盾認爲，「歷史眞實與藝術眞實之統一」，從指出歷史劇及其作家的基本任務方面說，當然是正確的。但容易產生二者「是對立的」錯覺。因此茅盾改了一個提法：「歷史眞實和藝術虛構的結合。」並作了相當通俗的解釋：首先，「虛構的藝術形象（人物、環境、氣

〔註 121〕《茅盾全集》第 26 卷，第 356～358 頁。
〔註 122〕《茅盾全集》第 26 卷，第 359～361 頁。
〔註 123〕《茅盾全集》第 26 卷，第 364 頁。

氛）必須符合於作品所表現的歷史時代的眞實性。」第二，不讓「作品中的人物有後代人的意識形態」，或「說出只有今天方能有的詞彙。」除最後這句話應改爲「不讓人物說出當時沒有、後來才有的詞彙」外，茅盾這些解釋顯然是對的。在此前提下，茅盾進一步肯定了前邊說過的古人創作歷史劇的「眞人假事，假人眞事，假人假事」這虛構三原則。他針對這些「臥薪嘗膽」劇，指出其存在的以下缺陷：包括把藝術虛構等同於改寫歷史，美化、醜化或漫畫化古人「失去分寸」等「反歷史主義」的做法〔註 124〕等等。

四、「歷史劇的文學語言問題」：茅盾提出一條總原則，讓古人說古人的話，「不讓古人說今人的話。」〔註 125〕其中也包括俗語、流行語、成語和用典。

以上這些相當系統完整的理論，可以說就是茅盾的歷史劇美學觀。茅盾的歷史劇美學觀，有個相當長的形成過程。從 20 年代起，在他的文章與創作中就有所表現。此後保存著一條逐漸形成的虛線。到《關於歷史和歷史劇》才集其大成。今天看來，茅盾的歷史劇美學觀，有較強的眞理性和普遍的美學深度。此外，茅盾寫這部書時避開具體介入論爭，紮紮實實研究史料與作品，由具體分析到抽象總結，從創作實踐到理論概括，以正確的立論糾正創作與論爭中存在的偏頗：最終則是重大理論原則的建樹。這種宏觀立點，頗具高屋建瓴之勢。

此作與《夜讀偶記》都足以證明：茅盾是學貫中西、博古通今的大家。在中國現代文學史上，除魯迅、郭沫若外，無人可以和他比肩！

第三節　跟蹤考察，扶植小說與兒童文學創作

茅盾畢生致力於文學，其重點是小說創作與評論。他 1959 年出版的建國後第一個論文集《鼓吹集》收了他 1957 年跟蹤研究並總論小說創作的論文三篇。1962 年出版的《鼓吹續集》絕大部分論文是論短篇小說創作的。1963 年他又推出論小說創作的《讀書雜記》。〔註 126〕我國 50、60 年代是小說創作的豐收季節，與茅盾這五六年的跟蹤研究與推動是分不開的。這麼集中全

〔註 124〕《茅盾全集》第 26 卷，第 365～368 頁。

〔註 125〕《茅盾全集》第 26 卷，第 375～377 頁。「今人」應換爲「後人」才更妥當些。

〔註 126〕以上三書均是作家出版社出版。

力推動小說創作，寫這麼多的論著，對茅盾的文學道路來說，也是一個重要時期。

一

茅盾的跟蹤研究與評論，站在一個制高點上：「作家作品的主要任務是塑造典型人物。」因爲「時代的風貌，階級鬥爭之時代的特徵，人物的思想變化，等等，都必須通過人物的活動，然後才能獲得藝術的形象。」「所謂創造不是『無中生有』，而是通過作家的獨有一套的取材、布局、煉字煉句等等方法，使其藝術形象不落舊套，不拘一格。從這裡，也就可以看到作家的個人風格。」茅盾評價作品，有他的具體標準：「評價一時代一社會的文學，首先看它的思想性，其次看它的藝術性。思想性的準則，在於它在當時當地起了進步作用還是反動作用，在於它給讀者以怎樣的精神鼓舞，怎樣的理想。藝術性的準則，在於它的品種、流派、風格是既多且新呢，還是寥寥無幾而又陳陳相因？在於它用怎樣的活潑新穎的藝術形象以表達它的思想內容？」〔註 127〕茅盾的創作與評論，均遵循這些原則。

不過茅盾是理論批評家與作家的完美結合的大家。理論與實踐相結合的充分體驗，形成了他的優勢：他決不割裂思想與藝術；而是把思想分析和藝術分析匯於一爐，極靈活極內在地有機結合地作綜合分析，從而形成茅盾獨有的文學批評方法與技法。幾十年的創作體驗使他深知：「技巧上的安排，是在構思過程中結合著主題思想同時產生的，而不是脫離了主題思想另作布置的。」技巧必須爲表達主題服務。「因此應進行綜合性總體性欣賞與評析。」〔註 128〕所以茅盾經常把思想分析藝術分析融爲一體，給讀者以鮮活的感悟，與理性和感性相統一的審美體認，也常能和作家的審美感受與審美表現相契合，使作者與讀者雙雙受益。茅盾此舉，開闢了理論批評工作的審美新天地。

茅盾的文藝批評形式常具獨創性；其具體批評方法也「百花齊放」。有針對某幾篇具體作品的具體分析；也有整個年度作品的綜論。綜論的方法角度也常變換；具體作品分析方法亦多種多樣。把讀書筆記引入評論，當時屬茅盾的首創。他的許多散篇，常分組推出，見於報刊。《讀書雜記》則是部分筆

〔註 127〕《1960 年短篇小說漫評》，《茅盾全集》第 26 卷，第 115 頁。
〔註 128〕《談最近的短篇小說・附記》，《茅盾全集》第 26 卷，第 287～288 頁。

記的結集。此外，他還繼承發展了中國古典理論批評的傳統模式：評點方法。1991 年中國青年出版社出版的「茅盾評點本」韶華著長篇《浪濤滾滾》，和茅盾誕辰百週年前夕中國現代文學館推出的「茅盾評點本」第一輯，就是當時採用評點方式記其閱讀心得留下的代表作。

《浪濤滾滾》連引子在內共 21 節。每節前有總評。後有結評。共 42 則。當中的眉批 200 餘條。茅盾還在關鍵詞句上標了加重線：每頁約有十幾條；總共不下兩千條。這部長篇僅 17 萬字，茅盾的評點約一萬五六千字；幾乎佔全書十分之一。這些評點或論及總體；或指點細部。有的論述藝術規律；有的則談具體人物、情節、結構、線索、技巧、語言。有對作品的褒揚；也有嚴格的批評。這樣的評點本共幾十部。韋韜已捐獻給中國現代文學館。總地看其思想分析藝術分析融爲一體的方法，與評論文章相同，現摘幾條未發表的文字借斑窺豹。

有專評一部作品的：如艾蕪著《百煉成鋼》的總批曰：「從結構看，此書有它的風格；每章不是套得那麼緊的，寫了這邊，掉轉筆頭再寫那邊時，其間的邏輯關係不是常常很自然的。有時插曲太長，使結構鬆弛。此書風格，細膩有餘，剛勁不足；譬之音樂，乃抒情小曲而非裴多芬之第九交響樂也。然在第一批描寫重工業的文學作品中，此爲翹楚。作者題名《百煉成鋼》，蓋取成語，意謂煉鋼亦煉人，書中描寫的重點在新的一代工人的共產主義品質的成熟。」

有把幾部作品連貫起來評點的：如評短篇集《南海空戰》，宣啓明所作《一次困難的飛行》的總批曰：「特寫——還好，可是沒有寫人。人物的性格應當通過好事來表現。但有了故事，不一定有人；這裡和下面的一篇，都是例子，原因是這裡的故事不是人事的鬥爭。」所謂「下面的一篇」，是指張滋的《雲中夜戰》。茅盾總批曰：「好的特寫，但也沒有寫人。因此得一規律：表現了人和人的關係的故事，方能表現人物的性格。生產過程、戰事過程的描寫，只是人與人的關係的外層」，「只能表現人物性格的一面，而且往往是和別人不發生關係來表現這一面的。」緊接著在馮德英的《南海空戰》上總批道：「此篇同上兩篇基本上是一樣的，也是沒有寫人；勉強寫一個李小兵，但沒有寫好。機智不足，一味幹勁而已。」這種評法有利於通過比較總結規律性問題。例如以上評點文字表明：茅盾特別看重寫人物。遇到好的，茅盾往往流露出由衷的喜悅。評點文字也隨之生動活躍起來了。如在敖德斯爾的短篇集《遙遠的戈壁》中《老車夫》後總批道：「藝術完整的一個短篇小說。寫老盟長很好，全篇有時如月夜琴聲，有時如鼓角齊鳴，波瀾起伏，配合得很和諧。作爲短篇小說，比《老班長的故事》、《春雨》爲佳。與《歡樂的除夕》〔註 129〕相伯仲。」這裡的評點用語，多用形象描繪作比喻性評價。這是中國古典理論批評論著的傳統筆法，頗具民族特色。

茅盾評點這些書，不少是他起草文代會、作協理事（擴大）會議報告時閱讀作品之所得與所爲。故涉及各種文體。如在白危的多幕話劇《白鷺》前總批道：「此劇與《兵臨城下》〔註 130〕異趣。此以抒情味勝也。但描寫人物個性，此又不如《兵臨城下》。後者人物如鄭漢城饒有個性，趙師長也不壞。小個子則極妙（雖著墨不多），而前者則王秀芬的性格是一般化的，路愛紅亦然，惟較勝耳。他無足道。」這裡用的也是總體比較的方法。

茅盾也評點了許多詩集。照舊各取不同角度。如袁鷹的詩集《江湖集》的總批是比較式評點：「作者的短詩」「比他的長詩好，悠揚宛轉，饒有風趣，而一言點題，意境深遠。長詩如大江東去，百川歸海……然而有堆砌之病，無浩蕩之勢，好些句子音節不協，有如散文。」這裡側重的是風格與氣勢。李季詩集《難忘的春天》的總批，則側重評詩的結構與章法：「此卷十之八九爲章四句，句十餘字（十餘字的句子，基本上是七言加襯字），三四句押韻，小部分是民歌式，五言或七言。作者在後記中自述，欲以民歌爲基礎，廣泛地採用古詩的表現手法。」這就由章法提高到新詩發展方向的高度了。有的評點乾脆提出修改意見，如郭小川《月下集》中的《捷音破曉》，詩人先寫捷報，後寫夢遊。茅盾眉批曰：「此詩設計，可以來個翻案：先寫夢遊，後寫捷報，而夢遊必須絢爛健舉。當然此詩不壞。」

這期間茅盾也用評點方法爲學術著作提意見。如閱王積賢所編《中國現代文學講授提綱》〔註 131〕時所寫的眉批，涉論具體，見解卓絕，是一般論文所罕見。如對王積賢論魯迅思想部分的眉批中曰：「研究國民性的痼疾，並在《吶喊》中揭露此痼疾，《吶喊》爲辛亥革命經驗的總結等論點，頗爲新穎……當時魯迅還不是歷史唯物主義者，故其研究的出發點是唯心主義的。但魯迅從青年時代起，又是以各種方式參加變革現實的鬥爭的；故而其研究國民性

〔註 129〕以上諸篇，都是《遙遠的戈壁》中的短篇。

〔註 130〕原文無書名號，係筆者引用時所加；下同。

〔註 131〕此爲油印本，迄今未出版。此處據以引錄的文字，是王積賢同志提供的茅盾所作眉批的複印件。

痼疾的唯心主義出發點與其生活實踐有矛盾，結果是他沒有研究出結論而時代大變（中共領導的革命運動成爲中國社會、政治中最重要的因素），魯迅的思想也跟著變了。」這過程「從1918年左右開始，到1926年前後完成。《吶喊》、《彷徨》代表這一過程中的前後兩期。而《彷徨》更表示他對眞理追求之迫切。但魯迅的思想發展過程儘管如此，反映於他的作品中的，並不一一若合符節。反映於作品中的調子，比魯迅當時的實際精神狀態要低一些。」對論及《狂人日記》部分的眉批曰：「就病理學而言，『狂人』是迫害病，但就文藝作品常用象徵手法而言，我們不必拘泥於狂之眞假，而應著眼於：1. 魯迅虛構－狂人，借他的嘴巴抨擊封建制度與封建文化，創造了證明『狂言』即眞理的警策的描寫，比說理文字更有力；2.『狂人』——眞理的宣傳者的悲劇，在於周圍大多數人都沒有覺悟，而跟著迫害『狂人』的封建衛士們一起，視『狂人』爲眞狂；3. 宣布眞理的宣傳者爲『狂人』，俾能減少其作用，是封建衛士們（以及一切反動派）常用的卑鄙手段；4.『救救孩子』的呼聲，也是魯迅對未來的期望，同時也因孩子受反動（封建主義）教育的毒害爲日較少，病根較淺。」

在王著中論及自己的中篇《林家舖子》處，茅盾的眉批曰：「林先生雖然不見得『殘忍』，卻是自私的；原作寫他逃走時顧不得朱三太等人的死活，便是自私。但原作只側面點了一筆，未作更多的描寫，恐減弱對於國民黨部的暴露故也。電影的《林家舖子》卻強調了大魚吃小魚，小魚吃蝦米，以林爲小魚，改編者恐不如此則將影響到私營工商業者的自我改造。」在這裡茅盾第一次披露了他的《林家舖子》中具體描寫的立意與動機，是彌足珍貴的文字！

類似的眉批凡數十處。立論警策，話不多，卻切中肯綮，多爲文壇及茅盾自己的文章所未道者。

評點派是中國文學批評史上獨具的文學批評流派。它深入細緻，有分有合，能作思想藝術的綜合審視，也能作細部的具體分析，形式非常靈活多樣。茅盾深諳其中三昧。他的評點文字，緣古而不泥古，時有新穎創見，可惜迄今還沒有人對它作集中研究，甚至未引起文壇廣泛的注意。

二

茅盾畢生跟蹤考察並作出重要評價的作者對象，包括整整四代。他評論的第一代，是他的同輩人：如魯迅、冰心、王魯彥、許地山、徐志摩及稍晚的丁玲等。第二代是三四十年代登上文壇者：如臧克家、姚雪垠、沙汀、劉白羽、趙樹理、歐陽山、草明、韋君宜、劉澍德、束爲、馬烽、孫謙、碧野等。第三代是建國前後登上文壇者：如王安友、峻青、林斤瀾、杜鵬程、李準、王願堅、丁仁堂、茹志鵑、管樺、王汶石、權寬浮、蕭木等。第四代是剛登文壇當時尚無名氣的新人：如申蔚、勤耕、綠崗、樂天、穆壽昌、田軍、麥雲、張弓、范乃仲、車如平、傅紹棠、吳華奪、李魂、歐琳、劉克、楊旭、馮還求等。此外還有許多工農兵與老幹部作家，如鄧洪、費禮文、胡萬春、唐克新、萬國儒、馮金堂、劉勇、申躍中、韓文洲等；及少數民族作家，如瑪拉沁夫、敖德斯爾、楊蘇、郝斯力汗、熊正國、普飛、阿・吾甫爾、克尤木・吐爾的、賈帕爾・艾邁提等。二、三、四代作家是五六十年代茅盾評論的主要對象。不少人如當年茅盾之發現或扶植第一代作家葉聖陶等那樣，也是茅盾首先發現培育扶植成長起來的。茅盾的有些評論，幾乎成爲一種定評，從此確立了該作家或作品的牢固的文壇地位。

部隊出身的青年女作家茹志鵑，就是其中的一位。茅盾不僅在文學上扶植她，而且在她坎坷的人生道路上給予了很大的支持，而鼓起她戰勝磨難繼續奮進的勇氣。因爲她愛人當時已被劃爲右派，開除了黨籍軍籍。這時的茹志鵑也處在文壇厄運中：除被連連退稿，發表的小說也受冷遇外，還遭到更沉重打擊；特別是被姚文元視爲「右派家屬」，給以白眼與壓力。是茅盾「二千餘字的評論」，使她這「失去信心」的靈魂，「又重新獲得了勇氣」，「站立起來」。她下定決心：「不管今後道路會有千難萬險，我要走下去。」〔註132〕茅盾的評論，竟使文壇重新獲得一位極有才華的部隊女作家！

蒙古族作家敖德斯爾也同樣受到茅盾的扶植。這個牧人之子和人民騎兵，通過自學，寫出草原氣息很濃，但文學功力尚較幼稚之作。在其文學道路上，首先是茅盾的著作，「像巨大的吸鐵石」吸引著他，每讀一次都「彷彿來到了春天的大草原」；感到「他無比溫暖、豐富，無限地浩瀚、博大。」當他的作品得到茅盾的好評時，他「不禁感動得熱淚盈眶！」他想了許多。例如：「只有精通外文的茅盾先生，才能體會到我這個蒙古族人學習用漢文寫作的艱難。」他牢記茅盾在信中指出的，人物對話沒有個性的缺點，決心攻下「文學語言的個人風格」這個「高地」。這位少數民族軍人作家，在茅盾的指導下，的確以軍人的戰鬥姿態，攻下了這塊「高地」，終於形成了自己鮮明的

〔註132〕《憶茅公》，第392～393頁。

民族的與個人的風格。〔註 133〕

像這兩位來自工農兵和少數民族、受到茅盾扶植的青年作家一樣，在五六十年代受茅盾扶植者數以百計。他們已經成爲共和國文藝大廈的頂樑柱。而今由他們培植的文學新人，也支撐著新時期文壇。茅盾的貢獻，還將如此這般地連續開花，長江後浪推前浪般地代代相傳，形成了我國優秀的文藝傳統。

三

茅盾的這批評論文章和理論文章，探討了許多重大理論問題，其中上節所論的「雙革」問題，和下面要論及的小說文體學問題，是茅盾的美學思想中自我突破最大、文壇影響也最大的兩個重點。

茅盾這些文章在許多方面發展了他二三十年代關於小說文體的理論。首先是小說特質及其分類問題。他承認以篇幅大小區分長篇、中篇、短篇的傳統觀念；也贊成前人歸納小說大師作品特徵所作出的某些界定。如「短篇小說取材於生活的片段」，這片段「不但提出了一個普遍性的問題，並且使讀者由此一片段聯想到其他的生活的問題，引起了反覆的深思。」不能把時間空間限制得太死，「也不能死扣一個『短』字，就以爲不要細節的描寫了。」〔註 134〕等等。但茅盾並不滿足於這篇幅長短等等「表面的區別」。他用對比的方法，深化了對「實質上的區別」的論述：「短篇小說主要是抓住一個富有典型意義的生活片段來說明一個問題或表現比它本身廣闊得多、也複雜得多的社會現象的。長篇小說……反映生活的手段不是截取生活一片段，而是有頭有尾地描繪了生活的長河。短篇小說的人物不一定有性格的發展，長篇小說的人物卻大都有性格的發展。」這決定了短篇小說篇幅「不能長」，故事不能「長年累月」，人物也「不可能太多」。中篇小說則介於二者之間。但他反對「作繭自縛，而不敢大膽的創造。」他自己在觀念上就有突破。例如他認爲形成「歷史不久但在文學園地中已經蔚然成爲一大品種的『特寫』，可以說是突破了規格的短篇小說。」他不贊成「把報導眞人眞事當作特寫的特點。」他反問道：「『特寫』難道只是新聞式報導」，「而不是藝術的概括？」〔註 135〕在這裡，茅盾實際上已經意識到「紀實小說」的存在了。

〔註 133〕參見《恩如海，情更深》，《茅盾研究》叢刊第 4 輯，第 269～271 頁。
〔註 134〕《雜談短篇小說》，《茅盾全集》第 26 卷，第 10～11 頁。
〔註 135〕《試談短篇小說》，《茅盾全集》第 26 卷，第 305～306 頁。

茅盾還根據文壇創作取向，提出了「一鳴驚人的小小說」的新概念。他指出：這些大都出自業餘作者之手的「小小說」，「不僅因爲它們短小精悍」，也因爲「結合了特寫（如果我們不否認它主要以眞人眞事爲描寫對象）和短篇小說（如果我們不否認它以概括爲基本方法）的特點，而成爲自有個性的新品種。」「小小說的故事極簡單，有的乃至竟可以沒有故事，而只有人物在一定場合中的片段行動」，「卻勾勒出人物的風采及其精神世界。從它們的故事並非全然虛構」說，它「和短篇小說的創作過程不一樣」；但從人物「並非眞人的寫照而比眞人的寫照更多些概括這一點說」，它與「一般的『特寫』也不一樣。」它還繼承了「民間故事的優秀傳統」，以「簡練的手法」與「生動鮮明的文字」見長。〔註 136〕這些界定大體上反映出 1958 年湧現的小小說的基本特徵。

但茅盾對自己的理論常作反思，並據新的現實體驗作相應的調整或修正。1959 年 12 月 10 日他《致劉文勇》信中的見解就有新發展。他說自己對小小說的上述界定「不很科學」。因爲我們看慣了的短篇通常一二萬字之間，所以見到千把字的短篇就覺得是「小小說」。其實這「倒是『正統』的短篇小說」。而「萬餘字的短篇實爲壓縮的中篇。」茅盾主張「不要在名詞上浪費精力，亦不必爲小小說特下定義。應當著重解釋的，倒是反映生活橫斷面與反映現實的歷史發展，兩者之間的區別——當然，這是只就體裁而言。」〔註 137〕

但茅盾界定的小小說，是一個客觀存在的文藝現象。短篇小說像「壓縮了的中篇」的現象，也一直持續到今天。新時期文壇仍然有如同茅盾所界定的那種「小小說」，不過它有個新名字：「微型小說」。這證明茅盾的界定有其科學性與眞理性。

茅盾還作了小說文體學考察。他不贊成所謂短篇小說這一體裁的確立「和資本主義的發達有關係」的下述說法：工人製造一零件「好比是生活的一片段，而這在文學體裁上的反映，就是短篇小說。」茅盾說：這「有點庸俗社會學味道」。茅盾指出：小說這文體「自古有之，各國的民間故事，就有許多是這樣寫的。」中國先秦諸子和《左傳》、《戰國策》、《史記》等典籍裡，

〔註 136〕參見《短篇小說的豐收和創作上的幾個問題》，《茅盾全集》第 26 卷，第 375～376 頁。

〔註 137〕《茅盾書信集》，文化藝術出版社版，第 208～209 頁。

其記述性篇章中有不少故事「情節離奇曲折，引人入勝」；「也在故事發展中表現人物性格。」「司馬遷是總結了前人的經驗而又加以創造性的改進的大師。」這是小說的「前奏」。他認爲中國眞正意義的短篇小說出現在宋朝，即所謂「話本」。這是「說話人」講說時用的「底本」。講時再「即景生情」「添加枝葉。」其中講歷史或佛經故事者有的連講好多天，頗似今天的「連載」或「連播」。所以小說之形成「先有短的而後有長篇，這一情況，在歐洲、亞洲其他歷史悠久的各國，大體也是相同的。」〔註138〕

茅盾還論述了中國小說的民族特徵問題。他承認「章回體」和「筆記體」分別是中國民族形式的長篇和短篇小說，都是中國文學長期發展過程創造的形式。但這種「技術性的東西」是「帶普遍性的」，不能算民族特徵。同樣理由，他也不贊成「故事有頭有尾，順序展開，是民族形式」的說法。仍出於同樣理由，他也不贊成說「不按順序，攔腰開頭」是「外來形式」。他舉出許多事實。如宋人話本《西山一窟鬼》、元明話本《快嘴李翠蓮》及《聊齋誌異》中大部分小說都是截一段遭遇「攔腰開始」的。茅盾認爲應撇開這些「體裁的技術性東西」，另外在小說的結構和人物形象的塑造這兩方面去尋找民族形式特徵。他認爲人物描寫的民族特徵主要是「粗線條的勾勒」（用以刻畫人物性格）和「工筆的細描」（用以寫人物聲音笑貌）相結合。他還認爲：「五四」以前中國小說結構，是發展脈絡「由簡到繁，由平面到立體，由平行到交錯」，終於完成「可分可合，疏密相間，似斷實聯」的民族形式的長篇結構特徵。茅盾還認爲這種人物、結構等表現方法的民族特徵，必須和民族形式「最主要的因素」：「根源於民族語言而經過加工的文學語言」結合起來，才能表現出民族形式的全部特質。他還指出：在民族形式諸因素中，惟獨民族文學語言是難以翻譯而不損色的。所以這文學語言的「獨特的韻味」，才是民族形式的最本質的因素。〔註139〕

不論從文體學還是美學看，這些見解都是精闢的。

五

按原計劃，評論兒童文學是茅盾評論 1960 年短篇小說論文的有機部分。後來他感到實難容納，就單寫了《六〇年少年兒童文學漫談》，〔註 140〕

〔註138〕《茅盾全集》第 25 卷，第 11、304～305 頁。
〔註139〕參見《漫談文學的民族形式》，《茅盾全集》第 25 卷，第 431～434 頁。
〔註140〕刊於《上海文學》1961 年 6 月號，收入《茅盾全集》第 26 卷。

分門別類論述了 1960 年全年和 1961 年 5 月前出版、發表的兒童文學作品和刊物。這期間全國起碼有 29 種雜誌因「六一」節而出刊了「兒童文學專號」。茅盾從不同角度統計出許多數字。茅盾研究所得結論是：一、「以眞人眞事爲基礎的佔極大多數。」二、「表面上五花八門，實質上大同小異；看起來政治掛帥，思想性強，實際上卻是說教過多，文采不足，是『塡鴨』式的灌輸，而不是循循善誘，舉一反三的啓發。」三、「從文字看來，一般都沒有什麼特殊性。」而茅盾以爲兒童文學文字必須具備的特殊性是「語法（造句）要單純而又不呆板，語彙要豐富多彩而又不堆砌，句調要鏗鏘悅耳而又不故意追求節奏。」

據此茅盾提出建議：一、爲兒童或少年服務的作家必須尊重而不能無視「因年齡關係而產生的智力上的差別」這一「自然法則」：「從 4 歲到 14 歲這 10 年中，即由童年而進入少年時代這 10 年中，小朋友們的理解、聯想、推論、判斷的能力，是年復一年都不相同的，而且同年齡的兒童或少年也不具有完全相同的理解、推論、判斷的能力。」二、因此，要爲兒童服務，自然不能不了解兒童，自然不能以你的主觀去畫你所自以爲是兒童的兒童。」「必須同兒童作朋友，觀察他們，然後能了解他們的心理活動的特點。」「爲的是要找出最適合於不同年齡兒童、少年的不同的表現方式。」茅盾總的看法是：對數量很大的兒童文學很不滿意。他把存在的問題概括爲五句話：「政治掛了帥，藝術脫了班，故事公式化，人物概念化，文字乾巴巴。」他說：「我這樣說，該得個『否定成績』的批評，但是如果不這樣說，難道就不是浮誇自滿嗎？」

茅盾的文學創作，是從 20 年代爲孩子們寫童話、神話開始的。在「文革」前夕「封筆」之前，他又爲豐富小讀者的精神食糧大聲疾呼！他這些看法要冒兩個風險：其一，當時盛行的思維模式是把「十個指頭一個指頭」當成講缺點不足的慣用邏輯。而被扣上「否定成績」的帽子則是當時一頂很大的政治帽子。其二，當時正批判陳伯吹的「童心論」等所謂「資產階級兒童文學理論」。茅盾在不得不與其劃清界限之同時，仍然強調兒童與少年在年齡上的思維特徵與心理特徵。這又要冒鼓吹資產階級心理學與兒童文學觀的大風險。但是，爲了童少年一代的健康發展，年近古稀的茅盾甘冒風險，他仍然大聲疾呼，爲兒童與少年請命！他那關懷祖國未來、期冀祖國的花朵有個健康向上的文學環境的拳拳之心，躍然紙上！至今我們仍能從這字裡行間聽到那怦怦跳動的強勁而熱切的心聲。此文寫法頗類似《關於歷史和歷史劇》。實際寫作時間則先於此書。它從具體資料的佔有、評述、剖析、概括入手，令人信服地導出自己的結論。在此基礎上再開出藥方；指引著兒童文學健康發展的方向。這種步步爲營、嚴謹紮實、從事實的規律性概括出具很強的導向性的理論的態度與學風，爲我們樹立了一代風範。

第十二章　老驥伏櫪（1966～1981）

第一節　十年動亂，「冷眼向洋看世界」

茅盾的謹慎洞察，使他一生避開了許多漩渦。《關於歷史和歷史劇》雖寫於《海瑞罷官》之後，〔註1〕但隻字沒提及此劇。毛澤東關於文藝工作的「兩個批示」之間，茅盾就封了筆，不再公開著一字。〔註2〕這就使「文革」首先向文藝界開刀時，茅盾不致立即正對其鋒芒。不論茅盾有意還是無意，這都是值得慶幸的事。

卸任文化部長之後，他也極少公開露面。儘管他自幼稟承父教，樹立了「以天下爲己任」的抱負，但在這特殊環境中，他只能懷著困惑心情，「冷眼向洋看世界」，開始進入他一生中沉默時間最長的階段。

一

茅盾照常寫他純屬起居飲食的日記，隻字不涉及政治。就連文化部長被解職，改任政協副主席這種大事，也一筆沒提。韋韜夫婦在外聽到許多關於父親的「火藥味」極濃的消息，回家見父親「仍舊像往日那樣平靜地躺在床上看書」，好像什麼也沒發生，媽媽卻「覺得大禍要臨頭」。因爲自從1966年

〔註1〕《海瑞罷官》刊於《北京文藝》1961年2月號，《關於歷史和歷史劇》同年6月4日動筆，12月2日寫迄。

〔註2〕兩個批示分別爲1963年12月12日和1964年6月27日。茅盾發表的最後一篇文章作於1964年5月25日，刊於同年《作品》雜誌7月號。題爲《讀〈冰消雪融〉》。

5月16日發布的《五・一六通知》宣布正式開展文化大革命以來，當月「四人幫」在內部會上就名批判茅盾是「三十年代文藝祖師爺」。康生在「批示」中提到茅盾時，則說「此人問題嚴重」。他還把茅盾列入「黑名單」中。這時中宣部長陸定一在報告中也點名批判茅盾，加上了「資產階級文藝路線的代表人物」的「反動」頭銜。作協也整了茅盾一份「黑材料」，歷數建國後茅盾所寫文章的種種「罪狀」。「四人幫」還在查其包括新疆經歷在內的所謂「歷史問題」。〔註3〕文化部、中國作協和北京大學等處，都貼了許多「揭批」茅盾的大字報。茅盾卻十分冷靜，除參加政協組織的由每週兩次改爲每週一次的運動中的學習外，就在家裡看報、讀書、幹家務活。其實他正在觀察思考中，調整著自己的心境。如1966年5月4日日記說：「七時赴人大三樓看電影《桃花扇》，此乃三五年前所攝，今則作爲壞電影，在內部放映矣。」此片是據老友歐陽予倩的同名話劇改編的。不論話劇或電影，《桃花扇》都是現當化文學史上的佳作，現在卻被當作「大毒草」來批判，茅盾怎能不感概？一個「矣」字，流露了極其複雜的心態與情懷。但他不肯稱「大毒草」，用個模糊的名稱：「壞電影」，意味深長地表示出茅盾的保留態度。從此茅盾多了個特用名詞：仿效小孩子般「好人，壞蛋」的簡單標準，把當作「大毒草」批判的作品稱爲「壞××」。如5月20日日記也稱《不夜城》爲「壞電影」。

這年5月，由林彪率先發難，把彭眞、羅瑞卿、陸定一、楊尚昆打成反黨集團。5月8日《解放軍報》發表了江青化名「高炬」寫的文章：《向反黨反社會主義的黑線開火》，使鬥爭更加公開化，激烈化。茅盾6月17日日記的手稿，記他在政協聽傳達「彭、羅、陸、楊」問題之報告時，開始的用詞是「四人之錯誤」。落筆之後，他又塗掉「錯誤」，改爲「罪行」。看來茅盾很難接受把功勳卓著的戰友打成敵人的殘酷事實！對自己的命運，茅盾當時基本上心中有數。結束「文革」後和兒子述及往事時，茅盾才吐露了自己當時對自己的處境的估計：「報紙上批判夏衍和邵荃麟，卻始終沒有把我推到前台，後來『文革』中也始終沒有公開批鬥我，想來就是群眾中傳說的，受到周總理的保護吧！不過讓我感到遺憾和不安是夏衍和邵荃麟代我受了罪，荃麟還爲此付出了寶貴的生命！」〔註4〕自己身罹劫難，卻關注著別人，這就是

〔註3〕黎丁：《「文革」中茅公生活片斷》，《茅盾和我》，第228頁。
〔註4〕《茅盾的晚年生活》（一），《新文學史料》1995年第1期，第57～58頁。

茅盾的胸懷！然而茅盾再豁達再洞察，內心也不能不感到困惑與壓抑！這時孔德沚腰痛加劇，不能下樓。茅盾邊照料老伴，邊操持家務，邊參加運動，到政協學習。處境的狼狽與艱難，顯而易見。然而茅盾並不悲觀。這時他爲孫女編古文課本，特地選了杜甫《畫鷹》一詩，並述其「大意」道：「敢作敢爲的人，跟鷹一樣，眼前雖然帶著絲帶，站在架上，可是時候到了，就會解去帶子，飛到空中，抨擊那些凡鳥似的人。」〔註 5〕這固然是述詩的大意，卻分明寄寓著針對現實的更爲廣闊得多的深意！

茅盾受周總理保護，這是後來的事。「文革」開始不久，烈火一度燃到他這所破舊簡陋的小樓。8 月 5 日他記述由政協轉來的河北省交通廳宋懷庭題爲《這是對地下黨員的侮辱》的揭批《子夜》的材料。該文把《子夜》關於托派蘇倫對女同志瑪金進行性騷擾的描寫，判定是「侮辱地下黨員」，且質問「是何居心」。茅盾採用委婉方式寫信給轉來材料的政協秘書長平杰三。在信中，他作了三點說明。其中指出宋懷庭「沒有看出蘇倫是托派」：他請平杰三考慮：要不要把這三點說明寄給宋懷庭？「因爲恐怕宋接信後，以爲我是抗拒批評，爲自己辯護。」茅盾專門派人把信送給平杰三。此時的茅盾如履薄冰！

1966 年 2 月林彪伙同江青炮製的所謂《部隊文藝工作座談會紀要》，6 月 20 日江青等炮製的《文化部爲徹底乾淨搞掉反黨反社會主義反毛澤東思想的黑線而鬥爭的請示報告》，這時都經毛澤東批准，以中央文件形式轉發全國。兩份文件都明確提出批判「三十年代文藝黑線」與「文藝界黑線專政」的口號。此後，文化部、作協和高校點茅盾名的大字報也就與日俱增了。而今很難找到這些鋪天蓋地而來，雲收雨散而去的大字報原文或抄件了。但東總布胡同 22 號中國作協牆壁上的大字報給茅盾扣上「頭號資產階級反動權威」帽子的許多目睹者，留下不少回憶文字。由所謂中國作家協會革命造反派與新北大公社文藝批判戰鬥團合編、刊於 1967 年 5 月 12 日《新北大》、《文學戰報》合刊的《文藝戰線兩條路線鬥爭大事記》及其單行本，也被我找到了。其中點名「記錄」茅盾「罪行」多達 10 處。其中包括誣衊 1962 年在大連召開的農村題材小說創作座談會爲「大連黑會」，捏造的茅盾的罪名是：「在會上破口大罵，誣衊大躍進『是暴發戶心理』。」〔註 6〕此大事記也公布了毛

〔註 5〕《新文學史料》1995 年第 1 期，第 57 頁。

〔註 6〕我查遍兩份會議記錄，根本沒有這句話。我訪問過與會者，也證明並無此事。

澤東 1963 年 11 月的「批示」中說文化部是「帝王將相、才子佳人部，或者外國死人部」等原話。這時茅盾眼看著就要成爲運動的鬥爭對象和重點批判對象了。

這時毛澤東的《湖南農民運動考察報告》中描述的戴高帽子遊街示眾的方式，成了紅衛兵與其他造反派揪鬥黑幫掛牌子、遊街示眾的主要方式。茅盾站在自己的小樓上，從窗戶裡就能目睹到。1966 年 8 月 11 日記：「今天上午比鄰之科學院情報所有一小隊（大概是該所的幹部）在所內草坪上遊行。其中戴紙帽者七人，當即右派……被揪出反黨反社會主義的右派份子。紙帽甚高，有字。」

這時造反派在赴中國作協揪周揚等「四條漢子」時，也把獲人民藝術家稱號與獎狀的著名作家老舍一併揪走！8 月 24 日被迫害的老舍，含恨投湖自殺。此事在全國上下震動極大。9 月 15 日茅盾登天安門參加毛澤東第三次接見紅衛兵時，周總理問及此事。他沉痛地對茅盾說：「老舍先生是我們的朋友，我們沒有保護好他。請你轉告王昆侖，就說我要他照顧一下老舍的家屬，關心一下他們的生活。」9 月 16 日茅盾就寫信給王昆侖傳達了總理的指示。〔註 7〕

就在老舍自殺的次日，即 8 月 25 日，文化大院裡的「紅小兵」「掃四舊」掃到茅盾院裡來了。他們多係「文化部職員之子女」，都不過十歲左右。他們先把文化部宿舍裡的「漢白玉石盆一一推翻」，然後闖到茅盾院裡把「一個漢白玉白小盆推翻在地」。「彼等大概認爲此皆代表封建主義者，故要打倒也。」〔註 8〕老舍慘死一週後的 8 月 30 日，茅盾竟被紅衛兵抄了家！這是一次「裡應外合的行動」。社會上的動亂，本就衝擊著每個家庭。茅盾的女佣曾有衣服沒燙完，也不斷電，就跑出去「造反」，燃及衣服，燒著桌子，弄得濃煙滾滾的舉動。〔註 9〕服務員老白則說茅盾家裡「全是『四舊』」，「保姆帶孩子，服務員照料首長生活，都是資產階級的東西。」他還聲明他也要「造反」，並爲此和孔德沚爭吵起來。老白就去叫來「人大『三紅』」的紅衛兵。8 月 30 日清早，一群紅衛兵闖進茅盾家。領頭的舉著一把軍刀，說這是抄張治中家繳獲的「戰利品」。他們聲稱要抄茅盾家的大量「四舊」。茅盾問他們得到什麼部

〔註 7〕《茅盾的晚年生活》（一），《新文學史料》1995 年第 1 期，第 59 頁。王昆侖是北京市副市長，當時尚無恙。

〔註 8〕摘自 8 月 25 日《茅盾日記》手稿。

〔註 9〕劉文勇：《他，永遠活在人們心中》，《廣西文藝》1981 年 9 月號。

門允許。他們說：「毛主席說，紅衛兵的革命行動是天然合理的。」茅盾一氣之下，就給統戰部打電話。統戰部的金城同志在電話中說，這些天天天有告急電話，統戰部也無可奈何。紅衛兵們徑自翻箱倒篋。所有的箱子都翻遍了。有隻樟木箱上的鎖生鏽不能開，「乃用槌破鎖」。紅衛兵惟獨不查書箱，「只說書太多了無用，只要有《毛選》就夠了。」紅衛兵看到牆上掛著茅盾的愛婿蕭逸烈士（他在解放戰爭太原戰役中犧牲）的照片，張狂地問：「這個國民黨軍官是誰？」茅盾氣憤地反問：「國民黨軍官是什麼樣子的？你知道嗎？我同你們沒有什麼可說的。你們問統戰部去！」牆上掛有蘇聯作家西蒙諾夫的夫人（著名演員）和朝鮮舞蹈家崔承喜二位簽名贈茅盾的照片。紅衛兵斥之爲封、資、修；翻轉來在背面寫上：「不准看！」他們還把紫檀木老壽星、水晶花瓶、照相機及外國友人贈的許多工藝品，集中到樓下倉庫，予以封存。1956年訪波蘭時，東道主贈茅盾的以維納斯裸像爲底座的檯燈，被斥爲「黃色的資產階級腐朽玩藝兒」不許再用。事後孔德沚只得給她縫一件修女服似的青色袍子爲之「遮羞」。抄家過程中，文化部的造反派趕來「參與」。其頭頭暗示給茅盾：他們以「協助」爲名，是來「暗中保護」的。這次抄家，固然給茅盾以打擊；孔德沚受的刺激卻更大。從此她精神壓抑，常常生病，身體「日益虛弱」，精神也日漸乖張起來！〔註10〕

事有湊巧，正是茅盾被抄家的8月30日那天，毛澤東把章士釗反映被抄家情況的信，批轉給處境困難的周總理：「送總理酌處，應當予以保護。」周總理機擬了一張範圍很寬的保護名單：除宋慶齡等 12 人外，還有「(1)副委員長、人大常委、副主席；(2)部長、副部長；(3)政副……」〔註11〕這「政副」就是包括茅盾在內的各位政協副主席。與此同時，統戰部也向總理反映了茅盾被抄家的情況。總理指示：要予以保護。從此，茅盾總算得到了免受直接衝擊的相對安定的環境。

二

歷史經常出現荒誕的令人啼笑皆非的事情。茅盾「文革」初就處在這種情景中。一方面：他是「三十年代文學祖師爺」、「頭號反動學術權威」；被點名，被揭批，被調查其歷史，甚至被抄家！一方面：他又被邀請登上天安

〔註10〕參看《茅盾日記》，8月30日，和韋韜等的《茅盾的晚年生活》(一)，《新文學史料》1995年第1期，第58～60頁。

〔註11〕《周恩來選集》，第450～451頁。

門，陪同毛澤東檢閱紅衛兵。據茅盾日記可知，他先後於 1966 年 8 月 18 日、31 日、9 月 15 日、10 月 1 日、18 日、11 月 3 日、10 日，參加了毛澤東前七次在天安門檢閱紅衛兵活動。11 月 25～26 日第八次檢閱紅衛兵時，他因病請假沒有參加。這眞令人有「邊是階下囚，邊是座上客」的感概！由於有周總理的保護措施，直到 1969 年「十・一」觀禮之前的歷次「五・一」、「十・一」天安門觀禮和大會堂的招待會、國宴，他都應邀出席。這時來京串聯的紅衛兵住得到處都是。茅盾所住文化部小院寓所是一號樓。在二號樓住的陽翰笙，被當作「四條漢子」和「黑幫」揪走了。三號樓住的蕭望東，被打倒後也不知所終。這兩棟小樓，就成了來京串聯的紅衛兵接待站。後來中央通知停止串聯，這裡人去樓空，留下的是一片狼籍。窗玻璃都被打破了，馬桶堵塞，臭氣薰天。茅盾跟家人談及紅衛兵時說：「他們那樣搞，天怒人怨！」兒媳陳小曼說：「他們要像《國際歌》裡唱的，打碎舊世界。」茅盾說：「這是對《國際歌》的曲解！是給這種愚蠢而野蠻的行爲嵌上革命的光環！」〔註 12〕

紅衛兵大串聯也具體地衝擊到茅盾的家庭：患過肝炎的 13 歲的孫女小鋼竟不辭而別，和同學搭伴赴上海串聯。臨行前僅從北京火車站打來個電話，通報了自己的行動。這使老人極爲揪心！直到小鋼從上海來信報平安，茅盾才將「連日憂疑，一掃而光」。〔註 13〕

茅盾在「文革」伊始時認爲，毛主席從反修防修考慮發動文化大革命，是有道理的。但很快發現，很多做法不對頭。他就持懷疑批評態度了。當時北京紅衛兵成立了「聯動」，提出「老子英雄兒好漢，老子反動兒混蛋」的口號。茅盾對陳小曼說：「這完全是封建的血統論！」在一次接見紅衛兵時，他在天安門城樓遇到謝覺哉。謝老說：「看來又要有半年不能讀書了！」茅盾會意：謝老和自己一樣憂心重重，希望這場劫難及早結束。茅盾以遇到「知音」而深感慰藉。但在那種環境中，話又怎能說得透？

這期間茅盾一邊憂心重重地目睹「武鬥」導致的嚴重後果，一邊窮於應付沒完沒了的外調人員。儘管外調者都期望從他這裡獲得其打倒對象的「罪證」，但茅盾卻極認眞地據實寫證明材料。他不惜冒著危險，代人剖白莫須有的「罪名」。據韋韜初步統計，「從 1967 年 7 月到 1969 年 7 月兩年間」，茅盾

〔註 12〕《茅盾的晚年生活》(一)，《新文學史料》1995 年第 1 期，第 61～62 頁。
〔註 13〕1966 年 11 月 18 日茅盾日記。

「共接待了 130 多批外調人員，寫了近百份證明材料。」因為「這些調查關係到一個同志的政治生命」，茅盾寫材料時字斟句酌，有時一份材料竟寫兩三天。他還在日記中「詳細記載了來外調的情形」，把外調人員的情況，所問的問題，談話時間、內容，都一一記錄在案，「以防萬一有人篡改他寫的證明材料而加害被調查的對象時，他能有據可查」。這些事打開了他「塵封日久的記憶」，使他「萌發了晚年撰寫回憶錄的意念。」〔註 14〕為了實事求是，茅盾竟和外調者多次發生衝突。如山東某醫院調查其院長魯子俊，硬說茅盾之女沈霞之死是為她做手術的魯子俊故意加害的。茅盾堅決否認，再三證明那是一次醫療事故，魯子俊當時也受過處分。又一次外調人員要茅盾證明曹靖華在重慶與蘇聯大使館過從甚密，「有蘇修特務之嫌」。茅盾拒絕證明。「對方惱羞成怒，竟拍起桌子來。」茅盾也「站起來，義正詞嚴地說：『毛主席說要實事求是，你是怎麼理解的？我對一切調查所抱定的態度就是知之為知之，不知為不知。這條原則我決不會改變』！」〔註 15〕

有兩次外調與茅盾的經歷攸關。一是「北航紅旗」紅衛兵來了解 1927 年劉少奇在廬山的情況，這勾起茅盾的記憶。他在牯嶺確實碰到劉少奇「化裝為闊商人」路過，茅盾向他打招呼，「他掉頭而去。」二是政協秘書處來了解梅電龍的事。「據云，梅於 1929 年春奉中央派遣至日本東京」，與日共聯盟及中共黨員聯繫，不久被捕，「在獄中自首。」〔註 16〕但茅盾在日本未見過梅電龍，亦不知梅電龍來過日本。不過外調者提供的線索，倒反證了本書前述的中共日本東京市委成員或被捕或轉移，遂使恢復茅盾黨籍之議未能付諸實現，的確實有其事。還有一次山西公安局來外調，是為太原一徒工冒充茅盾之妻乾兒子（據云叫劉利勤，在總政文工團工作）。曾騙一杜姓女徒工入總政當演員。又冒稱「受總理之命，整叛徒材料」。還到科學院某所訛詐，騙去王某 300 元，遂被北京公安扣押。〔註 17〕茅盾日記一向極簡。此事所記獨詳。固因此事與己有關，但也是為剖析社會混亂情態的。

茅盾所寫數以百計的證明材料，不僅是茅盾晚年著作之一部分，許多還是珍貴的黨史、現代文學史料。若能把散布全國的這些資料集中起來，納入《茅盾全集》，留傳後世，則是一筆珍貴的精神財富。

〔註 14〕《茅盾的晚年生活》（一），《新文學史料》1995 年第 1 期，第 65～66 頁。
〔註 15〕《茅盾的晚年生活》（一），《新文學史料》1995 年第 1 期，第 66～67 頁。
〔註 16〕見 1967 年 7 月 20 日、9 月 28 日茅盾日記。
〔註 17〕1967 年 12 月 1 日茅盾日記。

儘管生活中有這些插曲，但茅盾的日子依然過得艱難寂寞。1967 年 11 月底保姆辭工回家。這使茅盾家務負擔更重。12 月 8 日這天奇冷，已是零下 4 度。頑童取走牆外地下管道木蓋，致使水管凍結。茅盾只得一大早「焚木片燒此凍管」，「九時許」「遂復有水」。「旋以稻草包管」，再蓋上木蓋，「恐頑童又將取去，上鎮以小石獅。」茅盾時年 71 歲，這等體力活，也只得親躬！有一次爲孔德沚治病，茅盾凌晨 4 時許即起身落實出租車。6 時許送走孔德沚，他仍「做清潔工作如例」。〔註 18〕種種意外事情也常發生。白天遇到天陰，室內昏暗，卻不敢開燈閱書，「因市上無燈泡已三個月，恐怕用多了時間此燈泡壽命告終後無以爲繼」，只好枯坐終日。就這樣，他也難得安寧。午睡時常被頑童故意按電鈴吵醒。有一次地下室鍋爐房電開關被偷去，電線頭裸露在外。鍋爐工老李發現後只好「電告其領導」。若非發現得早，晚上摸黑開燈加煤，必觸電身亡。電閘門極高。「至少十七八歲青年方能夠及」。〔註 19〕「文革」搞亂了秩序，隨便什麼人都敢欺負你！

屋漏偏遭連夜雨。1968 年 4 月底，茅盾得悉弟媳張琴秋難忍受「文革」中的種種迫害，身著睡衣從四樓窗戶跳樓摔死！張琴秋早年參加革命，「是長征中著名的女英雄」。建國後一直擔任紡織工業部副部長。「文革」中翻她在西路軍失敗時被俘的那段歷史，要把她打成「叛徒」。其實當年她是周總理親自營救出來的。這段歷史在 1942 年延安整風時早已搞清：她堅貞不屈，毫無叛變行爲。張琴秋是茅盾夫婦最親近的親屬。此事對孔德沚打擊尤大！茅盾從此更加沉默寡歡了。後來侄女瑪婭也被迫害致死。可弟弟一家三口，都是堅定的革命者啊！〔註 20〕

寂寞生活中唯一的樂趣，是兒孫輩回家帶來點兒歡欣。茅盾有時和孫子小寧下棋，還幫他養著小貓。就是這點歡樂，後來也被剝奪了。先是韋韜被誣爲「5.16」成員受審查。陳小曼懷著孕還得集中學習，晚上睡辦公桌，也不能回家。1968 年 7 月小鋼又面臨上山下鄉的壓力。茅盾認爲，讓青年「到艱苦環境中去磨煉，這是有好處的。歷史上凡是有作爲的人，在青年時代都經歷過各種磨煉。」讓青年「了解中國的現實」，「給他們發熱的頭腦潑點冷水」，使之從「衝衝殺殺的狂熱中清醒過來」，也有必要。這「應該是針對大

〔註 18〕1967 年 12 月 8 日、12 月 21 日茅盾日記。
〔註 19〕1968 年 2 月 12 日茅盾日記。
〔註 20〕參看《茅盾的晚年生活》(一)，《新文學史料》1995 年第 1 期，第 67～68 頁。

學生」，「但中學生，尤其是初中生就太小了一點。」小鋼「書又念得少，基礎知識不足」，茅盾非常擔心。他又怕小鋼想不通，就給她講華羅庚等名家自學成才的故事。同時他盡量多給孫女一些愛撫。後來因小鋼轉氨酶指數高出常規甚多，下鄉的事才暫緩。〔註21〕

這時茅盾的身體每況愈下。1968 年 7 月 11 日記：自己早醒後，不能再睡，「走路搖晃跌撞，不能自己。五時許只得起身做早點，做清潔工作，皆如在睡夢中。」11 月 9 日晚，因天氣太冷，把炭火盆移到室內而煤氣中毒。晨 1 時許他已覺胸口飽脹，但未「悟因炭氣之故」。3 時許又醒，下床時就倒在地上起不來了。這時他「已悟爲炭氣之故」，欲走向門邊，僅三步路，竟不能行。爬起扶牆時多次跌倒，頭碰傷出血甚多。幸孔德沚聽到呼喚，扶起他來，換了空氣，嘔吐後始略好轉。次日茅盾臥床不起，還帶病接待了外調者，提供了杜重遠在新疆被害的有關情況。12 月 31 日再次發生事故：茅盾晨 4 時醒後，拉開爐門燒水，只上樓稍睡。5 時半又醒，下樓沖水後，把兩隻熱水瓶、一隻茶壺置盤中，端上樓時，頭暈腦漲，步履不穩，盤滑脫，熱水瓶也打毀。幸樓梯狹窄，人才沒出大事故。〔註22〕

三

日常生活如此艱難，又接連發生了兩件不幸的大事。一件是孔德沚病危和逝世；一件是天安門觀禮的政治待遇被剝奪。兩件事是交叉發生的。

從 1968 年下半年起，孔德沚病情漸重；心理也發生變態。10 月 31 日茅盾記道：「三時許聞隔壁房德沚呻吟聲，去看時，原來她腹瀉後，找燈開關不得坐於地板上，屎尿狼籍，於於扶她起來，換被子，換衣服，至四時許略可。」夫人肥胖，而七旬開外的茅盾卻瘦弱，其困窘可知！進入 1969 年，孔德沚的病情有加無已。恰在此時，等到 9 月 30 日了，茅盾還未收到國慶登天安門觀禮的通知。此前實際已有徵兆。1968 年「五．一」節茅盾雖登上天安門參加觀禮，但在照例的報載名單中，取消了茅盾的名字。〔註 23〕現在連通知也未收到，孔德沚就著了急。她讓警衛員打電話問政協。政協也不知何故。不久，照例寄發的文件和新華社編印的《參考資料》也不給了。接著警衛員撤走了，專車也被取消了。但從無人來作任何解釋。顯然政協已接到內部通知才這麼

〔註21〕《茅盾的晚年生活》（二），《新文學史料》1995 年第 2 期，第 19～21 頁。
〔註22〕1968 年 11 月 9～11 日、12 月 31 日茅盾日記。
〔註23〕寇丹：《數九寒冬會茅公》，《年輕人》1983 年第 2 期。

辦的。茅盾當時並不知究竟！從 1969 年 4 月召開了中共九大，林彪當上中共中央副主席，成了「副統帥」，「四人幫」都進了政治局之後，政治迫害空前加劇了！茅盾的政治待遇被取消，只是這些變動帶來的小環節，但他心中卻壓上一塊沉重的陰雲。

這對孔德沚的打擊更大。她擔心隨時會衝來一伙人把丈夫抓走。這嚴重刺激使其病勢和精神變態隨之加劇。12 月 3 日孔德沚睡在床上抽煙，亂扔煙蒂後，隨即入睡。煙蒂燃著了衣服，幾乎釀成火災！幸賴茅盾發現早，才及時撲滅。從月中起她小便連連失禁，多次尿濕了衣服被褥。茅盾得半夜起來給她更換。轉過年來孔德沚病勢日重，體重由 130 多斤降到 70 多斤！1970 年 1 月 27 日起，孔德沚整夜不能睡，進食即嘔吐，後來又日夜昏迷。茅盾覺得問題嚴重，決心送醫院搶救。1 月 28 日茅盾記孔德沚入院情景道：「德沚仍昏迷，代她穿衣，抬下樓，她始終任憑，惟氣喘聲較粗而已。我感到不妙！」「到醫院後改看急診。此時德沚已不認識人，也不能說話。」但醫院已無床位，「只可在急症室內暫住。」大夫診斷爲「尿中毒」。下午 1 時病危，遂「電告阿桑」：兒子雖立即趕到，媽媽已經認不得他了。兒媳卻在幹校不讓回來。婆媳未能再見一面：孔德沚遂於 29 日凌晨 27 分逝世！茅盾在日記中寫到此處，眞是一字一淚：「此時我不禁放聲痛哭，蓋想及她的一生，確是辛辛苦苦，節約勤儉，但由於主觀太強，不能隨形勢改變思想、生活方式，故使百不如意而人亦對她責言甚多。」由於陳小曼請不下假來，也無法再等，只好抓緊治喪。這種局面下喪事只能一切從簡。「去火葬場送葬的」只有韋韜的堂妹瑪婭，表姐慧英，媽媽的老友陸綴文，和葉聖陶及其長媳滿子。2 月 1 日茅盾和兒子取回骨灰。早年即參加革命並入黨的老革命、老同志孔德沚，逝世後竟未能享受進八寶山的待遇。骨灰盒先是送到一個普通百姓的骨灰存放處。後來茅盾取回，置自己臥室的案頭，一直相伴到他仙逝！

孔德沚逝世後的 2 月 2 日，茅盾日記中有他和小鋼「談奶奶之爲人」的記述：「過後思之，我很對不起她，因爲我不善於教育她，使她思想能隨時變化，因而晚年愈見主觀，躁急，且多疑也。」人生大悲事，莫過於中年喪子，老年喪偶。這時茅盾形單影隻，痛苦的心情，不難想見。料理完喪事後，茅盾也病倒了。2 月 7 日他因發燒引起肺炎住院，直到 28 日始痊愈出院。1970 年 3 月 2 日，韋韜攜孩子搬回家陪伴父親同住。茅盾孤寂的心

情，才略有緩解！〔註 24〕

由於老年喪偶而「文革」又不知什麼時候結束，1970 年是茅盾自「文革」前夕開始的沉默期中心情最壞的一年。這年 10 月 15 日，他在致表弟陳瑜清信中吐露眞情說：「我自前年下半年就日見衰弱，去年德沚病中，我強打精神照顧病人，但自她故世，我安定下來，就顯得不濟了。現在上樓下樓（只一層而已），即氣喘不已，平地散步十分鐘，也要氣喘，醫生謂是老年自然現象，無藥可醫，但囑多偃臥，少動作。如此已成廢人，想亦不久於人世矣。」〔註 25〕這期間他特別懷舊，經常思念親人。1970 年 4 月 17 日是其母逝世 30 週年忌辰。茅盾寫了一首很長的《七律》。全詩對母親畢生作出概括的頌贊。其中「午夜短檠憂國是，秋風落葉哭黃壚」句，是此時此情心境的眞實流露。有時兒媳聽見他一個人在屋裡大聲朗誦女兒沈霞留下的高中時的作文。

這年四五月間，小鋼發現並讀了他寫的那份以鎭反爲題材的電影劇本手稿。讀後不久，茅盾連同從未示任何人的寫工商業社會主義改造的長篇小說手稿，一起毀掉了。茅盾不滿這兩篇作品，不是現在的事。但在老伴逝世、自覺也「不久於人世」之際才毀掉，只能說明這是他絕望與悲憤的心情所致！能給他一點寬慰的，只是兩個孫女小鋼和丹丹。然而這年底小鋼又離他而去，到東北鐵道兵參軍了。白天兒子孫子都上班的上班，上學的上學，家中只剩不滿兩歲的孫女小丹丹和他相伴！

1971 年 9 月 13 日林彪叛逃摔死之後，關於此事的中央文件，一直傳達到基層。全家不僅兒子兒媳，就連上小學的小孫子也聽了傳達，惟獨身爲政協副主席的茅盾聽不到傳達。韋韜多次勸他給中央寫申訴信，茅盾都不肯寫。直到 1973 年 4、5 月間，來訪的老友胡愈之告訴他聽到的一個情況：「有人檢舉你 1928 年去日本途中自首叛變了。」從不疾言怒色的茅盾竟怒斥說：「胡說八道！完全是胡說八道！我是從上海乘船去日本的。在船上怎麼叛變？我也從來沒有被捕過，哪來的自首？」但這時他恐怕也料到幾分誣告者是什麼人了。於是韋韜再次要父親申辯，茅盾只「聳聳肩道：『歷史是客觀存在，是眞是假，總會弄明白的。』」過了兩個月，韋韜聽說本來 1971 年就要召開，因林彪事件推遲下來的四屆人大，馬上就要召開了。1971 年選代表時，茅盾

〔註 24〕參見《茅盾的晚年生活》（二），《新文學史料》1995 年第 2 期，第 24～27 頁。
〔註 25〕《茅盾書信集》，文化藝術出版社版，第 223 頁。

就被從名單中勾除。這時正該利用選人大代表時機把「叛徒」誣詞澄清。這次兒子的規勸，終於打動了茅盾。8 月初茅盾第一次寫了請鄧大姐轉交的致周總理的信。一星期後，在韋韜催促下，他又寫了第二封。直到 9 月初才有了動靜。這天政協副秘書長李金德前來探望。這是「文革」以來政協組織首次來探望。他給茅盾帶來一個好消息：「您已經當選爲四屆人大代表，四屆人大年底召開，組織上要我正式通知您！」茅盾驚喜之餘，馬上想到兩封給總理的信，於是問：「我還有個『叛徒』問題呢！」李金德略一沉吟道：「這個，我也不清楚。我剛調到政協，許多情況不了解。不過既然您已經當選爲人大代表了，說明那些問題已經不存在了，都解決了。」不久上海朋友來信告知：上海補選了 55 位人大代表，除茅盾外，還有葉聖陶、胡愈之等。這是茅盾在「文革」中的一個大轉折點！後來茅盾獲悉，他們這些代表都在北京，是由中央直接提名，由上海選出的。但此會一拖再拖，直到 1975 年 1 月才正式召開。

1973 年 11 月 12 日，茅盾正式結束了靠邊站的生活。當日的各大報紙都刊登了他在這天出席在中山公園中山堂舉行的孫中山誕辰 107 週年紀念大會的消息。在那個年月，誰的名字上報，是窺測政治氣候的風向標。朋友們，特別是文藝界的朋友，紛紛用各種方式來祝賀。他們覺得這「預示了文藝界『解凍』的到來。」〔註 26〕

四

1971 年「九・一三」林彪事件之後，周總理提出：要把批林與批極「左」思潮結合起來。雖然毛澤東後來把批林彪代表的「極『左』」改爲批「形『左』實右」，使茅盾發出「積重難返」的慨嘆；不過政治氣氛還是較前緩和寬鬆些了。反映到茅盾生活中的兩個顯著變化，一是朋友之間來往與書信增多。常來的朋友仍是葉聖陶、胡愈之、沈茲九夫婦。但臧克家和黎丁不僅常來，而且牽線擴大了朋友來往面。他們又帶來許多文藝界的朋友和信息。經常通信的人中有幾個是茅盾獲取社會信息的重要渠道：如表弟陳瑜清帶來江浙上海的社會動態與老友（如巴金、黃源、陳學昭等）的情況。胡錫培則除介紹四川「文革」動態外，還溝通了沙汀、艾蕪等的信息。茅盾嚴守「對外不議政」的方針。於是談詩論文與詩詞酬唱，就成了基本主題。

〔註 26〕《茅盾的晚年生活》（三），《新文學史料》1995 年第 3 期，第 78～80 頁。

茅盾對自己的舊體詩詞，自謙的評價是「皆不足觀」。他自認爲「沒有詩人氣質，缺乏暴發性的靈感。」「意境仍然是雜文而已。」但「文革」中包括茅盾在內，人們內心的鬱積已達「飽和」，既然毛澤東常寫詩詞，文人們也就效法，藉以宣泄心中的鬱積。這時環境略微寬鬆，人們多了點抒發的勇氣。韋韜說其父被「引誘得『舊病復發』，打破五年的禁條，重新『舞文弄墨』起來。」

這期間茅盾約寫了近 30 首舊體詩詞。其內容可歸爲四類：一、應對酬唱之作：如 1974 年 2 月爲劉建華、朱關田結婚的賀詞《一翦梅》、3 月的《爲沈本乾畫師題〈西湖長春圖〉》（四首）、10 月 28 日賀葉聖陶 80 大壽的《菩薩蠻》；1976 年 1 月的《讀毛主席詞有感》（七絕三首）、2 月的長篇七言古風《丹江行——爲碧野兄 60 壽作》等。這些詩詞雖爲酬唱，實有深意。如適逢葉聖陶 80 大壽，但在「四人幫」淫威下，只能聚三五老友遊園以賀。彼此的唱和既頌友，亦自況。茅盾的《菩薩蠻》，反映了不爲強暴所屈，始終堅守節操的老一代文學前驅相互激勵之情。

二、回首往事之作：如 1970 年秋的《七律》、1976 年 7 月 4 日的《八十自述》，從悼母、自壽兩個不同角度，緬懷慈母「不教兒曹作陋儒」的養育之恩。重憶遺教，述畢生嚴守慈訓，包括「文革」在內的 80 年來，雖處逆境，然「大節貴不虧」、從未「作陋儒」差堪自慰自勵之情。1973 年 11 月 2 日的《壽瑜清表弟》、1974 年 2 月的《一翦梅・感懷》、1975 年的《贈趙明》等詩詞，或贈友，或懷舊；也是自己亡命日本、歷險新疆、徒步離港過東江等不同時代的人生經歷與革命追求的眞實寫照，體現出在黨的領導下，幾十年如一日，全心全意爲國爲民的執著態度。所謂「有美清揚，在水一方」與「且泛艅艎，適彼樂兮」（《一翦梅・感懷》），所謂「峻坂鹽車我仍奮」（《贈趙明》），既是昔日執著革命之態度的逼眞的自白，也是「文革」逆境中矢志不移的現實心態的自我表現。

三、託古喻意、借古鑑今之作：如 1973 年 4 月的七律《讀吳恩裕〈曹雪芹佚著及其傳記材料的發現〉》、同年夏的《讀〈稼軒集〉》、1974 年冬的長短句《讀〈臨川集〉》等。茅盾在詩中對王安石、辛棄疾、曹雪芹三個古代名人各有特色的一生，作了歷史唯物主義的評價。既是寫古人遺風，狀今人楷模，也不無夫子自道之意。馮至讀後，就認爲它抒發了茅盾「鬱結的心情」，「覺得能與魯迅的幾首名詩相比。」「美芹藎謀空傳世，京口壯猷僅匝年。擾擾魚蝦豪傑盡，放翁同甫共嬋娟」句，固然寫了古人及其處境，難道就沒有茅盾「文革」中的困境與時忿嗎？《讀〈臨川集〉》寫於「批林批孔批周公」運動中，周公暗指總理，幾乎無人不曉。「萬般阻力如山嶽，公自夷然終不屈。天下嘩傳拗相公，相公十載心力竭。成敗由來因素多，相公左右無良弼。公亦有言：僞風易悅楚，眞龍反驚葉。嗚呼眞龍未窺相公庭，僞風翺翔逞詭譎。相公事未竟全功，遂令後儒淆亂黑白競嘵舌。只今唯物史觀剖幽微，千年積毀一時雪。」這活畫出一面歷史的明鏡：照了古也照了今。寫的是王臨川及其反對派「勳戚、權貴、豪強、儒臣」，難道在「四人幫」大批「周公」的「文革」當時，詩中沒有與之相對應的今人今事的影子？其結句更妙，今天看來，竟是預言！

四、感時寄意、諷世明志之作：其實上述諸詩多屬此類。但還有屬此類的更爲直露，更具針對性，是茅盾詩詞中最重要者。如 1972 年春的《偶成》、同年夏的《無題》與《西江月・無題》、1973 年 10 月的七律《中東風雲》、1974 年的七律《感事》等。這些詩均寫於林彪暴露後批林批孔運動中。茅盾充分利用公開批林之機，指桑罵槐、暗藏譏刺「四人幫」〔註 27〕的鋒芒。「相公」與「僞風」的對比描寫，其現實寓意也昭然若揭。《偶成》的對比性主題，表現得更加尖銳：「蟬蜩餐露非高潔，蜣螂轉丸豈貪痴？由來物性難理說，有不爲焉有爲之。」當時正處好人不香，壞人不臭，是非顚倒的時代。當道的壞人「朝三暮四」，「用之有法。」高潔的好人雖遭詆毀，仍傲然挺立。茅盾大義凜然地發出警告：「豈容叛賊僭稱雄，社鼠城狐一網空。莫謂工農可高枕，須防鬼蜮暗彎弓。」鬼域者誰？豈不是後來被挖出的「四人幫」？該怎麼辦？茅盾答道：「世界人民要革命，燎原之火趁東風。」這些詩詞當時雖未發表，但廣爲朋友所傳抄。有的他也書贈友人，或應友朋之請，書以贈人。當然有很大影響。

儘管身處黑雲壓城之逆境，茅盾並未失卻樂觀主義精神與韌性戰鬥態度。他從未放棄希望。始終相信人民和革命的主流。1972 年應友人之索，題《一翦梅》時，他作小序曰：「辛亥革命之前年，余曾求學於湖州中學，近有湖州來友人謂解放後湖州工農建設氣象蓬勃，前途大好，喜而賦此。」詞曰：「六十年前景淒涼，壟下多稂，陌上無桑。而今日月換新裝，八繭蠶忙，雙

〔註 27〕當時沒有公開這麼提，但群眾中間卻有口皆碑。毛主席批評他們的話，也已傳開。

季稻香。廠礦安排細較量，翹首錢塘，俯視金閶。工農子弟煥文章，泖澧汪泱，苕霅流長。」詞短意長，茅盾愛祖國、愛家鄉、愛社會主義之情，溢於言表！

五

林彪事件後茅盾打破了沉默，開始就批林批孔等問題跟家人交流思想。他贊成批孔和講儒法鬥爭，認爲儒法鬥爭的確是研究中國封建社會演變的一條線。《讀〈臨川集〉》就反映了他對具變革精神的大法家王安石的讚賞。他甚至建議姚雪垠寫《李自成》時，適當描寫這條線。但他反對把「儒法鬥爭」絕對化，不贊成用以解釋民主革命與社會主義革命中的階級鬥爭。他也反對把批孔與批林掛鈎，更反對某些文章露骨的影射和政治攻訐。江青說呂后、武則天都是法家，茅盾更感到滑稽可笑：「中國歷史上著名的法家就有數的那麼幾個，怎麼能隨意亂封！」文藝界批林批孔，主要是批「文藝黑線回潮」。茅盾聽說「黑畫事件」被當作「回潮」的典型，憤憤地說：「這是什麼『批判』，這叫破字猜謎，羅織構陷！眞是欲加之罪，何患無詞！」針對批林批孔，講儒法鬥爭中把周總理當成「當代大儒」，茅盾就憤而寫《讀〈臨川集〉》，謳歌王安石而寓以深意。

林彪事件後，文藝出版事業開始復甦。但怪事層出不窮。茅盾也常對家人發表意見。陳小曼是人民文學出版社編輯，參加社裡組織的「一人念，大家聽，然後發表意見」的「集體審稿」。茅盾很不以爲然。他說：「腦力勞動，形象思維，不同於其他工作，不能強調集體幹。」這是重蹈 1958 年的覆轍。「你們審的稿子，到結尾還出現新人物，這說明作者是在違背創作規律。這是小說創作之大忌。」〔註 28〕談文藝問題時，也涉及茅盾自己的小說。他向家人說明，《虹》中梅女士的模特兒雖是胡蘭畦，《子夜》的吳蓀甫雖也依據了盧表叔的經歷，《蝕》中寫慧女士雖也觀察了黃慕蘭，但都僅僅是依據之一。這些主人公都是綜合許多生活原型，提煉概括虛構而成的典型人物。

兒子韋韜見父親談文學創作那眉飛色舞的樣子，覺得這是改變父親的心情，轉換父親生活方式使之進入工作狀態的機會，就勸父親重操舊業。不能寫現實題材，可以續寫未竟的長篇。茅盾被兒子的提議所打動，終於決定續

〔註 28〕《茅盾的晚年生活》（四），《新文學史料》1995 年第 4 期，第 40～43 頁。

寫剛開了個頭，還未進入正題的《霜葉紅似二月花》。這次續寫，「約佔了 1974 年半年的時間。」〔註 29〕這當中傳來茅盾裝病，閉門寫「反黨小說」，留待身後出版的謠言。茅盾聽後縱聲一笑說：「書還沒寫，謠言倒來了。我倒眞地要認眞續寫此書了！」

這次續寫，先從寫故事梗概與分章大綱開始。全部手稿抄清件共 179 頁約五萬三千字左右。包括目錄和附件(1)「人物表」(介紹了第一部中 38 個人物)，附件(2)「縣城街略圖。」〔註 30〕茅盾在《我走過的道路》中說：此書「第二部寫北伐戰爭。第三部寫大革命失敗以後。」據此對照分章大綱與故事梗概可知：從第 15 章寫起的續書，15～18 章，仍是續寫第一部的故事。時間也緊接第一部最後的第 14 章。幾個主要人物加強了，又出場了幾個次要人物。續書以「第 18 章以後各章的梗概及片斷」為題的以下各章：一、「北伐軍入城」(時間從 1926 年 9 月北伐軍圍武昌始，茅盾誤為「11 月」)；二、「嚴無忌拜見黃和光」；三、「張今覺初會錢良材」；四、「亡命日本」；五、「馮秋芳王民治在日本與黃和光張婉卿相遇」；六、「張今覺錢良材結伴北上」；七、「醫戒行房期滿翌晨夫妻戲謔」；八、「張今覺與錢良材策劃擊殺仇人」；九、「張今覺受傷住院」；〔註 31〕才是「文革」中茅盾續寫時構思的二、三兩卷的新內容。但就全書篇幅論，二、三兩部絕不會就這麼九章。因此續書分章大綱，也是第一部詳、二三兩部簡的。大綱所寫其二、三兩部的未來格局，遠未盡茅盾之意，是顯而易見的。

續書已揭示出全書主題與標題的正面寓意。張婉卿、錢良材及小字輩的人物，其性格都有較大發展，續書還新增了嚴無忌、張今覺兩個國民黨左派人物。尤其張今覺這個女傑，是個與著名的國民黨左派女傑、刺殺過吳佩孚的施劍翹相類似的典型，不僅在茅盾小說中，就是在中國現代文學史上，這也是獨一無二的新典型。這份大綱附有部分描寫極具體的章節片斷。其文字綺麗灑脫，不妨據手稿摘引一段寫嚴無忌拜見老同學黃和光時黃府「偕隱軒」的文字以見一斑：「裡外間的素壁，上有橫額，墨綠地嵌羅甸字，寫『膽大心細，外圓內方』，落款是和光為婉卿書。橫額下是一幅六尺中堂，裝在鏡框內，畫的是拳石木芙蓉，那拳石突兀峭拔，芙蓉則婀娜冷艷，矯健英發，看

〔註 29〕《茅盾的晚年生活》(三)，《新文學史料》1995 年第 3 期，第 81～83 頁。
〔註 30〕此圖係茅盾親筆所繪，收入《茅盾全集》第 6 卷作為插頁。
〔註 31〕此章標題係茅盾手稿原有的，序號是筆者所加。

落款是：婉卿畫，和光借青丘詞奉題。左邊便是和光題的一首高青邱的《行香子》：『如此紅妝，不是春光。向菊前蓮後才芳。雁來時節，寒沁羅裳。正一番風，一番雨，一番霜。蘭舟不采，寂寞橫塘，強相依，暮柳成行。湘江路遠，吳苑池荒。恨月濛濛，人杳杳，水茫茫。』」以下寫人物情態，也保持同樣格調，儼然《紅樓夢》般的大手筆。

遺憾的是：續書仍是草圖，並沒寫出正文。客觀原因是：茅盾常常頭暈，又忙於搬家準備工作。主觀原因則因年代相隔太久，風格上難和首卷渾然一體。茅盾自律甚嚴，在未充分「磨合」前，難於草率動筆。此後事繁境遷。「文革」結束後又面臨時代巨變。故此作終未續成，留下中國現代文學史上的一大遺憾！

當選四屆人大代表之後，茅盾的處境逐漸改善了。包括從住了25年的東四頭條文化部宿舍小樓，遷往如今對外開放的北京後圓恩寺胡同13號的茅盾故居。這是一所清代遺宅。原係楊明軒所居。「文革」前夕楊明軒故去後，此院成了國務院機關事務管理局存雜物處。關於茅盾遷來的時間，據開放的茅盾故居文字說明，是「1974年11月」。這是不確的。據韋韜回憶是「12月初」。〔註32〕此說可信。有茅盾的信件爲證。1974年12月4日《致沈德汶》中說：「現在要搬家」，因「昨天修理完畢，去看了一下，還可以。」1974年12月25日《致碧野》中說：「已於兩旬前遷居。」〔註33〕兩信一寫在搬家前，一在搬家後，均在12月，據此可以判斷，實際日子當在1974年12月5日至10日之間。

茅盾自己描寫新寓所道：「這是四合院」，「房子大小20多間」，「飯廳、會客室、車庫、下人房、廚房等等，佔用了大小十多間。」〔註34〕故居正式開放前，曾改過造。除最後一進外，都有變動。1983年春我參加編輯《茅盾全集》時，曾住此約半年。那時仍是原貌。現臨街一進傳達室，進門過道，是原貌。現打通裝修成的一大間貴賓室，原是隔開的三小間，即茅盾所說的「下人房」。廚房依舊。但前院靠廚房的東展室，原是一大（餐廳）一小，打通而成。正廳原是一大兩小的排間，爲韋韜夫婦居室。只有後院第三排房子，保留了茅盾生前居室的原貌。這是茅盾生前最後一處寓所。除1976年8月因

〔註32〕《茅盾的晚年生活》（五），《新文學史料》1996年第1期，第69頁。

〔註33〕《茅盾書信集》，百花文藝出版社版，第257、16頁。

〔註34〕《致沈德汶》，《茅盾書信集》，第257頁。

地震及震後房屋必須修繕，茅盾臨時遷到阜城門外三里河南沙溝 9 樓 2 號暫住，1977 年 1 月上旬遷回〔註 35〕外，直到逝世，茅盾陪伴著孔德沚的骨灰盒，度過他最後六年多的歲月。

六

1975 年 1 月 8 日至 18 日，茅盾出席了第四屆全國人民表大會，並被選進主席團。會議照顧年老體弱的代表，免於參加小組會。故茅盾除參加兩次大會一次主席團會外，均在家閱讀秘書處送來的簡報，並通過電視關注大會的進展。會前曾聽到江青等將通過人事安排強化「造反派」力量的傳聞，頗使茅盾擔憂。他特別注意的是毛主席持什麼態度。會議結果使他放了心：周總理仍是總理。鄧小平是第一副總理，代周總理主持日常工作。此前鄧小平在黨的十屆二中全會上當選爲政治局常委和黨中央副主席、中央軍委副主席兼解放軍總參謀長。這些消息都使茅盾興奮不已，於是他攜兒孫赴頤和園參加了一次「五一」遊園活動。這固然反映了他格外高興的心情，也是爲自己的名字能見報，免得在謠言四起的年代中親友們惦念。

從 1974 年 10 月 17 日到 1975 年 8 月 14 日，茅盾用很大精力看姚雪垠的《李自成》。從 1974 年到 1979 年，他給姚雪垠先後寫了長短不一共 31 封信。絕大部分是談《李自成》，提供了許多精闢的意見。1975 年 3 月份茅盾病了一場。4 月下旬和 5 月份整月都以「左目已失明，幸右目尚有 0.3 的視力」〔註 36〕看那模糊的油印稿。有時借助放大鏡也無濟於事，就讓陳小曼讀來聽。迄逝世爲止，這是茅盾幫助作家進行創作最具體、最細緻入微的一次。這不僅體現出爲朋友謀的忠實態度，也體現出在萬馬齊喑的「文革」時代，他希望文壇重振雄風的熱切願望與無私奉獻。一時這壯舉被傳爲文壇佳話。姚雪垠言及此事，總是感激涕零！

從 1975 年 5 月起，茅盾不斷獲悉韋韜和朋友們聽說的毛主席批評「四人幫」，「四人幫」陰謀組閣受挫等傳聞。7 月份又傳出毛主席關於肯定《創業》和要調整文藝政策的兩條「最新指示」。八九月份傳聞更多。茅盾的頭腦卻十分冷靜。一方面，他也希望這些消息可信，並向子女談了些他對江青的看

〔註 35〕1977 年 2 月 9 日《致高莽》，1976 年 10 月 5 日《致荒蕪》，《茅盾書信集》，第 58、120 頁，百花文藝出版社版。

〔註 36〕1976 年 6 月 24 日《致王亞平》，《茅盾書信集》，文化藝術出版社版，第 299 頁。

法，和爲《東方紅》的修改，他向江青當面頂撞的往事。另一方面，他認爲不從文藝陣地上搬開「四人幫」，對調整文藝政策就不能寄太大的希望。1975年9月，「四人幫」抓住毛主席評論《水滸》的純學術性的談話，大搞「反對黨內的『投降派』」。江青還竄到大寨在討論農業的大寨會議上和鄧小平對著幹。茅盾就提醒家人道：「毛主席對江青的批評都是屬於思想品德方面的，並沒有政治性的。」「只說她有野心，並沒有說她是走資派或反對文化大革命呀！」〔註37〕

果然11月初毛主席在給清華大學的批示中，明確提出要反對某些人「算文化大革命的賬」的問題。接著又傳來周總理患癌症的消息。但對茅盾打擊最沉重的，是1976年1月8日周總理溘然長逝的噩耗。9日清晨，起床最早的茅盾打開收音機，就聽到這令人沉痛的消息。他不禁潸然淚下。他一邊一遍又一遍地聽哀樂和訃告，一邊讓人買回黑布，給家裡人每人做一個黑箍，以表示無盡的哀思！1月10日他去北京醫院向總理遺體告別。當晚寫下兩首挽詩。其一：「萬眾號咷哲人萎，竟傳舉世頌功勳。靈前慟極神思亂，揮淚難成哀挽文。」其二：「衣冠劍佩今何在？偉績豐功萬古存。錦繡江山添異彩，骨灰撒處見忠魂。」1月11日總理遺體送八寶山革命公墓火化。茅盾通過電視，從頭到尾看著傾城出動的送行的人們悲慟欲絕的場面，不禁老淚橫流，悲痛地說：「這是中心所向啊！」當天他在《致趙清閣》信中說：「周總理終於去世，如晴天霹靂，不勝哀感，從此中國及世界失一偉大的無產階級革命戰士。外國報刊連日頌揚總理的功勳與高超的品德，中國革命家如此引起全世界注意，非毛澤東時代不可能也。」〔註38〕

這時茅盾非常擔心鄧小平的命運。1976年2月公布了華國鋒代國務院總理主持中央工作，陳錫聯主持軍委工作的決定。同時宣布鄧小平被撤銷黨內外一切職務。針對根據鄧小平抓調整工作時所作的指示起草的黨內文件《論全黨全國各項工作的總綱》，毛澤東重申：「階級鬥爭是綱，其餘都是目。」他又說：「走資派還在走。」於是發動了「批鄧，反擊右傾翻案風」運動。

這給茅盾的打擊太大了。他覺得形勢急轉直下，結束「文革」無望，遂

〔註37〕《茅盾的晚年生活》（五），《新文學史料》1996年第1期，第75～77頁。

〔註38〕《茅盾的晚年生活》（六），《新文學史料》1996年第2期，第93～94頁；《茅盾書信集》，百花文藝出版社版，第375頁。

決定開始別人多次提議過，他一直猶豫，未能進行的寫回憶錄的準備工作。1973 年茅盾復出時，就有老編輯建議他寫回憶錄。續寫《霜葉紅似二月花》時，韋韜也曾建議過。遷居後，又有人提議。茅盾總想等形勢好轉，圖書館開放，認眞查資料，從容地寫。這次形勢逆轉，他覺得不能再等了，遂用韋韜從舊貨店買來的舊錄音機，開始口授。由韋韜操縱錄音機，小曼、小鋼同時筆錄。1976 年 3 月 24 日開始了第一次錄音。這項工作被丙辰清明群眾自發悼念周總理的壯舉所打斷。4 月 1 日管理局下通知：不讓去天安門。茅盾卻宣布放假 3 天，讓家人參加天安門的悼念活動。廣大人民激昂慷慨的情緒和大義凜然英勇無畏的言行，給茅盾以極大的鼓舞。他從中看到眞正能阻擋「四人幫」篡黨奪權的力量。他認眞聽家人去天安門回來講述那動人的場景，也反覆讀他們抄回來的那些催人淚下的挽詩。茅盾認爲：「文革」中總是學生打頭。這次是工人階級走在了前面。這是十分重要的信號！讀著那些挽詩，茅盾讚嘆不已：「別看這些普通老百姓不是理論家，卻懂得鬥爭策略，很機智也很有幽默感。前幾年江青他們搞影射史學，想不到老百姓也學會了，並且『以其人之道，還治其人之身。』」〔註 39〕

1976 年 4 月 5 日發生了「四人幫」血洗天安門事件。4 月 7 日公布了鄧小平再次被打倒的決定。政協要求每位委員寫一篇表態擁護的文章。茅盾心情沉重。他讓韋韜代他寫了一篇以敷衍塞責。他教兒子用閃爍其詞，模棱兩可的寫法。不久因追查「天安門」事件的參與者，茅盾的侄女、沈澤民之女瑪婭被迫致死，這又使茅盾老淚縱橫！

1976 年 7 月 4 日，是茅盾的 80 大壽。但他以「於今不宜，當俟異日」的婉辭，謝絕了臧克家等老友籌劃設宴豐澤園爲他祝壽的盛情。在家人堅持下，他只辦了表弟瑜清、表侄女慧英夫婦參加的家宴，草草慶祝。但他寫下一首五古：《八十自述》。其開頭四句是「忽然已八十，始願所未及。俯仰愧平生，虛名不副實。」下面只寫了「昔我少也孤」共 16 句，即戛然而止。並非他不具備以五古概括畢生經歷的功力，而是面對一系列嚴重政治事件，因心神不寧而輟筆。

此後災難頻至。7 月 7 日朱德總司令溘然長逝！7 月 28 日唐山發生大地震。茅盾只得搬到院中搭的地震棚中暫避。9 月 9 日，毛澤東又繼周恩來、朱德之後逝世。茅盾覺得人民共和國的前景殊堪憂慮。9 月 18 日，他懷著沉痛

〔註 39〕《茅盾的晚年生活》（六），《新文學史料》1996 年第 2 期，第 95～96 頁。

的心情，出席了在天安門廣場舉行的追悼毛澤東的大會。他十分敏感地覺得，公布的那條「按既定方針辦」的所謂「最高指示」，叫人「捉摸不透」。但當聽到報刊、廣播對此「最高指示」的宣傳連篇累牘時，茅盾藐然笑道：「這叫『色厲內荏』！」這時茅盾已經有預感了。

10 月 8 日早晨，韋韜最早聽到「四人幫」於 6 日晚被捕的消息，就興奮地回家報告給父親。茅盾一下子從床上坐了起來，一迭聲地感嘆道：「想不到，想不到這麼快，眞想不到！」他每天急切地盯著看電視，等待公布這喜訊。直到 10 月 14 日，才正式公布了粉碎「四人幫」的消息！茅盾關注著連日來歡天喜地的群眾遊行。雖然連染風寒，他還是帶病參加了 24 日在天安門前舉行的有上百萬人參加的慶祝粉碎「四人幫」偉大勝利的大會！目睹著萬眾歡騰的場面，茅盾寫了一首雜詩：《粉碎反黨集團「四人幫」》。他覺得意猶未盡，幾天後又改成三首七絕：其一：「寰宇同悲失導師，四凶逆謀急燃眉。烏雲滾滾危疑日，正是中樞決策時。」其二：「驀地春雷震八方，兆民歌頌黨中央。長安街上喧鑼鼓，歡呼日月又重光。」其三：「畫皮剝落見原形，功罪千秋有定評。馬列燃犀照妖孽，成精白骨看分明。」

1976 年 12 月，連續公布了三批「四人幫」罪行的材料。茅盾看到一份材料中說，江青自稱「過河卒子」，就以《過河卒》爲題，寫了一首打油詩：「卒子過河來對方，一橫一縱亦猖狂。非緣勇敢不回首，本性難移是老娘。潛伏內庭窺帥座，跳竄外地煽風狂。春雷驚碎春婆夢，叛逆曾無好下場。」此外他還寫了《十月春雷》、《迅雷十月布昭蘇》等多首舊詩。這些詩詩味倒不甚濃，但噴發出來的，是他十多年來鬱積在心的惡氣，自有一股衝決邪惡的銳氣！噩夢醒來是早晨，茅盾終於盼來了萬物復甦的春天，從此步入他心情舒暢的晚年。

第二節　噩夢醒來，撥亂反正迎新春

「粉碎四人幫，人心大快。」〔註 40〕茅盾好像變了一個人。他一向「緘默寡言，深沉冷靜」；現在「談到『四人幫』的倒行逆施，他不是氣惱地尖銳叱吒，便是冷嘲熱諷地縱聲笑罵，表現出一種嫉惡如仇，正氣軒昂的風貌」。

〔註 40〕1977 年 1 月 9 日《致趙清閣》，《茅盾書信集》，百花文藝出版社版，第 377 頁。

他一如既往關注「發展我國文藝事業」，希望它能不「斷線」。他呼籲文藝工作者能像「團結抗日」那樣「團結同心搞『四化』」，消泯「文革」製造的種種矛盾，團結起來向前看。〔註 41〕這時茅盾已八十高齡，卻以多病之軀宵旰辛勞，集中全力於撥亂反正，恢復與發展文藝事業，度過了他輝煌的最後的五年。

一

這時茅盾「意外地忙」，來訪者「差不多平均兩三天有一二人或一批四五人。」他應請求爲人題字，有時一天就「寫了大小二十多張。」外地寫信來問問題的也不少，「至於約稿」則更多。〔註 42〕這期間他生病住過院。出院後又照樣緊張地工作。其實他靠一股巨大的精神力量支撐著。他覺得失去的時間太多太多。老驥伏櫪，志在千里，「錦繡羅胸仍待織，無情歲月莫相催」。〔註 43〕他感到自己的時間不會太多，自幼確立的「大丈夫當以天下爲己任」的抱負，使他認定生命不全屬自己。人生好似接力跑，自己這一棒不過是全過程的一部分，他要以有限的生命幹無限的事業。他的晚年更具緊迫感！

噩夢醒來，頭等大事是叛亂反正迎接文藝春天的到來。百廢待興，茅盾格外關注那些受迫害致死的故人的平反工作，和解放那些仍銜冤而生的文壇宿將。抓好這件事，將會帶起一大片。對此茅盾有足夠的認識。早在 1974 年冬，他聽駱賓基說，仍戴著反革命帽子的馮雪峰身患肺癌，急需麝香，此藥珍貴難覓，家人正在犯愁。茅盾就把 50 年代尼泊爾王族代表團贈自己的麝香，從剛搬家時成堆的雜物中找出來，託胡愈之送去。他囑馮雪峰不要煩躁，安心養病。1976 年 1 月 31 日雪峰含恨逝世。當時「四人幫」還在台上，「不許見報，不許致悼詞」。「在人人自危的氣氛中」，茅盾冒著政治風險主持了追悼會。在會上他和十多年被政治牆壁隔絕的許多老朋友見了面，他們或仍戴著「反革命」的政治帽子，或仍承受著精神枷鎖。茅盾把關懷都傾注在緊緊的握手中。這一切顯示出茅盾的「無畏的戰士的精神」，〔註 44〕也給了戰友以勇氣。

〔註 41〕參見趙清閣：《哀思茅盾先生》，《茅盾書信集》，百花文藝出版社版，第 388 頁。

〔註 42〕《致陳小曼》，《茅盾書信集》，百花文藝出版社版，第 33～34 頁。

〔註 43〕《奉和雪垠兄》，《茅盾全集》第 10 卷，第 463 頁。

〔註 44〕駱賓基：《悼念茅盾先生》，《憶茅公》，第 212～214 頁。

「四人幫」倒台後，茅盾意識到，爲受政治迫害的文藝工作者平反昭雪，是重新凝聚人心，重新組織隊伍的關鍵。他自覺地努力促進。他聽胡絜青說：由於老舍挨整後沒有政治結論，甚至影響到孫兒與外孫女入團。茅盾「義不容辭，從旁推動」，於是就主動寫信給王昆侖，約他聯名寫信給當時的統戰部長烏蘭夫，遂使老舍的冤案平反昭雪。這事影響極大，使廣大受迫害的文藝家都受到了鼓舞。

1978 年 2 月 25 日至 3 月 5 日，茅盾出席了第五屆人代會預備會和第一次會議，及同時舉行的五屆政協第一次會議。他分別當選爲人代會主席團成員和政協副主席。會上他和葉聖陶、冰心、巴金等老朋友歡聚一堂，共議國是。

這時茅盾身體已極度衰弱：兩腿不聽使喚，走路要人扶，走丈把遠，就氣息短促，不能說話，四五分鐘才順得過氣來。7 月 7 日夜他摔了一跤，「花了一小時」才「掙扎著站起來」。〔註 45〕但 1979 年他以 83 歲高齡主持田漢的追悼會並致悼詞。本來請他坐著念，只念頭尾，當中由人代念。他卻「懷著沉痛的心情，堅持肅立，一口氣念完悼詞。」他表示：「爲田漢念悼詞，也是代表所有被迫害致死的作家，向『四人幫』控訴」。「即使累病，也在所不計」。〔註 46〕

爲給大革命時期和自己並肩戰鬥過的老同志黃慕蘭平反，茅盾 1980 年 1 月 17 日致信鄧穎超同志。信中說：「黃慕蘭同志堅持地下工作，爲黨做了許多事，『文革』時期遭受迫害。至今尚未平反昭雪。您是深知慕蘭同志一生情況的，因此我們懇請您敦促有關單位，早日予以昭雪，不勝盼禱之至。」〔註 47〕茅盾除邀陽翰生聯名寫此信外，還約請了胡愈之、夏衍、梅益、趙樸初等人合力敦促，直至平反工作完成。

爲了把被顛倒了的歷史（特別是中共黨史）再顛倒過來，茅盾也是殫精竭慮。尤其是「文革」中「討瞿」戰鬥隊和《討瞿戰報》遍及全國，流毒甚廣。因此，茅盾格外用力恢復瞿秋白的光輝形象。這時「討瞿」的壓力未滅。

〔註 45〕1978 年 7 月 8 日《致姜德明》，《茅盾書信集》，百花文藝出版社版，第 139 頁。

〔註 46〕趙清閣：《哀思茅盾先生》，《茅盾書信集》，百花文藝出版社版，第 386～387 頁。

〔註 47〕黃慕蘭是茅盾據以塑造時代女性的原型之一。此信以「我們」自稱，因爲此信是和陽翰笙聯名。這裡引文，見百花文藝出版社版《茅盾書信集》，第 307 頁。

徐州師範學院吳奔星教授主編的《中國現代作家小傳》被迫把印就的《瞿秋白小傳》封貼起來。茅盾卻挺身而出，爲瞿秋白翻案。他指出：瞿秋白「是中國共產黨早期的領導人之一，又是早期的傳播馬列主義的重要人之一。中國的社會主義道路是在總結屢次失敗的經驗而後找到正軌的。秋白同志假如能活到現在，決定不是當年那個樣子。」當時「四人幫」認定瞿秋白的《多餘的話》是「叛黨自白書」。茅盾反駁道：「我對於《多餘的話》中他自謂搞政治是『歷史的誤會』深有體會。」30 年代他給魯迅「寫信時署名犬耕，魯迅不解其意，問他，他說：『我搞政治，好比使犬耕田』。」此語和「歷史的誤會」同樣，是「冷靜的自我解剖」。〔註 48〕茅盾跟陳鐵健討論瞿秋白的兩封信，發表在同年 9 月《歷史研究》第 9 期。這年 12 月 10 日在《致中共中央紀委會第八組》信中茅盾又如實介紹了「1931 年秋白同志在上海受王明打擊，離開中央以後，三年期間」公私分明，在滬自費租房，「生活簡單」，靠「寫譯文章得點稿費」度日等清白的歷史。〔註 49〕1980 年 2 月《紅旗》雜誌社派柯藍約茅盾寫紀念瞿秋白的文章時，他「沉浸在 1928 年的回憶裡」，談起當時他們全家老小如何冒著生命危險「營救瞿秋白夫婦的情景」。也談及秋白住在他家看《子夜》手稿，提出了寶貴意見，他採納修改的往事。他慨允柯藍，爲《紅旗》著文。這就是刊於《紅旗》1980 年第 6 期的《回憶秋白烈士》。茅盾說他著此文時，「含著欣慰的眼淚」，「慶祝秋白同志的『再生』！十年的浩劫啊，對於長眠地下的秋白，也許只不過是一場凍雨，可是活著人們卻永遠不會忘記這奇恥大辱！」茅盾完整地記下瞿秋白當年對「犬耕」筆名的解釋：「這並不是說我不做共產黨員，我信仰馬克思主義是始終如一的，我做個中央委員，也還可以，但要我擔任黨的總書記諸如此類的領導全黨的工作，那麼，就是使犬耕田了』。」茅盾說：「這番自知之明、自我解剖的話，使我們肅然起敬。」這和《多餘的話》中說讓自己站在黨的領導崗位上是「歷史的錯誤」，同屬一義。怎能作爲「叛徒自白書」的證明？茅盾系統地回憶了他和瞿秋白自 1922 年結識後，1924 年在上海、1927 年在武漢、1930 年至 1933 年又在上海的多次合作，以及他目睹的瞿秋白對革命所做的偉大貢獻；特別是瞿秋白與魯迅共同領導左聯的業績，是彪炳史冊的。據此茅盾作出結論：「我始終認爲他是一個正直的革命者，一個堅定的共產黨員，一個無私無畏的戰

〔註 48〕1979 年 5 月 14 日《致陳鐵健》，《茅盾書簡》，第 440 頁。
〔註 49〕《茅盾書信集》，百花文藝出版社版，第 397 頁。

士，一個能肝膽相照的摯友！秋白生前受過不公正的對待，他死後又遭到『四人幫』的誣陷。現在，被顛倒的一切終於又顛倒過來了，我眞誠地願秋白的靈魂得到安寧。」〔註 50〕茅盾此文成了推翻加諸瞿秋白頭上的「叛徒」罪名最有力的佐證之一。

二

茅盾對「四人幫」假「學習魯迅」之名，行歪曲魯迅及其作品之實，藉以陷害、打擊革命文藝工作者，推行形而上學思想方法，煽動極「左」思潮的罪行，是十分憤恨的。因此用了很大氣力撥亂反正，恢復魯迅的眞實面貌。當時正在進行的中學教學與魯迅註釋工作，也被上述流毒困擾。爲了解惑，人們紛紛向茅盾請教。但提問中往往充滿「左」傾意識與形而上學方法，又困擾著茅盾，使他不堪其苦。他向老友趙清閣訴苦道：現在「說話困難。說實話呢，將以爲我潑冷水，叫好呢，那不是說謊麼？」「而一些解釋魯迅舊體詩的文章則形而上學泛濫。」〔註 51〕他對家人說：「研究方法要清除『四人幫』的流毒。現在的一些研究，往往是先立『假說』，然後在魯迅日記、書簡乃至同時期的報刊文章中廣求例證，這種方法是違背唯物辯證法的。」〔註 52〕「四人幫」就是用這種形而上學方法「適合他們『幫』理論的需要。」「不少人，尤其是年輕人，已在不知不覺中染上了『四人幫』這種形而上學的病毒。」1979 年 10 月 17 日，《人民日報》發表了茅盾《答〈魯迅研究年刊〉記者的訪問》。文章劈頭就批評用這種形而上學歪曲、神化魯迅的傾向。茅盾替魯迅抱屈：魯迅「也想不到他死了以後，人家把他歪曲成這個樣子。」茅盾批評了那些稀奇古怪的曲解魯迅著作的「假說」。例如說魯迅的舊體詩《湘靈歌》是紀念楊開慧的。茅盾說：「魯迅並不知道楊開慧，我也沒有給他談過楊開慧。」〔註 53〕茅盾指出：「魯迅研究中也有『兩個凡是』的問題。比如說有人認爲凡是魯迅罵過的人就一定糟糕，凡是魯迅賞識的就好到底，我看並非如此」，「要實事求是」。茅盾還批評了有些作品歪曲描寫楊開慧的形象：把她「寫成一個

〔註 50〕《茅盾全集》第 13 卷，第 442～447 頁。

〔註 51〕1977 年 11 月 5 日《致趙清閣》，《茅盾書信集》，百花文藝出版社版，第 379 頁。

〔註 52〕《茅盾的晚年生活》（七），《新文學史料》1996 年第 3 期，第 107 頁。

〔註 53〕茅盾此話見《茅盾全集》第 27 卷，第 360 頁，與《我走過的道路》（中），第 89 頁所述跟魯迅談及楊開慧的情況不符。

開槍打仗、浴血搏鬥的女遊擊隊長了」。茅盾 1926 年住在廣州毛澤東寓所時所見的楊開慧的形象絕非如此。她嫻雅沉靜、莊端賢淑、深明大義。茅盾指出：有些描寫與實際「距離太遠」，是「四人幫」搞的那套「三突出」的寫法，對「三突出」，茅盾是徹底否定的。〔註 54〕

茅盾還澄清了他和魯迅聯名電賀長征勝利的有關問題。茅盾反覆向人們解釋〔註 55〕魯迅跟他議過此事，他也表示同意。但他再三聲明：自己從未見過此電文，也不知打出的電文是否有我的署名。在延安時，我曾「和毛主席談到魯迅，毛主席沒有提到這封賀電。當時毛主席也沒有把它當作天大的事，沒有必要從這件事證明魯迅是偉大的共產主義者」。這份電報「現在發現的也不完整」。〔註 56〕《新文學史料》1996 年第 3 期發表了閻愈新的《六十年前魯迅、茅盾致紅軍賀信之發現》一文，提出了「長征電報」是「東征賀信」之訛傳或「誤記」說。一時間新聞媒體「炒」得沸沸揚揚。1996 年 7 月在茅盾誕辰百週年國際學術討論會上，閻愈新以此文爲底本作大會發言時，竟以茅盾「自謙」的妄斷，來推翻茅盾「未見電文」的自述。我當場提出質疑，並請在場的親自聽過茅盾自述的張小鼎和韋韜澄清事實。他們都證明：茅盾「未見電文」的自述的確是事實。他們都否定了茅盾「自謙」說。其實閻愈新「發現」的所謂魯迅、茅盾「東征賀信」，並無署名。署名處只有「××、××」的符號。說這四個「×」就是魯迅、茅盾，沒有任何證據。其他如說「長征」是「東征」的「誤記」、「賀電」是「賀信」的「訛傳」等說法也都是建立在推斷上，而不是確鑿的事實依據上。因此不能證明這封賀信是魯迅、茅盾所爲。它與魯迅、茅盾的「長征賀電」，完全可能是風馬牛不相及的。而魯迅、茅盾的「長征賀電」卻是被茅盾生前的多次自述，和馮雪峰、張聞天等的敘述一再證實過；不是輕易就可以推翻的。

茅盾還對看重毛澤東列名魯迅治喪委員會，據以證明魯迅偉大，也同樣表示不以爲然的態度。他希望再「不要搞形而上學，不要神化魯迅，要紮紮實實地、實事求是地研究魯迅。」〔註 57〕茅盾嘲笑：有人據魯迅信中提過和趙清閣的女友曾一起吃過飯，就紛紛訪問她，並提出各種各樣問題的做法。

〔註 54〕陳丹晨：《漫憶茅公二三事》，《新港》1981 年第 8 期。

〔註 55〕參看 1977 年 4 月 8 日《致孔羅蓀》，1977 年 6 月 12 日《致葉子銘》等。均見《茅盾書簡》。

〔註 56〕《茅盾全集》第 27 卷，第 361 頁。

〔註 57〕《茅盾全集》第 27 卷，第 361 頁。

他還嘲笑「聽過魯迅一兩次講課，或通過一二次信的人」，「夸夸其談，以魯迅『戰友』面目自居」者；說這「實在令人啼笑皆非」。〔註58〕

爲了糾正「文革」歪風，恢復魯迅眞實形象，茅盾在病與忙的夾攻下，寫了許多魯迅研究論文，提供了大批珍貴史料。如《學習魯迅翻譯介紹外國文學的精神》、《魯迅說：「輕傷不下火線」》、《我和魯迅的接觸》等。〔註59〕特別是在長篇回憶錄《我走過的道路》中，茅盾把自己和魯迅的全部交往，幾十年來自己的魯迅研究成果，系統地梳理，介紹。這對糾正「四人幫」對魯迅的歪曲，恢復魯迅本來面目及其歷史地位，起了重要作用。

茅盾提供的許多史料鮮爲人知。如他記他參加左聯後魯迅在一次集會上的講話：「魯迅沒有稿子，大約講了半小時」，「大意是關於國民黨御用文人和國民黨報紙對『左聯』的攻擊等。魯迅講，這都沒有什麼大了不起的，主要是『左聯』每個成員都要『改造思想』……『我們有些人恐怕現在從左邊上來，將來要從右邊下去的。』這話很尖銳，給我印象很深。後來果然如此，如左聯成立時參加的楊邨人，後來就成了叛徒。」再如回憶「兩個口號」論爭時，魯迅寫道：當時，「托派也寫長篇文章，反對『國防文學』，署名徐行。周揚他們趁機放空氣說，不但托派反對『國防文學』，魯迅派現在也反對『國防文學』了，用意是把魯迅和托派並列，是十分惡毒的玩弄政治手腕。」〔註60〕

茅盾爲推動魯迅研究，恢復歷史眞貌，大力支持重新註釋出版《魯迅全集》和成立魯迅研究會等工作。他認爲「年來以魯迅爲招牌，摘取片言隻語，對某某事件誇大解釋者，實在不少，此亦受『四人幫』形而上學影響之一事也。非有霹靂手，不易摧枯拉朽也」。茅盾認爲因此極待註釋出版新的全集，「非喬木同志主其事而默涵等實際負責，將不能實際解決也。」〔註61〕儘管茅盾疾病纏身，雜事甚多，仍對爲註釋工作來信求教、甚至要求審註釋稿者撥冗相助，一一答覆問題和審閱註釋稿。由茅盾擔任魯迅研究會的會長，這

〔註58〕1977年12月5日《致趙清閣》，1977年7月4日《致陳小曼》，引文分別見《茅盾書簡》和百花文藝出版社版《茅盾書信集》，第407、34頁。

〔註59〕分別刊於《世界文學》1977年第1期，《人民文學》1976年第6期，1976年10月《魯迅研究資料》第1輯。

〔註60〕《魯迅研究資料》第1輯，第67、72頁。

〔註61〕1977年12月25日《致周而復》，《茅盾書信集》，百花文藝出版社版，第405頁。

是眾望所歸。籌備者怕他因病推辭。不料茅盾一口答應道：「如果大家覺得需要，我就擔任這個工作。」但他從不掛名，而是認眞負責，務實工作，在他寓所曾多次集會。他和周揚、楊霽雲、王瑤、王士菁、陳荒煤等「共同討論了章程，醞釀了學會的領導班子人選，還就魯迅誕辰百週年紀念大會交換了意見。」〔註62〕

由於撥亂反正工作尚處在進行過程當中，茅盾的文章也難免有時代局限與歷史烙印。如在回答「既然胡風是反革命，爲什麼當年魯迅卻認爲是好人」、魯迅是胡風的「信仰中心」，爲何魯迅死後胡風「失去了『信仰中心』所以變壞了」等問題時，茅盾說：「胡風貌似信仰魯迅，其實別有用心，其原型是反革命。」魯迅當時「行動不自由，根本無從調查胡風的歷史，亦不能知道胡風背著他幹的罪惡勾當。」胡風是「僞裝巧妙」的「反革命兩面派」，魯迅「沒有看透胡風眞面目是不足爲奇的。」〔註63〕「當時不但馮雪峰被胡風所利用，魯迅亦爲胡風所利用。」「即使事情牽涉到魯迅的知人之明，我們也應該實事求是，這並不有損於魯迅之爲三十年代左翼文藝運動的旗手。」〔註64〕平心而論，如果事實確實如此，當然要影響對魯迅及其地位的評價。問題在於失察者不是魯迅，而是錯把胡風當成「反革命」者。茅盾這裡也有失察之嫌，是「也應該實事求是」指出的。茅盾對胡風也有偏見。此外談胡風的話，也有失實處。

茅盾歷來具有大家風範與時時自省反思的精神，在撥亂反正恢復魯迅歷史眞面貌過程中亦是如此。1975 年他應魯迅博物館之請參加座談會，整理發表的講話稿題爲《我和魯迅的接觸》。〔註65〕此文涉及許多歷史問題。此後他看到馮雪峰《1936 年周揚等人的行動以及魯迅提出「民族革命戰爭的大眾文學」口號的經過》一文的傳抄件，爲糾正事實上的出入，茅盾發表了《需要澄清一些事實》〔註66〕一文。《魯迅研究資料》以編輯部名義寫了《也來澄清一些事實——答茅盾先生》〔註67〕一文，和茅盾展開了爭論。爲正視聽，茅

〔註62〕陳荒煤：《拿起筆來，爲了共產主義的理想而奮鬥》，《憶茅公》，第 51 頁。

〔註63〕《魯迅研究淺見》，1977 年 10 月 7 日《人民日報》。此文未收入《茅盾全集》。

〔註64〕《需要澄清一些事實》，《新文學史料》1979 年第 2 期，《茅盾全集》第 27 卷，第 320～322 頁。

〔註65〕初刊於《魯迅研究資料》第 1 輯，1976 年 10 月，收入《茅盾全集》第 27 卷。

〔註66〕初刊於《新文學史料》1979 年第 2 期，收入《茅盾全集》第 27 卷。

〔註67〕見該刊 1980 年第 4 輯。發表前茅盾先讀過此文文稿。

盾 1979 年 5 月曾寫了《再說幾句》一文，但爲顧全大局，未公開發表。直到收有此文的《茅盾全集》第 27 卷 1996 年出版後，此文才公開面世。關於這場論爭中的許多問題，本書第六章第五節已有詳盡的陳述與分析。這裡要強調的是，茅盾在《再說幾句》中公開承認：《我和魯迅的接觸》一文中「有『左』的觀點，也有『左』的分析」。這「反映了我當時的認識水平，這也是歷史，我沒有必要去否定它。」〔註 68〕這種謙虛自省，尊重歷史，實事求是的態度，非常難能可貴。

三

1977 年 7 月 16 日至 21 日，中共中央十屆三中全會通過了決議：把「四人幫」永遠開除出黨，並恢復鄧小平黨中央副主席、軍委副主席、國務院副總理職務。獲悉鄧小平分管科教文工作，一上任就提出要徹底批判「教育黑線專政」論和「文藝黑線專政」論，茅盾欣喜地說：「文化大革命是從文化教育戰線開始發動的，現在又從文化教育戰線著手『撥亂反正』，這是很英明的」。「『四人幫』的流毒極深，非有霹靂手，不易摧枯拉朽，現在霹靂手終於來了！」茅盾還十分敏感地把鄧小平的講話和他致中央的信中「必須準確地完整地掌握毛澤東思想體系」這句話指給兒子看；他說：「這是個新提法，十分重要的提法。它是說，毛澤東思想是個體系，必須完整地準確地學習和掌握，不能只從個別詞句來理解。」〔註 69〕於是茅盾主動站出來參與撥亂反正、正本清源的工作。他雖然年邁體衰，但精神十分振奮，和十年沉默期相比，茅盾幾乎像另外一個人！

茅盾致力於撥亂反正工作的主攻方向，是揭批「四人幫」；重申黨的文藝方針、路線和政策；促進文藝隊伍的恢復與重建；促使文藝重新走向繁榮。圍繞這個中心題旨，他揮動擱置了十多年的如椽大筆，從 1977 年 9 月到 1978 年 3 月，先後推出六篇文章：《毛主席的文藝路線萬古長青》、《老兵的希望》、《貫徹『雙百』方針，砸爛精神枷鎖》、《中國作家協會主席茅盾同志的講話》、《駁「四人幫」在文藝創作上的謬論並揭露其罪惡陰謀》、《漫談文藝創作》。〔註 70〕當時中國文聯、中國作協等文藝組織尚未恢復，許多活動由

〔註 68〕《茅盾全集》第 27 卷，第 345 頁。
〔註 69〕《茅盾的晚年生活》（七），《新文學史料》1996 年第 3 期，第 108 頁。
〔註 70〕分別刊於《人民文學》1977 年 9 月號、1977 年 11 月 12 日《光明日報》、11 月 25 日《人民日報》、《人民文學》1978 年 1 月號、《十月》1978 年第 1 期、

新聞報刊和文藝期刊編輯部組織。這些文章有些就是在《人民日報》、《人民文學》等報刊編輯部組織的會議上的發言。有的則是報刊約寫的專稿。

茅盾首先對當時的文藝形勢作出清醒的估計。他指出，「文革」十年中文藝是「重災區」。「四人幫」把建國 17 年文藝上毛主席革命路線佔主導地位，歪曲爲修正主義佔統治地位。他們推行文藝專制主義，把大批革命文藝工作者打成「黑幫」，這就搞亂了文藝隊伍。他們炮製所謂「三突出」、「三陪襯」、「多側面」、「多浪頭」唯心主義、修正主義清規戒律，強迫文藝工作者奉爲「典範」，這就搞亂了文藝思想，造成萬馬齊喑、人人自危的蕭條局面。茅盾指出：當前的任務是繁榮創作。爲此必須貫徹「雙百」方針，批判所謂「文藝黑線專政」論，砸爛「四人幫」的文藝枷鎖，徹底肅清其流毒。這是實現百花齊放、百家爭鳴的首要步驟。〔註 71〕

茅盾著重批判了所謂「文藝黑線專政」論。馬烽回憶道：從 30 年代到建國後 17 年，佔統治地位的到底是紅線還是黑線，今天看來是個明明白白的問題。在剛打倒「四人幫」的當時，「誰也不敢在公開場合」站出來回答，心有餘悸的作家都在等待中央來回答。但在 1977 年《人民文學》召開的短篇小說座談會上，當有人提出此問題時，茅盾「毫不猶豫地說：十七年文藝創作成績是巨大的，當然是紅線佔統治地位了。」對此大是大非問題，茅盾顯然「早已深思熟慮過了。他面對的是事實，而不是考慮個人得失。」這響亮的回答，給與會者「極大的鼓舞」。〔註 72〕茅盾還批駁了「建國十七年已形成一條『左』傾文藝路線，『四人幫』的極『左』路線」只是集其大成的謬論。他指出：此論旨在「把人的眼光引向毛主席，這是全國人民不許可的。」〔註 73〕茅盾還列舉大量事實證明：自 30 年代左異文藝到 40 年代毛澤東的《講話》直至建國，在黨的文藝路線指引下，文藝工作的主流，是始終沿著正確的方向前進的。〔註 74〕茅盾還率先揭露了「四人幫」否定文聯、作協等文藝團體的罪行。他理直氣壯地說：「四人幫」不承認文聯和作協，但黨中央「沒有命令徹銷過」。「他們不承認我們，我們也不承認他們的反革命決定；所以今

《紅旗》1978 年第 5 期，均收入《茅盾全集》第 27 卷。

〔註 71〕《茅盾全集》第 27 卷，第 250～251、231～232 頁。

〔註 72〕《懷念茅盾同志》，《憶茅公》，第 333～334 頁。

〔註 73〕1978 年 6 月 11 日《致林默涵》，1990 年 3 月 16 日《人民日報》，同年《中流》第 5 期。

〔註 74〕參見《茅盾全集》第 27 卷，第 235～236 頁。

天，我還是要以作家協會主席的身份來講話。」他表示：這不僅是恢復這些機構的問題，「而是標誌著毛主席的革命文藝路線在黨中央領導下重新向前邁進。」〔註75〕

茅盾還批判了「四人幫」所搞的「文藝模式」及與此相關的謬論。他指出：「四人幫」「從路線出發」的創作口號，意在由他們提出「打倒從上到下一大批走資派」、「反擊右傾翻案風」等題目，寫服務於「四人幫」篡黨奪權的「陰謀文學」。這「不是從毛主席的革命路線出發」，而是從「『四人幫』篡黨奪權的路線出發」，必須把他們的「鬼蜮伎倆暴露出來」。〔註76〕茅盾指出：「四人幫」炮製的所謂「三突出」、「三陪襯」、「多側面」、「多浪頭」等「一套唯心主義的修正主義的創作戒律」，是炮製所謂「高、大、全」模式的「陰謀文藝」的公式化、概念化、臉譜化東西的一整套「精神枷鎖」。必須徹底砸爛！否則文藝就不能得到解放，文藝的春天就不能到來。

茅盾認爲：要清掃「四人幫」在文壇上的流毒，繁榮文藝創作，首先「要堅持貫徹百花齊放，百家爭鳴」的方針。要「百花齊放」，就必須做到題材、體裁和風格的「多樣化」，要「百家爭鳴」，就必須徹底砸爛「四人幫」所搞的「一言堂」；徹底肅清這種「不利於百家爭鳴」的「習慣勢力」。在理論上則應該正本清源。

爲此，他應柯藍之約，在他很少爲其文的中共中央機關刊物《紅旗》雜誌，發表了洋洋一萬三千言的長篇論文《漫談文藝創作》。文章列了「砸爛精神枷鎖，解放思想」、「世界觀的決定性作用」、「生活的深度與廣度」、「創作方法」、「關於技巧問題」、「百花齊放，百家爭鳴」六個標題。兒子韋韜看完原稿，提出疑問道：「這樣會不會給人『面面俱到』、『老生常談』的印象」？茅盾說：「我要的正是這個『面面俱到』和『老生常談』。我們說徹底批判『四人幫』，這徹底二字就包括「面面俱到」，不留一個死角。」「眞理是不怕重複的，況且這些『老生常談』也已經有十年沒有談了。」他給兒子指出此文的主旨：「『四人幫』的流毒，既深且廣，要徹底砸爛」這些「精神枷鎖，撥亂反正，都並非易事。這有一個『破』的過程，同時也有一個『立』的

〔註75〕《在〈人民文學〉編輯部召開的在京文學工作者座談會上中國作家協會主席茅盾同志的講話》，《人民文學》1978年第1期，《茅盾全集》第27卷，第234頁。

〔註76〕《駁斥「四人幫」在文藝創作上的謬論並揭露其罪惡陰謀》，《十月》1978年第1期，《茅盾全集》第27卷，第286頁。

過程，必須『破』中有『立』」，才能讓從噩夢中醒來的新老文藝工作者心中有數。〔註 77〕茅盾的良苦用心，是爲重新繁榮創作，重建文藝隊伍做理論準備。

而重新組織文藝隊伍的主要工作，則是茅盾投入極大力量參與籌備召開的全國第四次文代會。其前奏則是茅盾參與主持，1978 年 5 月 27 日至 6 月 5 日在北京召開的中國文學藝術界聯合會第三屆全國委員會第三次（擴大）會議。這是「文革」後文藝界首次盛會。茅盾在致開幕詞時莊嚴宣布：「中國文學藝術界聯合會、中國作家會協會和《文藝報》，即日起正式恢復工作。」他宣布了會議的四個任務與四項議程：恢復各協會的工作、揭批「四人幫」、今後各協會及地區各協會如何繁榮創作、組織發展文藝隊伍及召開四次文代會問題。茅盾旗幟鮮明地肯定了建國後在黨中央領導下舉行的幾次文代會的「大方向是正確的」。他沉痛緬懷了「文革」中受迫害致死的同志，也對受迫害的健在的廣大文藝工作者表示慰問。茅盾號召：「迅速加強我們的隊伍，要更好地學習，做好我們的工作，使我們的文藝更好地發揮『團結人民，教育人民，打擊敵人，消滅敵人』的戰鬥作用」。要「創作出高質量多品種的文學藝術作品，鼓舞人民群眾揚眉吐氣，向著建設社會主義現代化強國的宏偉目標奮勇前進！」〔註 78〕

四

在這次會上，茅盾還作了題爲《關於培養新生力量》的發言。會前會後又發表了《外行人的祝賀》、《作家如何理解實踐是檢驗眞理的唯一標準》、《在中長篇小說座談會上的講話》、《在 1978 年全國優秀短篇小說評選發獎大會上的講話》、《中國兒童文學是大有希望的——對參加「兒童文學創作學習會」的青年作者的談話》、《在「五四」時期老同志座談會上的談話》（此文當時未發表，後據 1979 年 5 月 4 日所寫手稿，收入《茅盾全集》第 17 卷）、《溫故以知新》〔註 79〕等一大批文章。這些文章發表於 1978 年 12 月 18 日至 22 日

〔註 77〕《茅盾的晚年生活》（七），《新文學史料》1996 年第 3 期，第 109 頁。
〔註 78〕《茅盾全集》第 27 卷，第 271～274 頁。
〔註 79〕分別刊於 1978 年 7 月 5 日《文藝報》復刊號、同年 6 月 1 日《人民日報》、12 月 5 日《人民日報》、《新文藝論叢》1979 年第 1 期、《人民文學》1979 年第 4 期、同年 3 月 26 日《人民日報》、同年 10 月《文藝報》第 10 期，均收入《茅盾全集》第 27 卷。

黨的十一屆三中全會前後，是對黨中央重申的文藝方針路線的擁護與響應，宣傳與貫徹；也是爲第四次文代會所作的思想輿論準備。這批文章針對十多年來文化荒蕪、思想混亂的文壇現狀，從三種不同的視角，作出理論闡述，以馬克思主義理論，特別是其美學觀武裝文藝隊伍，努力使被顛倒的歷史，被搞亂的思想得到校正。

首先是樹立歷史唯物主義文學史觀的視角：他引證列寧的話「判斷歷史的功績，不是根據歷史活動家沒有提供現代所要求的東西，而是根據他們比他們的前輩提供了新的東西」，〔註80〕根據這一原則，系統描繪了「五四」以來到新時期的中國現當代文學史，特別是近三年來的新時期文藝的發展史，並作出馬克思主義的科學評價。〔註 81〕他指出：「『五四』運動的大功勞，是解放思想。我自己就解放了思想。」他批駁了「四人幫」對陳獨秀的歪曲，指出「五四」時陳獨秀「是一個革命家」，並肯定了他在推翻舊文學，建設新文學上的開創之功。茅盾說：「凡事要一分爲二。對陳獨秀也要一分爲二。」他熱情肯定了瞿秋白、鄧中夏辦上海大學爲黨培養人才的功勞。他告誡不懂歷史的青年人：「中國『五四』以來這段歷史很重要。因爲它與今天的現實相溝通」，「現在也跟『五四』時期一樣，也是個思想大解放時期。」他希望大家要「透徹理解『實踐是檢驗眞理的唯一標準』，光看正面文章不夠，也須看反面文章，要總結正反兩面的教訓。」〔註82〕這些觀點，和他揭批「四人幫」的「文藝黑線專政」論時談 30 年代文學、《講話》以來的文學、建國後 17 年的文學及對其評價，是相互銜接、一脈相承的。

茅盾特別熱情地肯定了新時期三年來的文藝創作，要求對此「有個全面的了解與全面的評價」。他認爲，「在 30 年的社會主義文藝史上，現在是處在一個新的起點。它的蓬蓬勃勃的氣勢是可喜的。」「一批新戰士出現了。他們的作品」反映了「身經目睹的『四人幫』封建法西斯暴行」及其「愚民政策在年青一代身上所留下的『傷痕』」。〔註83〕讀了《班主任》，茅盾「大爲興奮」。得知劉心武是個中學教師，他感慨道：「還是文藝圈外的人勇氣大些。」他對非難「傷痕文學」者很不以爲然。他指出：「你稱它們爲『傷痕文學』也好，

〔註80〕《列寧全集》第 2 卷，第 150 頁。
〔註81〕參見《溫故以知新》，《茅盾全集》第 27 卷，第 354～358 頁。
〔註82〕《在「五四」時期老同志座談會上的發言》，《茅盾全集》第 17 卷，第 621～624 頁。
〔註83〕《茅盾全集》第 27 卷，第 357～358、354 頁。

『感傷文學』也好，『暴露文學』也好」，「它們的確是反映了一個時代」的作品；使這時代「長留教訓，是有非常重大的積極的意義的」。但茅盾肯定成績之同時，也保持著清醒的頭腦。他認爲文壇尙處在「新時期的幼年階段，所以雖然頭角崢嶸，還在成長當中」。時代「總是要求發展」。社會的要求會「愈來愈高」。作家，特別年輕作家，必須嚴格要求自己。「三年來出現的新一代肯定將會超過他們的前輩，同時也將被下一代所超過。」我們「必須向前發展」，迎接「百花齊放，百家爭鳴」的文藝新時代的到來。〔註 84〕這樣茅盾就把我們引上歷史的制高點與瞭望台，提高、拓展了文壇視野。

第二是提高作家基本素質的視角：茅盾仍堅持他一貫強調的作家必須具備的世界觀、生活與技巧三大基本環節。1978 年 5 月 11 日，《光明日報》發表了《實踐是檢驗眞理的唯一標準》的專論，同年 12 月，中共召開了十一屆三中全會。這是一個新的時代高度。茅盾把世界觀、生活與技巧這三個基本環節提到上述高度來論述。他的基本思路是：作品中的生活現實是「通過作家的主觀認識而再現的，因此，作家的世界觀對此所起的作用是決定性的。」作家的實踐是逐漸樹立作家必須具備的無產階級世界觀與創作生活源泉的唯一前提。因此他突出強調：作家「一刻也離不開社會實踐。」實踐是檢驗眞理的標準，同樣「是檢驗一部文藝作品是否成功，是否偉大」，「作家世界觀是否正確」的「唯一標準」。在這唯一的標準面前，「不存在什麼『禁區』」或「金科玉律」。「這就爲文藝事業開闢了廣大法門，爲作家們創造新體裁新風格乃至新的文學語言，提供了無限有利的條件。也只有這樣，『百花齊放，百家爭鳴』才不是一句空話。而要達到這境界，不能靠豪情壯志，要靠實踐，再實踐。」包括藝術技巧在內，也必須從生活、創作實踐中獲得。茅盾認爲：這是提高作家素質的根本途徑。這也是最根本的正本清源與撥亂反正。〔註 85〕

他相信並且要求剛出現的文學新人，「至少有一部分可以寫出比我們那個時代更好的作品。相信他們中間會出現魯迅、郭沫若式的文學家。」〔註 86〕他要求這樣的作家必須具備魯迅般「學貫中西、博古通今」的深厚根基，這「才能建造出宏偉作品的豐碑」。因此既要「思想很解放」，又要克服先天不

〔註 84〕參見《茅盾全集》第 27 卷，第 355～358 頁。
〔註 85〕參見《茅盾全集》第 27 卷，第 294～299 頁。
〔註 86〕鮑文清：《茅盾近年生活瑣記》，《人民日報》，1981 年 4 月 9 日。

足，認眞「補課」。〔註 87〕

第三是探討傑出作品之產生與構成的基本條件與環節的視角：針對「四人幫」的文藝專制主義，茅盾強烈地呼籲，必須進一步發揚文藝民主，衝破其在人物與題材等領域設置的「禁區」。他認爲這是當前產生傑出作品的最基本的條件。他批評面對文藝民主「期期以爲不可」者說：「雙百」方針「就是文藝民主的具體表現」。表示贊成「雙百」方針，卻覺得文藝民主「刺耳」，就叫人懷疑其贊成「雙百」方針「是不是全心全意的」。茅盾認爲「文藝民主」也不應成爲領導者對文藝橫加干涉的根據。茅盾認爲文藝民主是產生傑出作品的必要條件。它首先表現在尊重作家選擇題材的權利。

《河北文藝》1979 年 6 月號發表的李劍的《「歌德」與「缺德」》一文，引起茅盾極大的不滿！他認爲這是「四人幫」流毒導致的極大的片面性。茅盾挺身而出，維護了「傷痕文學」的存在價値；指出擔心其產生「副作用」「是多餘的」。他質問道：「『歌德的』，或者寫光明面的作品，難道就沒有副作用麼？」最近十多年的歷史就是「殷鑑」。茅盾站在歷史發展高度指出：社會主義「是走向光明漸多而黑暗漸少的過程。」「反映在文藝上，有表現前進的，自然也有表現落後的；有描寫光明，自然也有揭露黑暗的。一個作品如果寫寫這對立的兩面，那就是反映了社會現象的全面，是好的作品；如果只寫了這兩面中的一面，只要不是故意粉飾，不是故意抹黑，而是表現了客觀的眞實，那也正好給大家看兩個對立面而增加其對客觀現實的認識。」《「歌德」與「缺德」一文作者「對現實的認識不全面」。此論是有害無益的。〔註 88〕

茅盾指出：發揚文藝民主的另一面，是「怎麼寫」的問題。他著重論述的是怎麼塑造典型人物。他說「四人幫」批判的「中間人物」論這個禁區必須打破。他認爲中間人物就是「比進步人物差一些，比落後人物又好一點兒」的「在中間的道路上前進」的人物。文藝正是要寫它，以促其「擺脫中間狀態，上升到進步的方面去。」「這樣作品的教育意義也是很大的。」因此寫人物不要有顧慮。「什麼人物都可以寫，只要寫得深刻。」假使概念化、沒個性，「就是寫正面人物也要失敗的。『四人幫』鼓吹的『三突出』，就是這樣的。」〔註 89〕

〔註 87〕舒展：《憶拜訪茅公》，《隨筆》1985 年第 6 期。
〔註 88〕參見《茅盾全集》第 27 卷，第 355～356 頁。
〔註 89〕《在中長篇小說座談會上的講話》，《茅盾全集》第 27 卷，第 332～333 頁。

茅盾不僅指引著正確的導向，也一如既往，用實際行動給作家，特別青年作家以支持。茅盾上述講話的針對性，也恰是實際存在的在文學取向上有分歧的問題。當時人民文學出版社正在編輯意見分歧很大的三部長篇：青年作者馮驥才的《鋪花的路》、竹林的《生活的路》，以及《冬》。幾位作者正在思想解放的文學道路上邁步；他們用筆控訴「文革」中極「左」路線摧殘人的靈魂的暴行。面對這些歧，社長兼總編輯韋君宜求助於茅盾。茅盾以一目失明、一目僅 0.3 的視力，認眞看了三部長篇的大綱，就上述問題發表了極具導向性的講話，並給文學新人以鼓勵。〔註 90〕在座談會上，茅盾把馮驥才叫到身邊坐下，讓他先講自己的「創作傾向和立意」，然後即刻給予肯定，並給小說結尾提出個修改的方案。馮驥才看著「渴慕已久的當代文學大師」那「蒼老而慈祥的面容」，「頭頂上那歷盡滄桑的稀疏的髮絲銀白閃亮」，覺得在「當時『左』思潮仍在禁錮某些人的大腦，束縛著人們的手腳時，這位風燭殘年、體弱神衰的老人的思想鋒芒仍然是犀利的；他像懷著一顆童心那樣，直截了當，無所顧忌地打開自己的心扉」，不禁肅然起敬。馮驥才說：「青年們勇敢的嘗試，多麼希望老一輩這樣鮮明有力的支持呀！」〔註 91〕

茅盾還不顧年邁多病，勉力擔任《人民文學》主辦的 1978 年全國優秀短篇小說評獎委員會主任。他不僅認眞讀，認眞評，還在頒獎會上給青年作者以鼓勵。他說：「得獎的 25 位同志中……絕大部分是年青人」，是「文革」後開始創作的「新生力量」，「文學事業將來的接班人」。「我相信，在這些人中間，會產生未來的魯迅、未來的郭沫若。」《人民文學》主編李季說：「也產生未來的茅盾。」茅盾立即反對把自己拉上來，他說：「我是不足道的，沒有寫出什麼好的作品。我們應該向魯迅、郭沫若學習。」〔註 92〕茅盾這麼看，是覺得「我們正處在一個大時代。」「時代需要產生巨人，有馬列主義這個思想武器，有黨的領導與培養，如果加上自己不斷的勤奮努力」，「誕生新時代的魯迅與郭沫若是完全可能的。」因此他才要求年輕作家打基礎，認眞補課，以期達到魯迅般「學貫中西」、「博古通今」的功力。在結束「文革」的新時期伊始，茅盾就高瞻遠矚，期望把老一代與年輕一代（即從「五四」起的第四代）的視野提高到新水平，爲第四次文代會作了充分的思想與

〔註 90〕《敬悼茅盾先生》，《憶茅公》，第 271～272 頁。
〔註 91〕《緬懷茅盾老人》，《憶茅公》，第 419～420 頁。
〔註 92〕《茅盾全集》第 27 卷，第 326 頁。

論的準備。〔註 93〕

五

茅盾也實際參加了四次文代會的許多具體準備工作。他認為：「這次相隔 20 年的會議，將是文藝界空前盛大的一次會議。」「一次大團結的會議，一次心情舒暢的會議，一次非常生動活潑的會議，一次眞正百花齊放、百家爭鳴的會議，一次向 21 世紀躍進的會議！」因此要「使所有的老作家、老藝術家、老藝人不漏掉一個，都能參加。」但「由於錯案、冤案、假案的桎梏，有的已經沉默了 20 多年了！」因此他致信主持籌備工作的籌備小組組長林默涵，要求他促進「為這些同志落實政策，使他們能以舒暢的心情來參加會議。」由於各地平反工作進展不一，他建議「向中組部反映，請他們催促各省市抓緊此事，能在文代會前解決；還可以文聯、作協的名義向各省市發出呼籲，請他們重視此事，早為這些老人落實政策。」在代表產生上，他建議「除選舉辦法」外，「也應輔之以特邀。」他向林默涵提出：在浙江，「像黃源、陳學昭這樣的同志，1957 年的錯案至今尚未平反。」〔註 94〕1959 年 4 月 26 日他致函陽翰笙，呼籲促成為當年東京左聯的成員、老翻譯家、「文革」後編了《馬恩論文學藝術》、《列斯論文學藝術》、《毛主席論文學藝術》等書的林煥平落實政策。茅盾建議並要求：邀他們出席文代會。〔註 95〕他還為「政治上一貫擁護黨」的女作家趙清閣未當選文代會代表鳴不平，他還說：鄧大姐也為趙清閣不是當選代表而是特邀代表「表示不平」。茅盾對上海特別不滿：他們把文化行政官員選為代表，而「不選袁雪芬」。「且揚言袁雪芬自有中央特邀，上海樂得多出一代表」，無怪「有人說此次文代會一半代表是文官，可稱為文官大會。」〔註 96〕正是由於茅盾不斷呼籲甚至出面干預，包括上述老同志在內，才得以平反，出席文代會。這些努力使茅盾對這次大會的上述性質的論述得以保證兌現，使之名副其實。這是對文藝隊伍的重新組織

〔註 93〕參見舒展：《憶拜訪茅公》，《新聞研究資料》1984 年第 27 輯；舒展：《永記心頭的一小時——憶拜訪茅公》，《隨筆》1985 年第 6 期。

〔註 94〕1979 年 2 月 16 日《致林默涵》，1990 年 3 月 16 日《人民日報》。中共中央早在 1978 年 11 月 16 日就已宣布全部摘掉右派分子帽子；錯劃者則應實事求是地予以改正。但執行中「左」的阻力很大。

〔註 95〕參見《茅盾書信集》，百花文藝出版社版，第 305 頁。

〔註 96〕1979 年 9 月 5 日《致姜德明》，《茅盾書信集》，百花文藝出版社版，第 147 頁。

與檢閱。

以林默涵爲組長的文代會籌備組，要求茅盾致開幕詞，並在文代會期間同時召開的作協第三次代表大會上作報告。茅盾想接受後者，但改爲漫談性講話；而推掉前者。協商的結果是：由別人起草開幕詞經茅盾審定後在會上讀。後者則由他親自寫。此外有個附加任務：這是籌備組成員金紫光來約的，「寫七律一首」，配曲後在開幕式晚會上「合唱」。8 月 8 日茅盾日記說：「試寫爲文代會開幕晚會之文藝春天歌，屬草三次，中午亦未小睡，下午完成。自視氣勢不壯。姑錄存之。」「又寫沁園春，以代文藝春天歌，似較好。」8 月 11 日「上下午都反覆修改」，直到 8 月 16 日才定稿。足見茅盾何等認眞與重視。即便這樣，他仍不滿意。17 日《致林默涵》說：「先寫了名爲文藝之春歌一首，既非舊詩，亦非新詩；自視不滿意，乃作沁園春一首。現都奉上，請與籌備組同志核定。又，我覺得合唱詩可以多幾首，除趙樸初外，還可以約人寫。如果只我一首，未免特殊化了。」〔註 97〕《沁園春——爲第四次文代大會開幕作》由著名作曲家李煥之譜曲，刊於 1979 年 10 月 31 日《人民日報》。在開幕式晚會上演唱時，博得熱烈的掌聲。上闋是：「代表三千，各業各行，濟濟滿堂。老中青團結，交流經驗；意氣風發，鬥志昂揚。傾訴血淚，餘悸猶在，痛恨殃民禍國幫。英明黨，奮雷霆一擊，大地重光。」下闋是：「編排隊伍輕裝，待開往長征新戰場。有雙百方針，指引正軌；極左思想，清算加強。歷盡艱辛，未銷壯志，抖擻精神再站崗。爲四化，看香花燦爛，久遠流芳。」那首七律，因《中國青年報》約稿，即付之，題爲《祝文藝之春——爲第四次文代大會閉幕作》，刊該報 10 月 1 日。全詩是「雙百方針須貫徹，未來魯迅屬何人？繼承傳統勤提煉，借鑑他山貴攝神。生活源泉深且廣，典型塑造應求眞。長征四化群奔赴，指點江山文藝春。」因爲要概括時代取向與會議精神，兩首詩詞詩味欠濃，但振奮之情洋溢充沛，是文藝界共同的心聲。

寫文代會報告時，茅盾覺得應針對文藝禁錮未除、思想不夠解放的現狀。這期間他常吟誦清代詩人趙翼的詩：「滿眼生機轉化鈞，天工人巧同爭新。預支五百年新意，到了千年又覺陳。李杜詩篇萬口傳，至今已覺不新鮮。江山代有才人出，各領風騷數百年。」在對家人談話，致朋友書信中，他都講了此詩的現實借鑑意義：「客觀世界是不斷變化的，人的認識也必然隨客

〔註 97〕《中流》1990 年第 5 期，又見 1990 年 3 月 16 日《人民日報》。

觀世界的變化而日新月異。後人總歸要超過前人。」這是「文學藝術發展的動力所在，人爲地設置『禁區』，阻攔這種進步，是徒勞的，是思想僵化的表現。」從這個意義講，現在「有些同志在思想解放上還不如三百年前的趙翼。但趙終究是唯心主義者，對李杜的評價說明他不懂歷史唯物主義。」今天我們則應站在歷史唯物主義立場「評價歷史人物」和「對待民族文化遺產。」〔註98〕

從10月2日起，茅盾開始撰文代會發言稿。先擬「不用預先寫稿，只是提出要點，臨時發揮。實際還是寫成發言稿。3日動筆，4日完成初稿。」後又多次作補充修改。開頭題爲《解放思想，繁榮文藝創作》，定稿時題爲更鮮明、更響亮的《解放思想、發揚文藝民主》。由於獲悉文代會推遲，10月8日和23日，又兩次修改和增補。23日增補的內容，是針對「文革」導致人們抵觸「思想改造」的逆反心理。茅盾加寫的一大段話，是強調指出：不論來自舊社會的老一輩還是生在新社會具「自來紅」的新一代，文藝工作者一無例外地都存在「世界觀的改造」問題。茅盾從掌握無產階級世界觀是一個長期過程的高度，提出了「做到老，學到老，改造到老」的口號。〔註99〕此稿23日寫迄，前後歷時22天，足見茅盾之認眞和對文代會及其導向的重視。

10月26日送來別人起草的長達四千字的開幕詞。來人想請茅盾當即改定帶回。茅盾不答應這麼草率就定稿。他從當天下午刪改起，「27日晨四時許起來改開幕詞兩次」。直到7時許才改定。此稿凝縮成現有的兩千餘字。〔註100〕

茅盾提交大會的代表登記表也令人感動。「文化程度」欄填的是「北京大學預科」。「主要經歷和藝術成就」欄僅填「1919年參加文學運動，1927年9月起開始寫小說」，「寫過一些小說、雜文、文藝評論、古典文學研究等等。」「外語程度」欄只用「能讀能譯」一言以蔽之。收此表的大會組織處工作人員王烈感嘆道：「文學大師茅盾在60餘年的文學生涯中，著作等身，垂留青史。」但在「涉及自己時」，卻「寥寥數語，淡淡幾筆，表現出十分謙遜的態度。」他認爲這是「不可多得的文獻資料。」〔註101〕

〔註98〕《茅盾的晚年生活》（七），《新文學史料》1996年第3期，第115頁。
〔註99〕參見《茅盾的晚年生活》（七），《新文學史料》1996年第3期，第116頁。
〔註100〕參見1979年10月26、27日茅盾日記。
〔註101〕《珍貴的紀念》，《文藝報》，1992年4月18日。

1979 年 10 月 30 日，文壇盼望已久的全國第四次文代會終於籌備就緒。茅盾的心情也處在激動緊張狀態。這天上午他格外忙：「九時半赴人大會堂江蘇廳，會見瑞典文化代表團，一小時半來賓告辭。旋即在原處開第四次文代大會提出主席團名單三百多人。然後又到大會堂大廳，則三千多代表已經在那裡等候」開預備會。茅盾宣讀了主席團名單和大會日程提請審議。大會熱烈鼓掌通過。〔註 102〕下午 3 時文代會舉行開幕式。由周揚主持會議，茅盾致開幕詞。鄧小平代表中共中央致賀詞。「工、青、婦、解放軍代表及教育部長蔣南翔致詞。茅盾覺得蔣的「稿不長，很精彩」。〔註 103〕致詞的間隙，坐在茅盾右邊的鄧小平徵求茅盾的意見：「這次文代會將選舉文聯及各協會新一屆的領導，考慮到您年事已高，作協主席又非您繼續擔任不可，我們建議讓周揚同志擔任文聯主席，請您擔任文聯名譽主席，您看是否可以？」茅盾當即愉快地表示：「聽從組織安排。」大會開幕式 4 時半結束。因代表人數太多，當晚的慶祝晚會分四處舉行。晚會開始時均由合唱演唱茅盾作詞的《沁園春．祝文藝春天》。茅盾所赴的藝術團禮堂在合唱之後，由甘肅省歌舞團演出了大型民族歌舞《絲路花雨》。〔註 104〕

11 月 1 日茅盾赴大會聽了周揚所作的報告。因連日勞累，又染風寒，咳嗽加劇。11 月 2 日茅盾只得休息。11 月 3 日，他帶病堅持到大會堂作預定的題爲《解放思想，發揚文藝民主》的報告。由於體力難支，他自己念頭尾，當中由別人代念。在講話稿的開頭結尾的前後，茅盾都即興加了幾句話。報告完畢，茅盾再難堅持，當即提前退席，赴北京醫院看急診。這時他體溫高達攝氏 39 度多，被醫生留下住院，直到 11 月 23 日下午才出院。83 歲的老人，年來爲籌備文代會宵衣旰食。正式開會未及其半，即累病住院！這是茅盾此生爲文藝界主持的最後一次具劃時代意義的重大會議。

茅盾的報告《解放思想，發揚文藝民主》，〔註 105〕實際是他新時期三年多來許多文論的集大成之作。全文共五節。一、充分肯定三年來的文藝成就，著重談作爲工人階級一部分的文藝工作者仍然存在學習馬克思主義、改造世界觀問題。如前所述，茅盾在 23 日補寫的一大段話，就插在這一部分。這一

〔註 102〕參見 1979 年 10 月 30 日茅盾日記。

〔註 103〕1979 年 10 月 30 日茅盾日記。

〔註 104〕《茅盾的晚年生活》（七），《新文學史料》1996 年第 3 期，第 116、105 頁。

〔註 105〕初刊於《人民文學》1979 年第 11 期，收入《中國文學藝術工作者第四次代表大會文集》和《茅盾全集》第 27 卷。

部分綱舉目張，總攬全局。二、談「解放思想」。「既指作家而言，也指領導而言。」他指出：題材、人物都沒有禁區，都要多樣化。他側重講的是應該允許創作方法多樣化。他回溯了從社會主義現實主義到革命現實主義與革命浪漫主義相結合創作方法的形成、發展過程，然後指出：毛主席雖然提出了「雙革」，但「對這個新的創作方法沒有下明確的定義」。茅盾認爲：「創作方法是文藝理論家研究了同一流派的作品，然後給它以……名稱。」「雙革」固然有許多人在嘗試，卻沒有十分成功的作品。因此理論家暫時無從總結經驗或作出「明確的具體的解釋」。因此茅盾強調指出：給作家以「選擇創作方法的自由，也是重要的。」這是發揚文藝民主的重要內容。「規定死了，只能有害於文藝園地的百花齊放。」茅盾提出上述觀點，是十分大膽、也十分坦率的肺腑之言。這些觀點極具科學性；是在理論與文藝方針、指導思想上的重大突破，對解放思想和解放文藝生產力，具有重大的意義。這表現出茅盾的過人的膽識。三、談「繼承遺產，借鑑外國」問題。茅盾批判了「四人幫」硬把文藝納入儒法鬥爭史的簡單粗暴行徑。他指出，把並非法家的古人生拉硬扯爲法家，是「天大的笑話」，也與借鑑文藝遺產風馬牛不相及。他要求借鑑中外文學遺產時必須具更開闊的視野，自然該「包括遺產的中藝術性部分」。茅盾要求作家通過借鑑提高自己。「一個作家的欣賞能力與表現能力實爲一物的兩面。」因此應該表現能力與欣賞能力並重。這是針對性很強、有感而作的警策之言。四、提醒作家「既要站得高，鳥瞰全局；又要鑽得深，對所寫的具體事物有全面的透徹的認識。」「要熟悉多方面的生活。先了解全面則後深入一角」，處理好「站得高和鑽得深」的「辯證關係」。他再次強調要掌握藝術技巧，除借鑑古今中外文學遺產外，應充分認識「技巧從生活中來」，並站在上述高度從生活中提煉寫作技巧。五、他要求作家，特別是青年作家要「補課」：補繼承與借鑑文學遺產的課，補本國歷史、外國歷史的課。還要補「國際政策、經濟、現代科學知識」的課。他要求全國文聯及其下屬各協會、地方文聯及其下屬各協會，就此「作出具體的安排」。

茅盾這個講話，是新時期文藝撥亂反正的總宣言。面對十年動亂造成的文藝荒蕪、禁區林立的局面，他在批判極「左」文藝路線上大膽地開了一次頂風船。這個報告也是茅盾以中國新文學迄今仍健在的唯一的一位奠基人，和中國文聯、中國作協最高領導人的雙重身份，所作的第一次也是最後一次諄諄的教誨。

11 月 16 日，大會在換屆選舉後勝利閉幕。茅盾取得醫生同意，帶病出席了換屆選舉和閉幕式的會議；善始善終地完成了自己的歷史使命。

德高望重的茅盾當選爲中國文聯名譽主席和中國作家協會主席。在這個崗位上，他名副其實地鞠躬盡瘁，直到逝世！

第三節　筆耕不輟，「春蠶」到死絲方盡

文代會僅僅是新的歷史階段的開始，從繁花似錦的文藝春天到碩果累累的金秋時節，還要更加辛勤的耕耘。對此茅盾有清醒的認識。他深感時不我待，儘管老還多病，仍然筆耕不綴。對文壇大事，他也從未放鬆他深邃的思考。

一

1980 年 1 月 23 日上午，茅盾的忘年交，正在新華社香港分社工作的萬樹玉來看望茅盾，請求他談談對文壇現狀與今後文藝發展方向諸問題的看法。

茅盾總的考慮是：文代會解決了重新組織隊伍，明確方向途徑等重大問題；當務之急是創作實踐，爲文藝的重新繁榮與振興做出紮紮實實的成績。他認爲：創作中最重要的要解決三個問題。首先「是如何提高藝術性，把人物寫好。」茅盾告訴萬樹玉，粉粹「四人幫」後，小說創作，尤其是短篇，「能夠緊密反映現實生活，不僅揭露了『四人幫』造成的創傷、危害，而且反映了新時期社會上存在的一些重大矛盾、問題和新人新事。但文學作品主要是運用語言描寫人物的藝術」，「不能滿足於題材的重大，提出問題反映矛盾的尖銳、新鮮、深刻，還要在寫人上面下大功夫；現在的問題恰恰在於不少新作品藝術性不夠，許多人物不是通過多方面深入細緻的刻畫」，而用「用議論、敘述來代替。文學語言的掌握運用也有問題。要讓人物自己說話，少由作者介紹、說明，這樣做藝術效果可能會好些。」第二，「加強藝術性的重要途徑是熟悉生活，提高文化修養。」「這不只是文藝創作家的需要，搞文藝刊物的編輯也需要。」茅盾這裡的針對性是：年輕的新作者尙待提高，需要靠編輯部培養作者隊伍。「編輯們如不熟悉生活，何以對作品是否深入、準確、眞實地反映生活提出意見？何以與作者共同磋商、修改作品，提高作品的質量？」他以自己學生時代就從錢玄同、沈尹默打下雄厚基礎，擴大了視野，提高了鑑賞水平，後來才取得創作成就爲例，現身說法作闡述，啓發作家認識提高

創作水平與提高鑑賞水平是「兩者相輔相成，相得益彰」，互相促進的關係。第三是指出：「暴露文學應該積極的暴露爲主，當前更需要創作反映四化建設的作品。」他把當前文壇常見的「暴露文學」分成兩種：「一種是消極的，即把問題、矛盾暴露出來就了事；結局、前景如何讓讀者自己去深思。其中有些結局往往是悲劇性的。另一種是積極性的，不僅反映了矛盾、問題，而且揭示了解決矛盾、問題的條件、途徑和光明趨向。兩種暴露應以後者爲主，它能收到更好的社會效果。隨著全國工作重點的轉移，文藝更要爲現代化建設積極發揮作用。」茅盾熱切「希望看到更多表現四化中湧現的新人新事的作品問世。」〔註106〕這些看法既具導向性，也具超前性，是對茅盾在文代會上所作講話的補充。今天看來，它仍有警策文壇的作用。

遺憾的是，文代會前後和新時期以來，由於身體與精力的限制，也由於他要集中精力寫回憶錄，又時時被應酬與雜事所困擾，茅盾未能像建國後、「文革」前那樣跟蹤研究文壇，通過及時發表的評論文章引導其走向，也沒有時間集中突出地評論作家作品。只有支持姚雪垠寫《李自成》的許多封信及公開發表的一篇評論是例外。從1974年9月1日、4日姚雪垠兩次致茅盾信提出審讀《李自成》稿之請求；茅盾於10月17日覆信慨允，表示「渴望一讀」以來，到1979年10月18日爲止，迄今出版的三種茅盾書信選集中，共收茅盾致姚雪垠信31封，其中有29封都是談《李自成》的寫作與出版及出版後之反響的。前三封信就審讀事交換情況。1974年11月23日寫的第四封信就第一卷總地提出七條意見。1975年6月7日函、6月17日一天三函、6月21日又是一天三函，均就第二卷手稿中幾個具體章節逐節提出意見。7月1日就此書反映階級鬥爭、儒法鬥爭問題，提出必須堅持歷史唯物主義、忠於歷史眞實等意見。8月14日函綜論第二卷全書布局與再修改問題。11月9日以激動的欣喜的心情告知獲悉中央同意出版《李自成》，人民文學出版社將派韋君宜赴武漢和姚商量出版事宜的喜訊。12月19日、29日信討論前言內容與寫法以及將來搬上銀幕問題。1977年1月23日就姚雪垠擬選茅盾關於《李自成》部分通信發表事婉言辭謝。9月24日述及第二卷出版後的反響及其分歧意見。可以說，在長達四年時間裡，茅盾對《李自成》第一卷的意見，對第二卷的構思與寫作，對第二卷初稿的意見，前言的寫法、第二卷的出版、第三卷及其後各卷的寫作等等，都傾注全部熱情與心血，給予關注和

〔註106〕《步循先驅，聆聽教誨》，《茅盾和我》，第343～345頁。

指導。這批信多是一個個細部的品味，但也對全書構思與框架，作了總體論述與肯定。茅盾很贊賞姚雪垠既尊重歷史眞實，又敢於在不違背歷史眞實前提下大膽虛構的態度；贊賞他爲此廣搜博取、既重文獻考釋、又作自然的社會的環境的實地考察的認眞態度。他認爲「寫歷史小說而如此認眞者，我看尙無第二人。」對李自成、高夫人、崇禎等人物，採用由遠而近，由淺入深的寫法，對橫斷雲山、一張一弛、節奏感很強的結構布局與情節組接，符合歷史眞實的人物語言等等，茅盾都給予肯定。《李自成》的上述優點，其中包括了許多茅盾貢獻的意見。通過這些通信，使我們進入了兩位老作家形象思維爲主、邏輯思維爲輔，從生活到創作到成書再到如何對待社會反響，認眞思考相互切磋的全過程。從中可窺見當代大作家進行創作的許多堂奧，也讓我們目睹兩位文學大師之間以事業爲重，共同合作，親密無間的深厚友誼。這是當代文學史上一段佳話。

《關於長篇小說〈李自成〉》〔註 107〕是對全書的總體評價。由於卷帙浩繁，茅盾不肯平均用力，而是抓住《潼關南原大戰》、《南洛壯歌》兩大戰役之寫義軍，《紫禁城內外》之寫宮廷鬥爭與塑造崇禎形象，提綱挈領、舉重若輕地把長達五卷的總體構思、其思想藝術貢獻、全書的精華所在總覽無遺。

上述一切，展示出茅盾寶刀不老的軒昂氣勢。在參與姚雪垠的構思過程並爲之出謀劃策時，茅盾無意中展現出「胸中自有雄兵百萬」的襟懷！

在新時期，特別是文代會後，茅盾筆下像這樣宏觀微觀相結合的文論極少，大都是應文壇急需或朋友索稿所完成的「社會定貨」。這些文章大體上可分三類。第一類是報刊或友人約稿。如爲商務印書館同事王西神原編、李一氓補綴的清代女詞人的詞集所寫的《跋顧太清〈東海漁歌〉》、爲路易・艾黎英譯的《白居易詩選》之需所寫的《白居易及其同時代的詩人》、應《讀書》雜誌要求寫的長文《關於〈彩毫記〉及其他》、應新創刊的兩個外國文學刊物之約所寫的《爲介紹及研究外國文學進一解》、《外國戲劇在中國》以及 1980 年 10 月 5 日寫的手稿《魔術萬歲》、1980 年 3 月 28 日《在紀念「左聯」成立五十週年大會上的書面發言》手稿〔註 108〕等就是。第二類是緬懷與憶舊文字。前者如 1979 年 12 月 10 日的手稿《紀念蔡和森同志》、應柯藍約稿寫的《回

〔註 107〕初刊於《文學評論》1978 年第 2 期，收入《茅盾全集》第 27 集。
〔註 108〕均收入《茅盾全集》第 27 卷。

憶秋白烈士》、1976年12月21日寫的手稿《敬愛的周總理給予我的教誨的片斷回憶》、《沉痛悼念郭沫若同志》、《我所知道的張聞天同志早年的學習與活動》、《沉痛哀悼邵荃麟同志》、《追念吳恩裕同志》等。後者如《也算紀念》、《關於「五卅」時期職教員救國同志會的有關情況》（1979年8月30日講話記錄稿）、《關於中山艦事件》、《一點回憶》（爲湖北省博物館董必武展覽室作，手稿）、《五十年前一個亡命客的回憶》、《可愛的故鄉》、《北京話舊》〔註109〕等。這兩組文章有些是和他寫《我走過的道路》有血緣關係的副產品。有些是落實政策、悼念活動所需。字裡行間洋溢著歷史感與念舊之情。第三類是序跋與發刊詞及與此相近的創刊紀念文字。如應香港華僑刊物之需寫的《祝〈地平線〉出版一週年》、《歡迎〈中國通俗文藝〉》、《〈中國當代文學研究資料〉序》、《杜矣：〈談生活、創作和藝術規律〉序》、《〈張聞天早期文學作品選〉序》、《〈柳亞子詩選〉序》、《〈小說選刊〉發刊詞》、《茹志鵑〈草原上的小路〉序》、《歡迎〈文學報〉創刊》等就是。與此相近的還有《文藝報》1981年第1期上的《夢回瑣記》、1980年11月《戰地》增刊上的《談編副刊》。此兩文帶回憶錄性質；與1980年11月27日寫的《關於〈草鞋腳〉》，1981年1月15日寫的《重印〈小說月報〉序》等文一起，都記了許多往事，都和《我走過的道路》有血緣關係。《重印〈小說月報〉序》是茅盾逝世前公開發表的最後一篇遺墨；所記是他乍登文壇引導文學新潮流的業績。從時間說，此文所記的內容和所發表的時間，一首一尾，縱跨茅盾畢生的文學歷程，這不論對茅盾還是對中國現當代文學思潮史，都具重大的歷史意義。

從結束「文革」到茅盾逝世，他還寫了48首舊體詩詞。從內容看可分三類。第一類是政治抒情詩：如《滿江紅・歡呼十一大勝利召開》、《毛主席路線永放光芒》等。這些詩充滿對黨和祖國的熱愛；也抒發了對「四人幫」禍國殃民罪行的憎恨；是其人其時其心情的眞實袒露與寫照。第二類是紀念慶賀詩：如《祝全國科技大會》、《桂枝香・爲商務印書館80週年紀念作》等。這些詩體現了茅盾對社會主義事業，尤其是「五四」以來新文學創作與出版事業的關注。「五四」文學前驅與新中國文化科技事業奠基人茅盾對事業倍加關注的殷殷之情，溢於言表。第三類是奉和贈答詩。如《奉和雪垠兄》、《清谷行》等。這些詩爲我們畫出一幅幅「五四」以來文學藝術家光彩照人的肖像，托出了他們幾十年如一日忠於文藝事業的赤子之心，是時代的見證，是

〔註109〕分別收入《茅盾全集》第13、17、27卷。

歷史的縮影，也傾訴了茅盾不解奮鬥的追求，傾注了他對朋友那種火熱的友情。此外還有些難以歸類的詩。如充滿了歷史感的《歡迎鑑眞大師探親》、《西江月・故鄉新貌》（二首）；如格調高昂的述懷之作《題高莽爲我畫像》、《重印〈中國神話研究 ABC〉感賦二絕》。其中頗多佳句，如「風雪歲月催人老，峻坂鹽車亦自憐」表達的老驥伏櫪、奮鬥不息的抱負；「少年銳氣今銷歇，仰望專家阿彌陀」寄託的後浪催前浪、新人換舊人的期冀，都展現出茅盾這位歷史老人博大的胸襟。

詩歌是主體意識最強的藝術。茅盾的詩，更具火辣辣袒露胸中飽滿的政治激情的傾向。茅盾的詩，如同其小說、散文與文論，從一個情感最充沛的藝術角度，表現出革命家與文學家完美結合的人格力量。

茅盾一向不太贊成把他的創作搬上銀幕。對《子夜》尤其如此。他曾多次謝絕把《子夜》搬上銀幕的好意。直到 1962 年著名導演桑弧及上海電影製片廠制定了改編《子夜》的計劃，經夏衍斡旋，茅盾這才同意。因爲桑弧 1934 年起在中國銀行工作，對各類資本家與證券交易所非常熟悉，進電影界後得到影壇前輩朱石麟的獎掖與教誨。茅盾相信他的能力。但當時正値柯慶施鼓吹「大寫十三年」政治氣候，因而計劃流產。「文革」結束，桑弧取得「上影」老廠長徐桑楚的支持，由徐給茅盾致信提出要求，並得到茅盾同意。1980 年春夏之交，桑孤把改編的電影劇本寄給茅盾審閱，並於 9 月中旬專程赴京訪茅盾，聽意見。茅盾給予熱情鼓勵，希望桑弧「根據電影的特性和要求放開來寫，不要太拘泥於小說原著。」他說小說有 35 萬字，估計將來的「大多數觀眾不可能看過《子夜》原著。因此出場人物不宜太多，電影觀眾記不住那麼多人物。」因此茅盾希望人物要減少。他還希望「壓縮對話，盡可能用情節和動作來表現。」「他還建議對某些人物的基調作一些調整。」例如「吳少奶奶林佩瑤的戲要加重。她學生時代是傾向革命的，參加過『五卅』運動等。大革命失敗後消沉，嫁給吳蓀甫。她討厭吳家的環境和吳蓀甫的爲人。但她又十分軟弱，只能私下對妹妹林佩珊與范博文的愛情表示同情。又如范博文的基調可改爲一個進步青年。他與林佩珊戀愛，並影響林的進步。他同情工人，對吳蓀甫進言，爲吳所不喜，最後范博文偕林佩珊雙雙出走。」這些構想，是對原作的很大改動。他調整了《子夜》原來的三條線，改成影片的頭緒稍簡化了的「三條線：吳蓀甫與趙伯韜的矛盾鬥爭是主線（包括馮雲卿與馮眉卿父女）；工廠罷工是第一副線；吳少奶奶林佩瑤、范博文、林佩珊、雷鳴等人的戲是第二副線」。茅盾說：「圍繞著這主副三條線寫，脈絡就比較清楚了。」桑弧此行滿載而歸。回滬後根據這些意見，對劇本作了大改。包括把近百個人物「縮減爲 36 個有名有姓的人物。」於 12 月寄上修改稿又請茅盾審閱。不久茅盾讓韋韜致信桑弧，告知自己對修改稿「比較滿意，認爲可以投入拍攝，並預祝攝製組工作順利。」爲在片頭展現出茅盾的形象，1980 年 5 月攝製組曾專程赴京錄過像，後決定把遮幅式畫面改爲寬銀幕片。於是 1981 年 1 月桑弧再度來京，又在茅盾書房攝了像。這次茅盾還和飾吳蓀甫的演員李仁堂、另一導演傅敬宗、攝影師邱以仁親切交談，給他們許多鼓勵。〔註 110〕從北京電影製片廠借調來的李仁堂說：「1930 年我才出生，對《子夜》所寫的資本家與證券交易所等 30 年代現實社會沒有直接體驗。」茅盾說：「這可以間接借鑑別人的經歷和書面資料。你在《淚痕》中演好了縣委書記，得到第三屆『百花獎』的最佳男演員獎；不久前又在《元帥之死》中演賀老總，也演得很好；相信你演民族資本家吳蓀甫，也一定能演好。」茅盾應攝影師的要求，換了一身整齊的衣服，由家人攙扶著走出臥室，在書房拍攝了揮筆題寫片名的鏡頭。稍後又正式題寫片頭用的《子夜》二字。因爲手抖，竟寫了四五幅，以備挑選。〔註 111〕

茅盾對桑弧所談的關於《子夜》改編的意見，實際上是事隔 50 年茅盾對其代表作《子夜》的新構想，和進一步加工提煉的新方案。尤其對小說中所謂「新『儒林外史』」若干人物性格的改型與發展，達到了新的思想高度，也打上新時代的烙印。這是非常珍貴的。它反映了茅盾精益求精的創作態度。

文壇復甦後，因「文革」的洗劫，導致文學讀物奇缺。高校文科文學史教學連起碼的必讀書參考書都極難找。許多出版社要求茅盾編選出版其創作與論著以應急需。這造成茅盾著作出版最集中的時期。他出版的第一類是創作集：最早的書是應田間的要求，把《茅盾詩詞》交河北人民出版社於 1979 年 11 月出版面世。接著 1980 年 4 月與 12 月人民文學出版社出版了《茅盾短篇小說集》和《茅盾散文速寫集》。同年香港時代圖書有限公司、次年文化藝術出版社分別出版了長篇小說《鍛煉》。1982 年 3 月日本中國文藝研究會、

〔註 110〕桑弧：《拍好〈子夜〉，寄託哀思》，《憶茅公》，第 437～438 頁；《我所認識的茅公》，《茅盾和我》，第 126～128 頁。

〔註 111〕李仁堂：《我與沈老的一面之緣》，《工人日報》，1981 年 4 月 4 日；《竟是永別的一次會見》，《電影創作》1981 年第 5 期。

1984 年 4 月花山文藝出版社分別出版了中篇小說《走上崗位》。1982 年 4 月上海少年兒童出版社出版了兒童中篇小說《少年印刷工》。此外還有茅盾生前早已編好交上海古籍出版社，直到 1985 年 4 月茅盾逝世四年後才出版的《茅盾詩詞集》。第二類是理論批評集：1978 年人民文學出版社出版了《茅盾評論文集》。1980 年 5 月上海文藝出版社出版了《茅盾論創作》。同年同月四川人民出版社出版了《茅盾近作》。1981 年文化藝術出版社出版了《茅盾文藝評論集》。1981 年 6 月上海文藝出版社出版了《茅盾文藝雜論集》。第三類是 1981 年 9 月上海譯文出版社出版的《茅盾譯文集》。這些作品出版時，茅盾大都應出版社之請寫了新的序言，這些序言是他的創作意圖、形象思維與文論立意的自白；也是他的創作道路與理論批評生涯的總結；可視爲長篇回憶錄《我走過的道路》的前奏曲。和當代青年作家創作正盛就出「全集」「文集」不同，茅盾逝世後經中央批准，由人民文學出版社出版四十卷本，長達一千三百餘萬言的《茅盾全集》。

二

茅盾晚年最重要的著述，是長篇回憶錄《我走過的道路》。此作早在 1963 年 3 月就開始了前期工作：以口述方式錄了 20 多盤磁帶，勾勒出這部鉅著恢宏藍圖的基本輪廓。但他覺得口述錄音「只敘述了經歷，缺乏文采，只有骨頭，沒有血肉。」錄音沒有足夠的思索間隙。「靠它保存資料是可以的，用來創作則不行，它無法表現作家的風格。」「看來還得自己動筆，光動口不行。」「於是他決定在錄音的基礎上，把回憶錄重新寫過，而且從童年寫起。」另一個經驗則是「不能太相信記憶，必須廣泛搜集資料以彌補記憶之不足。」〔註 112〕他確立了一條基本原則：「所記事物，務求眞實。言語對答，或偶添藻飾，但切不因華失眞。凡有書刊可查核者，必求得而心安。凡有友朋可咨詢者，亦必虛心求教。他人回憶可供參考者，亦多方搜求，務求無有遺珠」，力爭以「親身經歷」再現活的歷史。〔註 113〕但在當時，不具備實施這些原則的充分的條件。

到 1978 年，這些條件終於逐漸具備了。這年春節前夕，茅盾在醫院巧遇胡喬木。胡喬木非常高興地說：「我正要找您。最近中央決定組織力量從健在

〔註 112〕《茅盾的晚年生活》（八），《新文學史料》1996 年第 4 期，第 63 頁。
〔註 113〕《我走過的道路》（上），人民文學出版社版，第 1 頁。

的老同志那裡『搶救遺產』——撰寫回憶錄。」「陳雲同志特別想到您，說建黨初期的歷史，除了您，恐怕也沒有幾個人知道了。他希望您能把這段歷史寫出來。」胡喬木說：希望您不只要寫這段歷史，「還可以把您 60 年的文學生涯寫出來。寫一部文學回憶錄，這也許是更重要的。」胡喬木表示：可以幫助提供資料與方便。幾天後林默涵來信，也轉達了同樣的精神，表示了同樣的期待。1978 年 3 月，人民文學出版社社長韋君宜帶著兩個編輯登門拜訪，轉也的也是陳雲、胡喬木的希望，不過她是來具體落實的。一是說社裡決定辦個新刊物《新文學史料》，予以配合，專登作家回憶錄、掌故、資料等等。特來請茅盾題刊頭，並撰寫諸如「兩個口號論爭」或文學研究會成立之類的回憶文章。茅盾因爲已有先期的錄音爲基礎，又有胡喬木、林默涵提前打了招呼，於是在答應題刊頭之同時他又說：「我給你們這個新刊物寫個長篇回憶錄」。「8 月份交第一篇稿！」這使韋君宜喜出望外！韋君宜回社後，就把茅盾的兒媳陳小曼從外國文學編輯室調到現代文學編輯室，再把她委派給茅盾當助手。同時，茅盾自 1977 年 9 月到 1978 年曾多次給中央軍委秘書長羅瑞卿，政協副秘書長兼管《文史資料選輯》編輯出版工作的周而復，和總政文化部長劉白羽寫信，並在他們的幫助下，把在解放軍政治學院校刊當編輯的兒子韋韜借調到身邊當助手。陳小曼管內，韋韜跑外，使搜集資料等準備工作全面啓動。8 月底韋韜介入了工作。9 月份他就赴上海補購在北京搜集不到的材料，並取得當時在上海書店工作的孔令境的女兒孔海珠的配合幫助。她輕車熟路，用了足足一年時間，共同把資料準備就緒。

茅盾還寫信或當面求教，請當事人與知情者提供幫助。他先後向復旦大學教授吳文祺、「五四」元老許德珩、一度任黨中央主要領導人的羅章龍、熟知有關歷史的趙清閣、廖沫沙、趙明、陳培生、胡錫培請求幫助，或寫信求救，或約請來寓敘談。趙丹在上海因病住院，就託魏紹昌代赴醫院問詢史料。這樣，茅盾就以見證歷史的活人記憶中的材料與書刊載的史料爲參照系，使 80 多年塵封的記憶活起來了。這部回憶錄取精用宏，既具體而微，又提綱挈領，和茅盾這認眞的態度大有關係。

葛一虹回憶他訪茅盾時那次談話，「有些感到奇怪，爲什麼對一些細節他也不肯輕輕放過。」後來「才恍然省悟，原來茅公是在廣泛收集資料。」「作爲一個當事者，他正向我作認眞的採訪。」〔註 114〕爲寫清在中共上海兼區工

〔註 114〕《在那些嚴酷的日子裡》，《憶茅公》，第 217 頁。

作那段歷史，茅盾不僅託人從上海檔案館抄回《上海地方兼區執行委員會記事錄》，派韋韜專程赴滬校對原件，還約請經常出席此委員會會議的羅章龍來寓詳談，並把此「抄錄本給他帶回去慢慢思索其中一些人名的情況。」〔註 115〕儘管茅盾博聞強記，記憶力驚人，但有些時、地、人記不清楚，問人則說法不一。他就依據各種資料，細加考證。如他加入上海共產主義小組的時間，就是多方考證才確定的。嚴肅的態度，嚴謹的方法，保證了這部回憶錄的「信史」性。

茅盾這時「因肺氣腫引起的氣喘日益加劇」，伏案稍久即氣喘不止。他一目失明，另一目僅 0.3 視力。他每夜失眠，服安眠藥才能睡下。平均每夜還要醒三四次，只好服藥再睡。他時時咳嗽，震得胸痛。便秘與腹瀉又交替折磨，有時還污了褲子。他頭暈目眩，雙腿邁不動，下腳如踩棉花。他多次半夜摔倒爬不起來！在這麼艱難的情況下，他每天堅持，筆耕不輟。他「坐不住，就讓家裡人搬張小桌子放在床上，半臥在床上寫。開始每天寫五百多字，後來只能寫三百多字。」但他拒絕別人代筆和錄音，「堅持自己動筆。」〔註 116〕有時他嫌「已寫者不夠簡潔」，就「重寫」。〔註 117〕8 月 1 日日記說：「今晨五時醒後，不能再睡，乃整理已寫之回憶，忽發現仍應再改。」遂補入忘記寫的一大段，又把寫得較繁的部分「捨棄，只寫成數十字了事。此一再修改之工作，當天下午完成。」這樣工作量就不能以既定稿的文字數量計算。

茅盾寫得十分投入，竟達日思夜想地步。他這期間的日記記夢者凡十多處，大都與寫回憶錄有關。1979 年 7 月 17 日記：「連日有奇夢，一爲夢見父親與母親同來，都不過 40 來歲。方工作未定，而我也像大學剛畢業，等待工作。但恍忽又如在解放後。又一是夢周總理將去台灣見張學良。」1980 年 2 月 9 日記：「下午一時午睡至三時許，得夢甚奇，夢中閱我所記似日記之一厚冊。」1980 年 2 月 2 日記：「夢中是即將寫回憶錄之前半（上海代表赴廣州召開之國民黨第二次全國代表大會時，在由滬赴廣州的輪船上之瑣事，當時我有南行日記，刊於文學旬刊）。在夢中，此南行日記爲小曼抄件，而且爭論冷場時，有從廣州特來上海歡迎我們前往之××，爲免冷場而說了廣州現在如

〔註 115〕《茅盾日記》，1979 年 9 月 27 日。
〔註 116〕陽翰笙：《時夜子夜燈猶明》，《憶茅公》，第 27～28 頁。
〔註 117〕《茅盾日記》，1979 年 7 月 31 日。

何如何。夢中又就此××爲何人，作了猜想。總之，整個夢中，反覆都是此事。午睡如此之狀，且數次欲醒（亦是夢中想醒）而不得，是近日少有的。」俗話說：日有所思，夢有所想。佛洛伊德認爲「夢是一種願望的達成，它可以算是一種清醒狀態精神活動的延續。」〔註118〕其實記最後一夢時，茅盾自己也說清了這些夢和寫回憶錄有直接的關係。就這樣，從動筆到他病倒住院被迫擱筆。茅盾最後幾年的日日夜夜，都是在戰勝病魔老衰，奮力寫回憶錄中度過的。

這部長篇回憶錄題爲《我走過的道路》，雖以茅盾一生由幼而長、思想形成與發展、社會與政治、特別是政治活動的縱線爲經，實際卻是以中國革命由資產階級舊民主主義革命到新民主主義革命取得勝利這一革命鬥爭歷史爲綱，輔之以中國現代文學產生、發展、成熟的歷史縱線。這是一部以回憶錄爲形式，政治與文學思潮史中作家文學道路爲內容的獨特的史書。在中國近現代文學史上，魯迅先於茅盾，但過早謝世，且未直接介入革命。郭沫若倒介入了政治，而且有一段政治活動與茅盾並行，但他介入政治起步晚茅盾將近十年；隨後又旅居海外長達十年；且從未居黨的核心位置。只有茅盾在建黨前夕加入共產主義小組，建黨後一度與中央直接聯繫配合工作。他又是黨的大區領導人。旅居日本爲時不長，回國後不僅在滬、港、新疆與黨配合工作，在延安又直接接觸黨中央及張聞天、毛澤東、周恩來等主要領導人。此後轉戰渝港，都直接在黨領導下工作戰鬥。所以他能夠以其豐富的階級鬥爭、路線鬥爭、社會的文藝的思潮鬥爭的歷史閱歷，借個別托出一般，以親歷目睹的史實爲據，寫活的歷史。可以毫不誇大地說，這部回憶錄是半個多世紀的歷史實錄。

由於英年早逝，魯迅雖是文壇主將與旗手，但未能統貫全部中國現當代文學歷史。郭沫若的主導取向是浪漫主義。只有茅盾既能統貫中國現當代文學史，又能統貫其現實主義文學主潮史。自「五四」始，至1981年新時期文學思潮初期茅盾逝世終，茅盾以自己的譯著論著、編輯介紹、文學創作、理論批評與學術史著參與文壇活動、文藝論爭，及引導文壇取向等全部文學活動的記述剖析，帶動文壇宏觀格局的鳥瞰與文壇重大事件的微觀描述。所以這部回憶錄又是一部文藝運動、文學思潮、東西方文化撞擊交流、文學創作、理論批評、編輯譯介等全方位的中國現代文學史實錄。

〔註118〕《夢的解釋》，作家出版社版，第37頁。

茅盾既有上述宏觀認知與微觀體味，又居文藝領導地位，數度與政治領導核心有密切接觸；他記重大歷史事件與重要經歷，採取嚴格的「信史」筆法與嚴謹的著述態度。他從不同角度，眞實地描繪出一系列歷史人物：老一輩無產階級革命家和黨的締造者如陳獨秀、李漢俊、毛澤東、董必武、瞿秋白、惲代英、張聞天；文壇前驅與奠基人如魯迅、郭沫若、鄭振鐸、葉聖陶；文藝界傑出人物如馮雪峰、丁玲、夏衍、周揚、胡風、葉以群；出版界鉅子如張元濟、鄒韜奮；國民黨元老與不同歷史時期不同傾向的政治家如宋慶齡、蔡元培、邵力子、蔣介石、汪精衛、張道藩；在中國時間久影響大的國際友人如史沫特萊、斯諾。對這一切歷史人物的描寫記述，大都以具七情六慾之血肉之軀的活人形象，留下生動的剪影。回憶錄具體生動地描繪了許多重大政治歷史事件：如「五四」運動的歷程、中國共產黨的籌建成立、上海大學的興辦、中共上海兼區執委會的活動、北伐前國民黨第二次代表大會、中山艦事件、北伐與大革命時期在武漢的政治風浪、寧漢由對立到合流、南昌起義的準備，抗戰各時期茅盾輾轉滬、港、武漢、長沙、廣州、寶雞、新疆、延安、重慶、桂林各地的所見所聞，訪蘇的親歷目睹，都文獻記錄片般留下了珍貴的有的甚至是唯一的歷史鏡頭。至於文學研究會、創造社的創立及其論爭、商務印書館的內幕、革命文學論爭、左翼文學運動及左聯內部情態、「兩個口號」的論戰、抗戰文學運動的興起，這些時代場景的實際描寫，均是一幕接一幕的文壇風雲實錄。茅盾信筆寫來，舉重若輕，記事則繫史筆，臧否人物則多成定論。所以，這部回憶錄具很嚴謹的「信史」筆法與很高的史料價值。

茅盾一生，濃縮了好幾個重大的歷史時期，他從玩野火的孩子到文壇耆老，其人生觀、文化觀、文學觀的形成，其各種心態變化，形象思維與邏輯思維相交織、從生活到創作的歷程與態勢，都毫無掩飾地和盤托出，使我們透過原生態的由審美感知到審美表現的文學生產過程，進入茅盾的內心世界與藝術世界；把捉其脈膊，觸摸其心態。茅盾對其作品，從文字固定到讀者審美接受與社會反響及評價，都作了客觀描繪。這部回憶錄是能聞其聲、能見其形、把得住脈膊、聽得見心跳的作品，是既平凡又偉大的文學歷程與心靈歷程的眞實揭示，是其生命意識的人生進程的展現。不論在中國還是在外國，作家對自己和時代及其相互結合的文學歷程，能作如是描繪，且具如此強大生命力的回憶錄，實在罕見！

茅盾既是政治家又是文學家；既是作家又是理論批評家。二者的完美結合，既通過一部部具體作品凝成的經驗體現出來，又通過理論總結體現出來。後者既表現在理論文章內涵的自述，也通過在回憶錄中作昇華得到體現。其中不乏哲理性很強的篇章。如在談《春蠶》創作那節裡論述作家與評論家如何學習唯物辯證法「以觀察生活」、「評論作品」時，茅盾提出唯物辯證法的四個要點：「（一）把現象看成是相互聯繫和相互制約的；（二）把現象看成是經常運動著、發展著、產生和滅亡著；（三）唯物辯證法所持的出發點是：發展的過程不是簡單增長的過程，而是通過量變到質變的轉化而實現的前進運動，並且新事物的產生是通過飛躍來實現的；發展是由簡單到複雜、由低級到高級的過程；（四）要求我們估計到自然界的事物、現象，含有內部矛盾，而對立面的鬥爭是發展程的實在內容。」茅盾指出：認識這「四要點」並不難，難的是把這些「理性認識轉化爲感性認識」與「自己的思想方法」。作家不能帶著「四原則」到生活中找合乎它的現象。而「應當分析自己的生活經驗，找出一些問題」來印證這四條。「如果不合」，就再分析自己的生活經驗，「而求得與上次不同的或似同實異的問題，然後再印證這四條」；「如此反覆進行，直到問題解決」；這一不斷反覆的過程，必然「形成自己的辯證的思想方法。」作家不能單純憑經驗，也要憑這種反覆的檢驗，這才能透過表象觀察到本質，「在複雜的生活現象中分析出」矛盾的主次各方面，「找出這些矛盾的鬥爭的規律，從而認識到這些矛盾鬥爭如何推動生活使之前進。」這時「作家已胸有成竹，作品中的主要故事與人物已經醞釀成熟。」對評論家來說，若僅拿這四原則當標尺以衡量作品，「這是最拙劣的做法。」評論家也要成熟到「把辯證法成爲自己的思想方法。」即便這樣，評論作品時也不會「百無一失」。因爲評論家若沒有與作家「同樣的生活經驗或相似的生活經驗」，怎「能斷定作品中所表現的生活是否眞實？可惜 30 年代的大多數評論家不了解這簡單的道理」，他們毫無生活經驗，僅憑書本知識去評論，「犯了主觀主義，教條主義的毛病而尙以爲自己是按照辯證唯物論在評論作品，這眞使人啼笑皆非了。」因此茅盾要求評論家和作家同樣，也要在生活實踐中掌握唯物辯證法。〔註 119〕這些話的豐富的哲學內涵與美學內涵，是顯而易見的。它同時揭示了茅盾作爲理論批評家與作家，在其兩類實踐中如何把握與運用唯物辯證法；並在不斷反覆的實踐中昇華其哲學觀美學觀以及方

〔註 119〕參見《我走過的道路》（中），第 141～142 頁。

法論。晚年的茅盾，其哲學觀美學觀都證明，他已經是一個成熟的馬克思主義者了。

這部《我走過的道路》，正是在這馬克思主義哲學觀美學觀與思想方法支配下的偉大的產物，因此臻於歷史的與美學的多重思想高度與深度。

關於《我走過的道路》，這裡有必要涉及讀者論者提出的兩個問題。其一是秦德君及其同情者因茅盾隻字不提他們的同居關係而責備它「不眞實」，「隱瞞了歷史事實。」這話既有道理，也不全有道理。茅盾和秦德君同居過程，既是作家生活道路的一部分，就是無法迴避的事實；也與茅盾的文學道路中某些創作實踐直接間接地關聯著。因此這是不應迴避的。但茅盾這部回憶錄旨在藉親身經歷以寫歷史，所以書中凡與此無關或關係不大的私生活就寫得極其簡略，甚至付之闕如；不獨與秦德君同居這段生活然。尤其秦德君「文革」中挾嫌報復的行動，使茅盾既厭棄又輕視。他故意不提秦德君，就是意氣用事所致。客觀地說：還是該正視並如實描寫這段與人生道路、創作生涯有密切關係的往事。從積極意義講，它是特定時代特定心態的折光。從消極意義講，對後來秦德君的無端誣陷也會起防範作用。退一步說，意在紀實，立此存照，也有益無損。當然，茅盾生前也難預料，自己死後秦德君會利用死無對證的機會公開發難。

其二是這部回憶錄中茅盾親筆所寫，僅到「1934 年的文化圍剿和反圍剿」一節。從「1935 年紀事」起，是韋韜整理的。有人對此提出眞實性與可信性問題。我認爲，若從回憶錄必須本人親筆所寫角度看，此議不無道理。因爲代筆者起碼不能保證心態描寫不失眞。若驗之以事實與史實，則韋韜的代筆，確實有充分的依據。主要是：一、茅盾口述的 20 多盤磁帶錄音，包括 1935 年至 1949 年這段經歷在內。二、代筆部分涉及茅盾的著譯編纂，均據原作，或概述或徵引。涉及的史實，也言必有據。三、茅盾生前留下許多散文與散篇回憶文章，以及大量爲寫回憶錄所作的札記、卡片。這都是第一手資料。如述及「兩個口號」論爭，就據茅盾已發表的《需要清一些事實》等文章和未發表的《補充幾句》等手稿，及口述此事的記錄。四、正如茅盾《致周而復》信中所說：韋韜是茅盾大半生一直在自己身邊的親生兒子。許多事是父子的共同經歷。許多人是父與子共同的社會關係，許多談話韋韜都在場。許多心態茅盾生前都跟兒子傾訴過。茅盾生前記不起的人與事，就時常垂詢兒子。韋韜的補充與回憶，在茅盾親筆所寫文字中，就包含了相當一部分。據此種種，韋韜爲父代筆，自有眞實可信性。五、韋韜一直參與這部回憶錄的策劃、構思，建構框架，討論內容與寫法等工作。韋韜以腦記、筆錄、錄音諸方式，積累了足夠的資料。六、爲了代筆，韋韜又步其父後塵，作過進一步的調查訪問。查閱資料，精讀細研，儲備與消化工作均極充分。七、代筆前他認眞、仔細、嚴謹地研究了父親手稿的結構體例、行文章法、遣詞造句特點和習慣用語等技術性特徵，以及思想、情感、心態、表述方式等內涵性特徵。韋韜所受的潛移默化的薰陶，已臻爛熟於心、駕輕就熟地步。因此代筆部分與乃父的手稿如出一人。代筆部分開頭尙看得出文字風格的差異；行文也稍嫌拘束。愈後愈珠聯璧合。雖爲續貂，卻如出一轍。八、嚴格檢驗代筆部分，雖不能說毫無出入，但就大端言，都經得住推敲。故出版後至今，基本上被學界與讀者所認可。凡此種種，都足以證明，《我走過的道路》的代筆部分與茅盾親筆所寫的部分，其眞實性、可信性，都是靠得住的。

三

1977 年 3 月 14 日茅盾《奉和雪垠兄》中的詩句「錦繡羅胸仍待織，無情歲月莫相催」，雖係贈友，實乃自況。「文革」結束後，痛感白白失去十年的歲月，茅盾無時無刻不被緊迫感所鞭策。他自知所餘時日已經不多，故而總是殫精竭慮趕著做。從 1978 年重新提筆到 1981 年逝世這三年多，其寫作實績超過建國後的 17 年之總和。風燭殘年竟能超越風華正茂時單位時間平均產品的五六倍！老年喪偶、疾病纏身的茅盾，戰勝了多少痛苦！表現出多大的毅力！

他奉獻甚鉅，索取卻極微。「他不吸煙，也不喝酒。飲食上更是隨便，給他什麼，他就吃什麼。」按照規定，他可以配廚師。但他堅決反對：「家裡人不多，我又不講究吃，用不著擺這個譜！」晚年一日三餐「幾乎頓頓是湯面，有時吃米飯，也是把飯菜和湯盛在一個碗裡，匆匆吃上幾口。家裡人勸他說：『這樣吃可什麼味兒也沒有了！』」他說：「這麼吃省時間。」組織上幾次安排他去外地療養，他總是不肯去。他攤開手對勸他的人說：「『你看這麼一大堆資料，能帶走嗎？不能去。』他也沒有別的運動。只在屋裡散步少許，以調整筋骨與精神。然後又俯案寫作。」〔註 120〕

〔註 120〕鮑文清：《茅盾近年生活瑣記》，《人物》雜誌 1981 年第 3 期，《紀念茅盾》，陝西人民出版社版，第 61 頁。

但到 1980 年下半年，他不僅不能在屋裡散步，連下地上床都十分困難了。1980 年的日記中，多次記他半夜起床上廁所時摔倒爬不起來的事。他又不讓家人陪伴。理由是怕干擾睡眠。其實他大半是爲家人著想；不願讓他們過於勞累。韋韜無奈，只得在床頭和床腳各裝上一個電鈴按鈕，以備急時呼喚家人。但他不到萬不得已從不驚動家人。1980 年 3 月 24 日，他又摔了一跤。於是無力再記日記。3 月 25 日自己口授，陳小曼筆錄的日記寫道：「昨夜摔跤，有種種幻覺，好像有鐵條綁在身上，但腦子仍在活動，怕打碎眼鏡，將它放入衣袋中。摔在床前的地毯上，彷彿曾爬到床上過，後來將鐵條甩掉了。當然，這都是幻覺。」3 月 30 日小曼筆錄的日記道：「晨六時仍在床前地毯上摔了一跤，安眠藥性已過，腦子完全清醒，但要掙扎上床，無論如何不可能。直到七點多有人進來發現。」隨後茅盾病倒住院。日記從此永遠中止了！

出院後他仍天天堅持寫回憶錄。他決心在有生之年完成這浩大工程，只是更加艱難，更加力不從心。1981 年 2 月 8 日寫完「一九三四年的文化圍剿與反圍剿」這一節後，他又病倒停筆。2 月 18 日再次捉筆，因爲發現《小說月報》刊登的當年他寫長篇《虹》時致鄭振鐸的信。信中談到《虹》的創作意圖和其續篇《霞》的構思脈絡。據此茅盾又補寫了「亡命生活」這一節中一大段文字。〔註 121〕這是茅盾 60 餘年文學生涯親筆留下的最後的遺墨！從此茅盾再也提不起他那枝如椽大筆，爲我們繼續譜寫時代的華章了！

19 日起他開始發燒。但他堅持不肯住院。到了 2 月 20 日他感到再難支撐，才無可奈何地說：「看來我得住院了！」韋韜當即把父親送到北京醫院。茅盾哪知此一去，他再也不能回到他與孔德沚的骨灰盒朝夕相伴，書桌就是戰場的他那間臥室兼書房，繼續其筆耕生活了！

經過搶救，病略緩解。然而稍一活動，便氣喘不已。氣喘略輕，他就讓兒媳婦給他讀《參考資料》和報紙文件。雖然病入膏肓，他仍心繫廣宇！兒媳見他閉上眼時，就停讀，想讓他養養神；他卻睜開眼睛要求繼續讀。他吃飯也只能坐在床上，而且總是大汗淋漓！吃一頓飯就像打一次大仗。醫院組織院內外專家來會診，「發現他心肺功能衰竭，呼吸急促，一分鐘 40 多次。心率 120 次以上，稍爲動一下呼吸更快，口唇發紫，汗出不止；腎功能也衰竭」，「還發現胸水和腹水。」兒子不肯告以實情。但他十分敏感。「蘊藏在

〔註 121〕參見《我走過的道路》（中），第 36～39 頁。

心裡的兩件大事，覺得該辦了。3 月 14 日上午他口述兩封信，要韋韜代筆。」「他用顫抖的手莊嚴地簽上自己的名字，低聲對兒子說：『等將來再送。……也許我可以親自重寫！」「兒子知道父親的心意：仍盼望恢復健康，繼續為社會主義文學和革命事業獻出他最後一滴血。」經過精心治療，雖稍有好轉。但到了 3 月 20 日，病情又惡化了。他一次又一次興奮，「自言自語，講一些不連貫的話：——總理的病怎樣了？……好一些了吧……他身體很好……姐姐，噢……她的手術沒搞好……——作家……他是誰……我不能見他了……——那牆上寫的是什麼？……一張張紙上……很多字……」有時他很清醒，仍不忘關心別人。他一生都是這樣慣了的！大夫來會診，他不安地說：「怎麼驚動這麼多大夫來看我？」大夫不願說出實情，只說這是按慣例查房，所以人多。茅盾謙辭道：「我沒有什麼，不需要這麼多大夫看，你們可以看別的病人去。」〔註 122〕

3 月 22 日，他在新疆教過的得意門生、劇作家趙明來看他。他還非常自信地談到預計 4 月天氣轉暖時出院，「到 9 月天冷前把回憶錄抓緊寫完，然後轉而搞創作。他想把《霜葉紅似二月花》繼續寫下去……把《鍛煉》繼續寫下去」，「他要把人物撒向全國。」「奮其餘生，給後代留下描繪中國革命各個主要歷史時期完整的巨幅畫卷。」〔註 123〕就在病危時，他也沒忘記寫回憶錄：「他躺在病床上不斷揪被子，嘴裡嘀咕著：稿紙……稿紙……他不斷用兩隻手朝眼睛上比劃，一次一次要戴上眼鏡」；「他在口袋裡不斷掏摸，頭上流著晶瑩的汗珠，嘴裡急切地自言自語：筆……鋼筆……筆呢？」「他頑強地數著數字」，「嘴裡反覆嘀咕地說：4 月差不多了……可以出院……又能拿筆了……5 月……6 月……8 月，9 月……9 月寫完……一定寫完……」來探望他的周而復見此情景，不由發出感嘆：「在病危的時候，還一直惦記早日寫完回憶錄，茅公用生命在寫作啊！」〔註 124〕

3 月 26 日上午，周而復又去看他，覺得「茅公神智清醒，還像往常一樣健談，不過速度慢，聲音低。」他哪裡知道這是回光返照！就在「那天晚上 10 點 40 分，茅公的病情突然惡化了。」「血壓猛地下降到 40，一分鐘只有幾次呼吸。」大夫們連夜搶救，終於無效！「27 日清晨 5 點 55 分，中國卓越的

〔註 122〕周而復：《在病危的時候——悼念茅盾同志》，《憶茅公》，第 62～65 頁。
〔註 123〕趙明：《峻坂鹽車我仍奮》，《憶茅公》，第 354 頁。
〔註 124〕《憶茅公》，第 66～67 頁。

無產階級文化戰士的心臟停止了跳動。」〔註 125〕聞訊趕來的老朋友趙清閣目睹了當時的情景。她寫道：「茅公的遺體正準備往外送；我看見他安詳地熟睡了一般，額上濕漉漉的還有汗漬，顯然他經過了一番痛苦的掙扎，……終於未能戰勝病魔！」「我沉痛地呼叫著『茅公』，沒有回應了！」但「我不相信他果眞已經長此離開了人間，離開了親友、同志們！」〔註 126〕

噩耗當即傳到中國文聯和中國作家協會。周揚立即趕到醫院。韋韜滿面熱淚，雙手捧著父親留下的兩份遺書，請周揚轉呈中央。曹禺回憶道：「下午開學習會，周揚同志把不幸的消息告訴大家。他談著談著，眼裡湧出不盡的淚水。他說不下去了，只好請賀敬之同志來讀茅盾先生致黨中央的遺書。我和同志們沉默著，流下熱淚。」〔註 127〕

噩耗傳到茅盾的故鄉。浙江的山水大地痛悼自己偉大的兒子！茅盾和魯迅的戰友黃源記他聞訊趕到浙江省文聯作協悼念會上的情景：「主持會議的同志說：『茅盾同志逝世了，開會前，先行默哀禮罷！』……這時，我想到 60 年來我受教於導師的種種，不禁放聲大哭起來。」〔註 128〕

經歷了 85 個年頭的人間滄桑，跨世紀的文壇泰斗、中國新文學的奠基人和偉大旗手茅盾，終於沒能實現他痊愈後親筆再寫其遺囑的最後一個遺願。他生前口授，由兒子韋韜筆錄、他親筆簽名的兩封遺書，成了他偉大的一生的最後的遺言！

其第一封遺書是寫給黨中央的。全文如下：

耀邦同志暨中共中央：

親愛的同志們，我自知病將不起，在這最後的時刻，我的心向著你們。爲了共產主義的理想我追求和奮鬥了一生，我請求中央在我死後，以黨員的標準嚴格審查我的一生的所作所爲，功過是非。如追認爲光榮的中國共產黨員，這將是我一生最大的榮耀。

沈雁冰

一九八一年三月十四日

茅盾是中國共產黨的最早的黨員之一。由於逃避蔣介石的通緝，在東渡日本後失去組織關係。他曾兩度提出恢復黨籍。30 年代那次遭到「左」傾路

〔註 125〕周而復：《在病危的時候》，《憶茅公》，第 67～68 頁。
〔註 126〕趙清閣：《春蠶絲未盡》，《憶茅公》，第 241～242 頁。
〔註 127〕曹禺：《「我的心向著你們」——悼念茅盾同志》，《憶茅公》，第 83 頁。
〔註 128〕黃源：《沉痛悼念導師雁冰同志》，《憶茅公》，第 129～130 頁。

線統治下的中央的拒絕。赴延安時期，中央考慮統一戰線工作需要，勸他暫時留在黨外。建國後，他不願在「坐天下」時分享榮譽，沒有再提出恢復組織關係的要求。直到 1980 年 9 月，他看到「文革」中長大的青年們看到的更多的是黨的黑暗面：「四人幫」的猖獗，極「左」路線的流毒，產生了逆反心理，再加上思想方法的片面性，他們對黨不那麼信任、甚至不願入黨了。對此茅盾極為痛心，覺得在這種形勢下，他應該站在黨的行列裡。這才對多次勸他提出恢復黨籍要求的兒子、兒媳說：「我要考慮我的黨籍問題。」〔註 129〕但他一直到彌留時刻，才口授了這份提出申請的致中共中央的信。

中共中央書記處接到此信，當即討論了他的請求並起草了相應的決議草案立刻報中共中央常務委員會。中共中央在茅盾逝世後第三天作出決定。全文如下：

> 我國偉大的革命作家沈雁冰（茅盾）同志，青年時代就接受馬克思主義，1921 年就在上海先後參加共產主義小組〔註 130〕和中國共產黨，是黨的最早的一批黨員之一。1928 年以後，他同黨雖失去了組織上的關係，仍然一直在黨的領導下從事革命的文化工作，為中國人民的解放和社會主義建設事業奮鬥一生，在中國現代文學運動中作出了卓越貢獻。他臨終前懇切地向黨提出，要求在他逝世後追認他為光榮的中國共產黨員。中央根據沈雁冰同志的請求和他一生的表現，決定恢復他的中國共產黨黨籍，黨齡從 1921 年算起。

茅盾留下的致中國作協的遺書，全文如下：

> 中國作家協會書記處：
>
> 親愛的同志們，為了繁榮長篇小說的創作，我將我的稿費 25 萬元捐獻給作協，作為設立一個長篇小說文藝獎金的基金，以獎勵每年最優秀的長篇小說。我自知病將不起，我衷心祝願我國社會主義文學事業繁榮昌盛。
>
> 致　最崇高的敬禮！
>
> 茅　盾
>
> 一九八一年三月十四日

〔註 129〕徐民和、胡穎：《鉅匠的遺願——茅盾在最後的日子裡》，《瞭望》雜誌 1981 年第 2 期。

〔註 130〕茅盾參加共產主義小組是在 1920 年 10 月，由李漢俊介紹加入，見《我走過的道路》（上），第 175 頁。

中國作家協會尊重茅盾的遺願，用這筆捐贈以「茅盾長篇小說文學獎」名義設長篇小說創作最高獎，從而促進了中國長篇小說創作，使之常盛不衰。

從 1981 年 3 月 30 日起，與茅盾遺體告別的儀式在北京醫院舉行。4 月 10 日，當時的黨和國家領導人華國鋒、鄧小平、李先念、鄧穎超、胡耀邦、趙紫陽等同志與來自首都和全國各地的各界人士約兩千餘人向茅盾的遺體告別。他們「懷著沉痛的心情，緩步走到沈雁冰同志遺體前靜默致哀，向沈雁冰同志的家屬表示深切慰問。」〔註 131〕當天由著名的美術家曹春星爲茅盾遺容翻製了面模，考慮到茅盾筆耕一生的偉大貢獻，又特地爲他的右手製了模型。〔註 132〕告別儀式後由全國政協副主席周培源等護送遺體到八寶山火化。

1981 年 4 月 11 日下午，在人民大會堂西大廳，隆重舉行沈雁冰同志追悼大會。「莊嚴肅穆的會場裡，懸掛著沈雁冰同志的遺像。」「骨灰盒上覆蓋著中國共產黨黨旗。」中共中央、全國人大、國務院、中國政協等送了花圈。華國鋒、鄧小平、李先念、彭眞、鄧穎超、胡耀邦、趙紫陽等黨和國家領導人參加了追悼會。追悼會由鄧小平主持，胡耀邦代表中共中央致悼詞。悼詞中說：「我國現代進步文化的先驅者、偉大的革命文學家和中國共產黨最早的黨員之一沈雁冰（茅盾）同志和我們永別了。我們懷著十分沉痛的心情，深切悼念這位爲中國革命事業、中國新興的革命文學事業奮鬥了一生的卓越的無產階級文化戰士。」「沈雁冰同志是在國內外享有崇高聲望的革命作家、文化活動家和社會活動家。他和魯迅、郭沫若一起，爲我國革命文藝和文化運動奠定了基礎。從 1916 年開始從事文學活動以來，在漫長的 60 餘年中，他始終不懈地以滿腔熱情歌頌人民，歌頌革命，鞭撻舊中國黑暗勢力。」「新中國成立後，他長期從事文化事業和文學藝術的組織領導工作，寫了大量的文學評論，特別是一貫以極大的精力幫助青年文學工作者的成長，爲社會主義文化事業作出大貢獻。」「幾十年來，他勤勤懇懇，殫思竭慮，爲建設社會主義文化、促進中外文化交流，支援各國人民的進步文化事業和保衛世界和平的鬥爭，獻出了全部心血。」「直到生命的最後時刻，他始終沒有放下自己手中的筆爲人民服務。」「我們要學習沈雁冰同志一生堅持眞理和進步，追求共產主義，刻苦致力於文學藝術的鑽研和創造，密切聯繫群眾和愛護青年，堅

〔註 131〕1981 年 4 月 10 日《人民日報》。

〔註 132〕參見曹春星：《歷史的需要》，《文藝報》1981 年第 13 期。

決擁護黨的領導的高貴品質。他的大量精神勞動成果，曾經幫助促進了一代又一代青年思想感情革命化，而今而後，他的作品的強大的藝術生命力，還將長久地教育和鼓舞我國青年，爲偉大的社會主義事業而戰鬥，並將促進社會主義的新人不斷湧現。」〔註 133〕

「在追悼會舉行的同時，有數以千計的人民群眾自發地集結在天安門廣場兩側，面對人民大會堂肅立，以表示對茅盾同志的追念。直到追悼會結束，他們才漸漸散去。」〔註 134〕「追悼會後，沈雁冰同志的骨灰盒安放在八寶山革命公墓。」〔註 135〕

在茅盾一生，兩次得到中共中央公開作出正式評價，一次是 1945 年爲他慶祝五十大壽的時候；一次是他蓋棺論定的時候。他逝世時「文革」剛結束不久，撥亂反正工作尚在繼續進行。由於眾所周知的原因，這時對人作歷史評價，還緊緊把握著這特定時代環境中不可避免的「分寸」。所以，把兩次評價合在一起，作爲一個整體，才是我們黨對他所作的歷史評價。

1982 年 7 月中國作協書記處正式向中共中央提交報告，要求建立茅盾故居、編輯出版《茅盾全集》、成立中國茅盾研究會。同年 8 月中共中央書記處通過並下發文件正式決定：批准進行這三項工作。

1983 年 3 月 27 日，中國茅盾研究會宣告成立並舉行首屆茅盾研究學術討論會。在大會上，周揚語重心長地說：

> 茅盾的成就是不朽的。對這些成就，至今還沒有作出全面的評價。我和他長期在一起工作過，但是我深深感覺到，對他的認識還是不夠的。不但對魯迅的認識不夠，對茅盾的認識也是不夠的。儘管天天在一起，有一段也住得很近，……一直到他去世的時候，也不能說我完全認識了他。所以認識一個人，特別是認識一個偉大的作家，也並不那麼容易，這需要時間。〔註 136〕

這些語重心長的沉痛的話，充滿了歷史反思所獲得的「史識」與歷史感。

如今周揚也早就離我們而逝了。我們還在繼續這個「並不那麼容易」的認識茅盾的過程。某些人，或缺乏歷史閱歷，或出於對歷史的無知，或出於

〔註 133〕1981 年 3 月 12 日《人民日報》。

〔註 134〕《文學報》特約記者雷霆:《文苑同聲寄哀思——茅盾同志追悼會側記》，1981 年 4 月 16 日《文學報》。

〔註 135〕1981 年 4 月 12 日《人民日報》。

〔註 136〕《茅盾研究》第 1 輯，文化藝術出版社，1984 年出版。

不同的政治觀點，斷斷續續掀起徒勞無效的否定茅盾、甚至歪曲、誹謗茅盾的浪頭。這反映出認識過程不僅漫長，而且時時會出現反覆。

本書只是這條認識過程之長河中的一朵小小的浪花。但願它能展現偉大的茅盾大半個世紀所從事的偉大事業及表現出的偉大精神於萬一！

後　記

通過 40 多年的文學實踐，我悟出了一個道理：要研究透一位作家或理論批評家，必須以與他相近的親身實踐經歷去體驗認知，方能更深入底裡，獲得更客觀更科學更能觸及本質的認識。缺乏實踐體驗的研究結果，是靠不大住的。

從 1942 年偶讀《春蠶》起，我陸續讀了茅盾的許多小說。伴隨著佃戶生活學習其農村題材、鄉鎮題材小說，感到分外親切。從 1956 年發表《試論茅盾的〈農村三部曲〉》起，到年逾花甲才完成這部《茅盾評傳》、寫這篇後記時止，我從學習到研究茅盾及其文學建樹與其社會政治奉獻，已臻 50 多個年頭。開始這一進程時，我恰恰初諳世事。那時中國正處在抗日戰爭最艱苦的階段——民族矛盾與階級矛盾複雜交織的歷史關頭。一場悲劇與壯劇過早地把我捲入了政治漩渦之中：父親作爲地下黨員從事抗日宣傳活動，被日寇和漢奸發現；被捕後他高唱著抗日革命歌曲，高喊著「中國共產黨萬歲」被押到刑場，壯烈犧牲在敵人的屠刀之下！這使我過早地結束了童年，被推進階級鬥爭與民族解放鬥爭的激流。所以我認識階級鬥爭、民族革命鬥爭的經歷，開始得較早，歷時很長：這是我人生歷程最重要的第一課。從建國到「文革」十年被推到波浪起伏的政治漩渦，備受衝擊與煎熬，我認識了什麼是路線鬥爭：這是我人生歷程最重要的第二課。新時期改革開放，加速了包括文學思潮在內的國內外交流，西方的各種思潮，被「壓扁」了搬到中國學界、文壇與社會生活中橫向發展，導致十分複雜激烈的碰撞與起伏消長的態勢；它把我席捲到論爭的濤頭，寫了大批參與國內外文藝論爭的論文，並出版了專著《新時期文學思潮論》；這又使我紮紮實實地認識清楚了什麼是異質多元的思潮碰撞與鬥爭：這是我人生歷程的最重要的第三課。這些認識的形成，固然也程度不同地輔以書本理論知識，但主要的是靠「在游泳中學習游泳」的親身體驗與實踐認知。正是這三個不同階段的人生閱歷，促成了循環往復的由感性到理性，再到感性，再到理性螺旋式的飛躍，使我的學習、研究、評價茅盾的政治活動、思想發展、文學建樹的整個歷程，能夠由淺入深，逐步昇華到更高層次。

以我的人生體驗爲基礎去感受、比照、體驗、品味，我逐漸發現、認識、把握了茅盾 85 年的人生歷程中，貫穿交織著的以下五條基本貫串線。

其一，茅盾的人生經歷、思想發展與時代發展、革命運動之間，存在著主客觀交互影響的血肉相連的緊密聯繫。他自幼秉承父志，特別是繼承與發展了中國知識份子「以天下爲己任」的優秀傳統；在強烈的參與意識支配下，日益自覺地獻身革命。從 1920 年到 1922 年，他逐漸實現了由革命民主主義到共產主義的思想轉變。他先是參與了中國共產黨的締造過程；此後始終追隨黨，站在歷史發展的濤頭，成爲時代的弄潮兒。他一生爲中國革命與建設，鞠躬盡瘁，死而後已。因此，與時代與革命的緊密結合，是茅盾人生歷程與思想發展的最根本的紅色貫串線。

其二，茅盾的文學實踐與其革命活動、社會政治奉獻之間，存在著血肉相連的緊密關係。最初他並未想把文學作爲畢生的事業；他更熱衷的是變革中國人民之命運的社會政治運動。但他自幼沉浸在濃厚的文化與文學的氛圍中，獲得了深厚的薰陶，打下了雄厚紮實的文化與文學的基礎，也培養起了濃厚的興趣。大學時代與踏進商務印書館大門之後，藉助精通英語的能力，他又形成學貫中西的優勢。因此，當社會政治運動與時代發展需要他拿起別的武器從事革命啓蒙時，他就順理成章地也駕輕就熟地投身革命文化思潮與革命文學運動的倡導與促進的事業中，以革命思想，去滲透與引導文藝新潮流；反過來又藉助文藝新潮，促進人民覺醒與時代主潮的不斷發展。在茅盾，這是一個雙向互動的有機結合的自覺的選擇。因此，早在毛澤東 1942 年《在延安文藝座談會上的講話》發表的 20 多年前，以革命文藝爲革命政治服務，已經逐漸地成爲茅盾的文學建樹的特徵之一了。讀了毛澤東的講話後，他就更加自覺。這條線和上述的一條根本紅色貫串線一紙兩面，有機結合，是茅盾人生歷程與思想發展的第二條貫串線。

不過這裡有個複雜的問題：由於茅盾受西方資產階級民主主義文學的影

響極深，馬列主義政治理論對他的影響又早於和遠遠大於其文藝理論的影響，再加上馬列主義政治理論在中國的倡導與傳播也遠早於其文藝理論，這一切反映到茅盾的世界觀、人生觀的形成與發展上，表現爲其社會政治觀由革命民主主義到共產主義的轉變，早於其文藝觀的轉變。其文藝觀這一轉變的完成，約在 1925 年「五卅」運動前後。把握了這一點，就易於了解從 1920 年到 1925 年茅盾的社會政治論文與文藝論文之間存在質的反差這一特殊現象。

第三，茅盾的文學歷程開始是文學倡導與理論批評單線運行。後來才發展成文學倡導、理論批評與文學創作並重的雙線並行。建國後又是文藝領導與理論批評單線運行。於是，「單線——雙線——單線」就成了茅盾文學歷程的突出特徵。這就結下了理論與創作雙份的碩果。在這條貫串線中又有一個基本點：他的全部社會政治活動，是他全部文學建樹的生活根基，是他全部文學創作的生活源泉。反過來，這又決定了茅盾的文學建樹，特別是其文學創作，具有貼近時代、關注社會、結合政治、服務於革命的突出特徵；也決定了他的理論批評和文學創作，均具鮮明的社會剖析特點。這一切是構成茅盾創作個性、文學活動的核心內容與本質特點。因此，研究茅盾及其文學創作，必須站在這個基點上，認眞把握、深入細緻地研究與剖析其從生活積累到實際創作的形象思維全過程。這是茅盾人生歷程第三條貫串線。

第四，茅盾的人生歷程與文學歷程，經過維新變法、辛亥革命等資產階級改良主義與資產階級舊民主主義革命的歷史階段；經歷了由「五四」運動、建立中國共產黨，到中國共產黨建立後領導人民完成新民主主義革命、建立中華人民共和國這一新民主主義革命的完整的歷史階段；經歷了從建國到「文革」這一社會主義革命與社會主義建設搖搖擺擺、曲折前進的特殊的歷史階段；茅盾也經歷了實行改革開放的新時期開頭這幾年的歷史新階段。時代的變革、歷史的曲折，無不在茅盾的人生歷程與文學歷程中打上了鮮明的烙印。作爲一個以天下爲己任、以實現共產主義爲理想追求的革命知識份子和共產主義者，茅盾參與這歷程不是被動的，而是主動的；不是站在一隅的一般參與者，而是始終站在歷史制高點，起著或部分地起著領導文藝運動，引導文學思潮的重大歷史作用。在中國現當文藝思潮史上，魯迅、郭沫若也起過這種作用。但茅盾比魯迅完整，在某些時候他又比郭沫若更加直接：對中國現當代文學思潮史說來，茅盾是最能牽一髮而動全身的偉大歷史人物。

從這個意義上講，茅盾的人生歷程與文學歷程，很大程度上是中國現當代文藝思潮史的歷程。這是其第四條貫串線。

第五，由於茅盾受到主觀與客觀條件的局限，其一生難免有成有敗，有得有失。這一切都是文學現象中重要的客觀存在。人們對他跟蹤研究時，其評價自然就難免有褒也有貶。由於茅盾的人生歷程線長，面廣，內涵極其豐富複雜，因此論者要認識、把握、判斷與評價他，顯然面對著極大的難度，必須經歷較長的時間進程。然而有許多評論，又往往是沒經過較長時間的研究和思考就發表出來的；其結果必然是見仁見智。何況，不同論者的，不同時期的，或同一論者在不同時期的認識、把握、判斷與評價，也不能不打上主觀上的色彩與時代的烙印。這就使得這些認識、把握、判斷與評價，有的比較客觀，比較科學，比較符合茅盾的實際，經得住時間的檢驗；有的則否。有時甚至會踏入誤區，形成謬論。此外還有個別的別具用心者的誣陷或歪曲，甚至無中生有的捏造。這一切又大半是同代人所爲。不用說，它必然或多或少地觸動著茅盾的心靈，影響著甚至調整著茅盾當時及後來的政治的社會的文化的文藝的實踐。茅盾的這些新的實踐，又對論者後來的認識、把握、判斷、評價形成反撥：二者很大程度上互爲因果。從這個意義上講，這一切也是社會政治思潮史、文化與文藝思潮史上不可忽視的重要現象。對茅盾的人生歷程來講，這是若即若離的第五條貫串線。因此，從寫《茅盾評傳》角度講，不能完全避開「茅盾研究史」縱線描述、橫向評判的任務。這才能撥開歷史迷霧，拂去時代塵埃，盡可能地顯現茅盾及其歷史處境、歷史作用的廬山眞面目。

這五條線在茅盾的人生經歷與思想發展過程中，雖然大體保持著平行貫串的關係，但其相互關係卻錯綜複雜糾結交織，後者比前者更具時代的歷史的文化的與文藝的啓示意義。這是必須充分重視、認眞把握的。

以上這一切，既是我研究茅盾的基本立足點，又是我在《茅盾評傳》初稿中努力把握、著力表現的統貫全書的基本貫串線。

爲茅盾寫評傳，是我的宿願。爲此我做了幾十年的準備。然而，眞正獲得實現宿願的機會，則在「中國現代作家評傳叢書」編委會和重慶出版社約我撰此書稿的 1990 年 6 月。既獲良機，我當然樂於從命！於是從 1990 年夏到 1993 年元月，用了將近三年時間，站在上述基點，努力體現出這五條貫串線，寫成 65 萬餘字的《茅盾評傳》初稿。

然而對評傳和《茅盾評傳》撰寫體例等問題，人們的理解並不一致。審讀者中，有的不肯認同第五條線和三、四兩條線中的部分內容，主張撤去，而且比較堅持；此外還要求增加個人生活的內容，全書得控制在 40 萬字左右。但要按此意見與要求辦事，決非局部修改能夠奏效的。看來，我只能忍痛割愛初稿的許多內容！於是我決定：推翻初稿，重新寫過。

經過一段情緒、認識和思路的自我調整，認眞作了各方面準備，從 1994 年 10 月到 1997 年元月，我逐字逐句把此書重寫了一遍！重寫時我勉強讓自己盡可能地向上述要求靠攏。這三年多時間，我寫得很苦！然而苦中也有甜：我的認識與研究有不少突破，有時還取得了意外收穫，也發掘了不少新資料。其結果是在有刪又有增的情況下，還是壓縮了篇幅：以 65 萬字左右的初稿爲基礎，重新寫成現在這部 50 餘萬字的重寫稿。書稿經過重寫，當然比初稿有很多提高，但因抽掉了基本貫串線中許多內容，對本書不能說是很大損失；這是不必諱言的客觀存在。我感到非常遺憾且無法彌補！

必須說明的是：印成鉛字、擇在讀者面前的這本書，與我的重寫稿，文字上小有出入。因爲審讀重寫稿的編委也提出了一些局部刪改的意見。這些很好的意見，是我十分贊同，樂於接受的。對此我非常感激。同時我也非常感激本書的責任編輯楊希之先生。爲了加快出書進度，我們經過協商，取得共識：在編輯過程中根據編委上述意見，在不改變作者基本觀點的前提下，由他對重寫稿作了局部的小量的刪改。因此，這些鉛字中，注進了他們的心血。不敢掠美，特此鄭重說明，並致謝忱。

在此書寫作過程中，我得到許多幫助與支持。首先應該特別感謝茅盾的公子韋韜先生：他不僅多次接受我的採訪，爲我釋疑解惑，提供了許多新鮮的活資料；而且還保留地向我提供了茅盾生前從未發表甚至鮮爲人知的手稿、大綱、日記、照片、手迹及其他珍貴資料。他的夫人陳小曼先生、女兒沈邁衡先生母女倆相互啓發，幫助把茅盾親手銷毀的寫肅反題材的未竟長篇的內容概況回憶出來了。因爲沈邁衡是迄今健在的這部未竟長篇的唯一讀者；陳小曼則聽茅盾親口講述過此作的內容。這套叢書的主編陳湧先生，是我在北京大學讀書時的授業師。在初稿遇到麻煩時，他以主編身份協調各方，幫助我走出了困境。秦川先生、張恩和先生，還有吳子敏先生，都曾程度不同地給我以鼓勵與支持。這本書中也灌注了他們對我的友情。還有許多朋友提供了資料；特別是幾位朋友冒著酷暑嚴寒爲我謄抄書稿！對上述所有的前輩、同行、朋友，在此一併致誠摯的敬意與謝意！

此書發排前夕，讀到秦德君最近發表的《我和茅盾的一段情緣》，媒體立即再加「爆炒」，實在令人感到無聊！秦德君在此文中把政治上攻訐茅盾的責任再次推到楊賢江身上時，也表示了不一定可信之意。這也許冤枉了已逝的楊賢江先生。但畢竟秦德君放棄了其政治誣詞。當然她仍堅持其個人關係的許多死無對證的一面之詞；這只不過冷飯重炒。對此，本書作了澄清，不必再去置詞了。

儘管用了七年多時間寫了兩遍，限於學力與水平，仍可能存在失誤疏漏。敬請讀者和同行不吝賜教，以利我今後的提高。若能再版，當予糾正。

丁爾綱

一九九七年九月十六日

仲秋之夜於濟南千佛山麓